अयोध्या बाबू सनक गये हैं

(कहानी-संग्रह)

अयोध्या बाबू सनक गये हैं

उमा शंकर चौधरी

भारतीय ज्ञानपीठ

वाणी प्रकाशन : भारतीय ज्ञानपीठ की पुस्तकों
के एकमात्र प्रकाशक एवं वितरक

पहला संस्करण : 2011
दूसरा संस्करण : 2023

लोकोदय ग्रन्थमाला : ग्रन्थांक 1093

प्रकाशक
वाणी प्रकाशन ग्रुप
4695, 21-ए, दरियागंज, नयी दिल्ली-110 002
फ़ोन : 011-23273167, 23275710
ईमेल : sales@vaniprakashan.in

ISBN : 978-81-19014-70-5

अयोध्या बाबू सनक गये हैं
(कहानी-संग्रह)
उमा शंकर चौधरी

AYODHYA BABU SANAK GAYE HAIN
(Short Stories)
by Uma Shankar Chaudhary

मुद्रक : आर. टेक ऑफ़सेट प्रिंटर्स, दिल्ली-110 032

Price : INR. 399

किस्सागो पिता के लिए
जिनसे कहानियाँ सुन–सुन
मैंने भी किस्सागोई सीख ली
प्यारी बेटी मीठू के लिए भी
जिसका जन्म
इन कहानियों के बाद हुआ

अनुक्रम

छुटकी
(अ प्राइड ऑव द विलेज)

(शीर्षक देखकर आपको महसूस हो सकता है कि कहानी पूरी फ़िल्मी है। परन्तु एकदम आरम्भ में आपको यह बता देना उचित है कि इस कहानी पर किसी भी मुम्बइया हिन्दी फ़िल्म का कोई सीधा प्रभाव नहीं है। हाँ, लेखक के मस्तिष्क पर हिन्दी फ़िल्म का असर स्थायी भाव के रूप में अवश्य है। इसलिए पूरी कहानी में आपको कहीं-न-कहीं गैप को पाटने के लिए वह अपने नाटकीय रूप में झाँकता हुआ मिलेगा। हिन्दी फ़िल्म का पहला असर तो आपको शीर्षक में दिख चुका है, दूसरा असर यह है कि यहाँ भी फ़िल्म की तरह यह कह दिया जा रहा है कि 'इस कहानी के सारे पात्र और सारी घटनाएँ काल्पनिक हैं। उसका किसी भी जीवित और मृत व्यक्ति से कोई सीधा सम्बन्ध नहीं है।' हालाँकि कहानी के ये पात्र इतने सामान्य हैं कि वे हमारे आसपास हमेशा मिल सकते हैं लेकिन यह महज एक इत्तेफ़ाक़ होगा। विशेषकर कहानी की मुख्य पात्रा छुटकी पर जिसका असर है उससे यह कहा जा सकता है कि छुटकी में वह उतनी ही है जितनी हवा में ऑक्सीजन— मात्र 21 प्रतिशत।)

चाहें तो आप इसे इस गाँव के इतिहास का एक तथ्य कह सकते हैं या फिर गाँव वालों की अपने अतीत के बारे में जानकारी की एक सीमा। इस गाँव में कभी भी, कितनी भी बड़ी बात के लिए नगाड़ा बजाकर मुनादी नहीं करवायी गयी है। गाँव का बूढ़े से बूढ़ा आदमी भी पूछने पर अपने दिमाग़ पर बहुत ज़ोर डालने के बाद खीझकर कह देता है—'हमें नहीं पता है।' 'ऐसा हमें तो याद नहीं।' इतिहास में यदि कभी मुनादी करवायी भी गयी होती तो वह या तो अंग्रेजों का काल रहा होगा या राजा-महाराजाओं का।

हाँ, तब जिस रास्ते पर आज गाँव वाले पैदल या तांगे से चलते हैं, रथ चला करता होगा। या आज जहाँ अपने लल्लन के परचून की दुकान है, वहाँ पर किसी अंग्रेज ने किसी मनचले इंडियन को कोड़े से सिर्फ इसलिए पीटकर चमड़ी उधेड़ दी होगी कि उसने नदी के किनारे ठंडी हवा खाने आयी उसकी गोरी मेम को आँख मार दी हो। और यह मन्दिर तब एक थोड़ा ऊँचा टीले जैसा रहा होगा जिस पर राजा के हुक्म की तामीली के लिए नगाड़ा बजाकर मुनादी करवायी जाती रही होगी। 'सुनो-सुनो गाँव वालों! महाराज का हुक्म है कि...' परन्तु इन इतनी पुरानी बातों से हमें क्या लेना? यह सत्य है कि यहाँ के लोगों को जब से याद है तब से इस गाँव में किसी भी बात के लिए नगाड़ा बजाकर मुनादी नहीं करवायी गयी है। किन्तु इसे इस गाँव की एक विशेषता के रूप में रेखांकित किया जा सकता है कि इसके बावजूद कोई भी बात इस गाँव में आग की तरह फैलती है। चाहे वह कितनी भी छोटी क्यों न हो? कितनी भी अन्दर की क्यों न हो? यहाँ के लौंडे-लपाटे तो यहाँ तक फेंक देते हैं कि वे तो पशु-पक्षियों के बीच हो रही गुफ़्तगू को भी भाँप लेते हैं। गाँव का यह भेदिया कौन है? उनकी संख्या कितनी है? उसका तरीका खबर इकट्ठा करने का कौन-कौन सा है? ये सब बातें हमारे सन्दर्भ से बाहर की हैं, इसलिए हमारे लिए अनुपयोगी हैं। हमारे लिए यहाँ काम का सिर्फ इतना है कि यहाँ कोई भी बात निकली नहीं कि वह आग की तरह पूरे गाँव को अपने लपेटे में ले लेती है।

आज सुबह ज्यों ही पता चला कि रिजल्ट आ गया है पूरा रजौरी गाँव जैसे जश्न में डूब गया। डूबता भी क्यों नहीं? अपनी छुटकी ग्रेजुएशन पास जो कर गयी। हाँ, वही अपने रामप्रसाद की छुटकी। काफ़ी दिनों से प्रतीक्षा भी तो थी पूरे गाँव को। गाँव के लिए इससे बड़ी खुशी की बात और हो भी क्या सकती है कि छुटकी ग्रेजुएशन पास कर गयी, वह भी फर्स्ट डिवीज़न और वह भी साइंस में। आज गाँव में जिधर भी नजर दौड़ाई जाये, बस एक ही चर्चा है। चाहे वह मुखिया जी का दलान हो या बिसेसर चाचा का दरवाज़ा या लल्लन के परचून की दुकान। गाँव वालों के लिए यह एक गर्व की बात है। उसका झुका हुआ सर अब उठ गया। अब धामपुर वाले थोड़े ही इस गाँव को हेय-दृष्टि से देख पाएँगे। रजौरी वालों के सामने अब उनकी बिसात ही क्या है? उनकी लड़कियों ने तो सिर्फ यूनिवर्सिटी और ऑनर्स का नाम सुना होगा पर अपनी छुटकी तो पास कर गयी। यह तो झूमने का समय है।

पिछले कई वर्षों से दोनों पड़ोसी गाँव धामपुर और रजौरी में एक गम्भीर टस्ल चल रहा है। दोनों एकदम एक-दूसरे के खून के प्यासे। अँधेरा होने के बाद कोई एक गाँव वाला दूसरे गाँव से गुजर जाये, ऐसा कभी नहीं होता। हे भगवान्! उस दिन तो अपना बिस्वा बचकर आ गया यही बहुत है। और बचकर क्या आ गया ख़ुद भोला बाबा ने ही उसे बचा लिया। धामपुरियों ने तो घेर ही लिया था उसे। तभी पता नहीं

कहाँ से एकदम पागल साँड़ आ गया बीच में। फिर क्या था? लोग अपनी जान बचाते कि बिस्वा की जान लेते?

बहुत ही गम्भीर टस्ल चल रहा है दोनों गाँव में। जो अभी-अभी जवान हुए हैं, वे तो कहते हैं जब से उसने होश सम्भाला है तबसे ही है यह। पर जोखू काका के पास इसका पूरा ब्यौरा है, वे कहते हैं रजौरी गाँव की एक लड़की ललमनिया ने धामपुर के सुनिलवा से नैन-मटक्का कर लिया था। सुनिलवा ने फ़िल्मी स्टाइल में भगाकर शादी कर तो ली, लेकिन बड़ा भारी फ़साद छिड़ गया दोनों गाँव के बीच। लाठी, भाला, बरछी दोनों ही तरफ से निकल गये। दोनों ही गाँव वालों की आँखों में खून उतर आया खून। कोई किसी से कम नहीं था। कई घायल हुए, तब जाकर शान्त हुआ यह फ़साद। रजौरी वालों ने बड़ी मुश्किल से बर्दाश्त किया इस दर्द को। पर ललमनिया एक हफ्ते में ही चल बसी। रजौरी वालों का जख्म एक बार फिर हरा हो गया। कहते हैं सुबह अँधेरे में (गड्ढे) शौच को गयी कि करैत साँप का शिकार हो गयी। लाश देखने गये थे सब। ललमनिया का चेहरा फक्क सफेद था। परन्तु मुँह से झाग की एक बूँद भी नहीं। इतना बताते-बताते जोखू काका का चेहरा लाल हो जाता है। और फिर रहस्योद्घाटन के भाव से कहते हैं—वह साँप थोड़े ही था, वह तो सिपाही था सिपाही। उस डायन बुढ़िया तेतरिया का सिपाही। असली साँप होता तो क्या ललमनिया के मुँह से झाग नहीं निकलता? साँप काटे और झाग एक बूँद भी नहीं चले, ऐसा कहीं हुआ है?

यह झगड़ा तब का ही है। तब से ही दोनों गाँव वाले एक-दूसरे को हमेशा नीचा दिखाना चाहते हैं। छः महीना पीछे रामलीला के अवसर पर जो दंगल हुआ था रजौरी वालों के लिए, वह एक काला दिन था। वैसे जोखू काका तो इसमें भी तेतरिया की ही शक्ति का हाथ कहते हैं। वे कहते हैं तेतरिया के पास काला जादू है, जिससे वह किसी की भी मति को ही भ्रष्ट कर देती है। नहीं तो क्या अपना ददुआ कम बड़ा पहलवान है? अखाड़े में कितने ही पहलवानों को धूल चटा देने वाले ददुआ को उस दिन अचानक साँप क्यों सूँघ गया? रजौरी वाले यूँ तो धामपुर वाले से कोई कुश्ती लेते ही नहीं हैं। लेकिन उस दिन सिच्यूएशन ही ऐसी बन गयी थी। टूर्नामेन्ट में दोनों तरफ पाँच-पाँच गाँव थे। परन्तु अन्त में दोनों ओर से यही दोनों गाँव बच गये थे। अब खेल का विधान तो विधान ही है। उसे तोड़ना ठीक थोड़े ही है। वैसे रजौरी वाले दिल के किसी-न-किसी कोने से खुश भी थे कि उन्हें अनायास धामपुर वाले को नीचा दिखाने का मौक़ा मिल गया है। अपना ददुआ धामपुरिया को आज हराकर मानेगा। लेकिन साला ददुआ ने ऐन मौके पर धोखा दे दिया। ददुआ की तो थू-थू हुई ही, तब से गाँव वालों का भी सर शर्म से झुक गया है। जोखू काका कहते हैं बेचारा ददुआ को सब फिज़ूल में ही गाली देता है। अरे उसकी मति अपने वश में थोड़े ही न था...।

रजौरी वालों के सर को आज छुटकी ने उठा दिया। पढ़े-लिखे और नौकरी कर रहे लड़के तो दोनों ही गाँवों में हैं। रजौरी गाँव में भी एक दरोगा, चार मास्टर, पाँच सिपाही और कम-से-कम तो सात मिलिट्री में हैं। पर कोई लड़की ग्रेजुएशन तक पढ़ाई कर ले, ऐसा दोनों ही गाँवों में नहीं है। और इसमें आज बाजी मार ली है रजौरी वालों ने। बिस्वा ने तो मुखिया जी के दलान पर ऐलान तक कर दिया 'स्साले के...में कूबत है तो अपनी एक छोकरियन को यहाँ तक पढ़ा कर देखे। नहीं तो साला अब ज़्यादा भांय-भांय भी न करे।' मारे क्रोध के बिस्वा ने मुँह में रखे 'राजदरबार', जो कि मुखिया जी ने अभी-अभी खिलाया था, से बने थूक को दलान के बाहर इस तरह पच्च् से फेंका कि मानों सीधे धामपुरियों के मुँह पर मारा हो। फिर अपने गमछे में मुँह पोंछता हुआ आज वह काफ़ी गौरव महसूस कर रहा है।

सचिन का 98 और गाँव में बिजली

यह गाँव शहर से बत्तीस किलोमीटर दूर है। कोई सीधी गाड़ी वहाँ से इस गाँव के लिए तो नहीं है, लेकिन करूवा मोड़ पर उतरने के बाद वहाँ से मात्र दो किलोमीटर ही है। कोसी नदी के किनारे बसा है यह गाँव। बाँध के बगल से गाँव जाने की सड़क है। वह सड़क है, क्योंकि उस पर ताँगा और साइकिल चला करते हैं। वरना, सड़क जैसी कोई चीज वहाँ है, इसका अन्दाज़ लगाना काफ़ी कठिन है। इस मोड़ पर से अगर आप गाँव की ओर पैदल चलें तो आपको लगेगा आधा घंटा और अगर आप रघुवा के ताँगा पर बैठ गये तब लगेगा पैंतालीस मिनट। बिस्वा कहता है 'एक दिन मरेगा उसका घोड़ा। साला खिलाता ही नहीं है।' मोड़ पर पाँच-सात दुकानें हैं और एक मन्दिर। गाँव वालों के लिए यह मन्दिर बहुत ही उपयोगी है। जब कोई दुल्हिन दिन में मोड़ पर उतरती है तो उसी मन्दिर पर वह हल्का अँधेरा घिरने का इन्तजार करती है। भला उजाले में दुल्हिन गाँव में प्रवेश कैसे करेगी? एक दुल्हिन उतरी नहीं कि फिर राजाराम और रघुवा की चाँदी। राजाराम कुछ चाय बेच ही लेगा और रघुवा का ताँगा आज शाम में रिज़र्व जो होगा। दुल्हिन ताँगे के पीछे बैठती है और दूल्हा आगे। यह पैंतालीस मिनट का सफ़र दुल्हिन बगैर अगल-बगल का नजारा देखे घूँघट में काटती है और झुके हुए घूँघट से उसे दिखती है सिर्फ ताँगे से पीछे छूटती हुई जमीन। यह लगातार छूटती जमीन कहीं सर में चक्कर न उत्पन्न कर दे, दुल्हिन अपनी आँखें बन्द कर लेती है। जब भी कोई गड्ढा आने वाला होता है तो रघुवा पहले ही सूचित कर देता है। और दुल्हिन एक हाथ से अपने घूँघट का पल्ला खींचे हुए दूसरे हाथ से पर्दे वाले डंडे को कसकर पकड़ लेती है।

लगभग डेढ़ वर्ष पहले तक इस गाँव में विकास के नाम पर सिर्फ एक प्राइमरी स्कूल था। यह सच है कि वह स्कूल आज भी उसी स्थिति में है। खपरैल का तीन

कमरे का मकान–जैसा कुछ। एक हेडमास्टर, दो मास्टर और एक चपरासी। पहली से सातवीं तक की पढ़ाई के लिए ये मास्टर कितने पर्याप्त हैं, यह स्कूल के ग्राउन्ड में सारी कक्षाओं को एक ही साथ इकट्ठा कर दो शिक्षकों के द्वारा उनकी की जा रही देखभाल से ही पता चल जाता है। ख़ैर स्थिति कितनी भी जर्जर क्यों न हो, डेढ़ वर्ष पहले तक के लिए एकमात्र यही स्कूल इस गाँव की शान थी। लेकिन 8 अगस्त, 2003 को जब इस गाँव में पहली बार बल्ब जला तब उसने विकास की इस गिनती में इस प्राइमरी स्कूल को दूसरे नम्बर पर धकेल दिया। इस गाँव में बिजली कैसे आई, जोखू काका के पास इसकी भी अपनी एक कहानी है।

जोखू काका 1 मार्च, 2003 दिन शनिवार को इस रजौरी गाँव के लिए एक स्वर्णिम दिन मानते हैं। काका कहानी के रहस्य को खोलते हुए पहले आशंकाओं के बादल को दिखाते हैं। यदि उस दिन भारत मैच हार गया होता तो? या सचिन ने बढ़िया बैटिंग नहीं की होती तो? तब क्या अब तक इस गाँव में बिजली आ पाती भला? 20 फरवरी को मुखिया जी की माता जी का निधन हुआ था। 27 तारीख़ को चन्द्रिका बाबू गाँव आये थे। वे शहर में रहते हैं, और ठेकेदारी करते हैं। मुखिया जी ने जब अपनी बहन की शादी उनसे की थी तब वे छोटे स्तर के ठेकेदार थे। लेकिन आज उनकी अपनी एक हैसियत है, अपनी एक पहचान, अपना एक दबदबा है। कम–से–कम दो–तीन ज़िलों में कोई भी टेंडर पास हो और चन्द्रिका बाबू को न मिले, यह सम्भव नहीं। काका कहते हैं—एकदम गुणी आदमी हैं, गुणी। मेहनती इतना कि पिछले 20 साल से कभी भी चार घंटों से ज़्यादा सोये ही नहीं। ना कभी कोई गलत संगत ना ही ऐय्याशी। शराब तो उन्होंने आज तक छुई भी नहीं। रोज सुबह नियम–धर्म से एक घंटा पूजा निश्चित है। जहाँ लोग राजनीति में घुसने के लिए नाक रगड़ते हैं, वहीं चन्द्रिका बाबू ने राजनीति को हमेशा से दूर से ही प्रणाम किया है। हाँ, उनकी दोस्ती अवश्य सभी बड़े–बड़े राजनीतिज्ञों से है। लेकिन ख़ुद के लिए कभी कुछ नहीं चाहा, उन्होंने। कांग्रेस ने तो इस बार लोकसभा चुनाव में टिकट के लिए घेर ही लिया था उनको, लेकिन जैसे–तैसे अपने को बचाया चन्द्रिका बाबू ने। यह और बात है कि अपनी पूरी ताकत झोंक दी उन्होंने कांग्रेस के लिए और अन्ततः सीट दिला भी दी। ख़ुद तो एकदम सन्त हैं, सन्त। आज के ज़माने में कहाँ मिलते हैं ऐसे आदमी। बस उनकी एक ही कमजोरी है—क्रिकेट। कहते हैं मैच अगर भारत का हो तो फिर कोई भी काम देखने की बात तो दूर, वे सुनते भी नहीं। चाहे कितना भी बड़ा घाटा क्यों न हो जाये। इस वर्ल्ड कप के लिए कितने दिनों से आस लगाए बैठे थे। लेकिन किस्मत ने उनके साथ दग़ा किया। ऐन मौक़े पर सास गुजर गयीं। सारा ऐशो–आराम छोड़कर गाँव आना पड़ा उन्हें। कोई और होता तो वे टाल भी जाते लेकिन बात सास की थी। वह सास, जिसने अपने बेटे से कभी कम नहीं माना उन्हें।

1 मार्च, 2003 को भारत-पाकिस्तान के बीच हुआ मैच, वह निर्णायक मैच था जो निर्धारित करता कि दोनों में से सुपर सिक्स में किसे जगह मिलेगी। चन्द्रिका बाबू ने वह दिन बग़ैर टेलीविजन के कैसे गुज़रा था, वे आज भी सोचते हैं तो सिहर उठते हैं। अपने घर होते तो एल.जी. के चौवन इंच के गोल्डन—आई पर मैच का मजा ले रहे होते। कहते हैं कितनी भी देर लगातार टी.वी. देखो अगर 'गोल्डन-आई' हो तो आँखों पर असर नहीं पड़ता। मगर यहाँ चन्द्रिका बाबू दिन-भर दलान पर अपने छोटे रेडियो को कान से चिपकाये रहे।

दिन भर उनकी आत्मा ज़ार-ज़ार रोती रही।

काका उदास होकर सुनाते हैं कि सचिन के हर रन पर दो-दो गाली वे मन में इस गाँव को देते थे। पर सचिन के खेल ने उनका मन जीत लिया। सचिन तो शेर है शेर। दो रनों से सचिन शतक बनाने से भले ही चूक गया हो, लेकिन भारत विजयी होने से नहीं चूका। इधर भारत सुपर सिक्स में पहुँचा, उधर खुशी में झूमते हुए चन्द्रिका बाबू ने किसी भी शर्त पर इस गाँव में बिजली लाने की घोषणा कर दी। एकदम वादे के पक्के हैं चन्द्रिका बाबू। मात्र छः महीने गुज़रे कि इस गाँव में बिजली आ गयी। जोखू काका कहते हैं, जब एम.पी. साहब को ही उन्होंने बनाया है, तब उनके लिए यह कौन-सी बड़ी बात है।

परन्तु बिस्वा बड़ा ही बलंट है वैसे तो चन्द्रिका बाबू मुखिया जी के बहनोई हैं, इसलिए ज़्यादा हिम्मत नहीं हुई उसकी। फिर भी उसने कहीं-न-कहीं दबी जुबान में कह ही दिया 'अरे चन्द्रिका बाबू तो एक नम्बर के दलाल हैं, दलाल। बिजली यहाँ इसलिए थोड़े ही लगवायी है कि उन्हें गाँव वालों पर दया आ गयी। इसमें लाखों का चपत किया होगा उन्होंने। आधा अपना आधा एम.पी. साहब का।' ख़ैर सच कुछ भी हो लेकिन चन्द्रिका बाबू के प्रयास से इस गाँव में बिजली अवश्य आ गयी। बिजली आने से गाँव में कई महत्वपूर्ण बदलाव हुए। बहुतों के घरों में पंखे टंग गये। गाँव में चार टेलीविजन भी आ गये। 'तलाक़ क्यों' हो या 'शिक़वा' हर एक टेलीविजन के पास दर्शकों की एक लम्बी भीड़।

छुटकी : पढ़ाई ही ज़िन्दगी है

यह है रजौरी गाँव का परिचय और इसी गाँव में रहते हैं राम प्रसाद सिंह, जिनकी बेटी छुटकी ने बी.एस-सी. फर्स्ट डिवीजन से पास कर गाँव का सर गर्व से ऊँचा कर दिया।

छुटकी का पूरा नाम है—कनकलता सिंह। परन्तु पिता ने उसे बचपन से ही दुलार से छुटकी पुकारा है। अब तो उसे भी यही नाम सुनने की आदत-सी पड़ गयी है। आज गाँव में कितने आदमी हैं जिसे छुटकी का असली नाम पता है? शायद एक

भी नहीं। स्कूल में जब मास्टर हाज़िरी लेते हुए कनकलता नाम पुकारा करते थे, छुटकी को भी तब थोड़ा अजीब महसूस होता था।

रामप्रसाद सिंह और श्याम प्रसाद सिंह दो भाई हैं। और दोनों भाइयों में छुटकी अकेली पुत्री। श्याम प्रसाद लखनऊ में रहते हैं। अपनी शादी के कुछ ही दिनों बाद वे लखनऊ चले गये थे। पहले अकेले, फिर कुछ स्थिर होने के बाद परिवार को भी साथ लेकर। शुरुआत तो उन्होंने काफ़ी छोटी नौकरी से की थी, पर अब वे सहारा में एकाउन्टेन्ट हैं। घर में एक लक्ष्मी आये, इसकी बड़ी इच्छा थी राम प्रसाद की माँ को। श्याम प्रसाद के यहाँ जब एक लड़का हुआ था तब वे लखनऊ शिफ्ट कर चुके थे। बाद में उन्हें एक लड़के की प्राप्ति और हुआ। फिर उन्होंने इस शहरी ज़िन्दगी के तनाव के सापेक्ष माँ की इच्छा को दमन करना ही उचित समझा, और हाथ खड़े कर दिये। बड़ा पुत्र होने के नाते शायद रामप्रसाद ने इसे अपना कर्तव्य समझा। छुटकी की माँ जब दो लड़कों को जन्म देने के उपरान्त तीसरी बार गर्भवती हुई तब एक जबरदस्त अनिश्चितता की लकीर उनके माथे पर खिंच गयी। कहीं फ़िर एक बार लड़का ही न हो जाये? कहाँ-कहाँ नहीं मन्नतें माँगी उन्होंने। और भगवान ने उनकी सुन ली। पैदा हुई छुटकी। किस देवी की कृपा काम कर गयी, यह तो स्वयं रामप्रसाद को भी ठीक-ठीक पता नहीं, परन्तु रामदुलारी चाची का दावा है कि छुटकी तो जयमंगला माई स्थान की देन है। उस मन्दिर से आज तक कोई ख़ाली हाथ लौटा है भला? घने जंगल के बीच बसा है वह मन्दिर। बन्दरों का वास है पूरी तरह। रामप्रसाद दम्पत्ति को भी चाची की इस बात पर इसलिए विश्वास हो जाता है क्योंकि सबसे अधिक इक्यावन ब्राह्मणों को उन्होंने वहीं भोजन कराया था। उस मन्दिर पर खाना खिलाना भी तो एक कठिन कार्य है। अगर पूरी तरह चौकस नहीं हैं तो बन्दर आपकी पत्तल ही खींच ले जायेंगे।

श्याम प्रसाद ने भले ही अपने परिवार को बढ़ने से रोक दिया हो, किन्तु उनके दिल के भीतरी कोने में कहीं-न-कहीं एक लड़की की इच्छा दबी थी। जो खुलकर सामने तब आयी, जब उन्होंने पहली बार छुटकी को गोद में लिया। उन्होंने देखा दो भोली आँखें उन्हें देखती हैं। जोखू काका कहते हैं एक सप्ताह के लिए आया था श्याम प्रसाद, दिनभर छुटकी को गोद में ही टाँगे रहता था। श्याम प्रसाद के लखनऊ जाने से दोनों भाइयों के बीच जो हल्की-सी दूरी आ गयी थी, छुटकी ने उसे अपने फूले हुए कपोलों से पाट दिया। श्याम प्रसाद ने सदा अपनी ही सन्तान की तरह प्यार किया है उसे। उनकी तो बड़ी इच्छा थी कि छुटकी उनके साथ ही शहर में रहे, और वहीं पढ़ाई करे। लेकिन यह सम्भव नहीं था। रामप्रसाद तो अपने छोटे भाई की इच्छा पूरी कर भी देते, मगर छुटकी की माँ की ममता आड़े आ गयी। किन्तु इससे छुटकी के प्रति चाचा के स्नेह में कभी कमी नहीं आयी। वे जब भी घर आते, छुटकी के लिए

ढेरों सामान। रामुदलारी चाची कहती हैं—बचपन से ही वह मोहिनी थी, मोहिनी। उसकी आँखों में कुछ ऐसा था जो लोगों को प्यार करने पर विवश कर दे।

रामप्रसाद की अपनी अच्छी खेती है, और साथ में दूध का व्यापार। सुबह साढ़े नौ बजे करूवा मोड़ पर सेन्टर की गाड़ी आती है और साढ़े आठ बजे रघुवा का ताँगा रामप्रसाद के दरवाज़े पर। रोज की दिनचर्या है यह। रघुवा के ताँगे से सेन्टर की गाड़ी तक दूध पहुँचाने की जिम्मेदारी उनके नौकरों की है। आर्थिक तंगी से नहीं गुज़र रहे हैं, रामप्रसाद। अच्छी तरह खा-पीकर हर साल कुछ बचा भी लेते हैं। ज़्यादा की जरूरत महसूस भी नहीं करते। ईश्वर ने जितना दिया, उसमें ख़ुश हैं वे।

पढ़ाई में शुरू से ही अव्वल रहती आयी है छुटकी। रामप्रसाद ख़ुद इस बारे में काफ़ी ख़्वाहिशमन्द रहे हैं। गाँव में जहाँ बच्चे छः-सात साल से पढ़ना शुरू करते हैं, वहाँ उनके तीनों बच्चे पाँच साल की उम्र से पढ़ना शुरू कर दिये। नियमित उन्होंने दरवाज़े पर एक मास्टर रखा। परन्तु दोनों बेटे खोटे सिक्के निकले। होनहार वह चाहे जितने हों पर पढ़ाई उनके लिए सदा बोझ रहा। बड़े ने तो किसी तरह बारहवीं तक गाड़ी खींच भी ली, लेकिन छोटे की गाड़ी तो दसवीं के बाद ही अटक गयी। इस सन्दर्भित पिता की ख़्वाहिशें छुटकी ही पूरा करती रही। बेटी की पढ़ाई के पीछे कभी दिमाग ख़पाना पड़ा हो, पिता को याद नहीं। नियमित स्कूल जाना जैसे उसकी आदत में शुमार था, उसी तरह क्लास में फर्स्ट आना भी।

पाँचवी की परीक्षा आज भी याद है उसे। बुख़ार में तप रही थी वह। माता-पिता ने कितना समझाया, 'जाने दो यह साल, अगली बार दे देना।' लेकिन कहाँ मानने वाली छुटकी। उस तपते बुख़ार में उसने परीक्षा दी। आधी से ज़्यादा परीक्षा गुज़र गयी, तब जाकर उतरा था बुख़ार। परन्तु तब तक देर हो चुकी थी। बुख़ार ने शरीर को तो कुछ महीनों के लिए कमजोर बनाया साथ ही रिकार्ड पर भी सदा के लिए धब्बा लग गया। वही तो एक क्लास है जिसमें उसकी श्रेणी द्वितीय है। खाना-पीना छोड़ कितना रोयी थी वह। दो-तीन दिनों तक होश ही कहाँ रहा उसे। पिता ने कितना समझाया, हम तुम्हें कहाँ कुछ कह रहे हैं, फिर क्यों दुखी होती हो? लेकिन छुटकी को नार्मल होने में सप्ताह लग गया। राम दुलारी चाची ने देखा था, इधर घर में रामप्रसाद छुटकी को समझाकर जाते और बाहर दरवाज़े पर बेटी के दुख से ख़ुद चुराकर रोते थे। ख़ुद उन्होंने कभी हाथ उठाना तो दूर, कड़ी निगाह भी नहीं डाली बेटी पर, उनकी वही फूल-सी बच्ची कैसे ज़ार-ज़ार रो रही है। कितने विवश थे उस दिन राम प्रसाद।

गाँव के प्राइमरी स्कूल से साँतवी करने के बाद करूवा मोड़ स्थित हाईस्कूल में दाख़िला हुआ। यह स्कूल आठवीं से बारहवीं तक है। दसवीं तक तो इस गाँव से जाने वाली चार लड़कियाँ उसके साथ थीं। लेकिन छुटकी के लिए समस्या तब उत्पन्न हुई जब वह स्कूल जाने वाली अकेली रह गयी। गाँव से वह अकेली स्कूल जाये,

क्या यह सम्भव है? छुटकी ने काफ़ी मशक्कत के बाद आरती को तैयार किया। हाँ, छुटकी किस दिन क्लास जाएगी और किस दिन नहीं, यह पूरी तरह अब आरती पर निर्भर हो गया। आज आरती के सर में दर्द है तो छुटकी का स्कूल बन्द। आज आरती के मामा आये हैं, घर में काम करने को उसकी माँ ने उसे रोक लिया, तो छुटकी का स्कूल बन्द। मन मसोस कर रह जाती थी छुटकी। लेकिन रामप्रसाद ने जल्द ही बेटी के दर्द को समझा। जिस दिन भी आरती तैयार नहीं होती, ख़ुद बेटी को स्कूल पहुँचाने जाते। बारहवीं में भी अव्वल रही छुटकी।

बारहवीं के बाद छुटकी की पढ़ाई का क्या होगा? यह प्रश्न छुटकी के सामने ब्लैक होल की तरह था, जिसके भीतर जाने से बारहवीं की परीक्षा तक अपने को बचाये रही छुटकी। बारहवीं के बाद पढ़ने का न ही यहाँ कोई साधन था और ना ही इस गाँव में लड़की के लिए ऐसा कभी सोचा गया। बेटी की तीव्र इच्छा जानते हुए भी पिता मजबूर थे। छुटकी ने लगभग मान लिया था कि अब उसके भविष्य के आगे अन्धकार छाने वाला है, कि तभी चाचा श्याम प्रसाद का आगमन छुटकी के लिए ईश्वर की तरह हुआ। छुटकी लखनऊ रहकर पढ़ेगी, इस सोच मात्र ने सिहरा दिया था छुटकी के माता-पिता को। परन्तु छुटकी की तीव्र इच्छा के सामने झुकना पड़ा उन्हें। अपने दिल पर पत्थर रखकर भेजा था उन्होंने छुटकी को। ऐसा नहीं था कि माता-पिता को छोड़ते हुए खुश थी छुटकी। पर जानती है वो, पढ़ाई के लिए छोड़ना तो होगा ही बहुत कुछ। दो महीना लगातार रही थी छुटकी वहाँ। उन दो महीनों में ही रामप्रसाद की हालत देखने लायक़ हो गयी थी। इस बीच कभी हँसे हो वे, किसी ने नहीं देखा। हर काम ज्यों-का-त्यों चल रहा था, पर चेहरे पर वह खुशी कहाँ? बिल्कुल हाड़-मांस का पुतला रह गये थे वो। आखिर उनकी आत्मा तो लखनऊ में थी। रामदुलारी चाची राम प्रसाद को यूँ घुलते नहीं देख सकती थी। उसने छुटकी को वापस लाने की ज़िद ठान ली। भाड़ में जाये पढ़ाई-लिखाई। आख़िरकार ख़बर भेजी गयी। श्याम प्रसाद बड़े भाई की कमज़ोरी जानते थे। दो महीने के बाद छुटकी वापस आ गयी। पढ़ाई के सन्दर्भ में यह निष्कर्ष निकाला गया कि छुटकी रहेगी तो गाँव में ही, सिर्फ़ परीक्षा देने के लिए वह लखनऊ जायेगी।

पेरिस ब्यूटी नं. 32 : छुटकी का जवानी की दहलीज़ पर पहला क़दम

सभी को बहुत ही प्रिय है छुटकी। सारे गुणों से सम्पन्न। सभी के मुँह पर सिर्फ़ उसकी तारीफ़ें। जो भी उससे मिलता है, उसकी अच्छाइयों के मोहपाश में बँधकर रह जाता है।

घर का सारा काम उसके कन्धे पर है। पाँच वर्ष हो गये, दसवीं की परीक्षा देते ही अपनी जिम्मेदारी को पहचान लिया था उसने। खाना बनाना हो या सिलाई-कढ़ाई,

सबमें उत्तम। माँ को तो बस आराम ही आराम। भगवान सबको दे ऐसी लक्ष्मी! दोपहर की चिलचिलाती धूप में जब रामप्रसाद खाने के लिए घर आते हैं तब बेटी का किलकता हुआ चेहरा उनके लिए छाँव की तरह है। पिछले पाँच वर्षों में ऐसा कभी नहीं हुआ कि छुटकी घर पर हो और पिता को खाना किसी और ने परोसा हो। पिता के खाने तक एकदम सामने बैठी रहती है छुटकी। खाना खत्म होने पर एक रोटी अपनी ओर से खिलाती है वह। कुछ दिनों तक पिता को दिक्कत हुई, फिर तो जैसे एक अघोषित नियम सा ही बन गया यह। छुटकी की माँ जानती है एक रोटी पहले ही पिता पेट भरने की घोषणा करेंगे और छुटकी ज़िद कर उन्हें वह रोटी खिलाएगी। पिता को पता है खुश होती है इससे बच्ची। माँ इस स्नेह को देखकर भाव-विभोर होती है और ईश्वर से मनाती है—'हे ईश्वर हमारे घर पर हमेशा इसी तरह अपनी कृपा बनाये रखना।'

रामदुलारी चाची को भी बहुत प्रिय है छुटकी। अपने मन में बार-बार उन्होंने गाँव की अन्य लड़कियों से मिलान करके देखा है, छुटकी के सामने कोई टिकने वाली कहाँ है। बेहया सब हें-हें कर हँसती रहती हैं, न बात करने का शऊर, न ही बैठने का। पर अपनी छुटकी की तो बात ही कुछ और है। कभी छुटकी ने ऊँची आवाज़ में बात भी की हो, चाची को याद नहीं। जब भी चाची घर आती हैं, झुककर पाँव छूती है वह। तुरन्त पानी और तुरन्त चाय। ढेरों बातें करती है छुटकी। कभी यहाँ की, कभी वहाँ की। कभी इसकी, कभी उसकी। लखनऊ की कितनी बातें बता चुकी है वह। सड़क पर कितनी गाड़ियाँ हैं वहाँ। सड़क कितनी साफ है वहाँ। और बिजली तो एक मिनट को पलक भी नहीं झपकाती है। पिछले दिनों जब सेकेंड ईयर की परीक्षा देने गयी थी छुटकी तब तो उसने कम्प्यूटर-सम्प्यूटर भी सीख लिया था। चाची तो यह सुनकर ही अवाक् रह गयी कि उस डिब्बे में एक चिट्ठी टाइप करो और दुनिया के किसी भी कोने में तुरन्त भेज दो। सुनकर विश्वास नहीं होता चाची को। दुनिया कहाँ-से-कहाँ चली गयी। एकदम अविश्वसनीय दुनिया में ले आती है छुटकी उन्हें। पर विश्वास है चाची को छुटकी पर। अपनी छुटकी झूठ थोड़े ही बोलती है। सच! चाची को बहुत पसन्द है छुटकी। घंटों बैठती हैं चाची।

आज से डेढ़ साल पहले तक अगर छुटकी की किसी कमजोरी की खोज की जाती तो वह होती रेडियो पर संगीत सुनना। परन्तु अपनी ज़िद की बदौलत जब 6 सितम्बर, 2003 को उसने अपने यहाँ टेलीविजन मँगवा लिया था तब यह कमज़ोरी रेडियो से दूरदर्शन में तब्दील हो गयी। 8 अगस्त, 2003 का दिन छुटकी के लिए काफ़ी सुखद और यादगार है, जब इस गाँव में पहली बार बल्ब जला। कितनी बड़ी मन्नत पूरी हुई उसकी।

इस गाँव में बिजली आने के कारण की भी अपनी-अपनी व्याख्या है। जोखू

काका इसे चन्द्रिका बाबू की दरियादिली कहते हैं तो बिस्वा इसे चन्द्रिका बाबू की बेईमानी का एक नया अध्याय। सच क्या है? यह सिर्फ़ छुटकी जानती है। छुटकी को पता है कि यह अचम्भा इस गाँव में सम्भव हो पाया तो इसके पीछे उसके कई-एक शनिवार का तप है, जिसमें भूखे रहकर उसने पीपल में जल चढ़ाया था। छुटकी को याद है जब वह दूसरी बार लखनऊ प्रथम वर्ष की परीक्षा देने गयी थी, तब वह बिजली के चकाचौंध से काफ़ी प्रभावित हुई थी। गाँव में कैसा अँधेरा है। बग़ैर प्रकाश के, बग़ैर टेलीविजन के यह कैसा जीवन? छुटकी ने इस गाँव के हित में कुछ करने का दृढ़निश्चय किया। गाँव में वह बिजली लाकर रहेगी। उसने सोचा हर शनिवार पीपल में जल डालना होगा। 22 जून, 2002 को छुटकी ने पहली बार पीपल में जल डाला था। लगातार दस शनिवार तक ऐसा चलता रहा, फिर उसने अपने तप को थोड़ा और कष्टप्रद बनाया। अब उसने हर शनिवार को भूखे रहने का भी निश्चय किया। छत्तीसवाँ शनिवार गुज़रा, कि उसके तप ने असर करना शुरू किया। मुखिया जी की माता का निधन, चन्द्रिका बाबू का गाँव आना, सब उसी असर का हिस्सा था जो अपने आप होता चला गया। भारत वर्ल्डकप के सुपर सिक्स में कैसे पहुँचा, सचिन ने अच्छी बैटिंग कैसे की, पूरा देश कुछ भी समझे, लेकिन सच छुटकी को पता था। यह महज एक संयोग नहीं था। एक मार्च, 2003 जिस दिन भारत-पाकिस्तान का वह महत्वपूर्ण मैच हुआ था, उस दिन छुटकी का सैतीसवां शनिवार था।

छुटकी जानती है न ही उस दिन सचिन अपने होश में था और ना ही चन्द्रिका बाबू। यह सब उसके व्रत का फल था।

छुटकी ने अपने व्रत को मात्र चन्द्रिका बाबू द्वारा की गई बिजली लाने की उद्घोषणा पर नहीं छोड़ा, उसका व्रत लगातार चलता रहा। आखिर छुटकी का तप रंग लाया और आठ अगस्त, 2003 को इस गाँव में पहली बार बल्ब जला। छुटकी चाहती तो अपने व्रत के सिलसिले को यहीं थाम सकती थी। पर वह जानती थी कि उसका यह तप महज बिजली के लिए नहीं था। वह तप करती रही और उसे फल मिलता रहा। छुटकी का यह व्रत बन्द हुआ बिजली आने के लगभग एक महीने बाद 6 सितम्बर, 2003 को। यह वह दिन था जब रामप्रसाद अपनी बेटी की ज़िद के आगे झुककर शहर से ओनिडा का एक चौदह इंच का ब्लैक-एंड व्हाइट टी.वी. ले आये। छुटकी का यह चौसठवाँ शनिवार था। वह आज भी उन दिनों को याद कर रोमांचित होती है, कितना कठिन तप था वह।

6 सितम्बर, 2003 का दिन छुटकी की ज़िन्दगी के लिए ऐतिहासिक महत्व रखता है। सुबह स्नान करके मन्दिर जाते हुए उसने महसूस किया था कि वह दिन उसके लिए तीन मायनों में काफ़ी महत्वपूर्ण हो चुका है। प्रथम तो यह कि वह आज अपने महत्वपूर्ण व्रत को निस्तार देने जा रही है। दूसरा, अपने पिता को वह सुबह

टेलीविजन खरीदने को भेज चुकी है और तीसरा, उस दिन उसकी ज़िन्दगी का वह पहला दिन था, जब उसने ब्रा पहनी थी। छुटकी रोमांचित है। क्योंकि कुछ नया है इसलिए वह रोमांचित है। वह मन में सोचती है, रामधनी की दुकान से ली गयी 32 नं. की वह ब्रा पेरिस ब्यूटी कम्पनी की है और उसका रंग सफेद है। छुटकी जानती थी उसकी ज़िन्दगी का यह एक बड़ा तथ्य है जिसे सिर्फ़ वह और उसकी माँ जानती है।

लेकिन ऐसा नहीं था। उन दोनों के अलावा लल्लन की दुकान पर खड़े वे चार लड़के और भी थे जिन्हें उस दिन ही इस बड़े तथ्य का पता चल चुका था। हर बार मन्दिर या करूवा मोड़ जाते वक्त लल्लन की दुकान से गुज़रते हुए छुटकी ने कुछ जोड़ी आँखों को अपने ऊपर महसूस किया है। परन्तु छुटकी की हिम्मत और उसका ज़मीर कभी उसे इस बात की अनुमति नहीं दे पाया कि वह एक बार उन लड़कों को देख ले। छुटकी की निगाह सब दिन जमीन में गड़ी ही रह गयी। हाँ, छुटकी के लिए यह सदा एक रहस्य की रह गया कि घर से वह कब निकलती है, इसका पता उन लंपटों को आखिर कैसे लग जाता है। लल्लन की दुकान काफ़ी बदनाम है। असामाजिक तत्वों का जमावड़ा रहता है वहाँ। बिस्वा कई बार आवाज़ उठा चुका है इसके ख़िलाफ़। एक बार वह लल्लन पर हाथ उठाने की कोशिश भी कर चुका है। पर लल्लन उससे अधिक बलवान निकला, उल्टे बिस्वा की ही धुलाई हो गयी। तब से लल्लन की वह दुकान इन लंपटों का जमावड़ा बनकर रह गयी है।

दुकान पर खड़े उन लड़कों को छुटकी जब से दिखनी शुरू होती है और सामने से गुज़रकर जब तक दिखती रहती है वे बहुत ही गम्भीर होकर उसे देखते हैं। उनकी नजर छुटकी के सभी अंगों का एक-एक कर मुआइना करती है। और इस मुआइने के उपरान्त वह छुटकी की छाती पर आकर अटक जाती है। वे यहाँ अटककर कुछ ढूँढ़ना चाहते हैं। किन्तु छुटकी की मोटी चुन्नी एक बड़ी बाधा है। आखिर शत-प्रतिशत कॉटन है वह। हर बार वह इस दुकान के आगे से गुजरते उन लड़कों के हाथ में निराशा थम जाती है। ना उन्हें आगे ही कुछ मिल पाता है और ना ही पीछे। परन्तु आज वे लड़के चौंक गये। उन लड़कों ने आज छुटकी की पीठ पर आज एक कसाव महसूस किया। उनकी बाँछें खिल गयीं। छुटकी ने नहीं सुना, परन्तु लड़कों ने आपस में कहा—'अबे ये तो पहनने लगी...।' छुटकी नहीं जानती है लेकिन उसके इस बड़े सच को उसके और उसकी माँ के इतर उसी दिन जान लेने वाले चार लड़के और भी हैं कि 'उसने आज पहली बार...।'

छुटकी उस दिन प्रामाणिक रूप से जवान हो गयी।

बाजीगर : छुटकी का पहला प्यार शाहरुख़ ख़ान

ऐसा नहीं है कि छुटकी के दिल ने कभी प्रेम की कुलाँचे नहीं भरी। ऐसा भी नहीं है कि उसके दिल की बगिया में प्रेम की कलिका कभी खिली ही नहीं। सच तो यह है कि उसके पास भी अपनी सहेलियों के बीच सुनाने के लिए 'ड्रीम मैन' का देखा गया एक स्वप्न है। एकदम सुपरहिट। एक ऐसा स्वप्न जिसका हीरो न तो राजा है न राजकुमार। न ही वह हाथी से आता है और न ही रथ से। वह आता है एक घोड़े पर। दूर से आता हुआ घोड़ा, उस पर काले कपड़े में नायक। काली शर्ट, पैंट, गाऊन, टोपी और आँखों पर काला मास्क़। दूर से चेहरा बिल्कुल भी पहचान में नहीं आता। परन्तु ज्यों-ज्यों चेहरा आँखों के समीप आता जाता है धुँधलका स्पष्ट होता है। आँखों पर से काला मास्क हटते ही छुटकी चिहुक उठती है, अरे! यह तो शाहरुख़ ख़ान है। फिर गाने की धुन बजती है—'मेरा दिल था अकेला तूने खेल ऐसा खेला तेरी यादों में जागूँ रात-भर, बाजीगर...ओ बाजीगर।'

मैट्रिक की बोर्ड की परीक्षा समाप्त होने पर पिता ने निर्णय लिया था कि बेटी की कड़ी मेहनत का कुछ फल दिया जाये। होश सम्भालने के बाद छुटकी का यह शहर आना महज तीसरी बार था। एक बार माँ की तबीयत खराब होने पर। दूसरी बार माँ के साथ गहने बनवाने। लेकिन उसकी ज़िन्दगी में यह पहली बार था जब वह और उसका पूरा परिवार शहर सिर्फ फ़िल्म देखने आया था। बिल्कुल अलग-अलग महसूस हो रहा था छुटकी को उस दिन। उस शहर में जयप्रभा और सूर्या दो टॉकीज हैं। रामप्रसाद ने किसी-किसी के मुँह से जयप्रभा टॉकीज का नाम सुन रखा था। उन्होंने माना—चर्चा है तो अच्छा है। छुटकी को आज भी याद है वह पोस्टर, जिस पर लिखा था—'शाहरुख़ ख़ान सप्ताह।' डेली चेंज। सात दिनों में शाहरुख़ की सुपरहिट फ़िल्में। वह दिन था बुधवार, 'दिवाना' और 'डर' के बाद 'बाज़ीगर'। पूरी फ़िल्म ने छुटकी को बाँधे रखा। शाहरुख़ ने शिल्पा शेट्टी को छत से नीचे फेंक दिया, तब छुटकी सिहर उठी थी। यह कैसा हीरो है? इतना क्रूर। लेकिन फ़िल्म समाप्त होते-होते छुटकी ने शाहरुख़ की तकलीफ़ को काफ़ी क़रीब से महसूस किया। कितना कष्ट उठाया था उसने, क्या करता वह बेचारा। फ़िल्म देखते वक्त ही उस ख़ास गाने ने छुटकी को कुछ ज़्यादा प्रभावित किया हो, ऐसा नहीं है। परन्तु उस रात थकी हुई छुटकी ने जब स्वप्न में उस गाने को देखा तब वह यह जान पायी कि वह गाना उसकी ज़िन्दगी के लिए ऐतिहासिक महत्व रखने वाला साबित हुआ है। सुबह उसने माँ को बताया था 'माँ' रात में वह घोड़े पर आया था।' माँ हँसती है। वह जानती है बेटी के कोमल ह्दय में एक राजकुमार का स्वप्न पलने लगा है जो उस घोड़े पर उसे बैठाकर आकाश के उस पार ले जायेगा।

यह अपने-आप में काफ़ी दिलचस्प है कि छुटकी ने जब भी स्वप्न देखा है इस गाने के इतर कुछ भी नहीं। यह भी अपने आप में कम दिलचस्प नहीं है कि छुटकी ने इस गाने का स्वप्न देखना जिस दिन शुरू किया था वह दिन था—बुधवार, और अब वह हर बुधवार को ही वह यह देखती आ रही है। यह कोई नहीं जानता लेकिन दिन की निश्चिन्तता उसे इस बात की छूट देती है कि उस दिन वह पूरी तरह तैयार होकर सोये। एकदम काजोल की माफ़िक। उसके बाल खुले होते थे और वह गाउन पहने होती थी। यह गाऊन जितना उसे काजोल के करीब ले जाता था, कुछ मदों के कारण काफ़ी दूर भी। उसके और काजोल के गाउन में एक बड़ा फ़र्क़ है। विडम्बना यह है कि छुटकी चाहकर भी इस फ़र्क़ को पाट नहीं सकती। अपनी ज़िद के मार्फत अपने मैरून कलर के गाऊन को वह हटाकर काजोल के स्काई ब्लू कलर के गाऊन की तरह का खरीद भी ले, लेकिन वह जानती है कि उसे इस बात की इजाज़त कभी नहीं मिल पाएगी कि उसका गाउन ठीक काजोल की तरह स्लीवलेस हो। उस स्वप्न से सन्दर्भित दो बातें ऐसी हैं जिसका ख़ुलासा कभी नहीं हो पाया। प्रथम तो यह कि क्या छुटकी अपने उस स्वप्न में पूरा गाना देखती है? क्या उसे पूरा गाना याद है? छुटकी को आज तक कभी-भी ठीक-ठीक यह याद नहीं रह पाया कि वह स्वप्न में गाने का कितना हिस्सा देख पाती है। उसे सिर्फ़ इतना ज्ञात है कि उस स्वप्न में नायक घोड़े पर आता है और करीब आकर अपनी आँख पर से मास्क़ हटाता है, घोड़े से नीचे उतरकर अपनी बाँहों में वह उसे जकड़ लेता है और गाने की धुन बजती है—'बाज़ीगर, ओ बाज़ीगर'। फ़िल्म सुपरहिट। फ़िल्म के रिलीज होने के छः वर्ष बाद देखा गया यह स्वप्न भी एकदम सुपरहिट। इस स्वप्न से सन्दर्भित दूसरा अनुत्तरित प्रश्न यह है कि क्या गाने के खत्म होने पर छुटकी भी ठीक काजोल की तरह करवटें बदलती है? छुटकी नींद में करवटें बदलती है या नहीं, यह जाना नहीं जा सकता है क्योंकि वह अपने कमरे में अकेले ही सोती है।

छुटकी यह कभी नहीं जान पायी और कभी जान भी नहीं पायेगी कि यदि वह फ़िल्म देखने महज एक दिन देर से शहर गयी होती तो उसके इस पूरे स्वप्न में बहुत बड़ी तब्दीली सम्भव थी। यदि वह अगले दिन यानी बृहस्पतिवार को शहर पहुँचती तो 'डेली चेंज' के नियम के अनुसार उसे फ़िल्म 'दिलवाले दुल्हनियाँ ले जायेंगे' देखनी पड़ती। और तब क्या पता शायद छुटकी अपने स्वप्न में यह गाना देखती—'मेरे ख़्वाबों में जो आये, आके मुझे छेड़ जाये, उससे कहो कभी सामने तो आये।' नायक वही होता, नायिका वही होती। वही शाहरुख़, वही काजोल लेकिन सीन और गाना बदल जाता। हाँ, इस वाले स्वप्न में एक विकट समस्या अवश्य उसके सामने खड़ी होती, क्या उसे 'दिलवाले दुल्हनियाँ ले जायेंगे' की काजोल की ड्रेस को पहनने की छूट दी जाती? शायद कभी नहीं।

छुटकी ने अपनी इंग्लिश की किताब में 'सिन्दबाद : द सेलर' की कहानी पढ़ रखी है। वह जानती है एक दिन उसका भी राजकुमार आयेगा और यहाँ से अपने साथ बाँधकर उड़ा ले जायेगा। हाँ, यह जरूर सत्य है कि सिन्दबाद के लिए वह एक पक्षी—बाज के रूप में था जबकि छुटकी के लिए वह है—बाज़ीगर। शाहरुख़ ख़ान—एक ड्रीम मैन।

छुटकी जब ग्रेजुएशन के सेकेंड ईयर में आ गयी थी तब उसका यह बाजीगर ड्रीम से निकलकर पहली बार हकीकत का रूप लेने लगा था। चयन बसु नाम था उसका।

जब से लखनऊ छोड़ना पड़ा था छुटकी को, रामप्रसाद इस बात की कमी महसूस कर रहे थे कि उसे यहाँ पढ़ाई का कोई माहौल नहीं मिल पा रहा है। अपनी भावना के आवेग में उन्होंने बेटी को वापस बुला तो लिया, परन्तु उन्हें यह अपराध-बोध हमेशा घेरे रहा कि अपने कारण कहीं वह छुटकी के अरमानों का खून तो नहीं कर रहे हैं? बेटी का मोह बड़ा था। पुत्री को छोड़ना उनके लिए मुश्किल था पर इस अपराध-बोध में वह घुल भी रहे थे। तभी उनसे टकराया था चयन बसु, करूवा मोड़ के बगल स्थित गाँव पिपरा में हाल ही में खुले यूनियन बैंक का वह नवयुवक क्लर्क। बंगाली, फर्राटेदार अंग्रेजी बोलने वाला। पर वह जब हिन्दी बोलता तो यह कह पाना कठिन था कि वह अहिन्दी भाषी है। रामप्रसाद ने पिपरा में उसे डेरा दिलवाने में काफ़ी मदद की थी। काफ़ी मिन्नत करने पर छुटकी को अंग्रेजी और गणित पढ़ाने को राजी हुए चयन बसु। सप्ताह में तीन दिन सोम, बुध और शुक्र को शाम 6 बजे आने का वायदा किया उसने।

चयन जब पहली बार पढ़ाने आया तो वह शुक्रवार का दिन था। रामप्रसाद ने महसूस किया समय के बहुत ही पाबन्द हैं चयन बाबू। काँटा 6 बजने पर पहुँचा कि दरवाज़े पर दिखे चयन बाबू। रामदुलारी चाची ने चयन के आने की सूचना सबसे पहले आँगन में दी थी। और साथ में यह भी जोड़ दिया था—'छोरा एकदम से राजकुमार है।'

छुटकी ने देखा एक सौम्य-सुशील लड़का जिसके चेहरे पर पढ़ाई का एक तेज़ है, कमरे में बैठा है। शायद वह थोड़ा शर्मीला भी है। छुटकी ने सोचा क्या वाकई यह पढ़ा लेगा? चयन ने देखा गाँव की एक अल्हड़ गोरी, जो अभी वय:सन्धि में है और जिसके चेहरे पर एक ऐसी शीतलता है जो किसी की थकान को हर ले। उसने अपने मन में सोचा—'क्या यही मेरे दिल की मल्लिका है?' यह था दोनों का एक-दूसरे से प्रथम परिचय।

एक-दूसरे को आपस में खुलने में थोड़ा वक्त लगा था—क़रीब एक महीना। फिर भी बहुत कहाँ खुल पाये थे वे आपस में। छुटकी ने पराये मर्द से ज़्यादा बातें करना

सीखा ही कब? हाँ, समय बीतने के साथ-साथ चयन के ज्ञान से धीरे-धीरे प्रभावित होती गयी वह। वह समझने लगी है, यह लड़का शर्मीला अवश्य है परन्तु समझ कितनी साफ़ है उसकी। कठिन-से-कठिन बातों को इतनी सरलता से समझाने की कैसी कला है उसके पास। छुटकी की नज़र में काफ़ी इज़्ज़त बढ़ गयी है चयन के लिए। लेकिन चयन। चयन तो प्यार करता है उसे। छुटकी समझती है। चयन पढ़ाते-पढ़ाते अचानक रुक जाता है। छुटकी उसकी आँखों को अपने चेहरे पर महसूस करती है परन्तु नज़र उठा नहीं पाती। क्यों? कारण ख़ुद छुटकी कहाँ ढूँढ पाती है। क्या चयन उसे पसन्द नहीं है? इसका ज़बाव सीधा-सादा 'नहीं' में कहाँ है उसके पास। क्या छुटकी चयन की उपस्थिति को सुखद नहीं महसूस करती है? क्या वह ख़ुद चयन के आने का बेसब्री से इन्तजार नहीं करती है? यह बेसब्री से किया गया इन्तजार क्या वाकई एक छात्रा का अपने शिक्षक के लिए किया गया इन्तजार है? छुटकी के लिए यह स्पष्ट करना काफ़ी कठिन है। चयन ईजाडोरा की आत्मकथा 'माई लाइफ' पढ़ने को देता है छुटकी को। छुटकी देखती है और समझने की कोशिश करती है कि पुस्तक में प्रेम के रस में पगी पंक्तियों को हाईलाइटर से मार्क करना क्या सच में अनायास है? वह दिन छुटकी के लिए उत्तेजना और पशोपेश भरा था जब चयन ने छुटकी की किताब वापस दी थी और उसमें एक लाल गुलाब था। यह भी शायद एक महज संयोग था कि वह दिन बुधवार था और छुटकी को उस रात स्वप्न देखना था। छुटकी ने नियमित रूप से उस रात को भी स्वप्न देखा था। वह घोड़ा और उस घोड़े पर वह नायक दूर से पास आता हुआ। पर यह क्या, ज्यों ही वह करीब आता है और अपनी आँखों से मास्क हटाता है तो वह चेहरा बदला है। छुटकी साफ़-साफ़ पहचानती है वह कोई और नहीं चयन बसु है। चयन को पता नहीं, लेकिन उसने एक पल को ही सही उस एक कन्या के स्वप्न में बॉलीवुड के सुपरस्टार शाहरुख़ ख़ान को विस्थापित कर दिया। छुटकी ने स्वप्न में चयन के आलिंगन में अपनापन महसूस किया था। तो आ ही गया सिन्दबाद को अपने साथ ले जाने वाला बाज़ीगर। वह सचमुच का बाज़ीगर है।

लेकिन यह क्या उस स्वप्न में आज पिता भी दिखे। उस कोने में वे तो बैठे हैं। उनका सर झुका हुआ है और यह क्या? उनकी आँखों में आँसू!

छुटकी ने अपने दिल पर पत्थर रख लिया। उसने मान लिया स्वप्न का हकीकत में तब्दील होना सम्भव नहीं। स्वप्न हमेशा बन्द आँखों के लिए है। उसने सोच लिया 'सिन्दबाद : द सेलर' की कहानी झूठी है। भला कोई पक्षी उसे उस बड़ी-सी खाई से कैसे निकाल सकता है। कोई बाज़ीगर कभी-भी किसी को भी अपने साथ ले जाने के लिए नहीं आता है। चयन के प्रस्ताव को उसने बिल्कुल मौन रहकर अस्वीकार

कर दिया। सच! छुटकी पिता को स्वप्न में भी अपने लिए दु:खी होते नहीं देख सकती।

छुटकी की सेकेंड ईय़र की परीक्षा खत्म हुई, उधर चयन का ट्रांसफर हुआ। चयन जाने से पहले अन्तिम बार मिलने आया था। सबसे विदा लेने के उपरान्त वह छुटकी से मिला। कमरे में अकेले खड़ी थी छुटकी और ठीक सामने था चयन। दोनों बिल्कुल शान्त। वह पाँच मिनट की नीरवता कितनी बोझिल थी, वह सिर्फ़ छुटकी जानती है। इस नीरवता को तोड़ा था चयन ने। बिल्कुल समीप आकर, अपने दोनों हाथों से उसके झुके चेहरे को ऊपर उठाया था उसने। और फिर लगभग 20 सेकेंड की नीरवता। 20 सेकेंड का अन्तराल। छुटकी अपने कलेजे की धड़कन को साफ सुन पा रही है। और शायद चयन की धड़कन को भी। क्या छुटकी ने कभी सोचा था कि चयन एक दिन उसके इतने करीब होगा कि वह उसकी धड़कन सुन पाएगी? क्या स्वप्न हकीकत में बदलने वाला है? क्या बाज़ीगर काजोल को अपनी बाँहों में भींच लेगा? पर चयन ने धीरे से सिर्फ़ इतना कहा था—"मैं जानता हूँ, तुम मुझसे प्रेम करती हो।" फिर अपने ओंठ को उसने छुटकी के ओंठ पर धर दिया था। उन ओठों पर चयन ने एक हल्का-सा कम्पन महसूस किया था। और एकदम से पलट कर चला गया चयन। तुरन्त दो-दो बूँद दोनों ही आँखों से आँसू गिरे थे जिसने उसके ओठों को धुल दिया था। पाँच सेकन्ड भी नहीं रह पाया चयन का वह स्पर्श। छुटकी जानती थी, चयन के इस स्पर्श को संजोकर रखना बहुत कठिन है।

वह दिन भी बुधवार था और उस दिन छुटकी ने अपनी ज़िन्दगी का अन्तिम स्वप्न देखा था। उसे अच्छी तरह याद है उसने इस बार अपने स्वप्न में पूरा गाना देखा था। उसने देखा था कि गीत खत्म होने पर वह नायक फ़िर से अपनी आँखों पर मास्क़ लगाकर घोड़े की सवारी कर वापस लौट जाता है। छुटकी ने साफ़-साफ़ देखा था, हाथ हिलाता हुआ जा रहा है बाज़ीगर। उसका चयन।

आज जबकि छुटकी ने ग्रेजुएशन पास कर ली है तब इस घटना को गुज़रे हुए डेढ़ वर्ष के करीब हो चुके हैं।

'शिक़वा', 'तलाक़ क्यों' : और कितने ऐपिसोड देख पाएगी छुटकी?

छुटकी जवान हो गयी है, यह सत्य पिता रामप्रसाद को हर पल एक बड़ी जिम्मेदारी का आभास करवाता है। यूँ तो बेटी के बाप होने की जिम्मेदारी वे एक बार पहले भी निभा चुके हैं। उन्होंने अपनी छोटी बहन की शादी अपने ही हाथों सम्पन्न करवायी थी। पिता का जब देहान्त हुआ था तब अपने पीछे वह अपनी एक लड़की की जिम्मेदारी रामप्रसाद पर छोड़ गये थे। अपनी जिम्मेदारी बख़ूबी निभायी थी रामप्रसाद

ने। बारह वर्ष गुज़र गये इस बात को, अब छुटकी की जिम्मेदारी आ गयी है रामप्रसाद के कन्धों पर। बहुत परेशान और चिन्तित रहते हैं रामप्रसाद। रामदुलारी चाची कहती हैं 'जवान बेटी का बाप ढाई घंटे से ज़्यादा तब तक नहीं सोता जब तक कि उसकी डोली न उठ जाये।'

छुटकी के ग्रेजुएशन पास कर जाने से एक अतिरिक्त दबाव आ गया है रामप्रसाद पर। लड़की के लायक़ लड़का भी तो ढूँढना होगा। पिछले एक वर्ष से सक्रिय हैं वे इस मद में। कहाँ-कहाँ नहीं ढूँढा उन्होंने? कितने गाँव और कितने लड़कों का अब तक मुआयना कर चुके हैं रामप्रसाद, उन्हें ख़ुद याद नहीं। जिस किसी ने भी किसी गाँव का पता बताया, बस अगले ही दिन किसी-न-किसी को लेकर साथ वहाँ पहुँच गये। चिलचिलाती धूप हो या तेज बरसात, अभी कहाँ कुछ दिखता है उन्हें। पर कहीं भी बात नहीं बन पायी। कभी कोई गाँव पसन्द नहीं आया तो कभी किसी लड़के की माँग के आगे इनकी हैसियत जवाब दे गयी। छुटकी की माँ की भी कुछ अपनी शर्तें हैं। बेटी की शादी अपने गाँव से बहुत दूर करने को राजी नहीं है वह। बहुत दूर, बिल्कुल परदेश जैसा लगता है, बेटी से मिलने का मन करे तो सुबह से शाम हो जाये। और ऐसा घर तो बिल्कुल भी नहीं कि लड़का चार-चार भाई ही हो। बेटी तो खाना बनाते-बनाते ही दम तोड़ देगी। बदला गाँव में एक रिश्ता पसन्द आया था रामप्रसाद को, लेकिन छुटकी की माँ ने सिर्फ़ इसलिए उस लड़के को इनकार कर दिया कि लड़के की माँ नहीं है। घर में अकेली कैसे रहेगी फूल-सी बच्ची। तबीयत भी खराब हुई तो कौन देखेगा उसे। पचासों रिश्ता देख चुके हैं रामप्रसाद। रामदुलारी चाची सांत्वना देती हैं 'जोड़ी तो भगवान के घर में बनती है, जहाँ लिखा है वहाँ तक अभी पहुँच नहीं पाये हो।'

रामप्रसाद भी मानते हैं, जोड़ियाँ ईश्वर बनाते हैं, परन्तु हाथ पर हाथ रखकर बैठा भी तो नहीं जा सकता।

ऐसा नहीं है कि घर में पसरे इस दबाव को छुटकी महसूस नहीं करती है। जब भी पिता कहीं बाहर से आते हैं, माँ कितना उत्साहित होकर बैठती है उनके पास। लेकिन कोई प्रगति नहीं सुनकर उनके उत्साह पर कैसा पानी फिर जाता है, करीब से देखा है छुटकी ने इसे। एक मातम-सा छा जाता है उस दिन घर में। पिता का दिपदिपाता हुआ चेहरा कैसा तो काला पड़ गया है। चेहरा देखो तो तरस आता है। गाल और आँखें तो बिल्कुल धँस ही गयी हैं। चैन से खाना ही कहाँ खा पाते हैं वे। हर वक़्त एक चिन्ता माथे पर मंडराती रहती है। उन्हें हँसते हुए देखे तो ज़माना हो गया छुटकी को। जब भी घर पर होते हैं, सामने बैठकर खाना खिलाती है छुटकी। लेकिन खाना भी रुचि से कहाँ खा पाते हैं अब। पर कर ही क्या सकती है वह। मन

में सोचती है वह, क्यों इतना भाग-दौड़ कर रहे हैं वो, इससे तो अच्छा है किसी के भी संग बाँध दें मुझे।

परन्तु पिछले तीन-चार महीनों से एक रिश्ता लगभग टिकता हुआ दीख़ रहा है रामप्रसाद को। दोनों पति-पत्नी ने काफ़ी—कुछ समझौता भी तो किया है परिस्थिति से। रामप्रसाद की इस कठिन परेशानी के समक्ष छुटकी की माँ की शर्तें लगातार कुछ-कुछ ढीली पड़ती गयी हैं। दो लाख रुपए नकद और एक हीरो-होन्डा स्पलैंडर पर बात पक्की हुई है। उनकी माँग तीन लाख नकद के बाद मोटर साइकिल की थी। काफ़ी मिन्नत-मशक़्क़त के बाद कम हो पाया यह। वह भी रामप्रसाद से कहाँ हो पाता भला। यह तो गाँव के स्कूल के मास्टर साहब रामजीवन बाबू का प्रभाव है उस गाँव पर। वही लाये भी तो थे यह रिश्ता। छुटकी को पढ़ाया है उन्होंने। बिल्कुल बेटी की तरह स्नेह रखते हैं छुटकी से वे। कहते हैं उन्होंने इतने दिनों की अपनी नौकरी में उतनी मेहनती और सुशील लड़की कभी नहीं देखी। एकदम गाय है, गाय। रामप्रसाद काफ़ी कृतज्ञ हैं उनका। जोखू काका कहते हैं—'अपना फ़र्ज़ निभा रहे हैं मास्टर। बेटी ही तो हुई उनकी भी। शिष्या और पुत्री में फ़र्क़ ही कितना है? एकदम हीरा आदमी है मास्टर।'

नसीबपुर गाँव यहाँ से जाने में लगभग तीन घंटे लगते हैं। दो घंटे का बस का सफ़र और एक घंटा ताँगे का। यह दूरी सुनकर छुटकी की माँ के अन्दर दिल में एक हल्का-सा दर्द होता है, पर पति का काला पड़ चुका चेहरा देखकर चुप हो जाती है वह। तीन भाइयों में सबसे छोटा है यह लड़का। नब्बे बीघा खेत है। तीनों भाइयों पर बाँट भी दो तो एक के माथे पर तीस बीघे का हिस्सा आया। पाँच बोरिंग हैं और एक ट्रैक्टर। दरवाज़े पर चार जर्सी गाय। तीन-तीन नौकर हैं सब देख-रेख करने को। राज करेगी बेटी राज। पति के चेहरे पर एक हल्की-सी खुशी देखकर छुटकी की माँ को राहत पहुँचती है। पति से पूछती है, गाँव में बिजली तो है। पति का चेहरा सख़्त हो जाता है, चिढ़ से जाते हैं 'बिजली से क्या होता है? यहाँ है तो कितनी रहती है भला।'

अपने कमरे में बैठी छुटकी सब सुनती है। उसे कोई दुख नहीं है। उसे अपने ईश्वर पर भरोसा है। एक बार फिर मेहनत करेगी वह। वहाँ फिर वह अपने व्रत को नियमित करेगी। छुटकी की माँ डरते हुए एक आखिरी सवाल अपने पति से करती है। 'लड़का पढ़ा-लिखा कितना है?' यही वह सवाल है जिससे बचना चाहते थे रामप्रसाद। यह सवाल बिजली की तरह गिरा उनके माथे पर। छुटकी की माँ ने पति के चेहरे पर फ़ैले दुख के सैलाब को भाँप लिया। रामप्रसाद ने काफ़ी मुश्किल से अपने कंठ से निकाला। 'ग्रेजुएशन में पढ़ रहा था। खेत-खलिहान के काम में छोड़ना पड़ा।' और तुरन्त एकदम से उठते हुए छोड़े गये निःश्वास के साथ उनका थका हुआ स्वर

निकला—'पढ़ने से क्या होता है अब?' छुटकी की माँ ने पति के भीतर आये इस बदलाव को महसूस किया। और शायद अन्दर बैठी छुटकी ने भी।

छुटकी के ग्रेजुएशन का जिस दिन रिज़ल्ट आया उसके अगले ही दिन रामप्रसाद नबीसपुर को निकल गये। क्या पता लड़की के रिजल्ट को सुनकर और खुश हो जायें वे। लड़के के पिता खुश हुए भी शायद। तब क्या बात पक्की समझें रामप्रसाद? लड़के के पिता ने लगभग हाँ कह दिया। बस एक छोटी-सी माँग, लड़के की माँ लड़की को एक नजर देखना चाहती है। पन्द्रह दिन बाद का दिन मुक़र्रर किया गया। निर्धारित हुआ कि रामप्रसाद अपने शहर तक छुटकी को लेकर आएँगे और इधर से ये लोग वहाँ पहुँच जाएँगे। एक छोटा-सा होटल है—राजदीप होटल, वहीं ठीक बारह बजे दिन का समय निश्चित किया गया।

लड़की को शादी से पहले दिखाना उस गाँव के लिए बिल्कुल नया है। रामप्रसाद ने जब इसे मँजूर किया तो गाँव वालों को भी सहन करना पड़ा। जोखू काका दुःखी हैं, पर रामप्रसाद के साथ हैं। कहते हैं 'ज़माना बदल गया है, अब नयी परम्परा की शुरुआत होनी ही चाहिए।' लल्लन की दुकान पर उनके लड़कों के बीच भी यह चर्चा का विषय है। 'देखना' शब्द से ही उनके बीच एक सिहरन है। 'पता नहीं क्या-क्या देखेंगे भला?'

रामप्रसाद ने शहर जाते हुए अपने साथ जोखू काका को भी लिया था। बड़ा बेटा, छुटकी और छुटकी की माँ। उधर से तीन थे। लड़के का मँझला भाई, लड़के की बहन और माँ। छुटकी को याद है होटल के बाहर धूप में निकालकर देखा था लड़के की माँ ने उसे। बिल्कुल ऊपर से नीचे तक। छुटकी ने निरीक्षण करती उन आँखों को काफ़ी करीब से महसूस किया। उन बूढ़ी आँखों में उसे वह पारख़ीपन दिखा जो कभी उसकी आँखों में होता है जब वह कपड़े की दुकान पर अपनी माँ के लिए साड़ी पसन्द कर रही होती है। कहते हैं कपड़े की दुकान पर कभी भी रात में मत पहुँचो, ट्यूब की दूधिया रोशनी में हर कपड़ा चमकीला दिखता है। सही कपड़ा पसन्द करने के लिए तो धूप की ही रोशनी चाहिए। खाना-पीना खाते हुए एक-डेढ़ घंटा लगा था, और उस बीच छुटकी को काफ़ी सतर्क रहना पड़ा था। कहीं पानी पीते हुए वह सरक न जाये, कहीं छींक न आ जाये या कहीं पानी पीते हुए हाथ से गिलास ही न छूट जाये। खासकर इस बीच चुन्नी का ख़याल रखना तो सबसे अधिक आवश्यक था। वह इस बीच छाती से एक इंच भी सरकने न पाये। घर से चलते वक़्त उसने कहा था माँ को कि उसे कॉटन वाली चुन्नी डालने दे वह, पर नहीं, चमकीला दिखे इसलिए उसे यह सोफियानी चुन्नी डालनी पड़ी। कितना फिसलती है यह चुन्नी।

सही ढंग से सारा कुछ निपट जाने से कितने खुश हुए रामप्रसाद। लड़के की ओर से आने वाले हर एक के चेहरे पर एक सन्तुष्टि की छाप उन्होंने देखी थी। उनके

ख़ुद के चेहरे पर भी एक स्मिति की रेखा उभरी थी। पिता के चेहरे की यह मुस्कराहट कितना राहत देती है छुटकी को। हे भगवान, आगे भी इसी तरह सब ठीक हो जाये। जाते वक्त लड़के के बड़े भाई ने रामप्रसाद को प्रणाम करते हुए अगले सोमवार को घर पर आने का आमन्त्रण दिया। रामप्रसाद के दिल में लड्डू फूटने लगे। लगता है अब नैया पार लग जाएगी। रामप्रसाद ने ऊपर देखते हुए मन में सोचा 'सब तुम्हारी माया है।' छुटकी की माँ ने अपने पति को देखकर सोचा 'कितने खुश हैं वे।' जोखू काका ने कहा 'बस अब पैसों की व्यवस्था करो।' छुटकी ने अपने मन में सोचा क्या अब 'शिक़वा' की कहानी उससे छूट जाएगी। क्या होगा नाज़िया का? और क्या होगा जाफर ख़ान का?

कितने दिनों के बाद घर में एक हल्की-सी खुशी बिखर पायी। पैसों के इन्तजाम में पिता अब भी काफ़ी परेशान हैं। पर छुटकी देखती है इस परेशानी और उस परेशानी में काफ़ी बड़ा फ़र्क़ है। इस भाग-दौड़ के बीच भी उनके चेहरे पर छोटी ही सही लेकिन एक सन्तुष्टि की रेखा खिंची हुई है।

आज सोमवार की शाम है, और छुटकी की माँ बार-बार दरवाज़े की ओर देखकर सुबह गये पति की आस देख रही है। आज दिन में सोई भी कहाँ है वह। रामदुलारी चाची के साथ बैठी रही है बरामदे पर, दिन भर। कितने पल्ले साड़ी देनी है और कौन-कौन सा बर्तन, इसका सारा हिसाब रामदुलारी चाची के ही पास है। रामदुलारी चाची से ज़्यादा अनुभवी थोड़े ही हैं वे। दोपहर से तीन कप चाय पी चुकी है चाची। छुटकी चाय बनाकर दिये जा रही है। पर वह आज पास बैठ कहाँ रही है? उसे तो बड़ी शर्म आती है। हाँ बरामदे से सटा ही तो है उसका कमरा, सब सुनती है वह। और सुनते हुए माँ के सन्तुष्ट चेहरे को अन्दर से ही महसूस भी करती है। छुटकी भी आज खुश है, क्योंकि माँ खुश है।

इन्तजार की घड़ी बड़ी लम्बी होती है। लेकिन अँधेरा ढलने से पहले ही रामप्रसाद आ गये। पर यह क्या? छुटकी की माँ देखती है पति का ज़र्द पड़ा हुआ चेहरा। आज तो उनके चेहरे पर सन्तुष्टि की रेखा होनी चाहिए थी फिर यह उदासी क्यों? आशंका क्यों? आशंका के बादल तैर गये उनके मस्तिष्क में। उनके मन में विचार कौंध गया 'क्या बेटी कुँवारी धरी रहेगी।' शान्त बैठे रामप्रसाद के चेहरे को देखकर छुटकी की माँ हो या रामदुलारी चाची दोनों को ही यह समझते देर नहीं लगी कि उत्तर नकारात्मक है। परन्तु इस इन्कार के पीछे का कारण पूछने की हिम्मत अभी किसी में नहीं। पिता के दरवाज़े के अन्दर घुसने के बाद उम्मीद के विपरीत वातावरण में तैर रही नीरवता ने कमरे के भीतर बैठी छुटकी को सब कुछ समझा दिया। उसने मन में सोचा अभी वह 'शिक़वा' और 'तलाक़ क्यों' के कुछ और एपिसोड देख पाएगी।

चुप्पी को तोड़ने की हिम्मत छुटकी की माँ ने की।

'आख़िर क्या हुआ?'

रामप्रसाद ने उत्तर देने में बिल्कुल भी वक़्त नहीं लिया। उनके दिल में जैसे कुछ रुका हुआ था। एक झटके में उन्होंने कहा—'लड़के की माँ कहती है, लड़की की लम्बाई कम है।'

छुटकी ने भी सुना और रामदुलारी चाची ने भी।

छुटकी की माँ के मुँह से झट से निकला—

'तब क्या सुष्मिता सेन चाहिए!'

छुटकी को आश्चर्य हुआ और खुशी भी, माँ सुष्मिता सेन को जानती हैं और उसकी लम्बाई को भी। हाँ पिछले शुक्रवार को टेलीविजन पर 'सिर्फ़ तुम' फ़िल्म जो आयी थी।

रामदुलारी चाची ने टूटे दिल को आस बँधाना चाहा। 'दुख मत करो, वह नसपिटा अपनी छुटकी लायक़ था ही कब, अपनी छुटकी तो राजकुमार से ब्याहेगी।' अब तक अपने में खोई छुटकी को अब अपना कर्तव्य याद आया। उसने अभी तक पिता को पानी तक भी नहीं दिया है। पिता को पानी देते हुए पिता के चेहरे की ओर देखने की उसने हिम्मत की। यह क्या, पिता की आँखें तो रोयी हुई आँखे हैं। उसके दिमाग ने तुरन्त एक झटका खाया। उसे लगा पिता की ये आँखें पहले भी उसने कभी देखी हैं। पर कब? उसके मस्तिष्क में अचानक वह स्वप्न घूम गया, जिसमें उसका चयन था और उसके पिता भी। हाँ बिल्कुल यही तो आँखें थीं। छुटकी चाय बनाने के लिए झट से रसोईघर में घुस जाती है और कॉटन वाली चुन्नी से अपनी आँख का कोर पोंछ लेती है।

घर में एक बार फिर मातम। पिता ने आज मात्र एक ही रोटी खायी, वह भी छुटकी के काफ़ी ज़िद के बाद। माँ तो आज शाम से ही खाट पर है। छुटकी ने भी तो एक ही रोटी खायी है।

'पोलर' का 'विन चेस्टर' मॉडल : कहानी के क्लाइमेक्स पर बदल गया नायक

रात बन्द कमरे में छुटकी दुखी अपने बिस्तर पर सोने की कोशिश करती है। परन्तु यह क्या आँख बन्द करने पर पिता की रोयी हुई आँखें दिखती हैं। छुटकी सो नहीं पाती। वह बार-बार अपने द्वारा किये गये असफल प्रयास को छोड़ देती है। लैम्प के मद्धम प्रकाश में उसे लेटे-लेटे बन्द पँखा दिखता है। बिजली तो आज सुबह से ही नहीं आयी।

चूँकि छुटकी को नींद नहीं आती है इसलिए बहुत-सी बातें सोचती है वह। उसे आज बार-बार याद आती है अपनी पिछली कई बातें। एकदम सीन-दर-सीन।

बिल्कुल फ्लैश बैक में। छत जहाँ कि पँखा लटका हुआ है, वहाँ बिल्कुल अँधेरा हो जाता है और नीचे उसकी आँखें प्रोजेक्टर का काम करती हैं। और उस छत पर उसकी ज़िन्दगी की कई अहम बातें एकदम सीन-दर-सीन आनी शुरू होती हैं।

प्रथम सीन है, इधर पाँचवी की परीक्षा और उधर बिस्तर पर तप रही छुटकी। गम्भीर बुखार में परीक्षा देती छुटकी और क्लास में पहली बार सैकन्ड करती छुटकी। लेकिन सुधार किया उसने अपने रिकार्ड में। फिर कोई ऐसी कक्षा नहीं जिसमें वह प्रथम श्रेणी न हो।

दूसरा सीन है, ग्रेजुएशन का। फिजिक्स का वह क्वांटम थ्यौरी। कितना रुलाया था उसने छुटकी को। कितना कठिन था वह। कितनी भी बार पढ़ लेती छुटकी, उसके पल्ले कुछ नहीं पड़ता। लेकिन वह भी ज़िद्दी है एकदम ज़िद ही पकड़ ली थी उसने। याद है छुटकी को लगातार दस दिनों तक शाम को वह सिर्फ क्वांटम थ्यौरी ही पढ़ती रही, तब समझी थी वह। आज भी कोई पूछ ले उससे, एकदम कंठस्थ है उसे।

एक तीसरा सीन रसोई घर का उसे याद आता है आज। रोटी बनाती हुई छुटकी। आड़ी-तिरछी बनती है रोटी उससे। जिधर बेलन चलाती है उधर ही बढ़ जाती है रोटी। माँ बार-बार कला समझाती है बेलन के साथ-साथ रोटी को घुमाने की। लेकिन छुटकी की समझ से यह परे है। भला बेलन के साथ चकले पर रोटी घूम कैसे सकती है? माँ एक मीठे परिहास के साथ बेटी को झिड़कती है 'मार खाएगी सास से।' एक हल्का दर्द छुटकी के दिल को भेदकर भीतर घुस जाता है। जी-जान लगा देती है वह। एक महीना लगा उसे। रोटी को एकदम चाँद सा गोलकर दिखाया उसने। आज उसके हाथ के इशारे पर रोटी चकले पर नाचती है।

चौथा सीन है स्वप्न का। स्वप्न में बाजीगर के ड्रेस में आया चयन उसे अपनी बाँहों में जकड़ता है। लेकिन उसी स्वप्न में पिता भी दिखते हैं। उधर कोने में बैठे, आँखों में आँसू लिए और सिर झुकाए हुए। फिर दिखता है उसे वह बाहर वाला कमरा। चयन जा रहा है। अन्तिम बार मिलने आया है उससे। वह आज भी महसूस करती है चयन के होठों की छुवन अपने होठों पर। उसे याद है चयन के द्वारा बोले गये वे अन्तिम चन्द शब्द—'मुझे मालूम है, तुम मुझसे प्रेम करती हो।' पर इसमें नया क्या है? यह तो छुटकी ख़ुद भी जानती है। फिर उसने स्वीकार क्यों नहीं किया? बग़ैर ज़बाव लिए चला गया चयन। उसका प्यार। उस कमरे में अकेली खड़ी रह गयी थी छुटकी, अपने चयन को जाते देखते हुए। लेकिन उसका सीना तब गर्व से फूला हुआ था। उसने स्वप्न में भी पिता की आँखों में आँसू आने नहीं दिए।

यह पिता की आँखों में आँसू वाला एपिसोड उसे आज देखे गये पिता की रोयी हुई आँखों से तुरन्त कनैक्ट कर देता है। इतना कुछ करने के बावजूद भी आखिर कहाँ रोक पायी वह पिता की आँखों के आँसू को। पर आज क्या कर सकती है भला छुटकी।

फिजिक्स की थ्यौरी हो तो कड़ी मेहनत से सीखी जा सकती है, आड़ी-तिरछी बन रही रोटी को अपने अभ्यास से गोल किया जा सकता है, पिता की आँखों में आये आँसू को रोकने के लिए अपने प्रेम की तिलांजली दी जा सकती है। लेकिन लम्बाई कम है, इसका निदान उसके पास नहीं। आज का तो सवाल ही पेचीदा है। क्या इस सवाल का हल है उसके पास?

परन्तु छुटकी हारती नहीं। वह ज़िन्दगी में हारना नहीं चाहती है। वह इस सवाल पर काफ़ी देर मन्थन करती है। इस मन्थन के एक किनारे पर है उसकी कम पड़ती लम्बाई और दूसरी तरफ है पिता की रोई हुई आँखें। छुटकी एक रास्ता तलाश करना चाहती है आज। अपने विचारों के साथ वह काफ़ी मशक़्क़त करती है। यह निश्चित है कि वह अपने पिता की आँखों में आँसू बदाश्त नहीं कर सकती। पिता की आँखों में आँसू उसकी हार है। और अपनी हार कहाँ बदाश्त कर पायी है छुटकी। क्या इसी हार से बचने के लिए अपने चयन के उस अमूल्य प्रेम का त्याग नहीं किया उसने।

लेकिन इस कम पड़ रही लम्बाई का दूसरा रास्ता क्या है? क्या उसे अपनी लम्बाई बढ़ानी होगी? क्या यह सम्भव है? छुटकी जानती है जीवन में हर समस्या का एक समाधान है। छुटकी के मस्तिष्क में अनायास फिजिक्स में पढ़ा एलास्टिसिटी का सिद्धान्त कौंध जाता है। किसी वस्तु पर विरूपक बल के द्वारा उसके आकार और रूप में एक परिवर्तन आता है। हाँ इस विरूपक बल के हटाने से वस्तु अपनी पूर्ण अवस्था को प्राप्त करती है, यही प्रत्यास्थता (Elasticity) है। परन्तु इसमें दो प्रकार की वस्तुएँ हैं—एक पूर्ण प्रत्यास्थ और दूसरा पूर्ण सुघट्य। पूर्ण सुघट्य वस्तुएँ विरूपक बल के हटने के बावजूद भी अपनी पूर्व अवस्था में नहीं लौटतीं।

छुटकी लेटे-लेटे एक दृढ़ निर्णय पर लगभग पहुँच गयी है। उसकी आँखों में एक चमक आ जाती है। फ्लैश बैक समाप्त हो जाता है। उसकी आँखों से धुँधलका हट जाता है और छत पर टँगा पंखा अब स्पष्ट दिखने लगता है। पंखा ही नहीं पंखें पर लिखा बड़ा सा शब्द 'पोलर' भी। छुटकी को याद आया यह 'पोलर' का 'विन चेस्टर' मॉडल है 'हाई स्पीड' का यह पंखा अब तक पोलर कम्पनी के तहत बनने वाले सारे पंखों में सबसे अधिक तेज चलने वाला पंखा है। जब चलता है तो कैसे सन्न-सा चलता है। पूरा कमरा कैसा हवा से भर जाता है। शंकर भगवान का वह कैलेंडर कैसे फर्र-फर्र उड़ता रहता है। छुटकी ने चुन्नी को अपने गले से उतारकर अपने को रिलैक्स किया। उसे याद आया आज तो वह गले में चुन्नी लपेटे ही लेट गयी थी। याद नहीं था शायद। गले से चुन्नी हटने पर एकबारगी रिलैक्स महसूस होता है उसे। कॉटन की वह चुन्नी कितनी मोटी है। एकदम शत-प्रतिशत कॉटन जो है।

छुटकी ने दृढ़ निश्चय कर लिया वह आत्महत्या करेगी।

मात्र 23 दिनों में ही गाँव का रुख़ बदल जाएगा, लेखक को भी कहाँ पता था?

छुटकी की लाश को पोस्टमॉर्टम के लिए ट्रैक्टर पर शहर ले जाया गया। ट्रैक्टर पर छुटकी आराम से लेटी थी। आँखें बन्द थीं, बाल बिखरे हुए थे और चेहरे पर एक सफेदी पुती हुई थी। वह चुन्नी जिससे उसने अपनी लम्बाई बढ़ाने की कोशिश की थी और जिस प्रयास में उसकी मृत्यु हो गयी थी, अब भी उसके पास थी। ट्रैक्टर के चारों ही ओर एक उत्सुक भीड़ थी। सबने यह देखा था कि वह चुन्नी अब काफ़ी मुड़ी-तुड़ी हुई है। उस पर गाँठ के निशान थे। छुटकी के कपड़े काफ़ी बेतरतीब थे लेकिन उस बेतरतीबियत के बीच भी चुन्नी छुटकी के वक्ष को ढके हुए थी।

पोस्टमार्टम की रिपोर्ट ने यह बताया कि छुटकी की मृत्यु लगभग तीन-साढ़े तीन बजे सबुह हुई है। छुटकी बिछावन पर रसोई का सारा काम निपटाकर साढ़े ग्यारह बजे रात में पहुँची थी। करीब दो घंटे उसने इन सभी बातों पर मन्थन किया था। लगभग ढाई बजे वह निष्कर्ष पर पहुँची थी। निष्कर्ष पर पहुँचने और मृत्यु होने का यह अन्तराल लगभग पैंतालीस मिनट का है। इस बीच छुटकी ने दो काम किये थे। पहला तो यह था कि उसने एक सुसाइड नोट लिखा था। जो अब पुलिस को मिल चुका है। परन्तु चूँकि उसे सार्वजनिक कर दिया गया था इसलिए उसका उल्था यहाँ आगे दिया जाएगा। दूसरा काम उसने यह किया था कि अपने पलंग पर से पंखे तक पहुँचने के रास्ते की उसने तलाश की थी। इस दूरी को पाटने में उसे काफी मशक्कत करनी पड़ी थी। उस रूम में पड़ा हुआ स्टूल थोड़ा छोटा था। छुटकी के लिए छज्जे पर रखे हुए बक्से को उतारना एक कठिन कार्य था, परन्तु वह उसकी एक मजबूरी थी। बक्सा उतारते वक्त उसे काफ़ी सचेत रहना पड़ रहा था कि कहीं कोई आवाज़ न हो जाये। उसके लाख चाहने के बावजूद एक आवाज़ हुई थी। वह पिता के जूते का डिब्बा था जो बक्से के ऊपर रखा था और इस क्रम में नीचे गिर गया था।

छुटकी की माँ सुबह रोकर बताती है। उसके कमरे में रात कुछ गिरने की आवाज़ आयी थी। पर अपने ही कमरे से मेरे पूछने पर उसने कहा कि कुछ नहीं बिल्ली है। वह पछताती है, काश वह एक बार उठकर देख लेती तो शायद बच्ची आज उसके पास होती।

अब यहाँ छुटकी के सुसाइड नोट को कहानी की माँग के अनुसार शब्दश: दिया जा रहा है।

"मुझे सुसाइड नोट लिखना नहीं आता, क्योंकि मैंने कभी नहीं लिखा है। हाँ फ़िल्मों में कभी-कभी देखा अवश्य है। बाज़ीगर फ़िल्म में शाहरुख़ खान ने भी

लिखवाया था।

मैं अपने पापा से बहुत प्यार करती हूँ। उनकी आँखों में आँसू नहीं देख सकती हूँ। पिछले साल भर से मेरे कारण वह काफ़ी तकलीफ़ में हैं, उनका चेहरा कैसा काला पड़ गया है। अब मेरी लम्बाई कम है इसमें वे या मैं क्या कर सकती हूँ। इसलिए कृप्या मेरी मौत के लिए मेरे पापा तथा घर के किसी सदस्य को कोई भी कष्ट नहीं पहुँचाया जाये।

पापा के लिए—

पापा अगर कभी ज़िन्दगी में चयन मिले तो उससे कहियेगा, मैं उससे बहुत प्यार करती थी। और अब यह टी.वी. आप अपने रूम में रख लीजिएगा।

—छुटकी''

छुटकी की मौत ने सारे गाँव को फिर से संगठित होने को विवश कर दिया। आज सुबह से ही पूरे रजौरी गाँव के लिए एक बार फिर चर्चा का विषय बन चुकी है छुटकी। छुटकी के रिजल्ट वाले दिन के 23वें दिन पुनः आज गाँव का माहौल बिल्कुल उस दिन की पुनरावृत्ति है। आज भी गाँव के हर कोने में चर्चा का एक ही विषय है। चाहे वह मुखिया जी का दलान हो या बिसेसर चाचा का दरवाज़ा या लल्लन के परचून की दुकान। आज भी गाँव में कई तरह की बातें हो रही हैं। जोखू काका इसे एक बार फिर गाँव की हार की तरह स्वीकार कर रहे हैं। उनके गाँव की पाली का चमकता हुआ सितारा बुझ चुका है। वे कहते हैं आखिर लील ही लिया फूल-सी बच्ची को उस डायन तेतरिया ने। भला कहाँ देख सकती थी वह इस गाँव की खुशी। हाँ, जोखू काका के दिल में कहीं-न-कहीं यह बात अवश्य दबी हुई है कि छुटकी की भले ही मृत्यु हो गयी हो परन्तु उसने अपना रिकार्ड तो गाँव के नाम कर ही दिया है। रिकार्ड के लिए जिन्दा रहना जरूरी थोड़े ही है। और मरने से रिकार्ड समाप्त भी नहीं हो सकता। पर जोखू काका व्यावहारिक व्यक्ति हैं। वे जानते हैं, अभी रिकार्ड की बात करना अमानवीयता है। रिकार्ड की बात फिर कभी।

मुखिया जी के दलान पर आज बिस्वा ने फिर कुछ नया ऐलान किया है। एक बिल्कुल नयी खोज। उसने घोषित किया 'मुझे तो पहले से ही पता था। उसका लखनऊ में किसी के संग चक्कर था। पिछली दफ़े जबसे आयी है तब से ही उसका चेहरा उतरा हुआ था। पेट में बच्चा ठहर गया होगा। अब पाप बाहर दिखना न शुरू हो जाये, इसलिए टंग गयी वह।' उसने अपनी बातों को प्रमाणित किया 'पिछले एक महीने से किसी ने देखा भी है उसे। कैसे निकलती वह कलमुँही, पेट अब दिखने जो लगा होगा।'

ख़ैर यह तो सभी जानते हैं कि छुटकी की आत्महत्या पर की जा रही यह टीका-टिप्पणी दस-पन्द्रह दिनों में ठंडी पड़ जायेगी। परन्तु इस घटना से सम्बन्धित

दो ऐसे सच हैं जिनका उल्लेख किये बगैर यह कहानी पूरी नहीं हो सकती।

प्रथम, यह तो समझना बिल्कुल ही आसान है कि छुटकी की मृत्यु का सबसे अधिक दु:ख उसके माता-पिता को हुआ होगा। और बहुत हद तक रामदुलारी चाची को भी। परन्तु इस गाँव में चार लोग ऐसे भी हैं जिन्हें छुटकी की मृत्यु का दु:ख इन लोगों की तुलना में कम नहीं हैं। वे चार हैं, लल्लन की दुकान पर खड़े रहने वाले वे चार लंपट लड़के। वे चारों ख़ुद भी नहीं समझ पा रहे हैं लेकिन उनके अन्दर छुटकी की मृत्यु ने अनायास ही एक अपराधबोध उत्पन्न कर दिया है। वे कहते हैं—'कितनी सुशील थी वह लड़की। कभी उसने हमारी तरफ नजर उठाकर देखा तक भी नहीं।'

दूसरा सच उस चुन्नी से सम्बन्धित है, जिससे लटककर छुटकी ने अपनी ज़िन्दगी को समाप्त किया। यह चुन्नी रामधनी की दुकान से ख़रीदी गयी थी। इसे ख़रीदते वक्त रामधनी ने इसकी मज़बूती का दावा किया था। उसके द्वारा किये गये दावे ने आज अपनी सत्यता प्रमाणित कर दी है। आखिर छुटकी के उनचास किलो के वज़न को कई घंटे टाँगे रहना—भला मजबूती का इससे बड़ा प्रमाण और क्या दिया जा सकता है। अगर रामधनी के इस दावे की सच्चाई का ख़ुलासा यदि आज गाँव वालों के बीच हो जाये तो उसकी दुकान की कितनी प्रतिष्ठा बढ़ जाएगी। मगर छुटकी की मृत्यु के उपरान्त इस सच को जानने वाली इस दुनिया में सिर्फ एक है—आरती। छुटकी की सहेली आरती, जो उस दिन चुन्नी ख़रीदते वक्त उसके साथ थी। परन्तु आरती अब गाँव में कहाँ है। उसकी शादी यहाँ से लगभग पचास किलोमीटर दूर कसौनी गाँव में हो चुकी है। अब तो वह दो बच्चों की माँ भी बन चुकी है। परन्तु रामधनी अपनी दुकान की प्रतिष्ठा बढ़ाने के लिए उसके आने का शायद इन्तज़ार करेगा। कभी तो वह आयेगी।

अयोध्या बाबू सनक गये हैं

(रैमन मैगसेसे पुरस्कार से सम्मानित डॉ. वी शान्ता के लिए, जिनके कैंसर अस्पताल के 428 बेड में 250 बेड ग़रीबों के लिए आरक्षित हैं)

यह कहानी महज़ एक कहानी न होकर एक इश्तिहार है, जनसामान्य को यह सूचित करने के लिए कि बस्ती ज़िले के मुँडेरवा के निवासी अयोध्या प्रसाद त्रिपाठी, पिता हुकुम देव त्रिपाठी अपना दिमाग़ी सन्तुलन खो बैठे हैं। इस इश्तिहार का प्रकाशन उनको सतर्क करने के लिए है जो अयोध्या बाबू से परिचित हैं और पिछले छः महीने से उनसे नहीं मिले हैं और अब मिलने की सोच रहे हैं। आप उनके क़रीब जायें और वे आपको पहचानने में बिल्कुल अपने को असमर्थ घोषित कर दें तो ऐसे धक्के से आपको सुरक्षित करने के लिए ही इस इश्तिहार रूपी कहानी को सार्वजनिक किया जा रहा है।

लेकिन वे पाठक भी कृपया विचलित न हों जो अयोध्या बाबू से परिचित नहीं हैं। उन्हें भी निराश होने की कतई ज़रूरत नहीं है। क्योंकि उनके मनोरंजन के लिए भी इसमें तमाम मसाले हैं—रहस्य और रोमांच से भरपूर। एक तरह से यह आर्ट और कमर्शियल फ़िल्म के बीच बॉर्डर लाईन की कहानी है—आख़िर बाज़ारवाद का ज़माना है यह।

कल : स्मृतिपटल से अपना अर्थ खोने वाला पहला शब्द

अयोध्या बाबू को सनके हुए लगभग छः महीने हो गये। उनकी याद्दाश्त चले जाने को गाँव के लोग सनकना कहते हैं। हाँ तो अयोध्या बाबू को सनके हुए लगभग छः महीने हो गये। लेकिन तारीख़ के मद में इतनी अस्पष्टता क्यों, आइये आपको निश्चितता के और क़रीब लिये चलते हैं। आपको इस सन्दर्भित निश्चित तारीख़, निश्चित दिन और निश्चित समय तक बता देते हैं। वह 6 जनवरी 2005, दिन बृहस्पतिवार का शाम के पौने पाँच बजे का समय था। लेकिन यह उनके सनकने का

समय नहीं है, बल्कि उनकी सनक का पता लगने का समय है। उनका मस्तिष्क ठीक कितने बजे दिग्भ्रमित हुआ होगा यह ज्ञात करना तो लगभग असम्भव है लेकिन उनकी जिस गतिविधि से यह पता लगा कि उनका दिमाग़ बदल चुका है वह यही समय था। यही वह समय था जब वे अपनी पत्नी की चिता को जलाकर श्मशान घाट से लौट रहे थे। और इस बड़े शोध का श्रेय जाता है उनके छब्बीस वर्षीय भतीजे सागर को।

सागर को ज्यों ही इस नये शोध के निष्कर्ष का पता चला वह उसी नदी के किनारे पर ही भागा आया लोगों के पास और काफ़ी हतोत्साहित-सा यह सूचना सुना गया कि 'चाचा का दिमाग़ सुन्न हो गया है।' वहाँ उपस्थिति लोग इस स्थिति को भाँप पाये हों या न हों, लेकिन तब उसके चेहरे पर एक आश्चर्य के साथ कहीं-न-कहीं इस बात की ख़ुशी अवश्य थी कि इस तथ्य को पता लगाने वाला वह इस भूमंडल पर पहला इनसान है। सागर एक साँस में पूरी घटना सुना गया था।

घाट से सड़क पर खड़ी गाड़ी के नज़दीक आते हुए अयोध्या बाबू ने सागर को काफ़ी गम्भीर रूप से देखा था। ऐसे, जैसे वे उसे पहचानने की कोशिश कर रहे हों। ऐसे, जैसे उन्होंने सागर को पहली बार देखा हो। लेकिन सागर को ज़्यादा आश्चर्य नहीं हुआ। क्योंकि सागर जानता है चाचा पर बड़ी भारी विपदा है। सागर महसूस करता है पत्नी के बिछुड़ने का ग़म। सागर यह भी जानता है कि अयोध्या बाबू पत्नी को कितना प्यार करते थे।

अचानक अयोध्या बाबू एकदम बच्चे-सा बोले 'मुझे भूख़ लगी है।'

'हाँ, आपने तो कल शाम से ही खाना नहीं खाया है, घर पहुँचते ही खाते हैं' सागर एकदम से पसीज गया था।

अयोध्या बाबू सुन चुके थे, लेकिन शायद समझे नहीं थे। इसलिए अपनी माँग को उन्होंने दुहराया 'मुझे भूख़ लगी है।'

सागर को महसूस हुआ वे सुन ही नहीं पाये हैं। उसने अपनी बातों को एक बार फिर दुहराया—'हाँ भूख तो लगेगी ही, आपने तो कल से ही नहीं खाया है।'

'मुझे आज भूख लगी है।' अयोध्या बाबू ने 'आज' पर इतना ज़ोर डाला था जैसे उन्हें उनकी पूरी ज़िन्दगी में पहली बार भूख़ लगी हो। इस बार उन्होंने सागर को असमंजस में डाल दिया था।

'भूख़ तो आज ही लगी है, आपने कल से नहीं खाया है।' सागर थोड़ी मुश्क़िल में था।

कोई बात ऐसी थी जो अयोध्या बाबू को समझ में नहीं आ रही थी। इस बार वे एक हल्के अन्तराल तक चुप रहे और सागर के मुँह को स्थिर भाव से देखते रहे।

सागर को तब पता नहीं था, लेकिन तब तक अयोध्या बाबू का दिमाग़ी सन्तुलन

बिगड़ चुका था। अयोध्या बाबू की अगली पंक्ति ने सागर को एक झटका दिया।

'तुम कल किसे कहते हो?' अयोध्या बाबू के चेहरे पर तब एक बेचैनी थी। वे तब अतल गहराई में कहीं खोये हुए थे।

सागर तब उन्हें वहीं गाड़ी पर बैठाकर दौड़ता हुआ आया था लोगों के पास यह सूचना सुनाने कि 'चाचा का दिमाग़ सुन्न हो गया।' चाचा के इस सुन्न दिमाग़ को देखने तब जितने लोग वहाँ पहुँचे, उन्होंने देखा अयोध्या बाबू गाड़ी से उतरकर नीचे ज़मीन पर आलथी-पालथी मारकर बैठे थे। लोगों को देखकर शायद उन्हें कुछ जान में जान आयी हो, कि उन्हें अब ज़रूर खाना दिया जाएगा। उन्होंने तब एकदम ज़िद करना शुरू कर दिया था 'मुझे भूख लगी है—मुझे भूख लगी है।' और उनकी यह ज़िद तब तक चलती रही थी जब तक कि बाज़ार से खाना मँगवा कर उन्हें खिला नहीं दिया गया।

यही वह महत्वपूर्ण घटना है जिसने उन्हें पहली बार पूरे गाँव के सामने एक पागल के रूप में एक्सपोज़ किया था।

पागलपन के बारे में दो फुट नोट्स

अयोध्या बाबू के पागलपन के बारे में दो बातें जान लेना महत्वपूर्ण है। प्रथम तो यह कि उनका पागलपन थोड़ा विचित्र था। उनकी याद्दाश्त पूरी तरह एक ही बार में समाप्त नहीं हो गयी थी। उनके अन्दर हर-एक चीज़ की पहचान धीरे-धीरे धूमिल पड़ती जा रही थी। ऐसे, जैसे ब्लैकबोर्ड पर लिखे अक्षरों को कोई रोज़ थोड़ा-थोड़ा कर मिटाए। 'कल' को नहीं समझ पाने की उनकी यह प्रवृत्ति अनवरत चलती ही जा रही है। जबकि मैं अभी उनकी कहानी लिख रहा हूँ, वे पढ़ने के सारे अक्षर भूल चुके हैं और खाने के सारे आइटम की पहचान उनकी ख़त्म हो चुकी है। अभी अपने घर वालों को वे बख़ूबी पहचानते हैं लेकिन बाहर किसी भी व्यक्ति को पहचानना उनके लिए बहुत ही कठिन है, अगर किसी को वह पहचान भी लें तो अब किसी का भी नाम उन्हें याद नहीं है। चूँकि हर रास्ते को भी वे भूल चुके हैं, इसलिए उन्हें घर से बाहर कहीं जाने नहीं दिया जाता है। आप जब कभी भी उनसे मिलने जायेंगे वे घर के दरवाज़े पर ही मिलेंगे। उनके पागलपन के बारे में दूसरी बात जैसा कि गाँव के लोग कहते हैं, यह है कि 6 जनवरी 2005 को जब उनके पागलपन का पहला चिह्न दिखा था, उससे पहले लोगों ने उनकी ज़िन्दगी में दो बार और पागलपन का हल्का-हल्का झटका महसूस किया था। लेकिन वह झटका महज़ झटका ही था। ऐसे वे मानसिक रूप से एक स्वस्थ पुरुष थे (पागलपन के इस झटके को आगे प्रसंगतः बताया जायेगा)।

चूँकि अब यह पता नहीं लग सकता है कि निश्चित वह कौन-सा समय था जब उनका दिमाग़ी सन्तुलन गड़बड़ाया और उनके पागलनपन के पता लगने के ही

समय को अगर हम उनके पागल होने का समय मान लें तो जब 6 जनवरी 2005 को पौने पाँच बजे वे पागल क़रार दिये गये तो वे चार बजकर चवालीस मिनट पर बिल्कुल स्वस्थ, समझदार, ईमानदार और कर्त्तव्यनिष्ठ व्यक्ति थे।

अयोध्या बाबू के दिमाग़ के दिग्भ्रमित होने का कारण क्या है इसे ठीक-ठीक बता पाना कठिन है क्योंकि गाँव में भी इस कारण के प्रति कोई सर्वसम्मति नहीं है। जितने लोग उतने तर्क। मैं उन सारे तर्कों को आपको सामने रखूँ उससे ज़्यादा बेहतर यह है कि ख़ुद ही उनकी पिछली ज़िन्दगी से रू-ब-रू हो लिया जाये। मैं उनकी निज़ी ज़िन्दगी पर प्रकाश डालता हूँ और उन सभी घटनाओं को जिनसे उनके इस पागलपन का कुछ भी सम्बन्ध है, ज्यों-का-त्यों रख दे रहा हूँ। शायद आप ख़ुद अन्दाज़ा लगा लें। इन घटनाओं के लिए आइये, कहानी को थोड़ा फ्लैशबैक में लिए चलते हैं।

फ्लैश बैक हमें हमारी पिछली अँधेरी दुनिया में ले जाता है

अयोध्या बाबू प्रखंड स्तर के एक छोटे-मोटे सरकारी मुलाजिम थे। वी.एल.डब्ल्यू. की एक छोटी-सी नौकरी। वी.एल.डब्ल्ययू. यानी 'विलेज लेबर वर्कर' यानी ग्रामीण स्तरीय कर्मी। प्रखंड स्तर पर विभिन्न छोटे-छोटे विकास के लिए काम करने वाला एक सरकारी नौकर। एक ऐसी नौकरी, जिससे उन्हें रिटायरमेन्ट के वक़्त वेतन मिलता था नौ हज़ार छः सौ अड़तीस रुपए। आज जबकि उनके रिटायरमेन्ट को एक वर्ष हो चुका है, उन्हें लगभग साढ़े चार हज़ार रुपए पेंशन मिल रही है। यह महज़ एक संयोग है कि अयोध्या बाबू की पत्नी शकुन्तला त्रिपाठी भी ठीक उनकी तरह इसी नौकरी में हैं। अयोध्या बाबू की जब शादी हुई तब उनकी पत्नी नौकरी में नहीं थीं। शादी के लगभग दो वर्ष बाद उनकी यह नौकरी हुई। अयोध्या बाबू अपने बारे में बताया करते थे कि उनकी नौकरी एक ही समय दो जगहों पर हुई—एक तो वी.एल.डब्ल्यू. और दूसरी प्राइमरी स्कूल में मास्टरी की। लेकिन उन्होंने बिना एक पल भी अपने को असमंजस में डाले वी.एल.डब्ल्यू. की नौकरी को प्राथमिकता दी। वे कहते हैं, 'ज़मीनी स्तर पर काम करने का आनन्द ही कुछ और है।' शकुन्तला की नौकरी तो अपने ही प्रखंड में है। अयोध्या बाबू बगल के प्रखंड में।

अयोध्या बाबू ता-उम्र एक सच्चे और ईमानदार व्यक्ति रहे। उन्होंने अपनी पूरी ज़िन्दगी में नौकरी को बहुत ही अधिक महत्व दिया और नौकरी में भी उन्होंने हमेशा जुनूनी स्तर पर काम किया। वे जिस भी प्रखंड में रहे, वहाँ के लोगों ने उन्हें बहुत प्यार किया और वहाँ के अफसरों ने उन्हें बिल्कुल ही नापसन्द किया। लेकिन अयोध्या बाबू की चिन्ता का विषय यह कभी नहीं रहा कि कौन उन्हें पसन्द करते

हैं और कौन नापसन्द। उनकी नज़र के सामने हमेशा वे ग़रीब रहे जिन तक सरकारी फंड को उन्हें पूरी ईमानदारी के साथ पहुँचाना था। ग़रीबी रेखा के नीचे रह रहे लोगों को परिभाषित करने का काम हो या बाढ़ राहत फंड को पीड़ितों तक पहुँचाने का, अयोध्या बाबू ने हमेशा कोशिश की कि सरकार के वज़ीफे से अधिक-से-अधिक जनता को लाभ पहुँच सके। सरकारी फंड को अधिक से अधिक गाँव वालों के बीच पहुँचाने का उनका यह इरादा हमेशा से उनके अफसरों और सहकर्मियों के लिए मुश्किल पैदा करने वाला रहा। अयोध्या बाबू जहाँ भी नौकरी करने पहुँचे, उन्हें पता चला कि सरकारी किसी भी फंड में सभी अधिकारियों और कर्मचारियों का कमीशन निश्चित रहा है। लेकिन वेतन के इतर कोई भी पैसा अयोध्या बाबू की नैतिकता के ख़िलाफ़ था। उनकी इस नैतिकता ने भले ही उनके मोरल को बचाए रखा हो लेकिन उन्हें व्यावहारिक स्तर पर इसकी परिणति नौकरी के पूरे काल में विभिन्न तबादलों के रूप में हमेशा झेलनी पड़ी।

गाँव वालों को 1996 की बाढ़ अब भी याद है और याद है उसमें की गयी अयोध्या बाबू की पहल। पूरा गाँव जलमग्न था, ठकुरवारी का पूरा दरवाज़ा ही ग़ायब, ईश्वर पानी के भीतर। तब लोग पनाह ले रहे थे या तो ठकुरवारी के ऊपर, ब्लॉक के ऊपर, स्कूल के ऊपर या फिर राजवीर बाबू जैसे अमीर लोगों की छत पर। लोग छत पर से जब देखते थे तो उन्हें दूर-दूर तक सिर्फ़ पानी ही पानी दिखता था। और उसी दूर-दूर तक बिख़रे पानी में एक नाव पर आते हुए दिखते थे अयोध्या बाबू, राहत सामग्री के साथ। ठकुरवारी की छत पर से दूर से तब वह एक काग़ज़ की नाव की तरह दिखती थी। लेकिन धीरे-धीरे नज़दीक आते-आते सब अस्पष्टता छँटती जाती थी। पहले नाव स्पष्ट होती थी, फिर नाविक और अपने सहकर्मियों के साथ अयोध्या बाबू और फिर सबसे बाद में स्पष्ट होती थी चूड़ा और गुड़ से भरी हुई पैकेट्स की बोरी। इससे पहले की बाढ़ में गाँव वालों का कभी इतना ध्यान रखा गया हो, उन्हें याद नहीं है। यही कारण है कि इस बाढ़ के बाद ही अयोध्या बाबू इस प्रखंड के अगल-बगल सारे प्रखंडों के लिए एक नायक के रूप में उभरे थे। अयोध्या बाबू को गाँव वालों तक पूरी-की-पूरी राहत सामग्री पहुँचाने में काफ़ी मशक्कत करनी पड़ी थी। कमीशन, घूस और घोटाला करने की आदत पड़ चुकी इस सिस्टम की जकड़न को दरकाना अयोध्या बाबू के लिए टेढ़ी खीर थी। लेकिन उन्हें सफलता प्राप्त हुई। वे कहते हैं—"यदि सत्य का दामन थामकर कोई भी व्यक्ति इस जर्जर पड़ चुके सिस्टम के सामने खड़ा हो तो विजय सत्य की ही होती है।" लोगों ने तब पहली बार पंचायत सेवक की महत्ता को स्वीकार किया था। अब तक वे इस आपदाओं में सिर्फ़ प्रखंड विकास पदाधिकारी (B.D.O) को ही जानते थे।

हम आगे बढ़ते जाते हैं और इतिहास बनता जाता है

यह पहला मौक़ा था जब गाँव वाले यह जान सके थे कि ग्रामीण विकास के बरक्स पंचायत-सेवक की भी अपनी एक अहमियत है। इतिहास की घटनाओं की तरफ़ जायें तो यह देश में एक मुख्य निर्वाचन आयुक्त टी.एन.शेषन द्वारा अपने पद की महत्ता को प्रतिष्ठापित करने का समय था। टी.एन.शेषन की लहर तब पूरे देश में थी। चूँकि टी.एन. शेषन और अयोध्या बाबू की घटनाओं में एक समतुल्यता थी, इसलिए गाँव वालों ने अयोध्या बाबू के बड़े प्रयास के बाद इस बाढ़ से सकुशल निकलने पर उन्हें टी.एन.शेषन का खिताब दिया था। (इतिहास के तथ्य से एक फुट नोट, (1) मुख्य चुनाव आयुक्त टी.एन.शेषन को सरकारी सेवा के लिए 1996 का रेमन मैग्ससे पुरस्कार प्रदान किये जाने की घोषणा 8 जुलाई 1996 को की गयी थी। (2) मुख्य निर्वाचन आयुक्त टी.एन. शेषण 11 दिसम्बर 1996 को अपने पद से सेवानिवृत्त हुए थे।) यह महज़ एक संयोग हो सकता है लेकिन दिलचस्प है कि 11 दिसम्बर को जिस दिन टी.एन.शेषन अपने पद से सेवानिवृत्त हुए थे उसी दिन अपनी श्रेष्ठ सेवा के लिए अयोध्या बाबू को अपनी नौकरी के काल का एक और तबादला दिया गया था।

अयोध्या बाबू धार्मिक व्यक्ति थे। नियमति पूजा-पाठ उनकी दिनचर्या में शामिल था। लेकिन वे धार्मिक होने और साम्प्रदायिक होने के अन्तर को बख़ूबी जानते थे। धर्म की आड़ लेकर मनुष्य के साम्प्रदायिक होने और उस सम्प्रदाय के बहाने ख़ून-ख़राबा उनके सिद्धान्त के ठीक विपरीत था। देश में पिछले कई वर्षों से इस संदर्भित घटित घटनाएँ उन्हें अन्दर से काफ़ी दुःखी और विचलित करती थीं। गाँव के किसी भी एक व्यक्ति के पास जायें, वह आपको बता सकता है बाबरी-मस्जिद विध्वंस का समय हो या गुजरात-दंगों का, कैसे विचलित हो गये थे अयोध्या बाबू। उनके पागलपन के सन्दर्भ में यह महत्वपूर्ण है कि जिन दो झटकों को महज़ तब उनकी आन्तरिक वेदना करार दिया गया था, अब जबकि वे पागल घोषित कर दिये गये हैं, तब उसे भी उसी कड़ी में जोड़ दिया गया है। बाबरी-मस्जिद विध्वंस के समय अयोध्या में सैकड़ों लोगों की नृशंस हत्या से वे काफ़ी आहत थे। लोगों ने देखा था, हमेशा अपने आप को व्यस्त रखने वाले अयोध्या बाबू तब बिल्कुल बदले-बदले से गाँव में, नदी किनारे बाँध पर तीन दिनों तक लगातार बिना किसी काम के घूमते नज़र आये थे। लोगों के पूछने पर वे सिर्फ़ इतना कहते थे ''नदी में पानी बहुत है, कहीं आग लग जाये तो बुझाने के लिए यहाँ से ले जाना।'' और फिर वे एक पत्थर उठाकर पानी में पूरी ताक़त से फेंकते थे। पत्थर से पानी में आये उस कम्पन को देख तब वे अन्दर से आह्लादित होते थे। लेकिन गुजरात-दँगे के समय तो उनमें चलने की ताक़त भी नहीं रह गयी थी। अयोध्या बाबू तब इतने आहत थे कि चार दिनों तक लगातार

दरवाज़े पर बैठे सिर्फ़ दीवार को एकटक घूरते रह गये थे। आपको विश्वास हो या नहीं—लेकिन आज अगर उनकी पत्नी जीवित होतीं तो वह बतलाती कि उन चार दिनों में अयोध्या बाबू ने न खाने का निवाला अपने मुँह में लिया और न ही पानी की एक बूँद और सबसे महत्वपूर्ण यह है कि उन चार दिनों तक लगातार उन्होंने पलकें झपकायी तक नहीं थीं। ये दोनों घटनाएँ लोगों के लिए उनके सन्दर्भ में एक दौरे की तरह थीं। लेकिन आज जब उनका सनकना घोषित हो चुका है तब 6 दिसम्बर 1992, अयोध्या में बाबरी-मस्जिद के विध्वंस को उनके पागलपन का प्रस्थान बिन्दु माना जाता है।

राजनीतिक स्तर पर अयोध्या बाबू की समझ एकदम साफ़ थी। उन्होंने किसी भी विशेष पार्टी के विचारों को शब्दश: स्वीकारना न तो उचित समझा और न ही ज़रूरी। हाँ उन्होंने अगर कभी किसी राजनीतिक व्यक्ति को पसन्द किया तो वे थे जय प्रकाश नारायण। इसकी ख़ास वजह यह थी कि उनके छात्र आन्दोलन से वे काफ़ी प्रभावित थे। उनका अपना मानना था कि बीच भँवर में फँसे इस देश को अगर कोई पार लगा सकता है तो वे हैं इस देश के नवयुवक। राजनीतिकों से उनकी सारी आशाएँ समाप्त हो चुकी थीं। आगे अब उनकी सारी आशाएँ टिकी थीं इन नवयुवकों पर। उन्हें ऐसा प्रतीत होता, एक जे.पी. ही ऐसे थे जो इस देश की समस्या का सटीक समाधान ढूँढने के क़रीब पहुँचे थे। आज अगर वे स्वस्थ होते और उनकी याद्दाश्त उनके क़ब्ज़े में होती तो वे बता पाते कि 1990 में जब मंडल आयोग कमीशन के विरोध में छात्रों ने आरक्षण का विरोध किया था तब वे कितने अन्दर से खुश थे। (इतिहास के तथ्यों से एक फुटनोट—राजीव गोस्वामी नाम के एक लड़के ने तब आत्मदाह करने की कोशिश की थी। आत्मदाह की वह तस्वीर तब विभिन्न पत्र-पत्रिकाओं में छपी थी और फोटो पत्रकारिता की दुनिया के लिए एक मिसाल बनकर उभरी थी। वह राजीव गोस्वामी तब जीवित बच गया था और बाद में दिल्ली विश्वविद्यालय छात्र संघ का अध्यक्ष चुना गया था)। अयोध्या बाबू के लिए यह मुद्दा महत्वपूर्ण नहीं था कि पिछड़ों के लिए 27% आरक्षण को लागू करना उचित है या अनुचित, उनके लिए यह महत्वपूर्ण था कि छात्रों ने सिस्टम के आगे खड़े होने का माद्दा दिखाया था। उन्हें लगा लगभग 20 वर्ष बाद ही सही जे.पी. आन्दोलन के बाद देश में छात्र का कोई आन्दोलन तो हुआ। तब पत्र-पत्रिकाओं में प्रकाशित वह धधकती आग की लपटों के बीच राजीव गोस्वामी का शरीर उन्हें एक सुकून प्रदान करता था। वे मन में सोचते थे यह देश अब अपने सुधार के लिए आत्मदान माँगता है। और वे जोश से भर जाते थे।

उसका नाम विभ्यांशु त्रिपाठी था

परन्तु यह शायद उनकी ज़िन्दगी की सबसे बड़ी विडम्बना है कि जिन नवयुवकों और छात्रों की क्रान्ति के सपने वे ता-उम्र संजोये रहे उनके ख़ुद के पुत्र ने ना ही छात्र जीवन में ना ही उसके बाद कोई काम किया जो उनके कलेजे को ठंडक प्रदान कर सके। उसके छात्र-जीवन का जब शुरुआती दौर था तभी जीवन के संघर्ष से बचने का एक हथकंडा उसके हाथ लग गया था। 1990 ही वह वर्ष था जब वह बारहवीं की परीक्षा पास कर ग्रेजुएशन करने के लिए बनारस जा रहा था। ग्रेजुएशन उसने जैसे-तैसे द्वितीय श्रेणी में पास कर भी ली हो लेकिन उसके बाद लगातार पाँच वर्षों तक प्रतियोगिता-परीक्षा में उसने कोई भी उपलब्धि हासिल नहीं की। पिता ग्रेजुएशन की उस असफलता को पीछे छोड़ते हुए लगातार पाँच वर्षों से अपने पुत्र से उम्मीद लगाए बैठे रहे। लेकिन पाँच वर्ष एक लम्बा अन्तराल होता है। पिता के सब्र के वे आख़िरी दिन चल रहे थे। छुट्टी में आये पुत्र से जब पिता ने इस असफलता का कारण जानना चाहा तो जैसे उसके पास वह 7-8 वर्ष पहले का कुछ रुका हुआ एकदम से बाहर आ गया—"अब सवर्णों का कुछ नहीं हो सकता। अब सारी नौकरी साले शूद्र लेंगे।" अयोध्या बाबू ने एक झटके में उसकी उस असफलता का रहस्य जान लिया। वह जान चुके थे कि उनका पुत्र एक ऐसा योद्धा है जिसने कुरुक्षेत्र में उतरने से पहले ही अपना अस्त्र बाहर रख छोड़ा है।

अयोध्या बाबू जानते थे कि हार चुका व्यक्ति कभी भी जीतने का प्रयास नहीं कर सकता। उन्होंने यथार्थ को स्वीकार करने में बिल्कुल भी वक्त नहीं लिया। और जब उन्होंने यथार्थ को स्वीकार कर लिया तो उसे क्रियान्वित करने में भी बिल्कुल भी वक़्त नहीं लगाया। उन्होंने सर्वप्रथम अपने पुत्र को बनारस से वापस बुलवाया और फिर उसकी शादी करवायी। शादी एक ऐसी चीज़ थी जिससे उन्हें उम्मीद थी कि विभ्यांशु अपनी ज़िम्मेदारी को समझ लेगा और कोई-न-कोई रास्ता निकल आएगा किन्तु ऐसा कुछ भी नहीं हुआ। इन सालों में विभ्यांशु चौक पर इस दुकान से उस दुकान, इस गली से उस गली अपनी चौकड़ी के साथ घूमता रहा, और अयोध्या बाबू के दिल के भीतरी कोने में बची थोड़ी-सी भी उम्मीद की किरण लगातार थोड़ी-थोड़ी करके बुझती रही। वह दिन अयोध्या बाबू के लिए काफी शर्मनाक रहा जब वे बाजार से लौट रहे थे और विभ्यांशु अपने मित्रों के साथ चौक पर बैठा हुआ था। विभ्यांशु ने राह चलते एक बच्चे को बुलाकर बिल्कुल ही टपोरी अन्दाज़ में पूछा, "क्या नाम है तुम्हारा, कहाँ रहते हो, पिता का नाम क्या है, वगैरह-वगैरह, और अन्त में कि कितने भाई हो?" लड़के ने डरते हुए बिल्कुल सज्जनता से कहा "दो"। विभ्यांशु ने एकदम टपोरी अन्दाज़ को थोड़ा फैलाव देते हुए कहा—"दो! भाग साला, तीन होते तो क्या मेरे बाप को गोली मार देते!"

अयोध्या बाबू ने वहाँ से गुज़रते हुए महसूस किया कि यह उनके पुत्र की

बेरोज़गारी और बेकारी के आलम का चरम है। उन्होंने मान लिया, बग़ैर हाथ का सहारा दिये उनका यह रत्न खड़ा होने की कोशिश भी नहीं करने वाला है।

अयोध्या बाबू ने दो लाख़ रुपये का निवेश पुत्र की ज़िन्दगी को सँवारने के लिए किया। और इस निवेश का फल हुआ कि मील रोड के अन्त में गारमेन्ट की दुकान खोली गयी—'सुरभि गारमेन्ट।' आप सोचेंगे सुरभि क्यों? आप जरूर सोच रहे होंगे कि सुरभि या तो विभ्यांशु की माँ का नाम होगा या फिर पत्नी का। लेकिन ऐसा नहीं है। चूँकि ऐसा नहीं है इसलिए यह प्रश्न सभी घरवालों को भी कुछ दिनों तक मथता रहा था। वास्तविकता सिर्फ विभ्यांशु को पता है। इस सुरभि नाम से जहाँ उसका अतीत जुड़ा है वहीं भविष्य भी।

सुरभि उसका पहला प्यार था। सुरभि, बनारस की वह लड़की जो तब बी.एस-सी. (ऑनर्स) में पढ़ती थी, और आठवें दशक की नायिका की तरह शॉर्ट कुर्ता और तंग पायजामा पहना करती थी। सुरभि बनारस की वह लड़की जिसके पिता एक शिक्षक थे और जिसके घर के कैम्पस में ही लड़कों के रहने के लिए एक लॉज बना हुआ था। सुरभि बनारस की वह लड़की, जो अब बनारस में नहीं रहती। सुरभि का पति मुगलसराय में स्टेट बैंक ऑफ इण्डिया में क्लर्क है।

बनारस छोड़ने से पहले पिछले तीन वर्षों से विभ्यांशु उस लॉज में था और उन तीन वर्षों में पौने तीन वर्षों से सुरभि उसके दिल में। विभ्यांशु ने जब उस लॉज में शिफ्ट किया था तब सुरभि अपने ननिहाल गयी थी। तीन महीने के बाद जब वह घर लौटी तब विभ्यांशु की ज़िन्दगी में जैसे वह एक नयी ज़िन्दगी के रूप में थी। एक खुशी, एक जीवन्तता। एक लक्ष्य। सुरभि का बी.एस-सी. (ऑनर्स) का वह प्रथम वर्ष था। वह तीन वर्ष अब अपना ध्यान रसायन शास्त्र के लैब में लगाती रही और विभ्यांशु उसके जिस्म में। उसके कॉलेज जाने-आने का समय तय था और विभ्यांशु का भी बाहर बैठ उसे निहारने का। कोई जरूरी से जरूरी काम क्यों न हो, सुरभि ने आज तक कॉलेज मिस नहीं किया और विभ्यांशु ने उसे देखना। सुरभि के इस चुस्त पायजामे में उसकी छरहरी लम्बी टाँगें विभ्यांशु को रोज़ विचलित करती थीं। सुरभि की ज्यों-ज्यों उम्र बढ़ी उसकी वे टाँगे मांसल होती गयीं और विभ्यांशु को और अधिक बेकरार करती गयीं। विभ्यांशु हर दिन उसकी वह छाप अपनी आँखों में क़ैद कर लेता था और रात में सीधा अपने बिस्तर पर उसे अपनी आँखों से आज़ाद करता था। तब बिल्कुल जीती-जागती सुरभि उसके सामने खड़ी होती थी और वह उस पायजामे की चुस्तता से उसे आज़ाद कर देता था। तब उसके सामने सुरभि की एकदम नंगी टाँगे रहती थीं। विभ्यांशु ने जब पहली बार ऐसा किया था तब एक राज़ को जानकर बिल्कुल चिहुक उठा था। उसने सुबह लॉज के अन्य लड़कों को बताया—'उसकी दायीं टाँग के ऊपरी हिस्से पर तिल का एक निशान है, जो भूरा है।' लॉज

के उन लड़कों के लिए यह एक हास्यास्पद स्थिति भले ही रही हो लेकिन विभ्यांशु जानता था कि यह सत्य है।

विभ्यांशु को पता था कि तीन वर्षों से अनवरत चले आ रहे उसके इस त्याग और कष्ट को एक दिन अवश्य सुरभि समझेगी और वह उसकी हो जायेगी। लेकिन तब उसे एक ज़ोरदार झटका लगा जब अचानक उसकी शादी फिक्स हो गयी। विभ्यांशु के लिए यही वह झटका था जिसके तुरन्त बाद जाकर उसने अपने पिता के पास अपनी असफलता का राज़ खोल दिया था और पिता ने उसे बनारस से वापस बुला लिया था। बनारस से वापस लौटते हुए तब उसने यह प्रण किया था कि भले ही उसका प्रेम उसका नहीं हो पाया लेकिन उस नाम को वह अपनी ज़िन्दगी से अलग नहीं होने देगा। उसने निश्चय किया था कि अगर कभी उसे पुत्री हुई तब वह उसका नाम रखेगा—सुरभि त्रिपाठी। यह दुकान उस पूर्व प्रेमिका के नाम पर है जो अभी मुगलसराय के एक बैंक क्लर्क की पत्नी है और भविष्य में आने वाली उस पुत्री के नाम पर है जो अभी पैदा नहीं हुई है। आठवें दशक की नायिका की तरह शार्ट कुर्ता, चुस्त पायजामा और ब्रा–पैंटी पहनने वाली उस सुरभि को यह पता नहीं चल पाया कि इस दुनिया में एक ऐसी भी दुकान है जहाँ यह सब बिकता है और जिसका नाम उसके नाम पर है।

लेकिन विभ्यांशु ने अपनी प्रेमिका के नाम को भी मिट्टी में मिला दिया। एक वर्ष भी दुकान ठीक से नहीं चली कि उसके ऊपर दो लाख का क़र्ज़ चढ़ गया। और एक दिन वह घर–दुकान छोड़कर भाग गया। अयोध्या बाबू ने अपने पुत्र के पाप को अपने मत्थे लिया और उन क़र्ज़दारों की एक–एक पाई चुकायी। लगभग छः महीने के बाद विभ्यांशु तब वापस आया जब अयोध्या बाबू क़र्ज़दारों की एक–एक पाई चुका चुके थे। विभ्यांशु इन छः महीनों में कहाँ रहा, किसी को नहीं पता, न ही किसी ने पूछने की हिम्मत की। हाँ तब से अयोध्या बाबू ने उससे कुछ भी कहना, बात करना ज़रूर बन्द कर दिया। और तब से विभ्यांशु अपने माँ–बाप के पैसों पर मुफ़्त की रोटियाँ तोड़ रहा है।

लेकिन यह कष्ट अयोध्या बाबू की ज़िन्दगी का आख़िरी सबसे बड़ा कष्ट नहीं था। उनकी ज़िन्दगी के आख़िरी सबसे बड़े कष्ट की शुरुआत तब हुई जब जनवरी 2004 के किसी दिन अचानक उनकी पत्नी को पेट दर्द की शुरुआत हुई और वह गर्भाशय कैंसर के रूप में सामने आया। गर्भाशय कैंसर, एक ऐसा कैंसर जिसका पता एकदम अन्तिम अवस्था में ही चल पाता है। लखनऊ के पी.जी.आई. में लगभग चार महीने लगातार इलाज चला। उन चार महीनों में ही उनकी पत्नी एकदम सूखकर काँटा हो चुकी थीं। तब अयोध्या बाबू ने एकदम नज़दीक से मौत का भयानक चेहरा देखा

और जाना था कि ज़िन्दगी का कष्ट क्या है?

दो बार केमोथेरेपी की गयी थी। सिर के बाल झड़ने लगे थे। वह महिला जो कभी इतनी मोटी थी कि सीढ़ी पर चढ़ते देख हमेशा ऐसा लगता कि कोई मेंढ़क फुदक-फुदक कर एक सीढ़ी से दूसरी सीढ़ी पर चढ़ रहा है, वही महिला आज बिल्कुल हाड़-मांस का कंकाल बनी बिछावन पर लेटी थी। यह सब अचानक हुआ, ईश्वर ने अयोध्या बाबू को सोचने का वक़्त दिया ही कहाँ। इस चार महीने के यन्त्रणादायी उपचार ने अयोध्या बाबू को अन्दर से एकदम हिलाकर रख दिया था, लेकिन उनके भीतर कहीं न कहीं उम्मीद की किरण जगमगा रही थी कि 'वह मुझे यूँ छोड़कर जा ही नहीं सकती।'

हॉस्पिटल में अपनी पत्नी की सेवा में एक पाँव पर खड़े रहने वाले अयोध्या बाबू के प्रणय की मजबूत डोर तब एकदम टूटती हुई महसूस हुई जब डॉक्टर अस्थाना ने अयोध्या बाबू को अपने चैम्बर में बुलवाया। उस आधुनिक तकनीक से सजे हुए चैम्बर में जिस चीज़ पर सबसे पहले अयोध्या बाबू की निगाह टिकी थी, वह थी डॉ. अस्थाना की कुर्सी के ठीक दायीं ओर लटक रहा वह निर्देश, जिस पर एक सुन्दर लड़की अपने नरम होठों पर अँगुली टिकाये थी और नीचे लिखा था—'कृपया शान्त रहिये।' अयोध्या बाबू इसका मतलब बख़ूबी जानते थे। आपके चिल्लाने, रोने-धोने से कुछ भी नहीं हो सकता, जो भी होगा उसका नियन्ता डॉक्टर है। अयोध्या बाबू के सन्दर्भ में डॉ. अस्थाना। डॉ. अस्थाना ने एकदम फ़िल्मी अन्दाज़ में कह दिया कि "देखिये आपको हिम्मत से काम लेना होगा, ईश्वर के आगे किसकी चली है। हम डॉक्टरों की अपनी एक सीमा है। उसके सामने सब लाचार हैं।" और फिर सीधे मुद्दे पर आते हुए "आपकी पत्नी अपनी अन्तिम अवस्था में हैं, इन्हें घर ले जाइये और अपनी इच्छानुसार ज़िन्दगी जीने दीजिये।" अयोध्या बाबू को तब लगा कि शायद वह रोना चाहते हैं लेकिन उन्हें अचानक एक बार फिर वह निर्देश दिख गया—'कृपया शान्त रहिये।' अयोध्या बाबू ने काफ़ी हिम्मत से काम लिया था, उन्होंने डॉक्टर से उस जीने लायक़ ज़िन्दगी की मोहलत पूछी? डॉक्टर अस्थाना ने कहा—"ज़्यादा से ज़्यादा छः महीने।"

अयोध्या बाबू अपनी पत्नी की ज़िन्दगी के बचे इन छः महीनों को काफ़ी ख़ुशनुमा बनाना चाहते थे। वे चाहते थे पत्नी अपनी आगे आने वाली ज़िन्दगी के सारे सुख इन छः महीनों में ही जी ले। ख़ाट पर पड़ी, दर्द से कराहती पत्नी उन्हें तकलीफ़ देती थी और वह उसकी सेवा में एड़ी-चोटी एक किये हुए थे।

रिटायर्डमेन्ट के बाद अयोध्या बाबू पहली बार इस क़दर व्यस्त हुए थे। सही समय पर पत्नी को दवा देना, पत्नी का ख़ाना-पीना, सारी ज़िम्मेदारी अयोध्या बाबू ने अपने कन्धे पर बिल्कुल ख़ुशी-ख़ुशी सम्भाल रखी थी। सुबह रामचरित मानस का

पाठ करना हो या फिर शाम को मन्दिर में जोत जलाना, वे कुछ नहीं भूलते थे, क्योंकि यह उनकी पत्नी का नित्यकर्म था।

बाबा रामदेव के पास कैंसर का इलाज है

अयोध्या बाबू ने पत्नी को उन सारी जगहों पर ले जाना चाहा, जहाँ उन्हें पता चला कि कुछ सुधार सम्भव है। वे सारी वर्जिश और परहेज, जिनसे कुछ सुधार की गुंजाइश दिखती थी, उन्होंने किये। लेकिन कुछ भी फ़ायदा नहीं दिखा।

अयोध्या बाबू की पत्नी के कैंसर का दौर वह दौर था जब तक बाबा रामदेव बहुत पॉपुलर नहीं हो पाये थे। उनका विभिन्न टी.वी. चैनलों पर दिखना अभी शुरू नहीं हुआ था। इसलिए बाबा की नसीहतों से अयोध्या बाबू वंचित रह गये। आज अगर अयोध्या बाबू मानसिक स्तर पर स्वस्थ होते तो जब भी वे बाबा को गेरूवे रंग के अधोवस्त्र में इंडिया टीवी या आस्था चैनल पर देखते तो उनके मन के भीतर एक कसक उठती। एक पश्चाताप होता अपनी पत्नी को बचा नहीं पाने का। उन्हें महसूस होता, यदि बाबा पहले छा गये होते तो शायद उनकी पत्नी अभी उनके पास होती, उसी तरह हृष्ट-पुष्ट।

लेकिन अयोध्या बाबू को तब भी देशी इलाज ने ही एक मौक़ा दिया था। लोगों ने बताया कि तिरुपति में आयुर्वेद का एक हॉस्पिटल है जहाँ शायद इसका इलाज़ सम्भव है। अयोध्या बाबू के लिए वह सूचना एक जीवन रक्षक की तरह थी। वे आनन-फानन में बिछावन पर पड़ी पत्नी को ले तिरुपति भागे। तमिलनाडु की राजधानी चेन्नई से लगभग पचास किलोमीटर पहले। अपनी संस्कृति से एकदम अलग, जहाँ ख़ाने में दाल के बदले साम्भर था और पीने को कोल्ड ड्रिंक से अधिक नारियल पानी।

वह एक आश्रम की तरह तो नहीं था लेकिन एक अस्पताल की तरह भी नहीं था। एक बड़ा-सा कैम्पस, रोगी को रहने के लिए कमरा और खाने के लिए कैन्टीन की सुविधा। कैम्पस में पेड़ों का झुंड। शहर से हटकर यह आश्रमनुमा अस्पताल बिल्कुल प्रकृति की गोद में बैठा महसूस होता था। लेकिन आश्चर्य, उन पेड़ों के झुंड में नारियल का एक भी पेड़ नहीं। अयोध्या बाबू को यह देख आश्चर्य होता था लेकिन यह आश्चर्य जितना बड़ा था उससे बड़ा आश्चर्य यह था कि उस धुर दक्षिणी भारत में बसे उस अस्पताल का वैद्य या डॉक्टर कोई गोपीनाथन या स्वामीनाथन नहीं होकर तारकनाथ शास्त्री था। उत्तर प्रदेश का वासी, जिसने पता नहीं कैसे वहाँ की भाषा सीख ली थी, वह भी फ़र्राटेदार। अयोध्या बाबू ने पता किया था, तारकनाथ शास्त्री के दादा ही यहाँ आ गये थे और तब उन्होंने यहाँ बहुत ही छोटे स्तर पर इलाज़ शुरू किया था। वह वंशानुगत हुनर डॉक्टरी के पेशे में भी होना अजीब लग सकता था, लेकिन

यह सच है। जब उस छोटे स्तर के इलाज ने बड़े होते-होते इस अस्पतालनुमा आश्रम का रूप धारण किया तब तारकनाथ शास्त्री ने उसका नाम अपने दादा के नाम पर ही रखा—विशम्भरनाथ निरोग आश्रम।

एक वैद्य या झाड़-फूँक करने वाले की जो छवि अयोध्या बाबू के मन में बैठी हुई थी कि, वह नाटा या मोटा-सा और तेन्दुअल टाइप का होगा, वह तारकनाथ शास्त्री को देखते ही उड़ गयी। वे बिल्कुल लम्बे और छरहरे थे और पहली नज़र में उसे कोई भी देखकर कम-से-कम वैद्य तो नहीं कह सकता था। शास्त्री जी की सबसे बड़ी ख़ासियत यह थी कि उनके बारे में यह मशहूर था कि वे रोगी की बग़ैर कोई जाँच करवाये रोग की जड़ को पकड़ लेते हैं। वे रोगी को अपलक कम-से-कम पन्द्रह मिनट तक एकटक देखते रहते हैं और बहुत हुआ तो वे रोगी की नब्ज़ को छूकर कह सकते हैं कि उसका रोग क्या है और इसका इलाज क्या है? पहुँचने के दो दिन बाद जब अयोध्या बाबू का नम्बर आया, तब वैद्य तारकनाथ शास्त्री उनकी पत्नी को दस मिनट तक एकटक देखते रहे और बग़ैर हाथ की नब्ज़ को टटोले ही सब कुछ समझ लिया। फिर वैद्य ने अयोध्या बाबू को अकेले में बग़ैर कोई भूमिका के एकदम से कह दिया था—"यह रोग की अन्तिम अवस्था है, बचना असम्भव है; हाँ हम दवा से कष्ट को कुछ कम कर सकते हैं। बाक़ी सब ईश्वर की इच्छा।" अयोध्या बाबू ने तब दो बातों को एक साथ नोटिस किया था, प्रथम तो यह कि वैद्य सिर्फ़ वहाँ की भाषा ही नहीं फ़र्राटेदार जानता है बल्कि वह अपनी भाषा को भी बिल्कुल नहीं भूला था। उनके दिमाग़ में जो दूसरी बात अनायास आयी थी वह यह भी कि आधुनिक तकनीक से दूर बने वैद्य के इस कक्ष में भले ही 'कृपया शान्त रहिये' का वह अघोषित पाबन्दियों वाला बोर्ड न लगा हो, किन्तु वे कर यहाँ भी कुछ नहीं सकते हैं।

जिस उत्साह के साथ अयोध्या बाबू वहाँ गये थे, उसी निराशा के साथ वहाँ से लौटे थे।

किन्तु जिस निराशा के साथ वे घर लौटे थे, दवा ने उन्हें उतना निराश नहीं किया था। दवा ने अपना असर दिखाना शुरू किया और रोगी का कष्ट कम होना शुरू हो गया। हर पन्द्रह दिन की दवा उन्हें मनीआर्डर से पैसे भेजकर पार्सल से मंगवानी पड़ती थी। एक दवा पहुँचते ही वे दूसरा मनीआर्डर भेज देते। निरन्तर दवा का सेवन रोगी की हालत में कुछ-न-कुछ सुधार लाता रहा। पहले दर्द कम हुआ फिर भूख ठीक हुई और दूसरा फ़र्क़ रोगी के चेहरे पर हल्का-हल्का दिखने लगा। अयोध्या बाबू ने हर एक बदलाव को बहुत ही बारीक़ी से नोटिस किया था, और हर बदलाव ने उन्हें एक सुकून प्रदान किया था। लेकिन हर एक सुकून के ऊपर वैद्य तारकनाथ शास्त्री का वह संक्षिप्त वाक्य था जो अयोध्या बाबू को चैन नहीं लेने देता था—"यह रोग की अन्तिम अवस्था है, बचना असम्भव है।" लेकिन अयोध्या बाबू के मन में कहीं-न-

कहीं थोड़ी आशा बची थी तो वह भी उसी संक्षिप्त वाक्य के अन्तिम वाक्य के कारण ही 'बाकी सब ईश्वर की इच्छा।' उन्हें लगता ईश्वर अचानक कुछ करने वाले हैं और फिर अचानक वह एकदम से स्वस्थ हो जायेगी।

शकुन्तला की मेडिकल-लीव लगातार बढ़ती रही थी, लेकिन अयोध्या बाबू ने अवकाश प्राप्ति के बाद की छुट्टी को बहुत ही अच्छी तरह उपयोग किया अपनी पत्नी की सेवा करके। उन्होंने अपनी ज़िन्दगी के वे सारे निजी काम छोड़ दिये जिनसे वे कभी मन बहलाया करते थे। दिन-रात अपनी पत्नी की इच्छा की पूर्ति के लिए एक टाँग पर खड़े अयोध्या बाबू को बहुत ही सन्तुष्टि मिलने लगी थी। अगर उनकी पत्नी की यह आदत थी कि उन्हें दोनों समय अपने घर के मन्दिर में जोत जलाना पसन्द है तो वे नियमित अपनी बहू से जोत जलवाते। सुबह फल खिलाना, अख़बार की ख़बरों को पढ़कर सुनाना, दोपहर को कोई-न-कोई टी.वी. सीरियल दिखाना, उनकी पसन्द के लिए वे जरूर करते। जब वे स्वस्थ थीं तब राम चरित मानस का पाठ हर शाम को जोत जलने के बाद अवश्य करती थीं। बीमार होने के बाद उसका छूट जाना, कहीं-न-कहीं उन्हें अन्दर तक दुख पहुँचाता होगा। बीमारी की भागदौड़ में भले ही अयोध्या बाबू का भी ध्यान इस ओर नहीं गया हो परन्तु जब से वे तिरूपति से वापस लौटे हैं उन्होंने इसे नियमित चालू रखा है। खाट पर लेटी शकुन्तला को मानस का पाठ हल्की ठंडक प्रदान करता है। अयोध्या बाबू जानते हैं जब पिता की आज्ञा का पालन करने के लिए राम-सीता के साथ लक्ष्मण वन की ओर प्रस्थान कर रहे होते हैं तो वह प्रसंग उसे बहुत ही प्रिय है; इसलिए वे हर दिन एक बार जरूर दुबारा से इसे पढ़ देते हैं। (हिन्दी साहित्य से एक फुटनोट, हिन्दी साहित्य में एक आलोचक रामचन्द्र शुक्ल हुआ करते हैं, उन्हें भी यह राम-सीता वन गमन प्रसंग बहुत ही मनमोहक और मार्मिक लगता है, इसलिए बार-बार वे इसी पर वापस लौट आते हैं।) अयोध्या बाबू नहीं जानते हैं लेकिन उनकी पत्नी को मानस का एक नया प्रसंग भी बहुत ही पसन्द आने लगा है। जब लक्ष्मण को बाण लगने पर हनुमान संजीवनी बूटी के लिए पूरा पर्वत उठा लाते हैं और लक्ष्मण स्वस्थ हो जाते हैं। शकुन्तला बता नहीं पाती, लेकिन यह प्रसंग उसके दिमाग़ में अब हमेशा चलता है।

पुत्र मोह में डूबा एक मध्यवर्गीय पिता

बहुत देर हो गयी, जब इस कहानी से अयोध्या बाबू और शकुन्तला का पुत्र विभ्यांशु ग़ायब है। आप सोच रहे होंगे उसका क्या हुआ? आप यह भी जानने को उत्सुक होंगे कि आख़िर माँ की बीमारी में उसका क्या रोल रहा?

अब एक बार फिर से कहानी में विभ्यांशु का पदार्पण होता है—एक नायक की तरह।

माँ-बाप की मुफ़्त की रोटियाँ तोड़ने वाले विभ्यांशु ने अपने जीवन में सुख का एक और आयाम ढूँढ लिया था। दिन भर मौज-मस्ती और मटरगश्ती करके घर लौटकर वह अपनी पत्नी पर फ़रमाइशों की बौछार कर देता। यह खाना क्यों बनाया, यह क्यों नहीं बनाया, शर्ट धुली क्यों नहीं, मैं रात में कितनी भी देर से आऊँ तुम पूछने वाली होती कौन हो, आदि-आदि। विभ्यांशु की पत्नी एक आदर्श पत्नी की तरह उसे पूजती थी और उसके लिए बिल्कुल हमेशा बिछी हुई रहती थी। अयोध्या बाबू यह सब न तो देखना चाहते थे और न ही अब उन्हें इन सब चीज़ों से दुख होता, उन्होंने अपने पुत्र से अपेक्षाएँ बिल्कुल ही ख़त्म कर ली थीं।

किन्तु आश्चर्य! माँ की बीमारी ने विभ्यांशु पर एक गहरा असर डाला था। उसे अचानक इस बीमारी ने बड़ा ज़िम्मेदार और समझदार बना दिया था। वह एक बेटे की तरह डॉक्टर के यहाँ भागता था। माँ के पास बैठता था और यहाँ तक कि अपनी पत्नी से माँ की ख़ूब सेवा करने के लिए कहा करता था। विभ्यांशु ने जल्दी घर आना शुरू कर दिया, पत्नी पर चिल्लाना छोड़ दिया और पिता का कभी-कभी सामना करना भी शुरू कर दिया। पिता उसके चेहरे के दुख और बेचैनियों को पढ़कर अन्दर से आनन्द महसूस करते थे। जैसे उन्हें महसूस होता था कि उनका बेटा वापस मिल गया। जब तिरुपति जाने की बारी आयी थी तब विभ्यांशु ने साथ जाने की काफ़ी ज़िद्द की थी, किन्तु अयोध्या बाबू ने इन्कार कर दिया था।

तिरुपति से लौटने पर विभ्यांशु ने काफ़ी बैचेन होकर अपने पिता से अकेले में पूछा था कि वैद्य ने क्या कहा? अयोध्या बाबू ने उसे समझाया वैद्य ने यह कहा कि मृत्यु तो निश्चित है, हाँ दवा जितने दिनों तक उस मृत्यु को टाल सके। वह भी साल-दो-साल। अयोध्या बाबू की आँखें छलक आयी थीं, सहारे की ज़रूरत पड़ी, कुर्सी पर बैठ गये। विभ्यांशु के चेहरे ने अचानक रंग बदल लिया। अयोध्या बाबू ने देखा विभ्यांशु का चेहरा दुखी है, किन्तु कहना कुछ और चाह रहा है। यह वह दिन था जब विभ्यांशु ने यह जान लिया था कि उसकी माँ की मृत्यु को दवा से महज़ टाला जा रहा है।

विभ्यांशु अक्षरशः क्या चाह रहा है अयोध्या बाबू नहीं समझ पा रहे थे, परन्तु वे जानते थे, कुछ ऐसा है जो उसके दिल में रुका हुआ है। वह सामान्य दिख रहा था, उसकी आदतें अब दुबारा बिगड़ी भी नहीं थीं; वह अब भी बिल्कुल समझदार की तरह माँ की देखभाल करता था, परन्तु कहीं कुछ ऐसा था जिससे विभ्यांशु अन्दर-अन्दर संघर्ष कर रहा था। यह वही समय था जब मनीऑर्डर के पैसे भेजकर पार्सल से दवा मँगायी जा रही थी, यह वही समय था जब उसकी माँ की हालत में निरन्तर सुधार जारी था और यह वही समय था जब शकुन्तला को मानस में संजीवनी बूटी लाने वाला एक और प्रसंग भाने लगा था। डर के साये में दुख से सुख की ओर बढ़ते हुए इसी समय में एक घटना घटी।

उस दिन सुबह की पूजा ख़त्म कर पत्नी को फल का नाश्ता वग़ैरह कराकर जब खाने के टेबल पर अयोध्या बाबू बैठे तब विभ्यांशु ने भी साथ बैठकर नाश्ता करने की सोची। विभ्यांशु, जो पिता से कुछ कहना चाह रहा था, बिल्कुल शान्त था। अयोध्या बाबू ने महसूस किया पिछले 6–7 महीने के बाद यह एक ऐसा दिन था जब वे सबसे अधिक सुकून महसूस कर रहे थे। दो प्लेट में नाश्ता आ चुका था। वे चुपचाप नाश्ता कर रहे थे। रोटी और आलू–गोभी की सब्ज़ी में आज स्वाद था। बहू गर्म–गर्म रोटी परोसते हुए सुख महसूस कर रही थी। दोनों साथ बैठे थे किन्तु चुप। नाश्ता ख़त्म हुआ।

अयोध्या बाबू ने उठते हुए ज़ेब से पैसे निकाल कर टेबल पर रखे और विभ्यांशु की ओर मुख़ातिब हुए, "ये दवा के पैसे हैं, इसे आज मनीऑर्डर कर आओ।"

विभ्यांशु चुप ही रहा। बग़ैर हिले–डुले, एकदम निस्तब्ध! 'क्या हुआ' अयोध्या बाबू रुक गये, थोड़ी देर की चुप्पी के बाद विभ्यांशु बोल पड़ा—

'पैसा ख़र्च करने से क्या फ़ायदा'

'मतलब'

'मैं आपसे कुछ कहना चाहता हूँ।' विभ्यांशु अब सीधे मुद्दे पर आना चाहता था।

अयोध्या बाबू बैठ गये

एक मिनट की चुप्पी के बाद विभ्यांशु ने कहा—

'देखिए यह बिल्कुल ही सीधा है, दवा से भी बच तो सकती नहीं हैं। सिर्फ़ आप दवा से उनकी ज़िन्दगी को साल–छः महीने और खींच सकते हैं। और जब मरना ही है तब मृत्यु कुछ सार्थक क्यों न हो?'

अयोध्या बाबू चुप थे और अन्दर से काँप रहे थे।

विभ्यांशु ने फिर कहना शुरू किया।

'आज 31 अक्टूबर है और माँ की सेवानिवृत्ति 30 मार्च को है। अगर 30 मार्च के बाद उनका निधन होता है तो हमारे हाथ मात्र उनकी पेन्शन आयेगी, लेकिन यदि इससे पहले उनका निधन होता है तब एक मेरी नौकरी। माँ के मरने का दुःख क्या मुझे नहीं होगा, लेकिन उनकी मृत्यु जब निश्चित है तब हमें व्यावहारिक स्तर पर आकर सोचना होगा। आख़िर क्यों हम अपने हाथ में आया अवसर गंवाएँ। यह हमारे और सरकार के बीच का मामला है।'

विभ्यांशु को जो कहना था, उसने कह दिया। लेकिन उसने इसके बाद के जिस तूफ़ान की कल्पना की थी, अयोध्या बाबू के चेहरे पर ऐसा कुछ भी नहीं दिखा। दो मिनट तक किंकर्त्तव्यविमूढ़ होकर बैठे रहे, और जब विभ्यांशु को लगा कि अब वे कुछ बोलेंगे, तब वे उठकर चले गये।

अयोध्या बाबू सीधे आगे वाले कमरे में गये जहाँ टेलीविज़न है और जहाँ आजकल शकुन्तला रहती है। वे कमरे में एकदम शान्त खड़े हो गये। शंकुन्तला सोयी हुई थी। उसके शरीर में कोई हलचल नहीं थी और न ही उसकी साँसों की कोई सरसराहट ही वहाँ थी। वे डर गये, उन्हें लगा कहीं विभ्यांशु की बात सच तो नहीं हो गयी। उन्होंने शकुन्तला को हिलाया, उसके शरीर में हलचल हुई। उन्हें तसल्ली हुई और फिर वे ऊपर अपने कमरे में चले गये।

उस कमरे में दो दरवाज़े थे और एक खिड़की। सीढ़ी के ऊपर चढ़ते ही एक दरवाज़ा और दूसरा बाहर की बालकनी की तरफ़। बाहर के दरवाज़े के ठीक बगल में खिड़की। खिड़की में लोहे का सरिया बिल्कुल खड़ा-खड़ा लगाया हुआ था। अयोध्या बाबू ठीक खिड़की के सामने खड़े हो गये और बाहर की ओर देखने लगे। वह खिड़की उनके लिए बिल्कुल सामान्य थी, लेकिन अचानक उन्हें आज महसूस हुआ कि अगर बाहर से इस खिड़की के भीतर की तस्वीर कैद की जाए तो ऐसा प्रतीत होगा कि वे जेल में बन्द हैं। अयोध्या बाबू के भीतर एक बेचैनी आ गयी, वे तुरन्त वहाँ से हट गये। कुर्सी आरामदेह थी, उस पर बैठकर अक्सर वे चिन्तन किया करते थे। उन्होंने सामने नज़र दौड़ाई, दीवार बिल्कुल सूनी थी। अयोध्या बाबू को याद आया जब इस मकान का निर्माण चल रहा था तब एकदम शुरुआत से ही उनके दिमाग़ में यह था कि यह कमरा उनके लिए है क्योंकि इसके दो फ़ायदे थे। पहला तो यह कि यह सीढ़ी के बिल्कुल साथ वाला कमरा है और दूसरा यह कि इसके साथ बालकनी है। इस कमरे के मिलने के बाद अयोध्या बाबू को याद है कि उनकी अपनी ज़िन्दगी के सारे अहम् फ़ैसले इसी कमरे से होकर निकले हैं।

उन्हें याद आया विभ्यांशु का पहली बार छठी कक्षा में अनुत्तीर्ण होना, वह यही कमरा है जिसमें उन्होंने उसे डाँट लगायी थी। विभ्यांशु को बनारस भेजने का फ़ैसला पहली बार इसी कमरे में लिया गया था और विभ्यांशु ने अपनी असफलता के लिए आरक्षण को ज़िम्मेदार इसी कमरे में ठहराया था। यही वह कमरा है जिसमें विभ्यांशु को 'सुरभि गारमेन्ट' खोलने के निर्णय से अयोध्या बाबू अन्दर से ख़ुश हुए थे और यही वह कमरा है जिसमें उन्होंने विभ्यांशु के सारे लेनदारों का क़र्ज़ चुकता करने के बारे में मन्थन किया था। अयोध्या बाबू को लगा कि विभ्यांशु के लिए वे एक ऐसी ढाल की तरह हैं जिसके बग़ैर उसकी ज़िन्दगी का आगे बढ़ना लगभग असम्भव है। उन्होंने दुनिया की भीड़ में विभ्यांशु को अकेला रखकर देखा कितना हताश-निराश और कितना असहाय!

रात्रि के समय में टेबल पर आज अयोध्या बाबू ने विभ्यांशु का इन्तज़ार किया। बहू कई बार खाना पूछ चुकी है, उन्होंने कहा 'विभु को आने दो।' ना जाने कहाँ से अचानक आज उनके मुँह में विभ्यांशु के लिए बचपन का प्यारा नाम निकल आया।

उन्हें याद आया विभ्यांशु को पहली बार 'विभु' शकुन्तला ने ही कहा था। शकुन्तला उसके बचपन में उसे कहती—'विभु' का वैभव बहुत बड़ा होगा।

खाने के टेबल पर वे शान्त बैठे थे, विभ्यांशु जानता था साथ खाने का मतलब कुछ ख़ास था। वह पिता की तरफ दबी निगाह से देखने की कोशिश कर रहा था— आज पत्नी मोह की विजय होती है या पुत्र मोह की। खाना ख़त्म हो गया, अयोध्या बाबू ने धीरे से कहा—"शायद तुम ठीक कहते हो। हमें व्यावहारिक स्तर पर आकर सोचना चाहिए।" और वे उठकर चले गये।

विभ्यांशु को अचम्भा हुआ और अन्दर उसकी ख़ुशी की फुलझड़ियाँ अचानक फूट पड़ीं।

अयोध्या बाबू शकुन्तला के कमरे के आगे से गुज़रे, और सिर्फ एक पल को ठहरे। शकुन्तला एक बार फिर निश्चिन्त लेटी थी। उन्होंने अपने मन में शकुन्तला से सवाल किया "तुमने उसे ज़िन्दगी दी, उसे नाम दिया और फिर दूसरी ज़िन्दगी दे रही हो। तुम ने ही तो कहा था, विभु का वैभव बड़ा होगा।" फिर वे अपने कमरे में सोने चले गये।

यह निर्णय सरकार द्वारा लिया नहीं गया था

यदि यह निर्णय सरकार द्वारा लिया गया होता तो उसे क्रियान्वित करने में वक़्त लगता। लेकिन यहाँ इस निर्णय को ऐन निर्णय के वक़्त से लागू कर दिय गया। और सबसे पहला काम विभ्यांशु ने किया कि उसने खाने के टेबल से उठते ही पत्नी को माँ को नियमित रात में सोते वक़्त दिये जाने वाले दूध के लिए मना कर दिया। विभ्यांशु की पत्नी ने उस रात माँ के लिए मच्छरदानी नहीं लगायी और बिस्तर के पास पानी से भरा जग भी नहीं रखा। घर वालों ने शकुन्तला की देखभाल करना बिल्कुल छोड़ दिया। उनकी दवा बन्द कर दी गयी। अयोध्या बाबू ने रामचरित्मानस का पाठ बन्द कर दिया। दवा बन्द होते ही शकुन्तला का कष्ट अचानक तेज़ रफ़्तार से बढ़ना शुरू हो गया। अयोध्या बाबू ने देखा मात्र पन्द्रह दिन के भीतर ही उनही पत्नी की नाभि में मवाद भर गया और वह कष्ट से कराहने लगी। अयोध्या बाबू पत्नी की ओर देखते हुए दुखी होते लेकिन विभ्यांशु की ओर देख ख़ुश हो जाते। शकुन्तला ने देखा उसकी दवा बन्द कर दी गयी है, उसने महसूस किया उसकी देखभाल की जानी छोड़ दी गयी है। लेकिन उसने कुछ नहीं कहा। अयोध्या बाबू जब भी उसके पास आते वह एकटक उन्हें देखती थी, और बस देखती रह जाती थी।

अयोध्या बाबू और विभ्यांशु को सफलता मिल गयी। अपनी सेवानिवृत्ति से लगभग तीन महीने पहले शकुन्तला इस दुनिया को छोड़ गयी। 6 जनवरी 2005 की सुबह चार बजकर सैंतीस मिनट पर उनकी मृत्यु हुई। रात भर पीड़ा में छटपटाती

शकुन्तला अपनी मृत्यु से ठीक एक घंटे पहले एकदम शान्त हो गयी थी। अयोध्या बाबू उनके ठीक सामने बैठे थे। शकुन्तला सिर्फ़ उन्हें देखती रही थी और उन्होंने अन्तिम पंक्ति कही थी 'मैं जानती हूँ आप मजबूर थे।' चार बजकर सोलह मिनट पर कही गयी उनकी यह पंक्ति उनके मुँह से निकली अन्तिम पंक्ति थी और मात्र इक्कीस मिनट के बाद उनकी मृत्यु हुई। कहने को बाद में यह भी कहा गया कि अपनी अन्तिम पंक्ति को कह लेने के बाद शकुन्तला ने अपनी नज़रें घुमायी थीं और विभ्यांशु पर टिका ली थीं। लोग कहते हैं उस पंक्ति के बाद के इक्कीस मिनट शकुन्तला ने अपनी नजरें विभ्यांशु पर टिकाये रखी थीं। एकटक, अपलक।

कहानी के अतिरिक्त दो बातें

पहली, क़ागज़ी कार्रवाई में विभ्यांशु को महज छः महीने लगे और बारह जुलाई 2005, दिन मंगलवार को उसकी नियुक्ति हो गयी। वह घर लौटते हुए ढेर सारी मिठाइयाँ लाया। अयोध्या बाबू ने पूछा था 'यह किस चीज़ की मिठाई है? और फिर 'किसकी नौकरी हो गयी।' दूसरी, अयोध्या बाबू को अब अपनी पेंशन उठाते वक्त अपने हस्ताक्षर का ज्ञान नहीं रह गया है। इसलिए उनकी अपनी पहचान की शिनाख्त के लिए एक ठोस गवाह की जरूरत होती है। अयोध्या बाबू अब चुटकी लगाते हैं और गाँव का मुखिया ब्लू पेन से घेरकर उसे सत्यापित करता है कि असल में यह अयोध्या बाबू ही हैं और तीसरी, इस कहानी के ख़त्म करने से ठीक एक दिन पहले मैं अयोध्या बाबू से मिला था, वे आजकल वर्णमाला के अक्षर ज्ञान के लिए किताब लेकर बैठे हुए हैं। इसलिए मेरी आप पाठकों से गुज़ारिश है कि जिन्हें भी अयोध्या प्रसाद त्रिपाठी से मिलना है वे फ़ौरन मिल लें, वरना बहुत जल्द उनकी स्थिति ऐसी हो जाएगी कि वे 'आदमी' को 'आदमी' भी नहीं समझ पायेंगे।

स्वीट होम

(वह एक ऐसा घर था जहाँ उजियारा कभी ख़त्म ही नहीं होता था)

उस घर के पते में फ़लाँ विला, चिलाँ काटेज की तरह कहीं भी स्वीट होम नहीं था, और न ही मकान मालिक ने उस मकान के बाहर नेम प्लेट पर नम्बर के साथ ही स्वीट होम लिखवा रखा था। वह घर बाहर से देखने पर बिल्कुल सामान्य घर की तरह ही दिख़ता था और उसमें रहने वाले लोग भी लिलिपुट के निवासी की तरह बिल्कुल नहीं होकर सामान्य ही थे। लेकिन हमारे लिए वह घर असामान्य था और हम उस घर को 'स्वीट होम' कहते थे। स्वीट होम इसलिए कि वह घर हमें एक ठंडक और सुकून देता था और हम उस घर से बाहर कहीं भी रहते, उस घर में लौट आने को बेताब होते थे। उस घर में पैर रखते ही हमारी सारी बेचैनी और सारा तनाव फुर्र से उड़ जाता था और हम एकदम से हल्के हो जाते थे।

उस घर में ढाई फ्लोर थे। उसमें एक ग्राउंड फ्लोर था, एक फर्स्ट फ्लोर था और आधा सेकेन्ड फ्लोर था। सेकेन्ड फ्लोर जो आधा बना हुआ था उसकी छत आधी ख़ाली थी और वहाँ गमले रखे हुए थे। जहाँ गमले रखे हुए थे वहाँ वह गर्मी के मौसम में शाम को हवा खाने और ठंड के मौसम में धूप सेंकने आती थी। हम उस ख़ाली जगह को ज़न्नत कहते थे और वहाँ जाकर उसके अहसास को जीने की कोशिश करते थे। उस घर में ढाई फ्लोर थे, जिसके ग्राउंड फ्लोर में वह रहती थी यानी उसका पूरा परिवार यानी मकान मालिक रहते थे और ऊपर के डेढ़ फ्लोर में हम किरायेदार रहते थे। वह नीचे के फ्लोर में रहती थी और हम ऊपर के डेढ़ फ्लोर में रहते थे। वह नीचे के फ्लोर में रहती थी इसलिए हम ऊपर के डेढ़ फ्लोर में रहते थे।

उन दिनों हम छात्र थे और सफलता-असफलता के बीच पेन्डुलम की तरह झूल रहे थे। हम किराये के मकान में रहते थे और ख़ूब पढ़ाई किया करते थे। हम जहाँ भी रहते थे तीन-चार लड़के इकट्ठे रहते थे, जिससे कमरे के किराये और भोजन पर होने वाले ख़र्च पर अनुकूल असर पड़ जाता था। हम तीन या चार लड़के एक साथ

रहते तो थे पर यह ज़रूरी नहीं था कि वे लड़के हमेशा वही होते थे। हमारा साथ, हमेशा जब तक साथ होते तो बहुत ही मज़बूत दिखता था फिर अचानक पता चलता कि तीन दिन के बाद उसे छोड़कर जाना है।

लेकिन यह कहानी तब की है जब हम इकट्ठे लगभग दो साल से साथ रह रहे थे।

अपने पहले वाले मकान के छूटने के बाद जब हम अपना नया आशियाना ढूँढ़ने निकले थे तब हम चार लड़के साथ थे। चार लड़के यानी चार छात्र। वह मकान तीन ओर से खुला था और उसमें धूप सीधे बालकनी में आती थी। वह मकान सोफ़ियाना था और सामने अमरूद का पेड़ था। अमरूद का पेड़ इतना घना था कि फर्स्ट और सेकेन्ड फ्लोर की बालकनी से हाथ बढ़ाकर उसे तोड़ा जा सकता था। उस अमरूद के पेड़ पर लगने वाले अमरूद का बीज लाल था। उस पेड़ पर प्राय: एक ऐसा पक्षी आकर बैठता था जिसकी चोंच आगे की ओर नुक़ीली थी और जिसका रंग अजीब तरह से स्लेटी था। हमने पहले ऐसा पक्षी नहीं देखा था। हम उस पक्षी का, बालकनी में बैठकर इन्तजार करते थे। सामने की गली चौड़ी थी, जिसमें स्ट्रीट लाइट लगी हुई थी और जिसमें हम रहने के बाद रात की दूधिया रोशनी में रैकेट खेला करते थे। पहले वह रैकेट खेला करती थी, फ़िर हमने खेलना शुरू किया था। रैकेट खेलते हुए वह एक परी जैसी लगती थी, ऐसे जैसे उस चिड़ी के पत्ते ही एक दिन उसके पंख हो जायेंगे और वह एक दिन दूर आसमान में उड़ जाएगी। वह प्राय: सफेद कपड़े पहनती थी। सफेद कमीज, सफेद सलवार और सफेद चुन्नी। उसके कपड़े का सफेद रंग उस चिड़ी से बहुत मिलता था और जब चिड़ी दूसरी ओर से हिट करने पर उसकी ओर बढ़ती थी तब एक सेकेन्ड को उसका रंग उस सफेद कपड़े में खो जाता था और वह हमारी आँखों से एकाएक बिल्कुल ओझल हो जाती थी। हम अमरूद के पेड़ की झुरमुट से उसे झाँका करते थे। इस झाँकने के क्रम में हम बहुत कुछ झाँका करते थे और उस बहुत कुछ पर हम बहुत देर तक बातें किया करते थे। फ़िर हमने एक योजना के तहत रैकेट खेलना शुरू किया कि शायद वह हमारे साथ एक दिन खेलना शुरू कर दे, लेकिन ऐसा नहीं हुआ। जब हमने रैकेट खेलना शुरू किया था, तब उसने रैकेट खेलना बन्द कर दिया था।

उस मकान से निकलते ही यदि बायें की ओर मुड़ जाया जाता तो वहाँ एक मार्केट थी लेकिन यदि सीधे चला जाता तो वहाँ एक बड़ा-सा पार्क था। उस पार्क के बीच में छ: हैलोजन का बड़ा-सा सेट था, जो अपनी रोशनी से पूरे पार्क को ढँके हुए था। उस पार्क में ढेरों लोग सुबह सूरज की रोशनी में और शाम को हैलोजन की रोशनी में टहलने आया करते थे। हमारे लिए उस पार्क की वह दोनों ही रोशनी या कहें कि वह पार्क ही उपयोगी नहीं था, क्योंकि हममें से कोई भी उस पार्क में टहलने

नहीं जाया करता था। इसलिए जब हम उस मकान को देख रहे थे तब हमने उस पार्क की ओर ध्यान नहीं दिया था। लेकिन चूँकि मकान हमें पसन्द आ गया था, इसलिए हमने उसे लेने का निर्णय ले लिया था। हमारे मकान मालिक की उम्र लगभग पचपन साल की थी। उसकी पर्सनॉलिटी एक सरकारी नौकरी करने वाले की थी और वे सरकारी नौकरी ही करते थे। उस समय वे कुर्ता-पायजमा पहने हुए थे और दाढ़ी के साथ-साथ उनकी मूँछ भी नहीं थी। उनकी पत्नी, जो उनके साथ ख़ड़ी थी पति की तुलना में अधिक मोटी थी लेकिन देखने में बहुत सुन्दर थी। मकान मालिक काफ़ी मज़ाक़िया क़िस्म के थे और अपनी पत्नी को वे होम मिनिस्टर कहते थे। मकान का निर्णय करते वक्त जब हमने उनसे उनका टेलीफ़ोन नं. माँगा था तब उन्होंने पहले यह कहा था कि सुबह नौ बजे के पहले और शाम को छः बजे के बाद ही वे फ़ोन पर मिल पाएँगे। उन्होंने अपने नं. के साथ अपना नाम लिखवाया था—मि. फ़ारुक़ इमाम नदीम, तब अचानक हमारे पाँव के नीचे से जमीन ख़िसक गयी थी और उल्टे पाँव हम बहाना बनाकर वापस भाग आये थे।

उस समय हम अक्सर ख़ाना ख़ाते समय देश की जिन विभिन्न समस्याओं पर बहस किया करते थे उनमें साम्प्रदायिकता एक बड़ा मुद्दा था। हम बाबरी मस्ज़िद विध्वंस, गुजरात दंगे, बेस्टबेकरी कांड पर ख़ूब बातें करते थे और इसे स्वतन्त्र भारत का काला धब्बा कहते थे लेकिन पिछले एक-दो दिनों से हम शान्त थे और एक-दूसरे से नजर चुराकर ख़ाना ख़ाते थे। हमारी वह सारी प्रगतिशीलता उस दिन हमारे पैरों को बेड़ियाँ बनने लगी थीं। हममें से यदि कोई भी उस दिन अकेला होता तो उस मकान में दुबारा वापस नहीं जाता लेकिन उस दिन हमारे पास अपने को अधिक प्रगतिशील साबित करने का एक मौक़ा था। हमने प्रगतिशीलता की होड़ में उस मकान में रहने का निर्णय लिया था। यह अलग बात है कि जब हमने उस मकान में रहना शुरू किया था तो हम सभी को उस नल से आने वाले सप्लाई वाटर को पीने में भी दिक़्क़त होती थी और हमारी रसोई में लगी टाइल्स हमें थोड़ी अलग अन्दाज़ की लगती थीं। शुरू में हमें उस मकान मालिक पर काफ़ी शक़ होता था। जिस दिन भारत-पाकिस्तान का मैच होता था तब हम इंडिया की इनिंग में चुपके से सीढ़ी पर आकर यह सुनने की कोशिश करने लगते कि कहीं वे सहवाग या सचिन के आउट होने पर तालियाँ तो नहीं बजा रहे हैं, या फिर पाकिस्तान की जीत पर कहीं उनके यहाँ सेवई तो नहीं बनायी जा रही है। हम अक्सर मकान मालिक को या फिर उसके एकलौते बेटे को ऊपर घेर लेते और कहते "लादेन का तो कुछ पता नहीं चल रहा अब तो लग रहा है मारा ही गया।" हम कहते—"अमेरिका है लेकिन बड़ा ही कद्दावर" हम थोड़े बचते हुए उनसे यह भी जानने की कोशिश करते कि बाबरी मस्ज़िद विध्वंस और हाल ही में हुए गुजरात दंगों में यह मोहल्ला कैसा था? हम उसकी टोह में रहते कि कहीं

उस समय भी इस मकान में कोई हमारे जैसे ही किरायेदार हों, जिनका इन्होंने निपटारा कर दिया हो।

शुरू में हममें से हर कोई मकान मालिक को किराया देने जाने से बचना चाहता था कि कहीं वे कुछ खाने-पीने को न कह दें। हम अक्सर नीचे सीढ़ी से ऊपर आते वक्त काफ़ी जल्दी में होते कि कहीं पकौड़ी की एक प्लेट आगे बढ़ाकर वे लेने को न कह दें। हम सभी अपने मन को इस स्थिति का सामना करने के लिए रोज तैयार करते कि अगर ऐसी स्थिति आयी तो हम यह कह देंगे कि आज तो मंगलवार है, आज तो मैं नमक खाता ही नहीं। या फिर कि तेल की चीजें तो मुझे बिल्कुल ही मना है। हमने यह भी विचार लिया था कि अगर स्थिति बहुत ही भयानक हो जायेगी तब हम पकौड़े के टुकड़े लेकर एकदम से सीढ़ी पर चढ़ जायेंगे और फिर तो हम जानें और हमारी फ्लोर। लेकिन ऐसी नौबत नहीं आयी, शायद वे भी हमारी विकट स्थिति को समझते थे। लेकिन जब हम उस मकान में रहने लगे तब धीरे-धीरे हमारे भीतर से ये फोबिया दूर होता चला गया। और इसके पीछे का सबसे बड़ा कारण यह था कि हमें उसकी सुन्दरता ने अपनी ओर एकबारगी आकर्षित कर लिया था और धीरे-धीरे हम सभी उसके प्यार में डूबने लगे थे। और कुछ दिनों के बाद स्थिति यह हो गयी थी कि किराया पहुँचाने हममें से कौन नहीं जाएगा, इस पर विचार होने लगा था।

उन दिनों जब हम मकान ढूँढने के लिए निकलते थे तब हमारे बीच एक मौन समझौता होता था कि हम ऐसे कमरे की तलाश करेंगे जिसमें कोई भी लड़की नहीं हो। मकान ढूँढ़ते हुए हमारी सिक्स्थ सेंस काम करती थी और हम मकान देखकर उसके सामने खड़े होकर एक लम्बी साँस अन्दर की ओर लेते थे और कह देते थे कि इसमें कोई कुँवारी कन्या है या नहीं? मकान को पहले स्तर पर देखने के लिए स्वीकार और इन्कार करने का हमने एक कोड बना रखा था। अगर लम्बी सांस अन्दर की ओर लेने के बाद हमें निर्णय धनात्मक लगता तब हम कहते —'हरियाली' और आगे बढ़ जाते। यानी वह घर कुँवारी लड़की से बाधित है। अगर हमारा निर्णय ऋणात्मक होता तब हम कहते—'सूखा' और उस मकान को देखने के लिए उसकी घंटी बजा देते। यानी उस मकान में किसी कुँवारी लड़की की परछाईं नहीं है। लेकिन इससे यह अर्थ कदापि नहीं निकलता था कि हम तब औसत लड़कों की तुलना में काफ़ी शरीफ थे और हम लड़कियों की ओर आँख उठाकर नहीं देखते थे। वास्तव में हमारा ऐसा मानना था कि जिस भी मकान में लड़की होती है वह मकान मालिक ढेरों बंदिशों का बख़ान शुरू कर देता है। ज़्यादा शोर नहीं करना है, ज़्यादा मिलने वाले नहीं आयेंगे, सिगरेट और शराब नहीं, रात को देर से नहीं लौटना है आदि। हमारे साथ सबसे बड़ी दिक्कत थी कि तब हम सिगरेट से धुएँ के छल्ले उड़ाने में दिक्कत महसूस करने लगते थे और उस घर में रहने के कारण उस लड़की को खुलकर देख भी नहीं

पाते थे। ऐसे मौक़े पर हमारी नजर प्रायः पड़ोसियों पर होती और नैन-मटक्का के लिए कम-से-कम बीस वर्ष पूर्व जाकर एक ख़ूबसूरत लड़की पैदा करने के लिए अपने मन में हम उनसे गुज़ारिश करते थे। परन्तु हमारी सिक्स्थ सेंस ने इस बार पूरी तरह हमें धोख़ा दे दिया था।

उस मकान को पहली नजर में देखने में उसे लेने के निर्णय करने तक में हमें इसकी कोई निशानी नहीं मिल पायी थी कि उस घर में किसी लड़की का निवास था। जबकि हम सभी ने बारी-बारी से उस घर के सामने लम्बी-लम्बी सांसों को अन्दर कर उस घर को पास किया था। यह अलग बात है कि जब हम उस घर में रहने लगे थे तब हमें उस घर में हमेशा ही ऐसे प्रमाण मिलने लगे थे जो साबित करते थे कि वहाँ वह रहती है। छत का वह आधा हिस्सा जहाँ ढेरों गमले थे और जहाँ ख़ुशबू थी, वहीं एक तार पर वह अपने कपड़े पसारती थी। वह कोई ख़ुशकिस्मत दिन होता था जब वह रात में अपने सूखे कपड़े उठाना भूल जाती, तब हम उन कपड़ों को छूकर ढेरों कल्पनाएँ करते थे। हम यह महसूस करने की कोशिश करते कि वहाँ उसका कौन-सा अंग होगा और वह कितना मुलायम होगा।

लेकिन हमारे लिए यह अच्छा था कि हमारे मकान मालिक को हम पर ख़ूब विश्वास था। हमारे बीच की बौद्धिक बहसों को वे सुनते थे और धीरे-धीरे उनके मन के भीतर यह विश्वास जगने लगा था कि हम वे हैं जो इस समाज को बदल देंगे। हमें एक अतिरिक्त तरह की छूट दे दी गयी थी। शायद उन्हें ऐसा लगने लगा था कि सिगरेट के धुएँ के छल्ले उड़ाये बगैर भला क्रान्ति कैसे सम्भव है?

हम चार लड़कों के अतिरिक्त हमारे ऊपर के उस आधे बने फ्लोर में भी दो लड़के पहले से रहते थे, जिसमें एक लड़का लगभग हमारे साथ नया-नया आया था। उसमें पुराना वाला लड़का काफ़ी मोटा था और कसरत पर ख़ूब ध्यान देता था। वह मोबाइल का आदी था और मोबाइल पर बहुत तेज आवाज़ में बातें किया करता था। बातें करते हुए प्रायः हँसता रहता था। उसकी हँसी में जीवन्तता थी लेकिन फोन के उस तरफ़ के आदमी को उसकी हँसी के बीच से शब्दों को चुनना पड़ता था, कम से कम हमारा ऐसा मानना था। जो लड़का लगभग साथ नया-नया आया था वह हम लोगों से लगभग तीन-चार साल छोटा था और अभी-अभी अपनी ग्रेजुएशन कम्पलीट करके आया था। वह देखने में बिल्कुल टाइटेनिक का हीरो लियानार्दो डीकॉपोरिया की तरह लगता था और हमने उसका नाम चॉकलेटी रख रखा था। उसके बाल बड़े थे और चेहरा खूब गोरा था। हममें से कोई भी अगर उसे अपने पास ज़्यादा देर बैठा लेता था तब हम उसे यह कहकर चिढ़ाने लगते थे 'बस यही अपराध मैं बार-बार करता हूँ, आदमी हूँ आदमी से प्यार करता हूँ।'

उस डेढ़ फ्लोर को मिलाकर हम जितने भी लड़के रहते थे सब सरकारी नौकरियों की तैयारी करते थे। कोई उसमें थोड़ी बड़ी नौकरी की तैयारी करता तो कोई थोड़ी छोटी। हम सभी लगभग मध्यवर्गीय परिवार से आते थे, और हमारे पैसे महीने की पच्चीस तारीख तक ख़त्म हो जाते थे। हम डाकिये का इन्तजार करते थे और डाकिया लगभग दो-तीन तारीख़ तक हम सभी के घर से आने वाले ड्रॉफ्ट पहुँचा जाता था। पच्चीस के बाद के दिन हमारे लिए काफ़ी तकलीफ़ भरे होते थे। उन दिनों हम खाना खाते वक्त काफ़ी चिन्तित होते थे और कभी-कभी हम जान-बूझकर किसी दोस्त, किसी जान-पहचान वाले के यहाँ चले जाते थे और वहाँ तब तक बैठे रहते थे जब तक उनका खाना खाने का समय न हो जाये। हम वहाँ से तब उठने लगते जब खाना खाने के लिए वे तैयार हो रहे होते। अक्सर वे हमें तब पकड़ कर खाना खिला देते थे। लेकिन अगर वे तब भी इशारों में हमारी बात नहीं समझते, तब हम कहते—'हमने आपका काफ़ी वक्त ख़राब किया, आप खाना खाइये, हमें तो अभी जाकर खाना बनाना भी है।' तब उनका जवाब होता 'अरे जाकर बनाएँगे, यहाँ तो बना हुआ है।' और हमारे दिल की मुराद पूरी हो जाती। लेकिन कई बार कोई दोस्त हमारा भी गुरू निकल जाता और वह कहता 'अरे खिचड़ी बनाने में वक्त ही कितना लगता है।' उन दिनों हमें सबसे अधिक चिन्ता सिगरेट की होती। हमारा सिगरेट पीना तब काफ़ी कम हो जाता और हम तब आपस में ये कहने लगते थे कि सिगरेट पीने से पत्नी के होंठों को किस करने में उसके होंठों की वह कोमलता नहीं मिल पाएगी, जिसकी वह हकदार है। इस तरह भविष्य में पत्नी के होंठों को उचित न्याय दिलाने के लिए सिगरेट से अपने को तब बचाते थे। लेकिन ज्यों ही हमारा ड्रॉफ्ट हमारे एकाउन्ट में कैश हो जाता था और हमारे हाथ में पैसे आ जाते थे, हमारा न्यायतन्त्र गड़बड़ा जाता और हम फिर से उसी तरह सिगरेट पीने लग जाते थे।

हम उन दिनों सबसे अधिक बचते थे अपने-अपने घर जाने से। हमें अपने घर वालों का लम्बा-लम्बा लेक्चर काफ़ी पकाऊ लगता था और उससे भी ज़्यादा उन लोगों के ताने जो हमारे गाँव के बड़े-बुज़ुर्ग थे। हमारी ज़िन्दगी से अपेक्षाएँ बहुत बड़ी नहीं थीं लेकिन गाँव में हमें हमेशा यह सुनने को मिलता कि वहाँ किस-किस लड़के ने कितनी आसानी से सफलता पा ली है। उसका बेटा तो दिल्ली गया भी नहीं, यहीं शहर में रहकर क्लर्क बन गया। उसके तो अच्छे संस्कार बचपन से ही दीख रहे थे, देखो आज मास्टर बन गया और कैसा बढ़िया अपना घर चला रहा है। कोई वहाँ अपनी परचून की दुकान खोलकर सुखी था, कोई वहाँ अपना टेन्ट हाऊस—'झँकार लाइट एंड टेन्ट हाउस' खोलकर सबकी शादियाँ करवा रहा था। और तो और सबसे बड़ी बात यह थी कि हमारे गाँव से मात्र दो किलोमीटर दूर शहर में सहारा या एलआईसी के दफ्तर में एजेन्ट बनकर लोगों को पकड़ने के लिए अजीब तरह का चूतियापा करने

वाले लड़के भी गाँव वालों की नज़र में हमसे बढ़िया और ऊपर थे। तब अक्सर हमें यह लगने लगता था कि इस दुनिया के सबसे बड़े निकम्मे हम ही हैं और सबसे बड़े चुगद भी, जो लगे हुए हैं अपनी क़लम को घिसर-घिसर करने में। हमें तब अपने घर वालों की बातों का उतना बुरा नहीं लगता था। हम सोचते थे, वे पैसे देते हैं तो इतना तो हक बनता ही है उनका। लेकिन जिन्होंने हमें फुटबॉल समझ रखा था, वे थे हमारे गाँव के वे बड़े—बुजुर्ग जो हमारी बेरोजगारी का तब रस लेते थे। हम सभी के पास तब कुछ-न-कुछ इसका अनुभव था और सुनाने के लिए एक से एक वाक़या। जब कभी हम साथ बैठते और इस तरह की बातें खुलकर सामने आने लगतीं तब हमारे संस्मरण तरल हो जाते और एक के बाद एक बहने लगते।

इस सन्दर्भ में जो दो बातें मजेदार थीं वे यह हैं—पहला, हममें से ही कोई एक लड़का जब अपने घर गया तब वहाँ लोगों ने उसे अपने पास बुलाकर-बैठाकर यह जानना चाहा कि, सुनने में आया है कि वह दिल्ली में फ़िल्में बहुत देखता है, तो क्या यह खबर सही है। उसने आव देखा न ताव एकदम से गुस्से में आकर कह दिया था 'देखो चाचा, सिनेमा बनाने वाले करोड़ों रुपये ख़र्च कर फ़िल्में बनाते हैं, लाखों ख़र्च कर सिनेमा हॉल के मालिक सिनेमा हॉल बनवाते हैं। पैसा मेरा बाप भेजता है, समय मेरा अपना है, फिर तेरी क्यों फटती है।' इस सन्दर्भ में दूसरा वाक़या था। एक लड़का जो भोजपुरी इलाक़े का रहने वाला था जब अपने घर गया तब किसी एक दिन जब वह सूट-बूट पहन टहलने को निकला तब उस दरवाज़े पर से आवाज़ देकर उसे बुलाया गया था जहाँ गाँव के कई बूढ़े और खेती करने वाले जवान बीड़ी पीने के साथ दिन भर ताश खेलते रहते थे। उनमें से जो सबसे अधिक बुज़ुर्ग थे उन्होंने उसे अपने पास बैठाया और बहुत ही प्यार से हाल-समाचार पूछा। ताश तत्काल बन्द थी, लोगों की उत्सुकता के केन्द्र में वह लड़का था और उसकी बेकारी। उस बूढ़े ने फिर धीरे से वह सवाल दागा, जिसका उसे अंदेशा था, कि 'बेटा वहाँ का करा ला?' वह थोड़ी देर शान्त रहा और लोग ताश से अधिक रस उस समय उसके चेहरे पर उड़ने वाली हवाइयों का लेते रहे। लेकिन उसने इस मजे को ज़्यादा देर तक बरक़रार रहने नहीं दिया, जब सब शान्त थे, तब एक मिनट तक रुककर उसने एकबारगी कहा—'झाँट उखाड़ा ला।'

हम जिस मोहल्ले में तब रहते थे, या यूँ भी कहा जा सकता है कि जिस मोहल्ले का जिक्र मैं यहाँ कर रहा हूँ वह दिल्ली का उत्तर-पूर्वी एरिया में बसा मुखर्जी नगर है। मुखर्जी नगर यानी जहाँ जाने के लिए मात्र एक-दो ही सीधी बस थी। या फिर किसी भी बस से किंग्सवे कैम्प जाकर वहाँ से ऑटो रिक्शा से वहाँ जाया सकता है। हम जहाँ रहते थे, वहाँ से मात्र आधा किलोमीटर की दूरी पर बत्रा सिनेमा हॉल था, जहाँ रोज़ शाम को 6 बजे हम पहुँच जाते थे। हमारा यह लगभग रोज़ का काम

था कि उसके कैम्पस में बनी रेलिंग पर तब तक बैठकर सिगरेट फूँकते रहते थे जब तक कि भीड़ ईवनिंग शो के लिए घुस नहीं जाती थी। हम उस भीड़ में उन लड़कियों को ढूँढ निकालते थे जिसने जींस के साथ टॉप पहन रखा हो, और फिर लगभग उस आधे घंटे तक उस जींस और टॉप के बीच में बार-बार बनने वाले ख़ाली जगह को हम अपनी आँखों से मापा करते थे। भीड़ उधर हॉल के भीतर घुसती और इधर हम हॉल के कैम्पस से बाहर आ जाते थे।

हमारी ज़िन्दगी तब तक फ़ँसी हुई ज़िन्दगी थी। हमारी ज़िन्दगी के सारे सुख तब अटके हुए थे महज एक रिज़ल्ट पर। हमारे मन के भीतर ढेरों ख़्वाब पल रहे थे लेकिन हमेशा यह लगता कि एक बार नौकरी तो हो जाये। चूँकि हमारी ज़िन्दगी तब एक फँसी हुई ज़िन्दगी थी इसलिए तब हमारे पास ढेरों दबे हुए ख़्वाब थे जिसे हमने नौकरी के तुरन्त बाद के लिए रख छोड़ा था। हमारे ख़्वाब तब अजीब-अजीब तरह के थे। आज यह सोचकर आश्चर्य होता है कि हममें से किसी एक का ख़्वाब तब यह भी था कि नौकरी का रिज़ल्ट देखते ही वह दिल्ली के टूर पर निकल जायेगा। आश्चर्य इस बात में नहीं था कि उसके ख़्वाब में दिल्ली का टूर था। आश्चर्य इसमें था कि वह दिल्ली का टूर बैलगाड़ी से करना चाहता था। वह कहता 'साली नौकरी तो हो जाये फिर देखना मैंने तो बैलगाड़ी वालों से बात भी कर रखी है। पीछे गद्देदार बिछावन रहेगा और कान में ईयर फोन, पूरे एक सप्ताह तब घूमता रहूँगा। एक दिन तो सिर्फ़ इंडिया गेट के किनारे बैलगाड़ी लगाकर रखूँगा और यह देखूँगा कि साले इतने लोग वहाँ देखने क्या आते हैं?' अपने-आप में यह भी आश्चर्य था कि जब कभी उसे गाज़ियाबाद की तरफ जाने का मौक़ा मिला था उसने बैलगाड़ी या घोड़ागाड़ी वाले से बात भी कर रखी थी। उसने कई बार पुलिस वालों से भी पूछा था कि बैलगाड़ी से दिल्ली में घूमने में कोई पाबन्दी तो नहीं है। बत्रा सिनेमा हॉल पर लड़कियों के जींस और टॉप के बीच की दूरी को मापते हुए हम अक़्सर कहते 'नौकरी के बाद या तो जी.बी. रोड जाऊँगा या फिर मुज़फ़्फ़रपुर का चतुर्भुज स्थान, लेकिन एक दिन ढेर-सारे पैसे देकर उसके साथ बन्द कमरे में अकेला रहूँगा।' हमने इस समस्या का भी इलाज़ ढूँढ़ लिया था कि यह जरूरी थोड़े ही है कि उस दिन उसने जींस पहन ही रखी हो। हम कहते जींस और टॉप हम साथ में ले जायेंगे और उसे पहनाकर हम सिर्फ़ उस गैप को जी भरकर देखने की कोशिश करेंगे, बस और कुछ नहीं।

लेकिन हमारी ज़िन्दगी के वे बेचैनी भरे दिन थे। सरकारी नौकरियाँ लगातार कम होती जा रही थीं, और हमारी उम्र लगातार बढ़ती जा रही थी। कई ऐसी परीक्षाएँ थीं जिसकी उम्र की ऊपरी सीमा हमने पार कर ली थी और बहुत-सी परीक्षाएँ ऐसी थीं जिसकी उम्र की सीमा छूने में हमें महज एक-दो वर्ष और बचे थे। ऐसा नहीं था कि हम एक ख़राब छात्र थे। हम उन दिनों लगातार किसी की प्रारम्भिक परीक्षा तो

किसी की लिखित परीक्षा पास कर रहे थे। हमारे लिए उन दिनों सबसे महत्वपूर्ण दिन रविवार का होता जब हमारा अखबार वाला अखबार के साथ 'रोजगार समाचार' फेंक जाता। लगभग हर सप्ताह हममें से किसी न किसी का रिज़ल्ट आ ही जाता। कभी हम किसी प्रारम्भिक परीक्षा में तो कभी लिखित परीक्षा में सफ़ल हो जाते तो कभी असफ़ल। लेकिन हमारे लिए पूर्ण सफलता तब कोसों दूर थी। उन दिनों हमने टाइम्स ऑफ इण्डिया या हिन्दुस्तान टाइम्स में आने वाले सिचुएशन वेकेन्ट और क्लासीफाईड के कॉलम को कई बार देखने की कोशिश की थी लेकिन वे हमारे लिए निरर्थक थे। हमने उन दिनों कॉल सेन्टर और कम्प्यूटर की दुनिया में लाखों नौकरियों के बारे में सुना था। लेकिन हम उसके लिए बिल्कुल ही अनफिट थे। हम तब यह सुनकर आश्चर्य करते थे कि अमेरिका, आस्ट्रेलिया या जर्मनी में अगर आपको पिज़्ज़ा भी मँगवाना हो तो आप जिस दुकान को फोन करेंगे तब वह फोन पहले दिल्ली आएगा और दिल्ली के कॉल सेन्टर में बैठा वह 15000 रुपये कमाने वालाा भारतीय युवक उसके पिज़्ज़े का ऑर्डर उस दुकानदार को देगा। या फिर मेलबॉर्न में बैठी किसी महिला की वाशिंग मशीन ऐन उस वक्त खराब हो जाये जब वह पति की शर्ट पर से लिपिस्टिक के दाग़ को मिटा रही होगी तब उसे ठीक करने के लिए भारतीय युवक वाशिंग मशीन की कम्पनी को यहाँ से फोन करेगा। हम जिस मौहल्ले में रहते थे यहाँ हमारे आस-पास ऐसे कई स्थानीय निवासी थे जिनके बेटे-बेटियाँ कॉल-सेन्टर और कम्प्यूटर की नौकरी करते थे और पन्द्रह-बीस हजार आसानी ने कमाते थे। लेकिन चूँकि हम एक मध्यवर्गीय और ग्रामीण परिवार से आते थे और हमारी प्रारम्भिक पढ़ाई गाँव के सरकारी स्कूल में हुई थी इसलिए हमारी अंग्रेजी काफ़ी कमज़ोर थी। हम तब घर और गाँव के दबाव, पिता की महत्वकांक्षा के दबाव, अपनी ज़िन्दगी को स्थिर करने के दबाव में थे और तब सरकारी नौकरियाँ कम हो गयी थीं, हमारी उम्र उन परीक्षाओं के लिए लगभग खत्म हो रही थी, हमारी अंग्रेजी कमज़ोर थी और हम इन निज़ी नौकरियों के लिए बिल्कुल ही बेकार थे, इसलिए वे दिन हमारे लिए काफ़ी तकलीफ़ भरे और बैचेनी लिए हुए थे। और ऐसी ही, बेचैनी भरी हमारी ज़िन्दगी में उसका प्रवेश हुआ और हम उसके प्यार में, उसे देखने में अपने सारे ग़म को भूल जाते थे।

हमारी ज़िन्दगी में वह रेगिस्तान की चिलचिलाती धूप में बारिश की फ़ुहार थी, डोसा के गर्म तवे पर पानी की छन्न-सी आवाज़ थी। वह हमारी ज़िन्दगी थी।

वह तो हमारी ज़िन्दगी में बारिश की फ़ुहार की तरह थी, उसका नाम आतिया था। आतिया नदीम। उसकी उम्र लगभग 21-22 के करीब थी। वह देखने में बहुत सुन्दर थी और उसका चेहरा बिल्कुल गोल था। वह बहुत पतली नहीं थी, और ज़्यादा मोटी भी नहीं। उसे शायद कुर्ता सलवार ही पसन्द था, क्योंकि वह जीन्स नहीं पहनती थी। वह अपने कमीज के ऊपर प्राय: चुन्नी को बिल्कुल फैलाकर चारों ओर घुमा कर

रखती थी और पीछे चुन्नी के ऊपर उसके बाल एक जूड़े में गुँथे हुए रहते थे। उसके बालों की दो लटें आगे की ओर घुँघराली थीं जो उसके मुँह पर ही रहतीं थीं। वह अपनी ग्रेज़ुएशन ख़त्म कर चुकी थी और इस वक्त इग्नू से एमसीए कर रही थी। उसकी आवाज़ बहुत मीठी थी। वह घर का काम ख़ुद ही करती थी और घर की सफ़ाई करते समय वह हल्के-हल्के गुनगुनाती भी थी। उसकी आवाज़ हमें कविता कृष्णमूर्ति की तरह लगती थी और जब वह गुनगुनाती, तो हम सभी अक़्सर चुप हो जाते थे और उसके गाने को सुनने लगते थे। हमें हमेशा ऐसा लगता था कि अगर कभी वह एफएम रेडियो पर नौकरी की कोशिश करती तो उसका चुनाव पक्का था। वह हमारी उन तकलीफ़, बेचैनी और अनिश्चितता के दिनों की सबसे बड़ी राहत थी। हम बड़े-से-बड़े ग़म को उसे देखकर भूल जाते थे और मन में यह सोचते थे कि ईश्वर जरूर कुछ-न-कुछ अच्छा करेंगे। अगर ज़िन्दगी को बुरा ही करना होता तो इतने लड़कों के बदले इतनी अच्छी लड़की के इतने नज़दीक रहने का अवसर हमें ही क्यों मिलता? वह हमारे मन में विश्वास की तरह थी।

उस डेढ़ फ्लोर में हम जो छः लड़के रहते थे उनमें से पाँच लड़के उसको प्यार करते थे। जो लड़का ऊपर के फ्लोर में हमारे आने के बाद आया था और जिसे हम टाइटेनिक का हीरो लियोनार्दो डिकापोरिया कहते थे, वह उम्र में हम लोगों से चार-पाँच वर्ष छोटा था और हम लोगों को भैया कहता था। हम लोग उससे जूनियर की तरह व्यवहार करते थे और उसे इस प्यार-व्यार के चक्कर में नहीं पड़ने देते थे। एक दूसरा कारण यह था कि वह अमीर घर से था और उसके नाम का हर महीने ड्रॉफ्ट नहीं आता था। उसने अपने पास आईसीआईसीआई बैंक का एटीएम कार्ड रख रखा था और उसके पिता उसमें वहीं से ढेरों पैसे जमा कर देते थे। वह सिगरेट नहीं पीता था इसलिए हमे ठीक-ठीक यह भी नहीं पता चल पाता था कि कभी उसके जेब में पूर्ण रूप से पैसे खत्म हुए हैं या नहीं। उसका मोबाइल फोल्डर वाला था जो हमें तब अत्याधुनिक लगता था। उसने कुछ दिनों के बाद एक कैमरा वाला मोबाइल ख़रीद लिया था, जो तब बिल्कुल नया-नया आया था। और जिसमें उसने हम सभी का फोटो खींचकर रख रखा था। उसकी अमीरी भी एक कारण था जिससे हमलोग उससे थोड़ा दूर-दूर रहते थे। टाइटेनिक के उस हीरो के अलावा जो हम पाँच लड़के थे वह सब समान रूप से अपने-अपने अन्दाज़ से आतिया के प्यार में डूबे हुए थे।

हम सभी उससे बात करना चाहते थे, उसकी तारीफ़ करना चाहते थे, उसे देखना चाहते थे। आतिया को लेकर हम सभी लड़के आपस में ख़ूब बातें किया करते थे लेकिन हमारे भीतर इस सन्दर्भ को लेकर जलन भी बहुत थी। आतिया को लेकर हम लोग एक-दूसरे से इतने डरे हुए रहते थे कि किसी भी दिन वह किसी भी एक लड़के से बात कर लेती थी तब हमें लगता था कि अब तो वह उसकी ही हो जाएगी।

उसका हमारे जीवन में इतना महत्व था कि यदि वह हमसे कोई किताब लेकर पढ़ती थी तब उसके लौटाने पर हम उस किताब को बहुत ही बारीक़ी से पलटते थे और यह ढूँढने की कोशिश करते थे कि कहीं उसने अपने दिल की बात किताब की उन पंक्तियों के बहाने उसे रंगकर या उसे अंडरलाइन करके न कह दी हो। जब हम ख़ूब अच्छी तरह आर-पार किताब को पलट लेते तो कई-कई दिनों तक उसे फिर पलटते तक नहीं थे कि उसके हाथों का स्पर्श उससे कहीं ख़त्म न हो जाये। हम रोज सुबह उठकर अपने-अपने मन में उसके नजदीक जाने, उसे अपनी ओर आकर्षित करने और उसके दिल मे उतर जाने का झन्नाटेदार प्लान बनाते और रोज रात में उसकी यादों, अपनी असफलता और उम्मीद की किरण के साथ सो जाते।

कुछ महीनों की इस आपाधापी के बाद हम पाँचों लड़कों ने आपस में यह समझौता-सा कर लिया था कि उसे अपनी ओर आकर्षित करने की कोशिश तो हम सभी करेंगे लेकिन यदि वह किसी एक को कुछ भी ग्रीन सिग्नल देने लगेगी तब हम बाक़ी अपने दिल पर पत्थर रखकर उसे आगे बढ़ने का मौक़ा देंगे। इस निर्णय के पीछे यह कटु यथार्थ था कि आखिरकार वह लड़की प्यार तो एक को ही कर सकती है। इस कठोर निर्णय के उपरान्त हमारे बीच की प्रतियोगिता काफ़ी कड़ी हो गयी थी। हम सभी अपने-अपने ढंग से, अपनी-अपनी विशेषताओं को खोलकर उसके सामने रखना चाहते थे। हम सब स्मार्ट लगने की खूब कोशिश करते थे और सीढ़ी पर उसकी पदचाप को सुनते ही अपने मुँह से सिगरेट को एकबारगी फेंक देते थे। लेकिन इस मद में आगे बढ़ा—कोलम्बस। उसने यह घोषित कर दिया कि आतिया ने उसे ग्रीन सिग्नल दे दिया है।

उसका नाम जय प्रकाश था, लेकिन हम उसे कोलम्बस कहते थे। वह ख़ोजी प्रवृति का था और आतिया के सन्दर्भ में जितनी भी प्रकार के शोध थे, उसने ही किये थे। आतिया का जन्मदिन कब है? वह क्या कोर्स कर रही है? उसे क्या खाना पसन्द है? उसके फेवरेट हीरो-हीरोइन कौन हैं? और यहाँ तक कि उसके पास अंडरगारमेंट्स के कितने जोड़े हैं और किस-किस रंग के हैं? ...आदि। चूँकि वह खोजी प्रवृत्ति का था तो यही एक बड़ा कारण भी बना उसके इस प्यार में आगे बढ़ने का। हम सभी की तुलना में चूँकि उसको इसकी जानकारी अधिक होती कि आतिया आज कब ऊपर चढ़ेगी, कब वह पौधों में पानी डालेगी, और कब वह सूखे कपड़े उतारने आएगी, हम जब अपने-अपने कमरे में अपनी-अपनी किताबों से सर टकरा रहे होते थे तब वह सिगरेट पीने का बहाना कर या मूड फ्रेश करने के बहाने से बाहर निकलता और फिर थोड़ी देर बाद बातें करने की आवाज़ें आने लगतीं। हमारा मानना था कि चूँकि उसे मौक़े अधिक मिले इसलिए उसने इस मैदान को जीत लिया था।

हमारे बीच हुए समझौते के मुताबिक हम सभी ने अपने कलेजे पर पत्थर रख

उसे बढ़ जाने दिया। और इसके बाद शुरू हुआ उसके प्यार का सिलसिला।

चूँकि हमने कोलम्बस को आगे बढ़ जाने दिया था इसलिए तब हम सिर्फ प्रत्यक्षदर्शी बन गये थे। वह जब ऊपर छत पर गमलों के बीच फूल की ख़ूशबू ले रहा होता और तभी वह वहाँ आती तो वह कहता उसे मालूम था कि मैं यहाँ इस ख़ुशबू के बीच हूँ। वह कहता कि उसे पीला रंग पसन्द है इसलिए वह अब प्राय: पीले रंग का ही कुर्ता पहनती है। हम लोग अगर कभी बाहर रहते और वह गली में रहती तो वह कहता कि वह जानबूझकर मुझे सुनाने के लिए ऊँची आवाज़ में बात कर रही है। वह उन बातों में अपने सन्दर्भ से जुड़ी बातें भी निकाल लेता था और हमें यह साबित कर देता था कि वह उससे बेइन्तहाँ मोहब्बत करती है। उनके बीच आपस में ख़ामोश झड़प भी होती थी और वे एक-दूसरे से गुस्सा कर रूठ भी जाते थे। यह हम सभी ने देखा था कि एक दिन जब आतिया सीढ़ी से ऊपर आ रही थी तब सीढ़ी के ठीक सीध में पड़ने वाले रसोईघर के दरवाज़े को धड़ाम से कोलम्बस ने इसलिए बन्द कर दिया था कि वह उससे तब रूठा हुआ था।

हमने कोलम्बस की इस बेइन्तहा मोहब्बत का तब ख़ूब मजा भी लिया था। हम उसे कह देते थे कि आजकल वह तुमसे सीधे-सीधे आँखें नहीं मिला पा रही है, यह तभी होता है जब वह प्यार में गहरे डूबी हुई हो। एक बार जब आतिया सूखे हुए कपड़ों को छत पर से लेकर हमारे फ्लोर से होते हुए नीचे जा रही थी तब उसके उन कपड़ों के ढेर से एक चुन्नी गिर गयी थी तब हमने कोलम्बस को यह कह दिया था कि ऐसा आज तक क्यों नहीं हुआ? यह तुम्हारे प्यार को दी गयी हरी झंडी है। और यह महज़ संयोग था कि उस चुन्नी का रंग भी कजली हरा था। कोलम्बस के ख़ोजी मष्तिष्क ने तब यह बता दिया था कि उसकी यह चुन्नी बहुत पुरानी नहीं है और यह सम्भव है कि उसने इस चुन्नी का सिर्फ़ इसलिए उपयोग करना शुरू कर दिया हो कि एक दिन उसका इस्तेमाल इस तरह हरी झंडी के रूप में किया जा सके। हमने एक दिन उस सीढ़ी के दरवाज़े से चिपके पोस्टर पर, जिससे होकर वह ऊपर आती थी, रात में छुपकर कोलम्बस का नाम लिख दिया था—'मेरे जयप्रकाश' और वह इतना बौरा गया था कि उसने पूरी रात बालकनी में टहलते ही बिता दी, सिर्फ छोटी गोल्ड फ़्लैक के पैकेट के साथ।

हमें इसका अन्दाजा तो धीरे-धीरे होने लगा था कि कोलम्बस और आतिया के बीच का प्यार एकतरफा है लेकिन इसे साबित होने में ज़्यादा वक़्त भी नहीं लगा। सर्दी की वह रात थी जब रात के 8:30 बजे कोलम्बस बिल्कुल थर-थर काँपता हुआ हमारे पास आया था और यह बताया था कि 'अब पिटने के लिए तैयार हो जाइए।'

बात यह हुई थी कि जब कोलम्बस ने उस हरी चुन्नी को हरी झंडी समझ लिया

था और सीढ़ी पर के पोस्टर पर लिखे अपने नाम को प्यार का दस्तावेज, तब उसने अब सामने और बिल्कुल स्पष्ट रूप से आने का मूड बना लिया था। उसने यह समझ लिया था कि प्यार के इस भँवर में उसकी नैया गुड़-गुड़ गोते खा रही है और अब उसे ख़ुद ही इसे पार लगाना है। फिर कोलम्बस के ख़ोजी मस्तिष्क ने यह पता किया कि आज रात के आठ बजे आतिया अपनी पड़ोस की सहेली के साथ मोहल्ले के बाजार में निकलेगी नये वर्ष के कार्ड खरीदने। उसने अपने प्यार के इज़हार के लिए इसे भी एक इशारा समझा और इसे एक उचित और उपयुक्त स्थान भी। जब तक आतिया 'मीनी शॉपी' नामक गिफ़्ट की उस दुकान में आर्चिज़ के कार्ड की पंक्तियों में अपने विचार मिलाने की कोशिश करती रही, कोलम्बस ठीक उस दुकान के सामने सड़क के इस तरफ जैकेट की जेब में हाथ डाले आसमान के तारे गिनता रहा। ज्योंही आतिया आर्चिज़ कार्ड और अपनी सहेली के साथ बाहर आयी, कोलम्बस कुछ दूर तक उसके पीछे-पीछे और उसके बाद उसके साथ हो लिया। कोलम्बस को अपने साथ देख अचानक आतिया रुक गयी। कोलम्बस ने हिम्मत जुटाकर कहा—'मुझे आपसे अकेले में कुछ कहना है।' आतिया ने उसकी आँखों और उसकी जबान की लड़खड़ाहट को पकड़ लिया। आतिया ने एकबारगी बोल दिया—'आप गलत सोच रहे हैं, मैं किसी और से इश्क़ करती हूँ।'

हमें यह पूरा विश्वास था कि आतिया इस बात की शिकायत अपने पिता और भाई से अवश्य करेगी, और हम जवाब-तलब के लिए अवश्य बुलाए जायेंगे। जब कोलम्बस जैकेट के भीतर थर-थर काँपता हुआ हमारे पास यह सन्देश देने पहुँचा था कि 'अब पिटने के लिए तैयार हो जाइये' तब उसकी आवाज़ में डर के साथ-साथ प्यार में चोट खाये हुए दिल का आर्तनाद भी रहा होगा। लेकिन सच यह है कि उस समय हम इतने डर गये थे कि हमारे सामने सिर्फ़ एक ही सवाल था कि अब क्या होगा? हम सभी के ऊपर तब काले बादल मँडरा रहे थे और हम सभी तब कोलम्बस को हिकारत की निग़ाह से देख रहे थे। हमें तब यह भी लग रहा था कि हमें जब बहुत हद तक मालूम चल गया था तब इसे हमें रोक लेना चाहिए था। लेकिन ऐसा कुछ नहीं हुआ, आतिया ने शायद घर में कुछ भी नहीं बताया और हम बाल-बाल बच गये। जब हम बाल-बाल बच गये और इस मुद्दे को दो-तीन दिन गुज़र गये तब हमारे भीतर खुशी की एक लहर भी दौड़ गयी थी कि चलो वह कोलम्बस की तो नहीं हुई। लेकिन फिर याद आया कि वह खाली भी तो नहीं है। कोलम्बस द्वारा सुनायी गयी घटना में आतिया द्वारा कही गयी इस पंक्ति का ख़ास महत्व था कि 'मैं किसी और से इश्क़ करती हूँ।'

हमारे लिए यह सवाल बहुत बड़ा सवाल था कि यह 'कोई और' कौन है?

कहानी में जिस तरह अभी तक पाठक कोलम्बस और आतिया को लैला-मजनू और सीरी-फ़रहाद समझकर उसकी दास्ताने-मोहब्बत में उलझे रहे और उस ओर ध्यान नहीं दे पाये कि आखिर वह छठा लड़का-टाइटेनिक का हीरो इस बीच क्या कर रहा था, उसी तरह हम भी कोलम्बस और आतिया के प्यार में गहरे डूबे हुए उस ओर ध्यान नहीं दे पाये थे। सभी लोगों के दिमाग को उलझा देख इस समय का इस्तेमाल उसने बहुत अच्छा किया था। और ठीक पाठक की तरह हम भी तब यह जानकर चौंक गये थे कि यह 'और कोई', और नहीं, लियोनार्दो डिकापोरिया था, जिससे वह इश्क़ करने लगी थी।

लियोनार्दो डिकापोरिया, जो हममें सबसे जूनियर था, और जिसके पास कैमरा वाला मोबाइल था और जिसे हमने इस योग्य कभी नहीं समझा था कि वह भी कभी इस प्रेम-प्रकरण के लायक़ है, उसकी उम्र लगभग बाईस वर्ष के करीब ही थी। वह या तो आतिया के बराबर का ही होगा या फिर वह आतिया से दो-चार-छह महीने छोटा भी हो सकता था। उसका नाम आशीष था। वह देखने में ख़ूबसूरत था और ख़ूब बन-ठनकर रहता था। उसके पास ख़ुद के सजने के लिए ढेरों परफ्यूम, आफ्टर शेव, डियोडरेन्ट और जेल थे। वह महँगे कपड़े पहनता था और रोज शेविंग करता था। वह हमसे इस मद में अलग था कि हम घर से बाहर, मोहल्ले के भीतर कुछ भी पहने निकल जाते थे, लेकिन वह उस घर से क़दम तभी बाहर निकालता था जब वह पूरी तरह तैयार हो जाता था। उसकी आँखें हल्की भूरी थीं और जब वह हँसता था तब ऐसा लगता था जैसे वह क्लोज-अप का विज्ञापन कर रहा हो।

कोलम्बस ने जब यह घोषित कर दिया था कि आतिया ने उसे ग्रीन सिग्नल दे दिया है तब से उसे यह पता चलने तक कि वह किसी और से इश्क करती है, के बीच लगभग चार महीने लगे। यह वह समय था जब हम शुरुआती दिनों में इस सदमें में रहे कि आतिया अब हमारी नहीं रही और फिर बाद के दिनों में हम इसकी टोह लेते रहे कि अगर आतिया, कोलम्बस की लैला है तो वह उसे किस तरह प्यार करती है। वास्तव में उन दिनों जब आतिया हमारी फ़्लोर से होते हुए छत पर जाती थी, और जिसे कोलम्बस यह साबित करता था कि वह बार-बार छत पर इसलिए आती है कि वह उसे प्यार करती है, तब वास्तव में वह छत पर आशीष से मिलने जाती थी। जब आतिया के समय को मालूम कर कोलम्बस पढ़ाई छोड़ सिगरेट का बहाना कर बाहर निकल आता था और आतिया से वह दो मिनट बात कर लेता था तब वास्तव में आतिया ऊपर के फ्लोर पर आशीष से मिलने जा रही होती थी। आशीष जिस ऊपर वाले फ्लोर पर रहता था उस पर सिर्फ़ एक ही कमरा बना हुआ था और उसके सामने ख़ाली जगह में गमले रखे हुए थे। तब आशीष उन गमलों और ख़ुशबू के बीच आतिया से ढेरों बातें किया करता था और अपने मोबाइल से उन फूलों के बीच उसकी तस्वीर कैद

किया करता था।

जब कोलम्बस ने यह बता दिया था कि आतिया की ज़िन्दगी में कोई और है तब हमारा ध्यान कोलम्बस की ओर से हट गया था और हम आतिया को लेकर काफ़ी चौकन्ना हो गये थे। हमारे दिमाग में तब जो पहली बात आयी थी, वह यह कि वह इस घर से बाहर किसी और को प्यार करने लगी है। हमें कुछ दिनों तक यह लगता रहा कि वह इंस्टीट्यूट से देर से इसलिए लौटती है कि वहाँ उसका ब्वॉयफ्रैन्ड है। हम रोज़ उसके लौटने पर यह अन्दाजा लगाते थे कि 'साली आज तो पक्का लोदी गार्डन या पुराना क़िला गयी होगी।' उसके लौटते हुए कपड़े की बेतरतीबियत को देखकर हम यह कहते कि आज तो लग रहा है कि खेल हो गया है। लेकिन दस-पन्द्रह दिनों के भीतर हमारा यह भ्रम भी जाता रहा था और उसके छत पर जाने की फ्रिक्वेंसी और वहाँ घंटों आशीष से कर रही बातचीत ने हमारे मन में शक़ पैदा कर दिया था और फिर धीरे-धीरे यह शक़ यक़ीन में बदल गया कि यह 'कोई और' कोई और नहीं बल्कि टाइटेनिक का लियोनार्दो डिकापेरिया यानी आशीष ही है। हमने आशीष को बुलाकर जब इस चक्कर के बारे में पूछा तब उसने साफ कहा था कि 'वह आप लोगों की भावज है।'

हमें जब यह निश्चित हो गया कि हमारे लिए आतिया की कहानी का पटाक्षेप हो चुका है, आतिया का अपना मनपसन्द साथी मिल चुका है, तब हमने अपने आप को पीछे हटा लिया था। हमारी आँखों के सामने उसका प्यार परवान चढ़ रहा था, और हम सिर्फ़ उसे महसूस कर रहे थे।

आशीष चूँकि मुझसे अतिरिक्त स्नेह रखता था और मुझ पर अधिक विश्वास करता था इसलिए तब इस कहानी में आतिया-आशीष के अतिरिक्त मैं ही बचा रह गया था। आशीष को भी तब एक आदमी चाहिए था जो उसके नित-नये अनुभवों को सुन सके। मैंने उसे काफ़ी स्पेस दिया था और उसने अपनी ढेरों बातें मुझसे शेयर की थीं। वह कहता, आज आतिया ने मेरा मोबाइल न. माँगा और मैं जब लिखने के लिए कागज ढूँढ रहा था तब उसने अपना हाथ बढ़ा दिया और साथ में यह भी कहा कि तुम पहले लड़के हो जिसने मेरे हाथ को छुआ है। वह अपने मोबाइल में फूलों के बीच खींची गयी आतिया की तस्वीर को दिखाता और यह बताता कि यह किस दिन की तस्वीर है। उसने यह भी बताया कि इस वेलेनटाईन-डे पर उसने उसे ब्रेसलेट गिफ़्ट किया था और यह भी कि आने वाले जन्मदिन पर वह उसे दिल के आकार वाले कान के टॉप्स गिफ्ट करेगा। उसने बाद में यह भी बताना शुरू कर दिया था कि अब वह कभी-कभी बाहर भी मिलने लगा है। आतिया के इंस्टीट्यूट से वे दोनों साथ हो जाते थे और कभी फ़िल्म देखने तो कभी पुराना क़िला भी जाते थे। पुराना क़िला में खींची गयी तस्वीर भी उसने दिखायी थी और उसने काफ़ी खुश होकर यह भी

बताया था कि वहाँ पर उसने उसे एक किस भी किया था।

लेकिन प्यार के ये दिन भी ज़्यादा दिन नहीं चले। हमें आशीष और आतिया के प्रेम के बारे में पता चलने के दो-तीन महीने बाद तक तो सब ठीक चला लेकिन उसके बाद दो-तीन दिनों तक खिंचे-खिंचे रहने के उपरान्त आशीष ने अचानक एक दिन यह बताया कि वह यह मकान छोड़ने जा रहा है। मेरे चौंकने और कारण पूछने पर उसने यह बताया था कि 'वह शादी करने के लिए कह रही है।' मेरे पाँव के नीचे से तब ज़मीन खिसक चुकी थी कि 'अरे हमने इस ऐंगल से तो सोचा ही नहीं था।'

आशीष ने जब यह बताया था कि वह इस मकान को छोड़ने जा रहा है और वह आतिया की गिरफ़्त से काफ़ी दूर चला जाना चाहता है, तब उसके बाद उसने लगभग 7-8 दिनों के बाद उस मकान को छोड़ दिया था। ये बीच के दिन वे दिन थे जो काफ़ी हलचल भरे थे। आशीष और आतिया के बीच काफ़ी खिंचाव आ चुका था। आतिया, आशीष से सम्पर्क करने की काफ़ी कोशिश करती थी, लेकिन आशीष उससे मिलना नहीं चाहता था। वह कमरे में या छत पर कभी अकेला खड़ा नहीं होता था, नीचे उतरते हुए वह धड़ाक से नीचे उतर जाता था। आतिया का फ़ोन अपने मोबाइल पर रिसीव नहीं करता था। आतिया ने कई बार बाहर से ऐसे नं. से भी फ़ोन करने की कोशिश की जो अनजान थे, लेकिन आशीष ने उसमें कोई रुचि नहीं दिखायी। आशीष मेरे पास आकर मोबाइल के सारे मिस्ड कॉल दिखाता और कहता 'चुड़ैल मुझे खा जाएगी।' मैंने कहा 'तुमको परेशानी क्या है? पढ़ी-लिखी लड़की है एमसीए कर रही है। देखने में सुन्दर है। उम्र भी तुम्हारे बराबर है। तुमको इतना प्यार करती है। अपने पिता से बात करो। कोई-न-कोई रास्ता निकल ही आयेगा। शादी तुम जब चाहो तभी करना।' आशीष ने मुझे घूरा था। ऐसे, जैसे क्या मैं सही में उसका भला चाहने वाला हूँ। आशीष ने कहा 'आप कैसी बात करते हैं भैया, वह मुसलमानी है। साली के तो मुँह से भी बदबू आती है।' मैं एकदम झन्न से रह गया था।

आतिया को यह मालूम था कि आशीष मेरे ज़्यादा नजदीक है। आतिया यह भी जानती थी कि उसके इस प्यार के बारे में मुझे सब मालूम है। उसे यह लगता था कि आशीष अगर किसी की भी थोड़ी बात मान सकता है तो वह मैं ही हूँ। आतिया मेरे पास आयी थी। एकदम निराश, हताश। ऐसे, जैसे वह आशीष को किसी भी तरह अपनी ज़िन्दगी से जाने देना नहीं चाहती है। मुझे याद है वह दिन जब आतिया मेरे कमरे में थी। दिन के एक-डेढ़ बज रहे होंगे, कमरे में मैं अकेला था। आतिया के आने से मैं हैरान था। आतिया मेरे ठीक सामने खड़ी थी, उसके बाल बिखरे हुए थे। वह बीमार लग रही थी। मैं उसे देखकर चौंक गया था। उसे खड़ा होने में दिक्कत हो

रही थी, मैंने उसे कुर्सी की ओर इशारा किया लेकिन वह बग़ैर हिले-डुले वैसे ही खड़ी रही। कमरे में निस्तब्धता थी और चुप्पी को उसने तोड़ा था, बिल्कुल धीमी आवाज़ में—'उसे किसी भी तरह रोक लीजिए। मुझे मालूम है वह आपकी बात को कभी भी नहीं टालेगा। मेरा प्यार पाक़ है, मैं उसे बहुत मोहब्बत करती हूँ।' उसकी आँखों के कोर भीग गये थे, और मैं उसे बस देख रहा था। वह कुछ देर और वहीं खड़ी रही और मैं चुप रहा। वह और अधिक कुछ बोलने की स्थिति में नहीं थी। उसका नीचे वाला ओंठ काँप रहा था और उसे खड़े रहने में अब और भी तकलीफ़ होने लगी थी। उसने जाते हुए कहा—'मैं हनुमान तो हूँ नहीं कि अपना सीना चीरकर दिखाऊँ।' वह रोने लगी और झटके से मेरे कमरे से बाहर हो गयी। मुझे आश्चर्य हुआ, उसके मुँह से हनुमान का नाम सुनकर, यह मिथक सुनकर और उसके चेहरे के हाव-भाव को देखकर। उसके जाने के बाद मैं काफ़ी देर तक वहीं खड़ा रहा।

मैंने आशीष को समझाने का एक और प्रयास किया था। मैंने उससे कहा—'आशीष वह तुम्हें बहुत चाहती है।' आशीष ने एक झटके में कहा—'तो मैं क्या करूँ? आपका दिमाग ख़राब हो गया है। प्यार करती है तो जान दे दे, मैं क्या करूँ?' मैं उसे देखकर रह गया। उसने फिर ठंडा होकर मुझसे कहा—'आप भोले हैं, आपको कुछ नहीं मालूम है, सारे मुसलमान साले आईएसआई के ऐजेन्ट होते हैं। सब का सम्बन्ध पाकिस्तान से है। आपको क्या लगता है कि दिल्ली जैसे महानगर में इतना बड़ा मकान होना एक नौकरी से सम्भव है। और उस पर ये ऐशो-आराम एसी, मोबाइल और गाड़ी। साली पता नहीं कहाँ-कहाँ मुँह मारती होगी। इसके चक्कर में मैं भी एक दिन आतंकवादी ठहरा दिया जाऊँगा। प्यार करना और बात है। घूमना-फिरना और बात है।' इस सन्दर्भ में आशीष से हुई यह मेरी आख़िरी बात है। इसके बाद आशीष चला गया अपने सामान के साथ। आतिया अपने दरवाज़े की जाली के पीछे से उसे बस देखती रह गयी थी। लेकिन मैं आशीष को दोष नहीं दे पाया। मैं जानता था कि वह आशीष नहीं होकर कोलम्बस होता या फिर हममें से कोई भी, तब भी, इस कहानी का अन्त यही था।

आशीष और आतिया के प्यार के इस दुखद अन्त ने हमें अन्दर से झकझोर दिया था। और फिर धीरे-धीरे हम सभी उस मकान से बाहर हो गये। हम सब अलग-अलग हो गये। हमारे बीच के आपसी सम्बन्ध धीरे-धीरे खत्म हो गये। वह मकान जिसे हम कभी 'स्वीट होम' कहते थे और जहाँ लौटने के लिए हममें से सब बेचैन होते थे, उससे निकलते हुए हम सब जितने दुखी थे, उससे ज़्यादा हमारे मन में इसका सुकून था कि हम बाल-बाल बच गये। हम सभी तब यह सोच रहे थे कि अगर आशीष के बदले हम होते तो क्या होता?

यह कहानी जब मैं लिख रहा हूँ तब उस मकान को छोड़े हुए मुझे लगभग चार वर्ष हो गये हैं। इस बीच दुनिया बहुत बदल गयी। अब कैमरे वाला मोबाइल आम हो गया। कम्प्यूटर का भारी-भरकम मॉनीटर एल.सी.डी. में बदल गया। लैपटॉप की कीमत गिर गयी और दिल्ली में बहुत-सी दूरियाँ मैट्रो से तय की जाने लगीं। लोगों की ज़ेब में अब स्मार्ट कार्ड मिलने लगे और लोग उससे किरायों में होने वाले दस प्रतिशत की बचत करने लगे। लेकिने ये मेरे लिए वे दिन थे, जो अभी भी अनिश्चितताओं भरे थे। इस चार साल में मैं लगभग तैंतीस वर्ष का हो गया था। कोई भी नौकरी नहीं मिली थी। घर जाना लगभग बन्द हो गया था। शादी नहीं हुई थी। किसी तरह अपने जीवन को खींच रहा था। तब अचानक एक सुबह खुशी की लहर दौड़ गयी, जब मुझे यह पता चला कि जो बहुत पहले क्लर्क की एक नौकरी की परीक्षा दे रखी थी उसमें मेरा चुनाव हो गया है। नौकरी शब्द तब मुझे आह्लादित कर रहा था। याद आ रहे थे वे सारे ख़्वाब जो हमने नौकरी मिलने के तुरन्त बाद के लिए संजोये थे, वे सब ठंडे पड़ चुके थे। वे साथ रहने वाले लड़के अब साथ भी नहीं थे।

इस नौकरी का फॉर्म चूँकि मैंने उसी घर से भरा था इसलिए उसका ज्वॉइनिंग लेटर वहीं आया। मैंने जब उस घर में चार वर्ष के बाद पहला कदम रखा तब वह घर काफ़ी ख़ामोश था। पूरे घर पर एक उदासी दिखी। वहाँ लगभग एक घंटा बैठा और जो नयी बातें पता चलीं वे इस प्रकार हैं—

आशीष के उस मकान को छोड़ने के बाद और एक महीने के भीतर ही हम सभी के उस मकान को छोड़ देने के बाद उसके घर वाले आशीष और आतिया के सम्बन्ध के बारे में जान गये थे। आतिया काफ़ी दुखी रहने लगी थी। उसने इंस्टीट्यूट जाना, घर से निकलना छोड़ दिया था। वह दिन भर क़ुरान लिए बैठी रहती थी, और उसने दिन में पाँच बार नियमित नमाज़ अदा करनी शुरू कर दी थी। उसके घर वाले डर गये थे और झट-पट में उसकी शादी कर दी गयी थी। उसकी शादी हुए भी लगभग साढ़े तीन वर्ष हो चुके थे। आतिया की माँ ने बताया 'वह हमारी ज़िन्दगी की बड़ी ही मनहूस घड़ी थी जब हमने तुम लोगों को इस घर में पनाह दी। मेरी बेटी सुन्न हो चुकी है। उसने निकाह तो कर लिया है, लेकिन अपने आप को अन्दर से मार रही है वह। वह सूखकर बिल्कुल आधी रह गयी है। उसे कोई औलाद नहीं है। कई डॉक्टरों से मशवरा कर चुकी हूँ। मगर उसकी ख़्वाहिश ही मर चुकी है। डॉक्टर कहते हैं वह अन्दर से ख़त्म हो गयी है। वह कभी माँ नहीं बन सकती। मेरी बच्ची को तो बरबाद कर दिया तुम लोगों ने।'

मैं जब वहाँ से उठा तब मेरे हाथ में नौकरी का ज्वाइनिंग लेटर था। उस नौकरी

का ज्वाइनिंग लेटर जिसे लेकर हमारे मन में ढेरों ख्वाब थे। और जिसके नहीं मिलने पर अवसाद के घनघोर क्षणों में हम उसे देखकर आनन्दित होते थे। वे अवसाद के दिन बहुत लम्बे थे, और आज उसका खात्मा हुआ लेकिन इस मोड़ पर, ऐसा मैंने कभी नहीं सोचा था। आज मुझे मालूम नहीं है कि आशीष कहाँ है, और कोलम्बस या और सब। लेकिन मैं यह जानता हूँ कि आतिया अभी जीवित है लेकिन पता नहीं कब तक।

अभी शायद इस कहानी को खत्म कर कल दिल्ली की सैर पर निकलूँ।

दद्दा, यानी मदर इंडिया का सुनील दत्त

(कहानी में इस्तेमाल किये गये सभी पात्र और स्थान काल्पनिक हैं...और सच भी!)

यह वह समय था जब कचनार अगरबत्ती की धूम थी। तब हरी दर्शन धूप या अगरबत्ती थी या नहीं, यह तो नहीं पता परन्तु यह जरूर है कि लोग इसे जानते नहीं थे। लोगों के दिमाग में तब ईश्वर के नाम के साथ-साथ कचनार अगरबत्ती का नाम भी याद आता था। हम बच्चे भी इस अगरबत्ती की ख़ुशबू के दीवाने होते थे। लेकिन हमारा कारण दूसरा था। तब इसके हर एक पैकेट के साथ फ़िल्मी सितारों का एक पोस्टकार्ड आकार का फ़ोटो मिला करता था। जिसके एक तरफ़ उन सितारों की रंगीन तस्वीर और दूसरी तरफ बायीं ओर अंग्रेजी के छोटे अक्षर में उसका नाम लिखा होता था, दायीं ओर पता लिखने की जगह। यह वह समय था जब शाहरुख़ की फ़िल्मी दुनिया में एन्ट्री नहीं हुई थी और हम अनिल कपूर, जैकी श्रॉफ, सनी देओल के दीवाने हुआ करते थे। सलमान तब बिल्कुल नया-नया था।

यह वह समय था जब हमारे घर में जितनी पूजा होती थी हम उतने ही ख़ुश होते थे। जितनी पूजा उतनी अगरबत्ती और जितनी अगरबत्ती उतना सनी देओल। मुझसे बड़ा एक भाई था और एक छोटी बहन थी। हम तीनों में एक-डेढ़ साल का ही फ़र्क़ था, इसलिए इन फोटो के प्रति दीवानगी हमारी बराबर थी। हम इन फ़ोटो को अपने बस्ते में छिपाकर रखते थे और फोटो को कुछ दिन बाद हम आपस में अदल-बदल लेते थे।

हमारा गाँव काफ़ी बड़ा था, जो चार टोलों में बँटा हुआ था। हमारा घर पूर्वी टोले में था। गाँव में एक प्राइमरी स्कूल था, दो मन्दिर थे और एक भँवरा था। मन्दिर के पास मणिराम की दुकान थी, जहाँ से हम ढाई सौ ग्राम चीनी, एक रुपये के चार माचिस, पाँच पैसे में लेमनचूस और कचनार अगरबत्ती ख़रीदा करते थे। गाँव में बिजली नहीं थी। लेकिन गाँव चूँकि शहर से मात्र दो-ढाई किलोमीटर दूर था, इसलिए

गाँव में दूरदर्शन था। लोग छोटा श्वेत-श्याम टेलीविज़न रखते थे और शहर से बारह वोल्ट की बैट्री चार्ज करवा लेते थे। शहर में अब्दुल की दुकान थी बैट्री चार्ज करने की। बारह वोल्ट की बैट्री की चार्जिंग सात रुपये में और चौबीस वोल्ट की तेरह रुपये में। गाँव और शहर के बीच एक नदी थी—बूढ़ी गंडक। जिस पर जर्जर पड़ चुका एक पुल था, जिसके बनने में मेरे चाचा ने सुपरवाइज़र का काम किया था। पुल में चार बड़े-बड़े पाये थे। पाये पर इंच का निशान बना हुआ था, पानी का लेबल कितना है यह उस इंच से जानकार जान लेते थे। उसी पुल से होकर रोज़ हम स्कूल जाते थे। पुल के तुरन्त बगल से एक कच्ची सड़क थी, जिससे हम नीचे उतर जाते थे और छोटे रास्ते से स्कूल समय पर पहुँच जाते थे। समय पर मतलब 'वर दे वीणा वादिनी' की प्रार्थना से पहले। उस इंच के निशान को हम रोज़ देखते थे। रोज़ हमें पानी ऊपर उठता हुआ महसूस होता था। उस पुल पर छोटे-छोटे गोल-गोल कई छेद थे जिससे हम नीचे झाँकते हुए डरते थे, और उसे फाँदकर पार करते थे, ऐसे जैसे उससे हम नीचे गिर सकते हों। पुल के दोनों ओर रेलिंग थी और उस रेलिंग पर अपना नाम लिखने की फ़िराक़ में एक बार हमारी पेन्सिल नीचे गिर गयी थी।

इस पुल के बनने में एक आदमी की मौत हुई थी। गाँव के लोग कहते थे हर पुल अपने शुरुआत होने से पहले एक लाश माँगता है। उस आदमी की मौत पाये के निर्माण में हुई थी। वह नीचे पानी में उतरा था और फिर वापस नहीं आया था। हमें यह लगता था कि पुल का वह एकदम पहला पाया था जो सबसे गहरा था। उस पाये के नीचे वह था, यानी यह पुल उस आदमी की छाती पर टिका था। हम पुल पर से गुज़रते हुए बहुत हल्का पाँव रखने की कोशिश करते, ताकि नीचे उस आदमी पर ज़्यादा वज़न न पड़े। स्कूल जाते वक़्त हम एक मिनट को उस ऊँची कच्ची सड़क पर से खड़े होकर पानी के नीचे झाँकने की कोशिश करते थे, जहाँ न ही हमें वह आदमी दिखता था न ही उसकी शक़्ल और न ही अपनी पेन्सिल।

पुल के गाँव वाले हिस्से की तरफ़ पुल के ख़त्म होने के लगभग एक किलोमीटर बाद गाँव था। लेकिन उसके लिए पुल से थोड़ी दूर बाद नीचे उतरना पड़ता था। वह बीच की जगह खेत थी, जिसे पटवर कहा जाता था। इस पटवर में सिर्फ एक फ़सल हुआ करती थी। फसल जब बड़ी हो जाती थी तब रास्ता खेतों की आड़ में होने के कारण बिल्कुल छिप जाता था। दोनों ओर बड़ी-बड़ी फ़सलें और बीच में हम छोटे-छोटे बच्चे। उस आड़ पर से उस घनी फ़सल के भीतर बहुत दूर तक नहीं दिखता था। अक्सर हमें उन फ़सलों के भीतर से कुछ खर-खर की आवाज़ आती थी, और हम डर जाते थे कि अन्दर जानवर है और वह अचानक निकल आएगा और हम फँस जाएँगे। एक बार हमने उससे गाँव के ही एक लड़के और लड़की को निकलते देखा था। दूसरी फसल के समय में इसमें पानी भर जाता था। पानी भरने के

वक़्त हम गाँव से पुल तक नाव से आते थे। पानी कम होने पर जब रास्ता उग आता था तब हम भँवरे वाले रास्ते का प्रयोग करने लगते थे। भँवरे में बहुत तेज पानी बहता था और वहाँ लोग मछली पकड़ते थे।

यह शहर, जिससे यह गाँव लगा हुआ था, ज़्यादा चमक-दमक वाला नहीं था। लेकिन वहाँ एक कॉलेज था, दो हाई स्कूल और चार सिनेमाघर। चार सिनेमाघर, जिसमें तीन सिनेमाघरों के कैम्पस में दो बोर्ड थे, जिसमें एक पर फ़िल्म का पोस्टर जो अभी चल रही है और दूसरे पर नेक्स्ट चेंज। लेकिन एक सिनेमाघर में अगली फ़िल्म की पहले से कोई सूचना नहीं होती थी। यह एक छोटा-सा शहर था, जहाँ फ़िल्में शुक्रवार को ही बदलेंगी, ऐसा कोई नियम नहीं था। और हम बचपन में इस नियम को जानते भी नहीं थे, इसलिए यह हमारे लिए एक तरह की रोमांचकारी घटना थी कि आज बाजार की दीवारों पर कोई नया पोस्टर तो नहीं?

यह वह समय था जब गाँव में टेलीविज़न सेट के सामने भीड़ लगती थी और पिक्चर साफ़ नहीं आने पर ऐन्टिना को उत्तर की ओर घुमा दिया जाता था। लोग चित्रहार और रंगोली का समय याद रखते थे। और चाव से शनिवार-रविवार को आने वाली फ़िल्मों के नाम अख़बार से ढूँढ निकालते थे। यही वह समय था जब फ़िल्मी दुनिया के तब सबसे बड़े अभिनेता और निर्देशक राजकपूर का निधन हुआ था, और दूरदर्शन उनकी श्रद्धांजली में दिन भर उनकी ही फ़िल्में दिखाता रहा था। और यही वह समय था जब लोगों ने उनकी फ़िल्म 'आह' को उनकी असली ज़िन्दगी समझ लिया था, और फ़िल्म में उनकी मृत्यु को असली समझ खूब आँसू बहाये थे।

हमारे जीवन का यह वह दौर था जब हमें सिनेमा हॉल में फ़िल्म देखने की मनाही थी। हम स्कूल जाते वक्त सिर्फ दीवार पर टँगे पोस्टरों को देखते थे और अपने मन में उसी से फ़िल्म की कहानी का अन्दाज़ा लगाते थे। फ़िल्म का प्रचार हमारे यहाँ तब माइक से होता था। रिक्शा के ऊपर गद्दे पर सिनेमा का बड़ा-सा पोस्टर होता था और माइक पर उसकी ख़ासियतों का प्रचार। अगर कोई फ़िल्म चल जाती थी तब उसके प्रचार के लिए प्रचार वाले अपने रिक्शा का रुख़ हमारे गाँव की ओर भी करते थे।

भाइयों और बहनों जरूर देखिये लक्ष्मी-टॉकीज के सुनहरे पर्दे पर 'तेजाब'
कह दो कि तुम हो मेरी वरना...
रोजाना चार शो में सुपरहिट फ़िल्म 'तेजाब'
जीना नहीं मुझे, है मरना...
अनिल कपूर, माधुरी दीक्षित, चंकी पान्डे, अनुपम खेर और किरण कुमार
देखो कभी ना ऐसा कहना, देखो कभी ना ऐसा करना

एन चन्द्रा की सुपर-डुपर हिट फ़िल्म
यही अदा तो एक सितम है...
अपार भीड़ के साथ चल रही है 'तेजाब'
सुनो तुम्हें मेरी कसम है

और फिर हमारे गाँव के प्राइमरी स्कूल की दीवार पर, जहाँ 'हम दो हमारे दो' का प्रचार छपा हुआ था, के ऊपर मास्टर साहब अपनी निगरानी में पोस्टर चिपकवा देते—एन. चन्द्रा की 'तेज़ाब'—लक्ष्मी टॉकीज में रोजाना चार शो। जनहित में जारी 'हम दो हमारे दो' का विज्ञापन तब डिंग-डाँग-डिंग करती माधुरी की नंगी जाँघों के नीचे दब जाता।

हम उस पोस्टर की ओर खिंच जाते थे। अनिल कपूर के हाथ का चाकू हमें अपनी ओर आकर्षित करता था। बग़ैर फ़िल्म देखे एक कहानी तैयार हो जाती थी। जिसमें लड़की लड़के को प्यार करती, उसके लिए गाना गाती और लड़का जो एक बहुत ही ताकतवर किस्म का होता, मुसीबत आने पर सारी बाधाओं को पार कर उसे उठा लाता। और फिर हमारी किताबों के बीच छिपे सौम्य से अनिल कपूर के हाथ में भी एक छुरा आ जाता और वह एक एंग्री यंगमैन के रूप में सामने आ जाता। तब अनिल कपूर, अनिल कपूर नहीं रहता मुन्ना दादा बन जाता।

इस कहानी में अभी तक मैं हूँ, लेकिन यह कहानी मेरी नहीं है, न ही मेरे बड़े भाई की और न ही मेरी छोटी बहन की। न ही उस छोटे शहर के किसी सिनेमाहॉल की, न ही उस स्कूल की और न ही उस स्कूल मास्टर की। यह कहानी है दद्दा की या फिर इन सब के साथ—यह कहानी है दद्दा की। दद्दा तैंतीस के करीब थे, उनके चेहरे पर दाढ़ी थी जिसमें दो-चार सफेद बाल थे। दद्दा लम्बे थे, लगभग छः फीट। कुर्ता पहनते थे, गले में लाल गमछी रखते थे और चश्मा लगाते थे। चश्मा नजर वाला नहीं धूप वाला। चश्मा गोल वाला नहीं, नीचे की ओर ढलका हुआ वाला। दद्दा का नाम था दामोदर चौधरी। लेकिन दद्दा हमारी ज़िन्दगी में तेजाब के अनिल कपूर की तरह और घायल के सनी देओल की तरह थे।

दद्दा के कन्धे मजबूत थे, और चेहरा हँसमुख था। दद्दा गले में रुद्राक्ष पहनते थे और खाने में माँसाहारी थे। दद्दा ने कभी अखाड़े में ज़ोर-आजमाइश नहीं की थी और न ही स्कूल के ग्रांउड में होने वाली कबड्डी में कभी हिस्सा लिया था लेकिन उनके शरीर की मज़बूती ऐसी थी जैसे तीन-चार लोगों को वे एक बार लपेटे में ले सकते थे। वे काले रंग के कटशू पहनते थे, पक्की सड़क पर चलने से जिससे हल्की-हल्की चूँ-चूँ की आवाज़ निकलती थी। दद्दा की उँगलियों में अँगूठियाँ नहीं थीं और न ही हाथ में कड़ा। दद्दा के पास एक राजदूत थी, जिसके चाभी के छल्ले के साथ

जो रिंग था उसमें एक चाक़ू था। चाक़ू छोटा और बन्द था। उसमें नीचे की ओर एक बटन था, जिसे दबाने से वह चाकू एकदम से बाहर आ जाता था। दद्दा की राजदूत की डिक्की में हमेशा एक रोल मिलता था, जो बिल्कुल तेल से चिकनाया हुआ था। वह रोल इतना छोटा था कि डिक्की में तिरछे करके आ जाता था।

दद्दा एक बुरे आदमी थे, वे रंगदारी करते थे। उनकी ज़िन्दगी अब बहुत ही कम दिन की है, ऐसा हमें हमारी माँ बताती थीं। दद्दा जल्द ही या तो मारे जायेंगे, या वे ज़िन्दगी भर के लिए जेल चले जायेंगे, ये सभी लोग जानते थे। दद्दा एक रंगदार थे, पुल पर से गुज़रने वाले नेशनल हाइवे पर वे ट्रकवालों से रंगदारी वसूलते थे। असम में चलने वाले इन ट्रकों की आवाज़ाही रात को नौ बजे के बाद खोल दी जाती थी, और रात के दस बजे तक दद्दा खाना खाने के बाद अपनी राजदूत से ढाला पर बने मन्दिर पर आ जाते थे। पुल के थोड़ी दूर बाद नेशनल हाइवे पर से जो रास्ता उतरता था उसे ढाला कहा जाता था। उनकी राजदूत और दूर से ही ट्रक की लाइट में उनके गली की लाल रंग की गमछी चमकती थी। हर ट्रक वालों से सौ रुपये का बँधा हुआ था। यह सभी जानते थे कि जब एक बार एक ट्रक वाले ने दद्दा को पैसे देने से इनकार कर दिया था तब दद्दा ने उसे कहीं लापता कर दिया था और ख़ुद ट्रक को ड्राइव कर बेगूसराय से कुछ आगे बरौनी ज़ीरो माईल के पेट्रोल पम्प पर छोड़ दिया था। सुबह दद्दा घर कब पहुँचते थे, हमें पता नहीं, लेकिन जब हम स्कूल जा रहे होते थे तब वे सो रहे होते थे।

दद्दा स्मगलर थे। दद्दा गाँजे की स्मगलिंग करते थे। असम से आने वाली उन्हीं ट्रकों में सिल्लीगुड़ी से आने वाली जो ट्रक थी, गाँजा उसमें आता था। पूरी खगड़िया में सप्लाई होने वाले गाँजे की जिम्मेदारी तब दद्दा के कन्धे पर थी। ट्रक ड्राइवर की सीट के नीचे से एक पैकेट में गाँजा तब दद्दा अपनी गाड़ी की डिक्की में सफेद कपड़े में लपेट कर रखते थे। उन दिनों जब दद्दा ने यह धन्धा शुरू किया था तब सप्ताह में एक बार एक किलो माल मँगवाया करते थे। लेकिन मात्र छः महीने के भीतर यह एक किलो बढ़कर दो किलो हो गया था और इसे दद्दा ने सप्ताह में दो बार भी मँगाना शुरू कर दिया था। उन दिनों सुनने में यह भी आया था कि जब नये कलेक्टर रणवीर सोढ़ी ने दद्दा को एक दिन अपने चैम्बर में बुलवा लिया था तब लोगों में कानाफूसी चलने लगी थी कि अब दद्दा का अन्त नज़दीक आ गया है। लेकिन अगले ही दिन जब श्याम इलैक्ट्रॉनिक्स वाले के यहाँ से ओनिडा का इक्कीस इंच कलर टेलीविज़न सोढ़ी जी के पास पहुँच गया था तब यह मामला यहीं थम गया था और दद्दा का धन्धा ठीक उसी तरह चलता रहा था। तब के खगड़िया के एम.पी. भोला यादव दद्दा को अपने बेटे की तरह मानते थे और दद्दा उनके 'अलका होटल' में, जो स्टेशन के ठीक सामने था, रोज़ शाम को एक घंटा जरूर बिताते थे। सारे गाँव

वाले यह जानते थे कि वहाँ से जब रात के आठ बजे दद्दा घर के लिए निकलते तब वे शराब के नशे में धुत होते थे और यही कारण है कि रात के खाने में वे थोड़ी-सी दही अवश्य खाते थे ताकि उनका नशा थोड़ा फट जाये और वे अपने काम पर निकल सकें।

दद्दा मेरे पिता के पाँच भाइयों में सबसे छोटे थे। यूँ रिश्ते में वे हमारे चाचा लगते थे लेकिन हम सभी उन्हें औरों की तरह की दद्दा पुकारते थे। दद्दा हमें बहुत प्यार करते थे। हमें वे बेटा कहते थे और हमारे लिए अक्सर वे बाजार से चॉकलेट लाते थे। छोटी बहन की दोनों चोटी को पकड़कर वे अक्सर कहते यह तो भुट्टे के बाल हैं बचाकर रखना, एक दिन गाय चर न ले। वे घर के आँगन में आते ही कहते 'घग्घो रानी कितना पानी?' बहन चिढ़ती हुई ग्लास में पानी लेकर आती और कहती 'इतना पानी।' फिर दद्दा मुस्कुराते हुए पानी पीते। दद्दा हमारी उन आकाक्षांओं को पूरा करने की ख़ूब कोशिश करते जिसके लिए हम बचपन में तरसा करते थे। हमें हमेशा ऐसा लगता था जैसे दद्दा ने अपने बचपन में जिस गरीबी को देखा है और जिसके कारण वे बहुत हद तक अपनी आकांक्षाओं को पूरा नहीं कर पाये हैं उनसे वे हमें बचाना चाहते हैं। यही कारण है कि जब सोनपापड़ी वाले भैया आते और हम उनकी ओर ललचाई आँखों से देखते तो दद्दा हमारे लिए दस रुपये की सोनपापड़ी एक बार में खरीदते। वह सोनपापड़ी इतनी होती, जितनी हम एक बार में खरीदने की कभी सोच भी नहीं पाते। हमारे टोले में आने वाले दिलबहार आइसक्रीम वाले से हम पचास पैसे वाली आइसक्रीम खरीदते थे लेकिन अगर दद्दा होते तो हमें पाँच रुपये वाला कप मिलता। बचपन में पहली बार से लेकर आख़िरी बार तक कप वाली आइसक्रीम हमने तभी खायी थी जब हमारे साथ दद्दा होते थे। यह अलग बात है कि दद्दा उस ठेले वाले को जब पैसे देने लगते तो वह थरथर काँपने लगता। फिर दद्दा कहते 'भोंसड़ी के, रिलीफ़ फंड खोल रखे हो का, साला पैसा नहीं लेगा तो क्या बीवी को नचायेगा।'

पिताजी दद्दा को प्यार करते थे, किन्तु उनके भविष्य को लेकर ख़ासे चिन्तित रहते थे। माँ को हमेशा यह लगता कि दद्दा हमें जानबूझकर ख़राब कर रहे हैं, और धीरे-धीरे एक दिन वे हमें भी अपने ही रंग में रंग लेंगे। माँ को दद्दा सँपेरे की तरह लगते थे जो बीन बजाकर हमें सम्मोहित कर लेंगे और किसी दूसरे ग्रह पर ले जाकर छोड़ देंगे।

दद्दा की धाक गाँव से लेकर शहर तक थी। गाँव का जो लड़का जवानी की दहलीज पर कदम रखता और जिसकी बाजुओं में मछलियाँ बननी शुरू हो जातीं वह दद्दा का मुरीद बन जाता। दद्दा उनकी आकांक्षाओं को विस्तार देते और वे लड़के उन्हें अपना सब कुछ मानने लगते। दद्दा उन्हें अपने गेंग में शामिल कर लेते। गेंग

में शामिल ऐसा कि दद्दा रात को 2 बजे आवाज़ दें तो सब तैयार। दद्दा का गेंग एक बदनाम गेंग था। जो लड़के जवान होते ही दद्दा के करीब आना चाहते थे, उनके साथ जीवन के रंग देखना चाहते थे, उनके माता-पिता यह जानते ही सिहर उठते थे कि उनका बेटा आजकल दद्दा के साथ देखा जाने लगा है। दद्दा के साथ उन दिनों होने का मतलब था गाँव के सामने बदनाम होना और अपने माँ-बाप की नज़र में एक नालायक़ बेटा साबित होना। लेकिन दद्दा की यह ख़ास आदत थी कि वे अपने धन्धे पर अकेले ही जाते थे। दद्दा गाँव में इस तरह थे कि सभी उन्हें नापसन्द करते थे और उनसे डरते थे। मिश्री सिंह की आँखों में दद्दा खटकते थे।

इस गाँव का सबसे अमीर आदमी मिश्री सिंह। नाटा कद, पेट बाहर की ओर निकला हुआ और लम्बी मूँछे। मिश्री सिंह के पास सवा सौ बीघा खेत और एक कार थी। यह अम्बेसडर कार हमारे गाँव की पहली और तब तक एक मात्र गाड़ी थी। इसलिए ढाला पर से जब हम किसी गाड़ी को उतरते देखते तो पहले अन्दाजा लगाते कि वह मिश्री सिंह की अम्बेसडर है या नहीं, अगर वह अम्बेसडर नहीं होती तो हम दौड़ते थे यह देखने कि उसमें किसकी दुल्हन आयी है। जबकि कभी-कभी उसमें कोई डॉक्टर, या स्कूल का कोई अधिकारी होता था। वैसे मिश्री सिंह गाड़ी से कम ही चला करते थे। उनकी गाड़ी के लिए एक ड्राइवर था, और उनकी गाड़ी में पर्दे लगे हुए थे। गाड़ी के पीछे वाले शीशे पर बाहर की ओर लिखा हुआ था—'जय बाबा बैद्यनाथ की।'

मिश्री सिंह को अमीर हुए अभी बहुत दिन नहीं हुए थे। उनकी इस अमीरी की एक कहानी है। माँ कहती है, जब शादी के बाद वह यहाँ आयी थी, तब मिश्री सिंह की इसी टोले में एक आटा चक्की थी। लेकिन किस्मत सबसे बड़ी चीज़ है। एक साल बाद ही बाढ़ आयी। बाढ़ क्या आयी मिश्री सिंह की किस्मत बदल गयी। लगभग एक महीने तक घर के भीतर रहा था पानी। कितने घर कटे, कितने लोग मरे और कितने माल-जान गये, इसकी कोई गिनती नहीं थी। माँ कहती है जब डेढ़ महीने बाद घर के भीतर लोग रहने के लिए घुसे तो चारों ओर दुर्गन्ध ही दुर्गन्ध थी। घर में मिट्टी फूल-फूल कर ऊपर उठ आयी थी और सारा सामान जमीन के भीतर। लोगों ने कुदाल से मिट्टी को समतल किया तो जमीन से सारे बर्तन बाहर आये। कहीं चम्मच, तो कहीं कटोरी तो कहीं थाली। जानवरों की लाशें इस तरह चारों तरफ फैलीं थीं कि दिन-भर गाँव के ऊपर बाज़ अपनी टोह में उड़ते रहते। उन्हीं बाज़ों के झुंड में से ही एक दिलेर बाज़ ने किस्मत बदल दी मिश्री सिंह की। बाज का घर की मुँडेर पर बैठना अशुभ, पर वह तो बाज नहीं ईश्वर का दूत था मिश्री सिंह के लिए। वह बाज़ क्या बैठा मिश्री सिंह की खपरैल पर कि मिश्री सिंह दौड़े उसके पीछे, स्कूल तक दौड़ते मिश्री सिंह की साँसे फूल गयी थीं, और लौटते हुए उनके मन में बस एक ही आशंका

थी कि बाज़ जिस घर पर बैठ जाये उस घर से एक लाश तो निकलेगी ही। उदास मिश्री सिंह घर क्या लौटे, देखा खपरैल पर कुछ चमकता हुआ-सा। आनन-फानन में तुरन्त दीवार पर चढ़ गये और उन्हें मिल गया हीरों का एक हार, जो शायद बाज अपने पंजे में उठा लाया था। कहते हैं कि उस हार में कुल नौ हीरे थे। दद्दा कहते हैं 'साला एक नम्बर का डकैत है इ मिश्रिया, बाढ़ आयी थी तब क्या रात में निकलता था नाव लेकर झुम्मर खेलने, तब लोग थोड़े ही न समझता था, वह तो जब बाढ़ सूख गया तब लोगों ने देखा कि घर से सारा सोना ही पार है। साले सोना को क्या तब पर लग गये थे।' 'सब इ मिश्रिया का करतूत था।'

मिश्री सिंह एकाएक अमीर कैसे बन गये, इसकी असलियत कोई नहीं जानता। खपरैल के दो कमरे के उस छोटे-से घर में मिश्री सिंह अपनी बीवी और तीन बच्चों के साथ अपनी अमीरी के क़िस्से हजम कर गये। फिर क्या था, तभी से उनकी तोंद बढ़नी शुरू हो गयी। नदी के वापस लौटते ही ज़मीन तो बाहर उग आयी, लेकिन तब तक जमीन वाले लोग इतने गरीब हो चुके थे कि उनके सामने ज़मीन बेचने के इतर कोई चारा नहीं था। मिश्री सिंह ने तब उन ज़मीनों को खरीदना शुरू किया।

लेकिन मिश्री सिंह के अचानक अमीर बनने की बात तब सारे गाँव में फैल गयी जब मिश्री सिंह ने एक शादी में अपना करतब दिखाया था। कहते हैं शादी की महफ़िल में जब नचनिया इस गाने पर थिरक रही थी—'झुमका गिरा रे बरेली के बाज़ार में' तब मिश्री सिंह पीछे की किसी कुर्सी पर बैठे थे। नचनिया आगे बैठे बाबू के दाँतों में दबे दस के नोट को तब अपने होठों से पकड़ लेती थी। तब शान्त बैठे मिश्री सिंह को उस नचनिया के होंठ बड़े रसीले लगे थे। बस पीछे बैठे मिश्री सिंह ने सौ रुपये के नोट में तम्बाकू डालकर सिगरेट बनाकर पीना शुरू कर दिया। बगल के लोगों को तब पहली बार विश्वास नहीं हुआ था। लेकिन मिश्री सिंह ने जब थोड़ी-थोड़ी देर में लगातार पाँचवे सौ के नोट को सिगरेट बना डाला, तब वह नचनिया बरेली में गिरे झुमके को ढूँढते-ढूँढते मिश्री सिंह की गोद में बैठ गयी थी। फिर मिश्री सिंह ने अपने मुँह से धुँआ निकालते हुए सौ का एक नोट ठूँस दिया था उस नचनिया के ब्रेसियर के भीतर। कहते हैं जब मिश्री सिंह की गोद में बैठी यह नचनिया दो मिनट तक अपनी कमर को मिश्री सिंह की गोद में रगड़कर झुमके को ढूँढती रही थी, तब दो मिनट तक मिश्री सिंह ब्रेसियर के भीतर रुपये रखने की सही जगह तलाश करते रहे थे। फिर फैल गये थे मिश्री सिंह की अमीरी के चर्चे सब ओर।

मिश्री सिंह को अमीरी क्या आयी, शौक़ीन बनते गये वे। फ़र्स्ट जनवरी को शर्त-शर्त खेलकर उसे सेलीब्रेट करते थे मिश्री सिंह। कभी महफ़िल ज़मी भँवरे पर कि जो भँवरे के ऊपर से कूदकर सीधे हाथ में मछली पकड़ लेगा उसे एक हज़ार रुपये ईनाम। कभी मन्दिर के कुएँ पर शर्त लगी कि जो इस कुँए में घुसकर अपनी मुट्ठी में

सतह की मिट्टी ले आएगा उसे पन्द्रह सौ रुपये ईनाम। कभी इस बूढ़ी गंडक के रेतीले किनारे पर शर्त की शुरुआत होती कि जो इस भींगी रेत के गड्ढे में घुसकर अपने को पाँच मिनट तक इस रेत की चादर में ढके रख सके, उसे तीन हजार ईनाम। लगातार आठ वर्षों से चला आ रहा यह शर्त का खेल इस टोले के लिए ही नहीं बल्कि पूरे गाँव के लिए रोमांचकारी बनता जा रहा था। लोग तब इन्तजार करने लगे थे फर्स्ट जनवरी का। मिश्री सिंह इसे एक तरह की समाज सेवा कहते थे, कि इसी बहाने वे किसी ज़रूरतमन्द की मदद तो कर पाते हैं। इस शर्त के खेल का अन्त तब हुआ जब एक अनहोनी हो गयी और दद्दा कूद पड़े इसके बीच में। वह शर्त के खेल का आठवां वर्ष और आठवाँ एपिसोड था। मिश्री सिंह ने उस वर्ष ठीक अकबर-बीरबल की कहानी की तर्ज पर इस बार की शर्त की थीम सोची थी। उसने ऐलान किया कि जो पटवर के गड्ढे में पूरी रात इस कड़कती ठंड में गर्दन तक पानी में रह सकता है उसे पाँच हजार रुपए ईनाम। कहीं वह रात को पानी से बाहर न आ जाये इसे देखने की जिम्मेदारी उन्होंने पास के खेत की रखवाली करने वाले को दी। अपने मचान पर रज़ाई में दुबके उस रखवाले को चार बैट्री वाली टॉर्च दी गयी थी इस हिदायत के साथ कि हर एक घंटे में वह वहीं से टॉर्च के फोकस में देखे कि वह पानी से बाहर तो नहीं आ गया। अगर पानी से एक मिनट को भी बाहर आ गया तो शर्त का खेल फुस्स। उस कड़कती ठंड में चरवाहे ने 2.30 बजे तक तो टॉर्च जलायी, फिर उसके बाद वह कब सोया, उसे ख़ुद भी पता नहीं चल पाया। मिश्री सिंह जब सुबह जगे तब उन्हें पता था कि ठीक अकबर-बीरबल की कहानी की तरह ही इस शर्त का भी अन्त होगा, वह खिलाड़ी आएगा और रात भर उस कड़कती ठंड में सफल रूप से खड़े होने का श्रेय देगा, नेशनल हाइवे पर चलने वाली उन गाड़ियों को जिनकी बत्ती की रोशनी को देखकर उसने रात गुज़ार दी।

परन्तु इस खेल का अन्त ठीक उस कहानी की तरह नहीं हुआ। उस खिलाड़ी के बदले दौड़ा आया वह रखवाला, और जब मिश्री सिंह अपने हुजूम के साथ पहुँचे उस पोखर पर तो उस खिलाड़ी की लाश उसमें तैर रही थी। यह ख़बर आग की तरह फैल गयी थी पूरे गाँव में। और यही वह घटना भी जब दद्दा खुलकर सामने आये थे मिश्री सिंह के। जब यह घटना घटी थी तब दद्दा को अपनी डयूटी पर से लौटे हुए दो घंटे हुए थे, और वे गहरी नींद में थे। जब दद्दा जगे और सारी बातों की जानकारी मिली तब तक माहौल शान्त हो चुका था और लाश उस खिलाड़ी के परिवार वालों को सौंपी जा चुकी थी। जगने के मात्र आधा घंटे के बाद जब दद्दा मिश्री सिंह के दरवाज़े पर थे तब वे गाँजे के नशे में धुत थे। वे वहाँ लगभग आधे घंटे तक गालियाँ बकते रहे थे और इस आधे घंटे में बार-बार यही दुहराते रहे थे कि 'साले मिश्रिया अगर तुझे शर्त खेलने की इतनी ही बीमारी है तो चलना मेरे साथ रात में नेशनल हाइवे,

वहाँ मैं तुझे शर्त खेलाता हूँ। बस पन्द्रह मिनट तक दोनों पुल पर आँख मूँदकर रोड के इस तरफ से उस तरफ करते रहेंगे, तब साले तेरी हवा निकलेगी।' दद्दा की इस चिल्लाहट का ज़वाब देने तब मिश्री सिंह बाहर तो नहीं आये परन्तु इससे दो बातें जरूर हुईं—पहली तो यह कि मिश्री सिंह की आँखों में तब दद्दा खटकने लगे थे और दूसरी यह कि दद्दा के डर से यह शर्त का खेल अपना दशक मनाये बग़ैर ही बन्द हो गया था।

इस घटना ने दद्दा के रफ़ व्यक्तित्व को गाँव वालों के सामने एक्सपोज़ कर दिया था। गाँव वाले, जिनके लिए यह 'शर्त का खेल' एक रोमांचक खेल था, यह एक ऐसी अनहोनी घटना थी जो बस इसलिए घट गयी कि उस खिलाड़ी की किस्मत ख़राब थी। यूँ तो गाँव वालों के सामने दद्दा की इमेज़ पहले से ही एक ऐसे व्यक्ति की थी जो दादागिरी और स्मगलिंग करता है और जो चौबीसों घंटे नशे में धुत रहता है। लेकिन इस घटना के बाद अब दद्दा एक ऐसा व्यक्ति भी बन चुका था जो शरीफ़ नहीं था, जो कभी गन्दी गालियाँ बक सकता था और जिसके ज़ीवन में एक ऐसा घंटा ढूँढ़ना मुश्किल था जो नशे में न हो। लेकिन इसी घटना ने दूसरी तरफ हमारे मस्तिष्क में दद्दा की छवि को एक नायक के रूप में और ऊपर उठा दिया था।

दद्दा, जो वास्तव में हमारे सबसे छोटे चाचा थे, शादीशुदा थे और उनकी शादी को लगभग आठ वर्ष होने को आ रहे थे। लेकिन उन आठ वर्षों में दद्दा के कोई बच्चा नहीं था। दद्दा की रसोई हमसे अलग थी लेकिन माँ के न चाहते हुए भी दद्दा हमारे घर अक्सर आते थे और कम-से-कम एक गिलास पानी पीकर जाते थे। दद्दा की पत्नी, यानी हमारी चाची देखने में बहुत सुन्दर थीं और उसकी दोनों आँखों के बीच एक ऐसा निशान था, जिससे हमेशा उनका चेहरा बिन्दी लगा हुआ ही दिखता था। चाची खाना बहुत अच्छा बनाती थीं, खासकर खीर और बैंगन का भरता। वे हमें बहुत प्यार करती थीं और अक्सर हम उनके पास गप्पें मारने के लिए जाया करते थे। चाची हमसे खूब बतियातीं थीं, लेकिन वह अन्दर से उदास रहती थीं। वह काम करते-करते कहीं खो जाती थीं और फिर अचानक हममें से किसी को गले लगाकर कसकर पकड़ लेती थीं। हम इसका मतलब तो नहीं समझ पाते थे, लेकिन हमें इतना ज़रूर लगता था कि दद्दा वैसा ही क्यों नहीं करते हैं, जिससे चाची ख़ूब खुश रहें। मेरी माँ चाची को खूब प्यार करती थीं और घर में बैठकर उनके लिए आँसू भी बहाती थीं। वह आँसू बहाते वक्त दद्दा को ख़ूब कोसती थीं—'इस कलमुँही की ही किस्मत ख़राब थी, पता नहीं भगवान ने कहाँ ब्याह दिया। उसकी तो उमर अब है ही कितने की। पता नहीं इस बेचारी फूल का क्या होगा?' माँ चाची के बच्चा नहीं होने के लिए भी दद्दा को ही कोसती थीं—'इसी पापी के पाप का फल है कि भगवान बच्चा नहीं दे रहा।' हम माँ की बातों से सारी स्थिति समझ जाते थे लेकिन दद्दा ये सारे धन्धे छोड़ दें,

ऐसा हम सोच भी नहीं पाते थे। हम दद्दा को हीरो मानते थे और हमें हमेशा लगता कि माँ को क्या पता है कि हीरो कैसा होता है? हमें यह मालूम था कि चाहे कुछ भी हो जीत तो आखिर में दद्दा की ही होनी है।

दद्दा चाची को ख़ूब प्यार करते थे। उनके खाने की ख़ूब तारीफ़ करते थे और उनके बीमार पड़ने पर उनकी ख़ूब सेवा करते थे। दद्दा प्रायः चाची को फ़िल्म दिखाने ले जाते थे और इस चीज़ को लेकर चाची खूब खुश रहती थीं।

हमारी ज़िन्दगी का यह वही समय था जब हमारे मस्तिष्क पर फ़िल्म का बहुत असर था लेकिन हमें फ़िल्म देखने की छूट नहीं थी। हमें दूरदर्शन पर फ़िल्म देखने की छूट थी। परन्तु दूरदर्शन का यह, वह दौर था जब उस पर नयी फ़िल्में दिखाया जाना अभी शुरू नहीं हुआ था। हम पुरानी फ़िल्मों के बहुत शौक़ीन नहीं थे, हम स्कूल जाते वक्त प्रायः नया पोस्टर देखते—मार-धाड़ और एक्शन से भरपूर, और हम उस एक्शन को देखने के लिए तरसते थे। हमारी इस ख़्वाहिश को पूरा करने वाले हमारी ज़िन्दगी में पहले शख़्स दद्दा ही थे। हमारे फ़िल्म देखने में पिताजी की तो सहमति थी किन्तु माँ के विरोध के बावजूद दद्दा हमें और चाची को साथ में फ़िल्म दिखाने ले गये थे—'घायल'। खगड़िया के प्रकाश टॉकीज में तब हमने दद्दा का जलवा देखा था। प्रकाश टॉकीज की सीटों के चार क्लास-फर्स्ट, सेकेन्ड क्लास और स्पेशल के अतिरिक्त बॉक्स था, जिसमें हम बैठे थे। दद्दा को न ही वहाँ टिकट लेना पड़ता था और न ही उन्हें सिनेमा हॉल के भीतर घुसने के लिए लाइन में लगना पड़ता था। दद्दा की वहाँ इतनी चलती थी कि वहाँ का सारा स्टाफ उनसे हाल-समाचार पूछते थे। फ़िल्म शुरू होने के बाद हम इतनी बड़ी पिक्चर देखकर भौंचक रह गये थे। जितना बड़ा आदमी बिल्कुल उतनी ही बड़ी उसकी पिक्चर। उसी सिनेमा हॉल में हमने पहली बार कैम्पा पी थी, बिल्कुल गले को जला डालने वाली। हमारी ज़िन्दगी का एकदम रोमाँचकारी दिन था वह।

'घायल' फ़िल्म में हमने अद्भुत एक्शन देखा था। और उस सिनेमा को देखने के बाद हम तीनों भाई-बहन ने आपस में दद्दा पर काफ़ी विचार कर यह निष्कर्ष निकाला था कि दद्दा भी ठीक सनी देओल की तरह इस समाज से बदला ले रहे हैं। यह सोचते ही हमारे मन से एक बोझ उतर गया था कि दद्दा आखिर क्यों चाची को दुःखी करते हैं। घायल फ़िल्म ने हमारी सोच को बदल दिया था और हमें अब लगने लगा था कि एक दिन ऐसा आएगा जब दद्दा का बदला समाप्त हो जाएगा।

'घायल' फ़िल्म देखने के बाद हमने चाची की इस समस्या का समाधान तो निकाल लिया था कि उनके दुःख का एक दिन अन्त आ जाएगा। फिर चाची एकदम खुश हो जाएँगी। लेकिन चाची को जो एक और दुःख अन्दर से खाये जा रहा था वह हमें काफ़ी बाद में पता चला था। माँ की दद्दा के प्रति बढ़ती जा रही नफ़रत का कारण

क्या था यह भी हमें तब पता चला जब हमारे स्कूल पर क्रिकेट खेलते हुए अपने से बड़े उम्र के रामनिवास के बेटे लल्लन से झगड़ा हो गया। मेरे बड़े भाई के बॉल पर जब लल्लन आऊट हो गया था और वह हटने को तैयार नहीं था तब हमारे यह धमकाने पर कि अगर वह खेल में बेईमानी करेगा तो हम दद्दा को कह देंगे, उसने साफ कह दिया था कि 'उ दद्दवा तो खुदै पीटेगा अब, साला अपनी बीवी को छोड़कर उ डायन से फँसा हुआ है।' हमारे पाँव के नीचे से ज़मीन ख़िसक गयी थी। अचानक हमारी आँखों के आगे चाची का वह एक मिनट को खोया चेहरा आ गया था और माँ की दद्दा के लिए लगातार बढ़ती नफ़रत का कारण भी।

डायन थी रतनपुर वाली चाची फुदकी। रतनपुर वाली चाची का नाम था फुदकी। हम उन्हें फुदकी चाची कहते थे। वह हमारी गोतिया की चाची लगती थीं और हमारे बगल के आँगन में उनका घर था। उनका खपरैल का घर जिस आँगन में था वह काफ़ी बड़ा था और गोलाई में था, जिसमें कई घर थे। फुदकी चाची विधवा थीं, और उनकी उम्र अभी लगभग बाइस वर्ष थी। वे माथे पर बिन्दी नहीं लगाती थीं, हाथों में चूड़ियाँ नहीं पहनती थीं और सफ़ेद साड़ी के बदले मलिन साड़ी पहनती थीं। फुदकी चाची के पति बिसेसर चाचा के निधन को लगभग दस वर्ष होने को आये। बिसेसर चाचा का निधन दमे की बीमारी से हुआ और तब उनकी उम्र बयालीस वर्ष की थी। कहते हैं जब फुदकी चाची ब्याहकर इस गाँव में आयी थीं तब उनकी उम्र सात वर्ष की थी और तब उनके पति सैंतीस वर्ष के थे। फुदकी चाची चूँकि उस बड़े से आँगन में फुदक-फुदककर ती-ती खेलती थीं इसलिए उनका नाम फुदकी पड़ गया था। जब शादी के लिए बिसेसर चाचा की सैंतीस वर्षों तक खोज जारी रही थी तब अचानक से एक दिन फुदकी समियारपुर दीरा में उन्हें मिल गयी थीं। फुदकी क्या आयी बिसेसर चाचा का रंडुआ ही मर जाने का दुख दूर हो गया। लेकिन बिसेसर चाचा मात्र पाँच साल तक ही साथ रहे फुदकी के। उन पाँच वर्षों में माथे पर रखा उन्होंने फुदकी को।

फुदकी की सास और जेठानी फुदकी के फुदक-फुदक कर खेलने पर कितना भी चिल्लातीं लेकिन बिसेसर चाचा ने अपनी ओर से उसे पूरी छूट दे रखी थी। जब तक बिसेसर चाचा रहे, फुदकी के चेहरे की लाली कम नहीं हुई।

पाँच वर्ष तक साथ रहकर जब फुदकी चाची विधवा हुईं तब उसने ठीक ढंग से अभी होश ही सम्भाला था। बिसेसर चाचा का देहान्त क्या हुआ फुदकी चाची का जीवन ही बदल गया। फुदकी चाची की सास ने कहना शुरु कर दिया, यह है ही चुड़ैल। इसी ने मेरे बेटे को खा लिया। जबसे इसके पाँव हमारे घर पड़े, एक पल को भी मेरा लाल सुखी नहीं रहा। पता नहीं कौन-सी बीमारी ने पकड़ लिया था, रात-रात भर उठकर खांसता ही रहता था वह। आख़िर एक दिन लील ही लिया इसने।

पूरा गाँव इस बात को जानता था कि बिसेसर चाचा फुदकी को बहुत प्यार करते थे। लेकिन सब यह भी कहते थे कि दिन भर तो बिसेसर ठीक रहता परन्तु रात में साला एकदम हैवान हो उठता था। रात भर वह फुदकी को अपनी टाँगों के बीच फँसाकर उसे नोंचता खंसोटता रहता था। रात भर फुदकी रोती थी और बिसेसरा साले की साँसें चढ़ जातीं और वह रात भर ज़ोर-ज़ोर से खाँसता रहता था। सुबह फुदकी लहूलुहान उठती थी और दो घंटे तक आँगन में चुकु-मुकु बैठी रहती थी। फिर दिनभर वही माथे पर बैठाना और रात को फिर वही हैवानियत।

पाँच साल में बिसेसर चाचा मर ज़रूर गये, लेकिन उनका प्यार फिर भी नहीं मर पाया। मरने के बाद भी उन्होंने फुदकी को नहीं छोड़ा। फुदकी चाची के शरीर पर बिसेसर चाचा आते थे। कहते हैं जब बिसेसर चाचा फुदकी के शरीर पर आते थे तब फुदकी की आँखें कड़ी हो जाती थीं और शरीर गर्म। तब क्या अनिष्ट हो जाये किसी को कुछ नहीं पता। जब फुदकी चाची के शरीर पर बिसेसर चाचा हों तब उनके सामने कोई भी जाकर बन्द मुट्ठी दिखा दे, चाची बगैर मुट्ठी खुलवाये बता देतीं कि उस मुट्ठी में क्या है? तब फुदकी चाची के बारे में यह काफ़ी चर्चित हो चुका था कि उनके सामने यदि कोई नया कपड़ा पहनकर आ जाये और अगर वह उस कपड़े को देखकर यह कह दें कि कपड़ा तो नया दिख रहा है, बस फिर क्या है? कपड़ा उतारकर घर रख दीजिए, अगली बार जब उठायेंगे तब बिल्कुल जले हुए कागज की तरह का हो जाता कपड़ा। दूर से एकदम कपड़े जैसा ही, छुएँ तो एकदम भरभरा जाये। उन दिनों हमने सुन रखा था कि एक दिन फुदकी चाची मन्दिर जा रही थीं पूजा करने, कुएँ पर पानी भर रही थी जगन की बीवी, दोनों एकदम नये घड़े थे। घर से जब फुदकी चाची चली थीं तब ठीक थीं लेकिन रास्ते में कब बिसेसर चाचा आ गये, पता नहीं। फुदकी चाची ने बस इतना ही कहा कि घड़ा तो चमक रहा है। बस पानी भरने के बाद ज्योंही जगन की बीवी ने घड़े को उठाया, दोनों घड़ों का मुँह आ गया हाथ में और पूरा घड़ा जमीन पर। रामरतन दूधवाला तो यह भी कहता था कि एक दिन जब वह दूध देने गया तब उसने दरवाज़े पर से देखा कि रसोई में फुदकी चाची बैठी हैं, दूध दरवाज़े पर रखकर वह साइकिल पर अपनी केन बाँध ही रहा था कि देखा फुदकी चाची ने वहीं रसोई में से लगभग दस फीट का लम्बा हाथ निकालकर देगची उठा ली थी।

दद्दा, फुदकी चाची को बस इतना ही जानते थे, जितना गाँव वाले। या फ़िर फुदकी चाची भी दद्दा को मात्र उतना ही जानती थीं, जितना एक गाँव की औरत जान सकती थी। लेकिन दद्दा की जो फुदकी चाची से नजदीकी बढ़नी शुरू हुई, उसका आगाज़ उस दिन हुआ था जब मिश्री सिंह द्वारा आयोजित फर्स्ट जनवरी के दिन शर्त के खेल में अनहोनी हो गयी थी और दद्दा ने गाँजा के नशे में धुत मिश्री सिंह के

दरवाज़े पर गाली-गलौज़ कर दी थी। तब उसी के अगले दिन किसी बच्चे से फुदकी चाची ने दद्दा को अपने घर के पिछवाड़े के चापाकल पर बुलवाया था। फुदकी चाची ने तब दद्दा को वीर योद्धा की संज्ञा दी थी और उनके द्वारा लाये गये इस व्यापक बदलाव को क्रांतिकारी बदलाव की संज्ञा देते हुए ढेर-सारी बधाइयाँ दी थीं। तब फुदकी चाची ने दद्दा की तुलना 'मदर इंडिया' के सुनील दत्त से की थी और यह भी कहा था कि वही हैं तो यह गाँव कुछ अच्छा है। यही वह दोनों का ठीक ढंग से मिलन था जहाँ से दोनों के मिलने की प्रक्रिया शुरू हुई थी। इसके बाद दद्दा कभी मन्दिर के रास्ते में, कभी मन्दिर में, कभी घर के पिछवाड़े में कभी चापाकल पर पानी के बहाने मिनट-दस मिनट के लिए फुदकी चाची से मिलने लग गये थे। दद्दा का यूँ फुदकी चाची से मिलना ऐसा नहीं है कि गाँव वालों की नज़र में नहीं था, लेकिन दद्दा से सभी डरते थे। हाँ, तब यह कानाफ़ूसी का दौर अवश्य शुरू हो चुका था। इसी कानाफ़ूसी का ही परिणाम था कि उस खेल-खेल में लल्लन से हमें इस घटना का पता लगा था। तबसे हम बच्चों ने भी दद्दा की चोरी को पकड़ना शुरू कर दिया था।

जब दद्दा और फुदकी चाची एक-दूसरे के करीब आये थे, तब फुदकी चाची लगभग बाईस वर्ष की थीं। फुदकी चाची देखने में बहुत सुन्दर थीं। उनका रंग काफ़ी गोरा था और उनके बाल काफ़ी घने थे। फुदकी चाची का शरीर छरहरा था, और उनकी उँगलियाँ लम्बी और पतली थीं। वे साड़ी पहनती थीं और उनका वक्ष काफ़ी भरा हुआ था। वे घर से कम निकलती थीं, लेकिन आँगन में उनकी खूब बोलचाल थी। वे रोज़ मन्दिर जाती थीं। उनका मन्दिर जाने का एक नियत समय था। जब वे मन्दिर जाती थीं, वह हमारा स्कूल पर होने का समय होता था। लेकिन शनिवार को जब हमारी छुट्टी आधे समय में हो जाती थी तब वह फुदकी चाची के मन्दिर से लौटने का समय होता था, हम देखते थे कि मणिराम की दुकान पर कई लड़के छुपकर बैठे रहते थे। उनकी खूबसूरती की चर्चा पूरे गाँव में थी, लोग उन्हें हेमामालिनी कहते थे। फुदकी चाची की खूबसूरती से भले ही पूरा गाँव आकर्षित होता था। लेकिन उनसे आँखें मिलाने की हिम्मत किसी में नहीं होती थी। सबको इसका डर हमेशा होता था कि पता नहीं जो उनके आँख मिलाने का समय हो, वही कहीं बिसेसर चाचा के उनके शरीर पर आने का न समय हो।

जब से दद्दा की फुदकी चाची के साथ नज़दीकी हुई थी, कई बातें गाँव में यहाँ से वहाँ तक फैल गयी थीं। लोगों ने सबसे पहले तो फुदकी चाची के रूप में एक अद्भुत निख़ार देखा था। फुदकी चाची अब बिन्दी लगाने लगी थीं, बाल खुले रखने लगी थीं और कभी-कभी सर से पल्ला उतारने भी लगी थीं। लोगों के बीच यह बात अब चटखारे लेने के लिए थीं कि 'बेहाई, सब अपने यार को दिखाने के लिए करती

है।' दद्दा को कोई बात पता हो या न हो, फुदकी चाची को कोई बात पता हो या न हो, लेकिन लोगों के बीच उनके अन्तरंग सम्बन्ध की कई बातें थीं। हम तब काफ़ी बच्चे थे लेकिन इस अन्तरंग सम्बन्ध के बारे में हम दोनों भाइयों को भी तब उन लड़कों से पता चलता था जिसके साथ शाम में हम कभी कबड्डी या क्रिकेट खेला करते थे। इन चटखारे-भरी बातों में हम दोनों भाइयों का भी उस मैदान पर अपना-अपना ग्रुप था। हम सब बच्चे तब इस बात को जानते थे कि फुदकी चाची अब अपने यार यानी दद्दा के लिए बन-ठनकर निकली हैं। अब उनकी साड़ी उनके पेट से हटने लगी थी और उनकी नाभि लोगों को दिखने लगी थी। उनके ब्रेसियर का फीता अब ब्लाउज़ से बाहर आने लगा था। हम यह भी जान गये थे कि एक दिन पानी पीने के बहाने चापाकल पर गये दद्दा ने वहीं फुदकी चाची को पकड़ लिया था और वहीं गुल्लड़ के पेड़ के पीछे चाची के पेटीकोट के भीतर दबी आधी नाभि को बाहर निकाल कर उसे चूम लिया था।

हम तीनों भाई-बहन, दद्दा और फुदकी चाची के आपसी रिश्ते के बारे में कितना जानते थे यह एक-दूसरे को नहीं पता था, लेकिन जो हम तीनों मिलकर एक साथ जानते थे, वह इतना जरूर था कि दद्दा को फुदकी चाची ने बुलाकर अपने प्यार में फँसा लिया है और यह हमारी चाची के हित में नहीं है। हमारे मन में डर सिर्फ़ इस बात को लेकर नहीं था कि अगर दद्दा फुदकी चाची के प्यार में पड़े रहेंगे तब एक दिन कहीं चाची को छोड़ न दें या फिर अगर यह प्यार चलता रहा तब चाची को बच्चा कैसे पैदा होगा? हमारे मन में यह विश्वास था कि दद्दा चाची को बहुत प्यार करते हैं, इसलिए उनको नहीं छोड़ेंगे। हम डरे हुए इस बात से रहते थे कि फुदकी चाची के साथ रहने से दद्दा का कुछ अनिष्ट हो जाये। लोग कहते थे 'अब दद्दवा का अन्त आ गया है, साला अपनी बीवी को छोड़कर उ डायन से फँस गया है, उ तो इसे निगल ही जाएगी।'

यही वह समय था जब माँ की दद्दा से नफ़रत बढ़ती जा रही थी, और वह चाची के लिए ख़ूब आँसू बहाया करती थी। माँ अक्सर बैठे-बैठे बुदबुदाने लगती, 'भगवान ने इस नसपीटे को पता नहीं क्या दिमाग दिया है, इ चुड़ैल अब जिन्दा कहाँ छोड़ेगी।' कभी वे कहतीं, 'उ डायन ने ही मगज फेर दिया है इसका' इन सब बातों को सुनकर हमें भी अब लगने लगा था कि अब दद्दा का बचना मुश्किल है। उसी समय हमने यह सुना था कि अगर कोई ऐसा आदमी जो दद्दा को जानता है,वह दद्दा का नाम लेकर अपने हाथ की एक उँगली पर दूसरी उँगली चढ़ाकर रखे तब ये चुड़ैल कितना भी मन्त्र क्यों न पढ़े दद्दा का कुछ नहीं होगा। इस समस्या का यह इलाज पता चलते ही हम तीनों भाई-बहनों ने आपस में यह निर्धारित कर लिया था कि हर समय कोई-न-कोई एक उँगली पर दूसरी उँगली चढ़ाकर रखेगा। हमारी पारी बदलने

का एक नियत समय होता था और हम उँगली तभी उतारते थे जब हममें से कोई दूसरा चढ़ा चुका हो। हम उँगली को चढ़ाने और उतारने में एक मिनट का भी गैप नहीं देते थे, क्या पता चुड़ैल ताक में बैठी हो। रात को सोते वक्त हमें हमेशा ऐसा लगता था कि सोने के बाद पता नहीं कब उँगली हट जाये और कहीं तभी फुदकी चाची पर बिसेसर चाचा आ जायें और वे दद्दा को लील लें। हमने सोने के वक्त का यह निर्णय लिया था कि हम तीनों ही अपनी उँगलियाँ चढ़ाकर रखेंगे किसी की तो रात भर रह जाये। लेकिन तब भी जब सुबह हम उठते थे तब हमें लगता था कि हमारी उँगली रात में एक मिनट को कहीं हट न गयी हो और सुबह दद्दा कहीं हमें मरे हुए न मिलें। हमें हमेशा लगता कि कहीं सुबह उसी घड़े की तरह दद्दा का भी कोई हाथ या पाँव या फिर धड़ से सिर ही अलग हुआ न मिल जाये। हम तब रोज़ सहमे हुए से उठने लगे थे और रोज़ दद्दा की ख़ैरियत जानकर काफ़ी सकून महसूस करते थे।

हमें दद्दा के इस प्रेम-प्रसंग का पता लगे अभी लगभग तीन-सवा तीन महीने हुए थे। हमारे यह उँगली चढ़ाने-उतारने और पारी बदलने के सिलसिले को भी लगभग इतने ही दिन हुए होंगे। हमारी माँ को इस प्रकरण का पता लगे और दद्दा से उनकी बढ़ती नफ़रत और उसके आँसू बहाते लगभग छः-सात महीने हुए होंगे। दद्दा के इस प्रेम-प्रकरण की शुरुआत को अभी दस-ग्यारह महीने हुए थे। तभी अचानक एक दिन एक घटना घटी। दद्दा ने एक ट्रकवाले के हाथ फुदकी चाची को बेच दिया।

वह पच्चीस नवम्बर, उन्नीस सौ नब्बे का रविवार का सामान्य दिन था। सर्दी आ चुकी थी। रात के नौ बजते-बजते लोग अपने-अपने घरों में बन्द होने लगे थे। वह छुट्टी का दिन था। हम दोनों भाइयों ने स्कूल के मैदान पर उस दिन ख़ूब क्रिकेट खेली थी। भाई ने उस दिन अच्छी बैटिंग की थी और मेरा उस दिन लल्लन से इस बात को लेकर फिर झगड़ा हुआ था कि लल्लन भाई की अच्छी बैटिंग को बरदाश्त नहीं कर पा रहा था और वह खेल बीच में छोड़ना चाहता था। रात में थके-हारे हम तीनों भाई-बहन अपनी उँगलियाँ चढ़ाकर सो चुके थे। दद्दा सामान्य तरीक़े से रात के नौ बजे तब शराब के नशे में अलका होटल से घर लौटे थे। उन्होंने खाने में दही खायी थी अपने गले में गमछी लपेटी थी, राजदूत ली थी और लगभग साढ़े दस बजे तक सामान्य रूप से अपनी ड्यूटी के लिए उस नेशनल हाइवे पर आ गये थे। लेकिन दद्दा के सामान्य तरीके से उस नेशनल हाइवे पर पहुँचने के बावजूद वह सामान्य दिन नहीं था। वहीं रात के लगभग एक बजे फुदकी चाची आयी थी और वहीं रात को एक बजे एक ट्रक रुकी थी और वहीं फुदकी चाची का सौदा हुआ था और दद्दा उस दिन अपनी ड्यूटी छोड़ रात को एक बजे ही घर लौट आये थे।

पच्चीस नवम्बर की रात को लगभग पौने एक बजे फुदकी चाची अपने घर से

एक पोटली के साथ निकलीं थीं। उन्होंने अपने चेहरे पर एक चादर लपेट रखी थी। उनकी पोटली में उनके अपने सारे गहने थे और बिसेसर चाचा की एक तस्वीर। फुदकी चाची ने उस दिन भँवरे की तरफ़ का सुनसान रास्ता पकड़ा था और भँवरे से उतरकर तुरन्त खेत में घुस गयी थीं। खेतों में फसल बड़ी थी, फुदकी चाची उसमें छुप गयी थीं। वे खेत के बीचों-बीच चल रही थीं, उन्हें रास्ते का कुछ अन्दाज़ा नहीं हो रहा था, उन्होंने किसी रोशनी का इस्तेमाल नहीं किया था। फुदकी चाची तब नेशनल हाइवे पर अनवरत चलने वाली गाड़ी की रोशनी की ओर देखते हुए चली जा रही थीं। बहुत तेज चलती फुदकी चाची तब मात्र पन्द्रह-बीस मिनट में दद्दा के पास पहुँच गयी थीं। दद्दा से उनकी बहुत ही धीरे स्वर में तब कुछ बातें हुई थीं, और मात्र पाँच मिनट में एक ट्रक आया था और फिर दद्दा की कुछ बातचीत उस ड्राइवर से हुई थी और फिर फुदकी चाची उस ट्रक में चढ़ गयी थीं। दद्दा तुरन्त अपनी राजदूत से वापस घर आ गये थे।

दद्दा उस रात बहुत चैन से अपने घर पर सोये थे। लेकिन तब दद्दा को यह नहीं पता था कि जहाँ उनकी राजदूत खड़ी थी उस मन्दिर के चबूतरे के भीतर पशुपति सिंह शराब के नशे में धुत पड़ा था। पशुपति सिंह मिश्री सिंह का ड्राइवर था। पशुपति सिंह को उस दिन मिश्री सिंह ने रुका पड़ा चार महीने का वेतन दिया था। पशुपति सिंह ने उस दिन महीनों बाद ठर्रे की तीन बोतल गटक ली थी। उसने साथ में पनामा सिगरेट का एक पूरा पैकेट भी पी लिया था। जब वह पीकर वापस अपनी ड्यूटी पर लौट रहा था तब वह अपनी ड्यूटी पर पहुँचने से पहले ही इस चबूतरे पर चित्त पड़ गया था। जब दद्दा की राजदूत वहाँ आकर साढ़े दस बजे लगी थी तब पशुपति सिंह को कुछ भी सुध नहीं थी। लेकिन जब रात के करीब एक बजे फुदकी चाची दद्दा के पास पहुँची थीं और दोनों के बीच बातचीत हो रही थी तब पशुपति सिंह की एक बार हल्की नींद खुली थी। पशुपति सिंह ने जब वहाँ दद्दा के साथ फुदकी चाची को देखा था तब अचानक उसका सारा नशा उड़ गया था और उसने सतर्क होकर सब कुछ देख लिया था। पशुपति सिंह ने सुबह जो गाँव भर को बताया था वह यह कि फुदकी चाची दद्दा से वहाँ ज़ोर-ज़ोर से झगड़ा कर रही थीं। आवाज़ तो वह साफ सुन नहीं पाया था, लेकिन ऐसा लगता था कि फुदकी चाची वहाँ इसलिए आयीं थीं कि वह दद्दा के साथ भाग सके। लेकिन फुदकी चाची ने जब दद्दा की राजदूत को वहाँ देखा था तब उसे आभास हो गया था कि दद्दा उसे धोखा देने वाले हैं, वरना वह अपनी राजदूत नेशनल हाइवे पर क्यों छोड़ेंगे। पशुपति सिंह ने यह भी बतलाया था कि दद्दा ने तब वहाँ उसे पीछे से कसकर पकड़ रखा था, उसका बाँया हाथ फुदकी के पेट पर था और दायाँ हाथ उसके ब्लाउज के भीतर। वह पीछे से उसे चूमने की कोशिश भी कर रहा था। दद्दा ने एक बार उसे सामने से नीचे बैठकर उसके पेटीकोट

को नीचे खिसका कर उसकी नाभि को भी चूमा था। तभी एक ट्रक आया था और दद्दा ने फुदकी को ज़बरदस्ती उस ट्रक में बैठा दिया था। चूँकि ट्रक का ड्राइवर नीचे नहीं आया था इसलिए उसने उसे नहीं देखा था। हाँ फुदकी चाची ट्रक पर चढ़ते वक्त नहीं-नहीं करके ख़ूब चिल्ला अवश्य रहीं थीं।

यह दो तरह की अफवाहें थीं, जो सुबह तक गाँव में फैल चुकी थीं, जब तक कि दद्दा सोकर नहीं जगे थे। जो पशुपति सिंह की बातों से सहमत था उसने यह मान लिया था कि दद्दा ने फुदकी को ऐन मौक़े पर धोखा दिया है और उसे बीच नेशनल हाइवे पर चूम भी लिया है। लेकिन जो दद्दा के हमारे जैसे चहेते थे उन्होंने यह माना था कि फुदकी वहाँ आयी थी और दद्दा ने उसका सौदा कर दिया था। दूसरी अफ़वाह को मानने वालों के लिए सबसे बड़ी बाधा उत्पन्न यह हो रही थी कि दद्दा ने फुदकी का सौदा भले ही कर दिया हो, किन्तु फुदकी रात के एक बजे नेशनल हाइवे पर पहुँची ही क्यों? दोनों ही अफवाहों में पैसे का जिक्र नहीं था, दद्दा ने फुदकी चाची का सौदा कितने में किया था, इस ड्राइवर ने वहाँ दद्दा को कितने पैसे पकड़ाये थे, इसकी कोई जानकारी नहीं थी। लोग जानते थे कि दद्दा उस नेशनल हाइवे का बेताज़ बादशाह है, उसने या तो सौदे का पैसा पहले ले लिया होगा या बाद में ले लेगा। जब सारा गाँव अफवाहों की इस उधेड़बुन में घिरा था, तब दद्दा निश्चिन्त सो रहे थे। लेकिन जब वे नौ बजे के करीब जगे तब वे पूरे गाँव वालों के बीच पूरी तरह घिर चुके थे।

छब्बीस नवम्बर, उन्नीस सौ नब्बे दिन सोमवार की सुबह दद्दा नौ बजकर सात मिनट पर जगे। दद्दा को जगते वक्त यह नहीं पता था कि जिस दिन की शुरुआत करने के लिए वह जग रहे हैं, वह उनकी ज़िन्दगी का सबसे काला दिन था। सुबह पाँच बजे जब, पशुपति सिंह ने आकर अपने मालिक मिश्री सिंह को यह बताया था कि दद्दा ने फुदकी को बेच दिया है तब से नौ बजे तक के इस चार घंटे में मिश्री सिंह सरीखे सारे गाँव वालों ने पूरी एक भीड़ तैयार कर ली थी और दद्दा के घर को उन्होंने घेर लिया था। दद्दा अपनी नींद को पूरी कर सामान्य रूप से जगे थे। बाहर न ही कोई शोर था और न ही किसी ने भीतर जाकर दद्दा को जगाने की हिम्मत की थी। दद्दा के नाम से सबको डर था, भीतर जाने में सभी काँप रहे थे। पता नहीं दद्दा कहीं घुसते ही मरोड़ न दें। भीड़ बाहर घात लगाये बैठी थी। चाची भीतर रसोई में ख़ाना बना रही थी, उन्हें भी इस भीड़ का कोई शोर सुनाई नहीं दिया। भीड़ ने बस इतना कर रखा था कि बाहर से कोई अन्दर न जाने पाये, और न ही कोई चिल्लाकर दद्दा को नींद से जगा दे। दद्दा इस स्थिति के लिए तैयार नहीं थे। इसलिए उनकी जब नींद खुली तब वे रोज की तरह आँख मूँदे ही अपनी कोठरी से सूर्य की रोशनी में अपनी आँखें खोलने के लिए बाहर आये, बस पूरी भीड़ ने उन पर धावा बोल दिया।

और फिर पलक झपकते ही दद्दा को उन लोगों ने कहाँ ग़ायब कर दिया, हममें से किसी को भी नहीं पता चल पाया।

उस दिन जब पूरी भीड़ दद्दा के दरवाज़े पर घात लगाये बैठी थी तब हम बच्चों के दिमाग में जो स्कूल छोड़कर वहाँ टिके हुए थे, सबसे पहली बात जो आयी थी वह यही थी कि जरूर आज रात में हम तीनों ही भाई-बहनों की उँगलियाँ उँगली पर से उतर गयी थीं। दद्दा जब उस दरवाज़े से बाहर आये थे तब हमने अपनी उँगलियों को उँगली पर चढ़ा लिया था। लेकिन फ़ायदा कुछ नहीं हुआ। उस चुड़ैल के टोने ने अपना काम कर दिया था। दद्दा को हमारी आँखों के सामने से भीड़ उठा ले गयी थी। हमारी आँखों से आँसू बह रहे थे। माँ, चाची को सम्भाले थीं। चाची पछाड़ मार-मार कर रो रही थीं और वह धरती पर पूरी तरह लेट गयी थीं। दद्दा कहाँ थे, हमें कुछ नहीं पता था, लेकिन हमारे मन में जो अब एक आशा बची थी, वह यह थी कि फुदकी चाची इतनी निर्दयी दद्दा के प्रति नहीं हो सकतीं। हमें रामरतन दूध वाले की याद आती थी। हमें यह भी लगता था कि फुदकी चाची के लिए यह जान लेना कोई मुश्किल थोड़े ही है कि दद्दा को कहाँ छिपा कर रखा गया है। फुदकी चाची कहीं भी होंगी, वह वहीं से अपने हाथ को बढ़ाकर दद्दा को उठाकर यहाँ छोड़ जाएँगी।

लेकिन ऐसा कुछ भी नहीं हुआ। तीन दिनों तक दद्दा को कहीं बन्द रखा गया था। फुदकी चाची का कहीं कुछ पता नहीं चला। तीसरे दिन रात में दद्दा को मार दिया गया। दद्दा के मरने के बाद हमारे पास दद्दा के दो दिन छिपाये रखने से लेकर उनके मरने तक की खबर पता चली। जो इस प्रकार है—

दद्दा को उनके दरवाज़े पर से उठाकर दीरा पर ले जाया गया था। दद्दा के दोनों हाथ और दोनों पैर एक बाँस में बाँधकर उन्हें दो आदमी अपने कन्धे पर उल्टा लटकाकर दीरा ले गये थे। दद्दा के मुँह में कपड़ा ठूँसा हुआ था। दद्दा ने तब सिर्फ एक पायजामा और एक बनियान पहन रखी थी। उनके बाल बिखरे हुए थे। उनके गले की रुद्राक्ष की माला जमीन की ओर लटक रही थी। दद्दा को दीरा में भूसे के एक घर में रखा गया था। दो दिनों तक दद्दा वहाँ रहे थे। दद्दा को कहाँ छिपाकर रखा गया है यह उस गाँव के सिर्फ पच्चीस-तीस बूढ़ों को पता था। मिश्री सिंह उनमें एक था। उन तीन दिनों में दद्दा को ख़ूब मारा गया था, और उनसे सिर्फ यही पूछा गया था कि वह अगर इतना बता दें कि फुदकी इस वक्त कहाँ है तब वे उनको जान से नहीं मारेंगे। दद्दा तीन दिनों तक सिर्फ यही कहते रहे थे कि 'फुदकी भाग गयी, मुझे तो पता भी नहीं है।' दद्दा का पायजामा और बनियान ख़ून से भीग गये थे। रुद्राक्ष की माला टूटकर उनके गले से छिटक गयी थी।

वह नवम्बर महीने के अन्तिम दिन थे। दद्दा जो एक बनियान और पायजामा

पहनकर घर से लाये गये, उसके अलावा उनके शरीर पर और कुछ नहीं था। दद्दा रात को ठण्ड से काँपते थे। वह भूसा घर होने के कारण भूसे की गर्मी उन्हें हल्की राहत देती थी। नदी किनारे का वह खेत, उस खेत में बनी उस झोपड़ी में दद्दा ठंडी हवा की तेज रफ्तार से बचने के लिए रात में भूसे के भीतर घुस जाते थे। भूसा उनके खुले घाव पर चिपक जाता था। जब सुबह उन्हें भूसे के ढेर से निकाला जाता था तो उनकी देह में जगह-जगह पर भूसा चिपका हुआ होता था।

इन तीन दिनों तक हम सब बेचैन रहे। हमारी माँ और चाची ने कइयों के पैर पकड़े लेकिन सब यही कहते 'इ साला गाँव की इज्जत पर हाथ डाला है, जब तक नहीं बताएगा कि फुदकी है कहाँ, हम नहीं छोड़ेगें।' हमारे घर में पुलिस में जाने की बात उठती थी, लेकिन पिता जी कहते 'पूरा गाँव विरोध में है, इसने जवान औरत को बेचा है, उसके साथ-साथ पूरा परिवार जेल जाएगा। इनके पास तो गवाह भी है।' हमें तब यह नहीं लगता था कि दद्दा को मार दिया जाएगा। हमें लगता था दद्दा पिटाई खाकर जरूर बता देंगे कि उन्होंने फुदकी चाची को कहाँ बेचा है, फिर मार पिटाई के बाद उन्हें छोड़ दिया जाएगा। लेकिन ऐसा नहीं हुआ।

तीसरे दिन, यानी 28 नवम्बर को रात्रि के लगभग साढ़े ग्यारह बजे उन्हें नाव से बीच नदी में लाया गया था। नाव काफ़ी बड़ी थी, उस पर लगभग सोलह-सत्रह लोग थे। भूसे वाली उस झोपड़ी से नाव तक दद्दा को हाथ बाँधकर पैदल ले जाया गया था। पैदल चलने में दद्दा को परेशानी थी, वे हर कदम रखने पर एक बार कराहते थे। रास्त में वे कई बार बैठने की कोशिश कर चुके थे, लेकिन लोगों ने उन्हें पकड़ रखा था, और उन्हें बैठने नहीं दिया जा रहा था। रात का अँधेरा घना था, खेत के बीचोंबीच वे लोग चल रहे थे। मिट्टी का ढेला पैर के नीचे आने पर दद्दा बहुत ज़ोर से चीत्कार उठते थे। नदी के किनारे बालू में आने पर दद्दा को थोड़ा सुकून मिला था। नाव पर चढ़ने से पहले पानी में दद्दा का पाँव गया था। दद्दा ने पानी में पाँव को काफ़ी हल्का महसूस किया था। नाव में उन्हें एक किनारे पर बैठाया गया था। दद्दा ने वहाँ बैठकर नाव में सवार लोगों को पहचानने की कोशिश की थी। मिश्री सिंह सहित दद्दा ने कई लोगों को पहचान लिया होगा। दद्दा चुपचाप थे, उन्होंने एक बार भी प्रतिवाद नहीं किया था, ना ही उन्होंने जानने की कोशिश की थी कि नदी में जाने की क्या जरूरत है? जब नाव नदी के बीच धार में पहुँची थी तब दो लोगों ने उनके पाँवों को पकड़कर उन्हें अचानक पटक दिया था। दद्दा का मुँह अब नाँव की सतह की तरफ एकदम मुहाने पर था। दो लोगों ने उनके हाथों को पकड़ लिया था, और एक ने उनकी गर्दन को आगे खींचकर पानी में डुबो दिया था। दद्दा की साँसे जब पानी में टूटने लगतीं, उनके पाँव छटपटाने लगते थे। तब दद्दा को बाहर निकाल

दिया जाता था और उनसे पूछा जाता था कि 'साला फुदकिया है कहाँ जल्दी बता।' दद्दा कोई जवाब नहीं दे रहे थे। लगभग पच्चीसों बार उनकी गरदन को पकड़कर पानी में डुबोया गया था। तब नाव पर एक गुस्सा और खीझ फैल गया था। तब मिश्री सिंह ने कहा था—'इ बेटीचोद चमरचीट है, इसे पाया पर ले चल।'

नाव पुल के नीचे पाये के पास आ गये थी। अँधेरी रात में पुल पर से गुजरने वाली गाड़ियों की आवाज़ पुल के नीचे एक अजीब तरह का भय पैदा कर रही थी। पाये के पास पानी टकरा कर एक उछाल लेता था। दद्दा को अभी भी चार लोगों ने वैसे ही पकड़ रखा था। फिर वहीं नाव के दोनों तरफ ऊपरी सिरे पर जो बैठने की जगह बनी होती है, उसी के नीचे से हँसिया निकाला गया था। इस बार दद्दा को ऐसे लिटाया गया था कि गरदन का बगल वाला भाग ऊपर रहे। दद्दा तब एकदम चुप थे। हवा बहुत तेज थी। दद्दा काँप रहे थे। बार-बार उस ठंडे पानी में सर को डुबाने से शायद उनका दिमाग सुन्न हो चुका था। जब दद्दा की गरदन पर हँसिये से वार किया गया था तब झटके में नाव उस किनारे से अचानक पानी में दब गयी थी। इसलिए हँसिये का प्रहार बहुत तेज नहीं हो पाया था। लेकिन हँसिये के वार से दद्दा की गरदन की नसें कट गयीं। तब नाव को बैलेंस करने की जरूरत महसूस हुई थी। नाव पर सबसे मोटे और तोंदुअल आदमी मिश्री सिंह थे। मिश्री सिंह को नाव के दूसरी छोर पर बैठाया गया था, कुछ और लोगों को भी उस मुहाने की तरफ भेजा गया था। सब हँसिया को चलते और दद्दा की गरदन को कटते देखना चाहते थे। इसलिए बैठने की जगह को सन्तुलित करने में कुछ वक़्त लगा था। दद्दा की गरदन की नस इतनी कट चुकी थी कि उनसे खून के फव्वारे निकल रहे थे। खून पानी में मिल रहा था। पानी का बहाव बहुत तेज था इसलिए पानी रंगीन नहीं हो पा रहा था। सब कुछ सन्तुलित हो जाने पर अगले वार में दद्दा की गरदन अलग हो गयी थी और छिटककर एकदम से पानी में गिर गयी थी। जब शरीर को नाव से नीचे गिराया गया था तब नाव अचानक एक किनारे से हल्का होने से असन्तुलित हो गयी। मिश्री सिंह के बीच में आने से नाव फिर सन्तुलित हो गयी थी।

दद्दा को जब पाये के पास लाया गया था और जब उनकी गरदन उनके शरीर से अलग हुई थी तब इसमें लगभग पन्द्रह मिनट का समय लगा था। उस पन्द्रह मिनट तक दद्दा क्या सोच रहे होंगे, इस पर हमने बाद में काफ़ी विचार किया था। दो बातें जो सामने आयी थीं, वह यह है कि या तो दद्दा का ठंड से दिमाग सुन्न हो चुका होगा, मगर ऐसा होगा फिर तो वे कुछ नहीं सोच पा रहे होंगे। या फिर वे यह सोच रहे होंगे कि इस वक़्त इस पुल से कौन से नम्बर का ट्रक पास कर रहा होगा। इस प्रकार दद्दा की मृत्यु हुई। और खत्म हुआ एक अध्याय।

लेकिन कहानी अभी खत्म नहीं हुई है, अभी थोड़ी-सी बाक़ी है।

तब से लगभग सात साल बाद, अब से लगभग दस साल पहले

लगभग सात वर्ष के बाद एक दिन अचानक फुदकी चाची अपने पति और अपने तीन बच्चों के साथ गाँव आयीं थीं। लोगों के दिमाग से अब फुदकी चाची उतर चुकी थीं। उन्हें लोगों ने पहचानने में काफ़ी दिक्कत महसूस की थी। फुदकी चाची सीधे हमारे घर पर आयी थीं, उन्होंने हमारी माँ के पाँव छुए थे, और यह कहा था कि वह फुदकी है। फुदकी चाची का शरीर और भर गया था। उनकी माँग में सिन्दूर था, हाथ में चूड़ी थी, रंगीन साड़ी पहने फुदकी चाची ने बिन्दी और लिपिस्टिक भी लगा रखी थी। माँ को तब काफ़ी अचरज हुआ था। सवाल यह भी था कि फुदकी चाची सीधे उनके घर क्यों? लेकिन फुदकी चाची ने तब चाची से मिलने की इच्छा ज़ाहिर की थी। वह मात्र दो घंटे के लिए आयी थीं, फिर वह चली गयीं। वह इस दौरान अपने घर नहीं गयीं। उन्होंने कहा जब मेरी शादी हो गयी, मेरा पति कोई और है तब वह घर मेरा कैसे। फुदकी चाची ने तब कई बातें बतायीं, कई राज़ खोले।

बक़ौल फुदकी चाची—दद्दा ईश्वर के अवतार थे। उन्होंने उन्हें इस नरक से, इस सड़ान्ध से बारह निकाला था। उन्हें पता था कि लोग उनके बारे में कई तरह की बातें करते थे। लेकिन दद्दा ने कभी भी उन्हें गलत निगाह से नहीं देखा था। जब दद्दा ने गाँजे के नशे में धुत होकर मिश्री सिंह को गालियाँ दी थीं। तब फुदकी चाची को लगा था कि वही एक ऐसा जाँबाज़ है जो उन्हें इस नरक से मुक्ति दिला सकता है। फुदकी चाची ने अपने स्वार्थवश उन्हें बुलाकर उन्हें बधाई दी थी और उन्हें मदर इंडिया का सुनील दत्त कहा था। लेकिन उन्हें तब यह नहीं पता था कि एक दिन ऐसा अनर्थ हो जाएगा। इस लगभग दस-ग्यारह महीने के सम्बन्ध में फुदकी चाची ने सिर्फ उनसे इतनी गुजारिश की थी कि वह उसे कहीं भी भेज दें लेकिन यहाँ से निकाल लें। फुदकी चाची ने सोचा था, वह यहाँ से निकाल देगा तो वह कहीं भी रहेंगी, इससे सुखी ही रहेंगी, फुदकी चाची ने तब रोते हुए कहा था—मेरी किस्मत ने मुझे एक बूढ़े से बाँध दिया था। जब तक वह रहा, मेरे शरीर को नोचता रहा, तब जब मुझे कुछ भी नहीं पता था। जब मेरे शरीर में आग लगनी शुरू हुई, तब वह मर गया।

फुदकी चाची ने घटना वाले दिन का राज़ खोला था। दद्दा ने उनसे कहा था कि उसने ट्रक के ड्राइवर को ठीक किया है, वह तुमसे शादी करेगा, तुम सुखी रहोगी। उसी ट्रक के ड्राइवर के साथ जाने के लिए फुदकी रात को एक बजे नेशनल हाइवे पर आयी थी। सब ठीक हुआ था, ट्रक भी टाइम पर आया था, मैं चली भी गयी थी। मेरी ज़िन्दगी तो बन गयी। मेरे तीन बच्चे हैं, अपना एक घर है। लेकिन मेरी खराब किस्मत ने उस ईश्वर को लील लिया। पशुपति अगर उस रात मन्दिर में नहीं छिपा

होता तो बात कुछ भी आगे नहीं बढ़ती, किसी को कुछ भी नहीं पता चलता।

फुदकी चाची ने जाते वक़्त हमारी चाची को ग़ौर से देखा था।

अन्त में

हमारी चाची अब हमारे साथ रहती हैं। हमारी माँ उन्हें अपनी बेटी की तरह प्यार करती हैं। वे अब चूड़ियाँ नहीं पहनती हैं, बिन्दी नहीं लगाती हैं और मलिन साड़ी पहनती हैं। जब दद्दा को मार दिया गया था तब चाची की उम्र लगभग तेइस वर्ष थी। जब फुदकी चाची उनसे मिलने आयी थीं तब उनकी उम्र लगभग तीस वर्ष की थी, अब जब यह कहानी लिखी जा रही है तब चाची लगभग चालीस वर्ष की हैं। दद्दा के बग़ैर चाची सत्रह साल से हमारे साथ हैं। दद्दा की उन्हें अब भी बहुत याद आती है।

ऐसे थे गिरीश दा

(यह कहानी एक ऐसे समय में जब हँसने वाला हर चेहरा एक दिन दरक जाएगा)

वह शहर बड़ा नहीं था, इसलिए वह कॉलेज भी बड़ा नहीं था, किन्तु शहर इतना भी छोटा नहीं था कि वह कॉलेज वहाँ बिल्कुल अज़ीब लगता। कॉलेज का कम्पाउन्ड बड़ा था, कॉलेज तक पहुँचने में मुख्य द्वार से उस कम्पाउन्ड को पूरा पार करना होता था। रास्ते के दोनों ही ओर पेड़ लगे थे, जो बड़े थे। उन बड़े और घने पेड़ों से छनकर आती हुई धूप लगभग पूरा दिन उस रास्ते को चितकबरा बनाये रखती थी। वे पेड़ फ़ल की तुलना में फूल अधिक देते थे जिसके लिए उन्हें लगाया गया था। जब कभी वे फूलते थे तो ऐसा लगता था जैसे कॉलेज को किसी मुख्य अतिथि के स्वागत के लिए तैयार किया गया हो।

जब मैंने उस कॉलेज में नियुक्ति पायी थी, गिरीश दा की उम्र तैंतालीस वर्ष के क़रीब रही होगी। कोई पहली नज़र में उन्हें चालीस का तो कह सकता था, पैंतालीस का नहीं, कारण रंगे बाल और चुस्त शरीर। सिर्फ़ उनकी ज़िन्दादिली और उनकी शरारतों को देखा जाता तब तो उन्हें बीस—पच्चीस का भी समझा जा सकता था। उन्हें सुस्त होते हुए मैंने कभी नहीं देखा। उनके चेहरे पर कभी उदासी नहीं रही। हमेशा वे ख़ूब बातें करते हुए और ज़ोर-शोर से ठठाकर हँसते हुए ही देखे गये।

रफ़्तार उनके जीवन का मूलमन्त्र था। ऐसे जैसे वे जीवन के पल-पल को बीन-बीन कर जी लेना चाहते हों। उनकी बुलेट मोटरसाइकिल, जिस पर वे रोज़ अपने घर से कॉलेज आते-जाते थे, उनकी इस रफ़्तार भरी ज़िन्दगी का एक अंग था।

कॉलेज के कैम्पस का रास्ता जो मुख्य द्वार से कॉलेज तक आता था और जिसके दोनों ही ओर गुलमोहर के लाल फूल वाले पौधे लगे हुए थे वह कैम्पस से बीचोंबीच नहीं होकर एक किनारे पड़ा हुआ था। रास्ते के बाद का मैदान बड़ा था और वहाँ बच्चे क्रिकेट खेलते थे। वहाँ एक पिच बनाया हुआ था और दूसरी तरफ नेट लगाने के लिए

दो खम्भे थे। उसी रास्ते के बिल्कुल सीध में कॉलेज के कार्यालय का बड़ा-सा कमरा था। उसी कार्यालय से लगी हुई अन्दर की ओर थी शिक्षकों के बैठने की व्यवस्था। छोटा शहर होने के कारण बिजली की किल्लत थी। वह कमरा अँधेरानुमा था और उसमें उमस थी। जबकि ख़ाली समय में गिरीश दा को वहाँ बिना किसी शिक़ायत के पसीने में डूबे काम करते या बातें करते या ऊँची आवाज़ों में हँसते हम देखते थे। उनकी ऊँची आवाज़, और ज़ोर की हँसी कार्यालय के लिए आम बात तो हो गयी थी, लेकिन इसके लिए वे काफ़ी बदनाम भी थे। उनके पीछे लोग इसके लिए उनकी काना-फूसी भी करते थे। लेकिन गिरीश दा इन सब बातों से एकदम निश्चिन्त, एकदम मस्तमौला।

गिरीश दा अपनी क्लास में काफी लोकप्रिय थे। उनकी क्लास में बच्चों की संख्या बहुत होती और अक्सर बच्चों को सीट की कमी के कारण पीछे खड़ा भी रहना पड़ जाता था। वे ऊँची आवाज़ में खुलकर और खड़े होकर ब्लैकबोर्ड पर पढ़ाते थे। वे अपने हाथ को चॉक से ख़ूब गन्दा कर लेते थे। अपनी क्लास में वे बच्चों को ख़ूब छूट देते और अक्सर उनसे ख़ूब बातें करते थे।

ज्यों-ज्यों उस कॉलेज में मैं पुराना होता गया, गिरीश दा के क़रीब होता गया। यूँ उनका सबके साथ खुला रहने के कारण हमारे सम्बन्ध को एकान्तिक होने में वक़्त लगा। बाद में हम अक्सर ख़ाली पीरियड में स्टाफ रूम में गप्पें लड़ाते हुए मिल जाते थे। कॉलेज में गिरीश दा के बीसियों दुश्मन थे, स्पष्ट था कि वे मेरे भी दुश्मन हो गये थे। लेकिन उनका साथ मुझे अच्छा लगता था, इसलिए मैंने भी उस दुश्मनी को स्वीकार लिया था। समय बीतने के साथ हमने एक-दूसरे के बारे में बहुत कुछ जान लिया था। यूँ गिरीश दा किसी को भी अपने निजी जीवन में बहुत घुसने नहीं देते थे, लेकिन साथ रहते-रहते उनके बारे में बहुत हद तक पता चल ही गया। फिर बाद में लगातार उनके घर पर आना-जाना रहा जो कॉलेज से मात्र दो किलोमीटर दूर था। जहाँ मोटरसाइकिल से जाने में पन्द्रह मिनट लगते थे।

गिरीश दा की पत्नी का देहान्त हुए लगभग चार वर्ष बीत चुके थे। जो अपने पीछे तीन लड़के और एक लड़की छोड़ गयी थीं। बड़ा लड़का रूपेश लगभग इक्कीस वर्ष का था, राकेश सत्रह के क़रीब होगा, रेणु लगभग बारह की और सबसे छोटा गोलू लगभग आठ-नौ वर्ष का। घर को एक महरी सम्भालती थी, जिसकी उम्र लगभग पचास के करीब होगी। बच्चे उन्हें 'अम्मा' कहते थे, और वह अम्मा उनकी हर ज़रूरत को पूरी करने की कोशिश करती थी।

गिरीश दा पर चार बच्चों की ज़िम्मेदारी और फिर कॉलेज में इतनी अधिक नियमितता। मैंने गिरीश दा को कभी कोई कक्षा मिस करते नहीं देखा। और इन सब झमेलों के बावजूद हमेशा उनके चेहरे पर एक हँसी होती थी। वे अक्सर मुझसे

कहते—'यार रवि तुम कहाँ जीवन के झमेले में पड़े हो, एक सुन्दर कन्या से शादी कर लो, तब देखो जीवन कैसा रंगीन हो जाता है।' बिल्कुल फक्कड़ाना अन्दाज़ में कहते—'जीवन बहुत छोटा है, इसमें सिर्फ़ मज़े लेने का है।' वे कोई नशा नहीं करते थे, और मेरे सिगरेट पीने पर कहते—'जीवन में इतना नशा है, तुम कहाँ इस डंडे के चक्कर में पड़े हो।'

गिरीश दा उस दिन भी काफ़ी सामान्य थे जब उन्होंने बताया था कि उनका बड़ा बेटा रूपेश घर से भाग गया है। मैं चौंक गया था, लेकिन वे संयत होकर बोले थे, 'अरे यार मैं जानता हूँ उसका एक लड़की से टांका है, शादी करके लौटेगा।' 'शादी' सुनकर मैं चौंक गया था। इतना बड़ा निर्णय, बग़ैर पिता की मर्ज़ी के और फिर भी पिता ख़ुश हैं। मैं रूपेश से जितना मिला था मैं इतना जान गया था कि वह थोड़ा उग्र स्वभाव का है, लेकिन वह इस तरह अपने पिता की कमर तोड़ देगा मैंने यह नहीं समझा था। लेकिन गिरीश दा को कुछ फ़र्क़ नहीं पड़ने वाला था। उन्होंने कहा था 'मैं तो बस इतना ही चाहता हूँ कि लड़की सुन्दर लाये।'

तीन दिनों के बाद गिरीश दा उस समय चहकते हुए मुझे खोजते दिखे जब मैं अपनी क्लास से लौट रहा था। वे अन्दर से बेहद ख़ुश थे और लग रहा था जैसे कुछ है जिसे वे तुरन्त बाँटना चाह रहे हों। मुझे देखते ही गद्‌गद् स्वर में बोले—'क्या यार कितनी लम्बी क्लास लेते हो तुम भी।' और मेरा हाथ खींचते हुए गलियारे से स्टाफ रूप में चले गये। कुर्सी पर बैठते ही ज़ेब से पोस्टकार्ड आकार का फोटो निकाल कर मेरी ओर बढ़ा दिया।—'पर पट्ठे ने शादी अच्छी की है, मेरा तो दिल ख़ुश हो गया।' तस्वीर आगे बढ़ाते हुए अपनी राय भी उन्होंने नत्थी कर दी, तब वे अन्दर से कितने गदगद थे, कोई भी उनके चेहरे को देखकर इसका अन्दाज़ा लगा सकता था।

लड़की वाकई सुन्दर थी। अठारह-उन्नीस की उम्र रही होगी। सजे-धजे कपड़ों में वह जँच रही थी। एक बार फिर मुझे तस्वीर दिखाते हुए वे उत्साहित हो गये। 'मुझे क्या चाहिए, बस, यार किसी के सामने आये तो लगे कि डॉ गिरीश कश्यप की बहू है।' उनके मुँह से पहली बार अपने नाम के लिए डॉ. शब्द सुनकर थोड़ा आश्चर्य हुआ। ऐसा लगा जैसे वे अपने नाम में एक ठसक लाना चाहते थे। तब पहली बार मुझे उन पर दया आयी थी, और लगा था कि कम से कम रूपेश को ऐसा नहीं करना चाहिए था।

लगभग एक वर्ष और बीत गया।

रास्ते के पेड़ों के पत्ते झड़कर एक बार फिर से लग गये। उनमें आये सुर्ख़ लाल फूलों ने एक बार फिर यह सोचने पर मज़बूर कर दिया कि क्या यहाँ वाकई कोई अतिथि आने वाला है?

लगातार चार दिनों तक जब गिरीश दा कॉलेज से अनुपस्थित रहे तब मुझे थोड़ा

आश्चर्य हुआ। मुझे आश्चर्य इसलिए हआ कि मेरी इस दो साल की नौकरी में यह पहली बार था जब गिरीश दा ने छुटी की अर्ज़ी दी थी। एक आश्चर्य यह भी था कि गिरीश दा ने इस छुटी के बारे में मुझे भी कुछ नहीं बताया था। मैं समझ गया वे गम्भीर रूप से बीमार होंगे।

जब मैं उन्हें देखने उनके घर पहुँचा तब दरवाज़ा उन्होंने ही खोला था।

'अरे रवि मैं सोच ही रहा था कि तुम ज़रूर आओगे। वे बिल्कुल स्वस्थ मेरे सामने खड़े थे।

'आप स्वस्थ तो दिख रहे हैं?' मैंने कमरे में घुसकर कुर्सी पर बेतकल्लुफ़ी से बैठते हुए कहा।

'तो, मुझे क्या होगा?' उन्होंने ज़ोर का ठहाका लगाया।

फिर तुरन्त उन्होंने ही कहा—'ओ कॉलेज जो नहीं आ रहा था, वह ऐसा है कि...' इस बार थोड़ा रुके और अन्दर कमरे की ओर कुछ ऐसा लाने के लिए चले गये जो शायद कॉलेज नहीं आने का प्रमाण था। जब वे वापस आये तो उनके हाथ में पच्चीस-छब्बीस साल की एक लड़की का हाथ था। गिरीश दा ने उसे लगभग खींचते हुए अचानक मेरे सामने खड़ा कर दिया और कहा 'यह रजनी है, हमने शादी कर ली।' गिरीश दा की आवाज़ में रहस्य खोलने जैसा कुछ नहीं था और ना ही यह कि उसमें शिक़ायत करने की कोई गुंजाइश हो कि इसकी जानकारी मुझे पहले क्यों नहीं दी। मैंने याद करने की कोशिश की कि क्या इसके पहले गिरीश दा ने इस रजनी का कभी ज़िक्र भी किया था, बिल्कुल नहीं। रजनी क्या उन्होंने कभी अपनी शादी की ही इच्छा नहीं जतायी थी। गिरीश दा ने बिल्कुल फनी स्टाइल में मेरा परिचय कराया—'ये हैं रविकान्त चौधरी। हमारे कॉलेज के हिन्दी साहित्य के प्रवक्ता और सबसे स्मार्ट। कभी भी जिनकी कक्षा में लड़कियाँ अनुपस्थित नहीं होतीं।' और फिर उन्होंने मेरे सामने ही रजनी के कन्धे पर हाथ रख दिया।

'नमस्ते' एक सुरीली आवाज़ मेरे कान में पड़ी। उसका रंग साँवला था और शरीर स्वस्थ। चेहरे पर एक चमक थी।

जब रजनी चाय लाने अन्दर गयी, तब मैंने माज़रे को थोड़ा समझने की कोशिश की 'यह क्या गिरीश दा?'

'क्या यह क्या? मैं तो तुमसे भी कहता हूँ शादी कर लो। जीवन को पूरा इंज्वॉय करो। जब तक जीवित हो, जीवन को चूस लो।'

गिरीश दा आज भी अपने उसी चुहल वाले अन्दाज़ में थे। फिर वे मुद्दे पर आ गये 'क्या ज़िन्दगी साले सिर्फ़ बेटों की है, मेरी नहीं। मैं भी तो अभी जवान हूँ।' फिर वे ठठाकर हँस दिये थे।

कुछ ही दिनों में मैंने अपना तबादला वहाँ से अपने घर के नज़दीक करवा लिया।

गिरीश दा के छूटने का मुझे काफ़ी दुख था। लेकिन गिरीश दा को कोई दुख नहीं था। वे अपने उसी अन्दाज़ में थे 'इस बार यार जहाँ जा रहे हो, वहाँ बिना शादी किये नहीं रहना।' तबादले के नोटिस के बाद भी लगभग एक सप्ताह मैं वहाँ रुका था, लेकिन इस बीच भी गिरीश दा में कुछ बदलाव नहीं आया। वे ठीक उसी तरह मुझसे मिलते रहे जैसे मैं अभी कहीं जाने वाला नहीं हूँ।

मुझे तब बेहद दुख हुआ था। तब मुझे यह लगने लगा था कि गिरीश दा में संवेदना जैसी कोई चीज़ नहीं है। इतने लगाव के बाद भी जब छूटने का कोई दुख नहीं रहा तब हमारा सम्बन्ध सिर्फ़ और सिर्फ दिखावा ही था। मैं बिल्कुल दुखी मन से वहाँ से रवाना हो गया।

आज तीन वर्षों से उनसे मेरा कोई सम्पर्क नहीं है तब आज मेरे सामने टेबुल पर जो टेलीग्राम रखा हुआ है वह उनके बेटे रूपेश का है और जिस पर सिर्फ़ लिखा हुआ है—'डैड इज़ डेड।'

× × × ×

गिरीश दा की मृत्यु 'ब्रेन हैमरेज से हुई थी। मस्तिष्क के भीतर की जो नस फटी थी उससे ख़ून खोपड़ी के भीतर भर गया था। लेकिन खोपड़ी से बाहर एक बूँद भी नहीं आ पाया था। डॉक्टर ने इसके पीछे का कारण यह दिया था कि उनके मस्तिष्क का यूँ ध्वस्त हो जाना मस्तिष्क पर अत्यधिक ज़ोर डालने के कारण हुआ। उनका मानना था कि दिमाग़ पर ज़रूरत से अधिक दबाव पड़ने और चिन्तन के कारण ऐसा सम्भव हुआ। डॉक्टर ने जब अस्पताल में ठहरे सभी लोगों से यह पूछा था कि क्या वे बहुत दुखी रहते थे तब एकबारगी सब अचम्भित रह गये थे, और सबके सामने तब गिरीश दा का हँसता-खिलखिलाता चेहरा सामने आ गया था।

रूपेश ने यह बताया कि ब्रेन हैमरेज़ होने और मृत्यु होने के बीच के अस्पताल के दो दिनों तक वे मुझे बहुत याद करते रहे।

गिरीश दा का दूसरा चेहरा एकदम से मेरे सामने आ गया था। उनकी अन्दर की वेदना और दुख भी। उनके सामने के अन्तिम दौर में मेरे मन में उनके प्रति थोड़ी कड़वाहट आ जाना कितनी ज़्यादती थी, मैं आज महसूस कर पा रहा हूँ। गिरीश दा को बहुत नज़दीक से देखकर मैं यह जान पाया कि हँसना अब कितना कठिन हो गया है और यह भी कि आज जो हँस रहा है, उसकी हँसी के पीछे कितना दर्द है। आज उनके प्रति श्रद्धा से विनीत होकर उनकी आत्मा की शान्ति की प्रार्थना करता हूँ।

शेक्सपियर क्या तुम उससे मिलना चाहोगे

(अगर आप इस कहानी को सच नहीं मानेंगे तो उस आँकड़े का क्या करेंगे, जो बताता है कि सौ में 64.7 फीसदी लड़कियों की शादी अठारह वर्ष से पहले हो जाती है और उन 9.1 फीसदी का क्या, जिनकी शादी बारह वर्ष से पहले ही हो जाती है। चलिए कम से कम उनके लिए ही आप इस कहानी में अपनी आस्था दिखा दीजिये।)

राजनीतिक सत्ता का त्याग करके ब्राह्मणवादी व्यवस्था में नैतिकतावादी प्रणाली पर आधारित एक ख़ास तरह के आत्म-दमनकारी और आत्मानुशासनकारी समाज की रचना की। यह एक ऐसा समाज था जो आसानी से शासित हो सकता था, लेकिन जिसे बदलना नितान्त मुश्किल था। हर नये शासक को पहले ही तरह शासन करने के लिए केवल सत्ता की प्रतीक राजगद्दी को हस्तगत करना होता था। ऐसे भारत को परास्त करना आसान था, पर उसका समाज हमेशा अविजित और अपरिवर्तनशील रहता था।

— (सुनील खिलनानी, 'द आइडिया ऑव इंडिया' पुस्तक में)

जब आप समस्तीपुर से गाड़ी में बैठ जाएँगे और सहरसा की ओर चलना शुरू करेंगे तब आपको हसनपुर स्टेशन के बाद दूसरा स्टेशन गढ़पुरा का मिलेगा। हसनपुर चीनी मिल के लिए प्रसिद्ध है। हसनपुर के बाद बीच में एक छोटा-सा हाल्ट है और फिर गढ़पुरा। जब तक आपकी नाक से गन्ने की गन्ध खत्म होगी, आप अपने आपको गढ़पुरा स्टेशन पर पाएँगे। यह कहानी उस गाँव की है जहाँ के लिए आपको इसी छोटे से स्टेशन पर उतरना होगा। लेकिन इस स्टेशन पर उतर जाने से पहले कुछ जरूरी बातें।

कहानी की एकदम शुरुआत में ही यह बता दे रहा हूँ कि मैं यहाँ जिस रास्ते की बात कर रहा हूँ वह रेलगाड़ी का रास्ता है और जिस गाड़ी की बात कर रहा हूँ

वह रेलगाड़ी है। यह भी एकदम शुरुआत में ही बता दे रहा हूँ कि अभी कुछ ही महीने पहले इस रास्ते को नैरो गेज़ यानी छोटी लाइन से ब्रॉड गेज यानी बड़ी लाइन में तब्दील किया गया है। अभी कुछ ही दिनों पहले जब मैं वहाँ गया था तब उस रास्ते में पहली बार मैंने बड़ी लाइन की गाड़ी की सवारी की थी। सब कुछ बदला-बदला, सब कुछ नया-नया। अभी तक लोगों के बीच यह बड़ी लाइन की बनिस्बत चौड़ी गाड़ी कौतूहल का विषय है और रास्ते में अभी भी लोग आपको उसकी अच्छाई-बुराई और नयेपन के बारे में बातें करते मिल जायेंगे। लेकिन यह कहानी इस सफ़र की नहीं है। यह सफ़र तो बस बदलते समय का एक साक्ष्य भर है जो उसके विकास की कहानी कहता है। यह कहानी तो बहुत पुरानी है जिसकी शुरुआत मेरे जन्म से भी पहले हुई। यानी तीस वर्ष से भी ज़्यादा। यानी जब क्रिकेट टीम का सुपरस्टार सुनील गावस्कर हुआ करता था। हाँ, इस बार के सफ़र ने वर्षों पहले शुरू हुई इस कहानी को एक ज़ोरदार मोड़ अवश्य दिया। शायद यह कहानी तभी कहानी बन भी पाई।

यदि आपने कभी छोटी लाइन की गाड़ी, जो कि अब लगभग इतिहास ही बनती जा रही है, की सवारी की है तब आपको बख़ूबी मालूम होगा, उस रास्ते की गाड़ी और उस रास्ते के स्टेशन के ख़स्ता हालात के बारे में। घुप्प अँधेरी रात में छुक-छुक करती आती ट्रेन और उस अँधेरी रात में हाथ में बत्ती वाली लालटेन लिए एक बूढ़ा कर्मचारी। शहर में रहने वाले लोगों को यह जानकर आश्चर्य हो सकता है कि रेलवे का स्टेशन ऐसा भी होता है जहाँ बिजली नहीं होती है। सिर्फ़ एक लालटेन, जो कि स्टेशन मास्टर के ऑफिस में जल रही होती है, के भरोसे प्लेटफॉर्म पर यात्री रेलगाड़ी का इन्तजार कर रहे होते हैं। गाड़ी के आने की सूचना ठीक स्कूल में होने वाली छुट्टी की तर्ज पर टन-टन की घंटी बजाकर दी जाती है। अँधेरे में इधर-उधर पड़े यात्रियों के शरीर में अचानक घंटी की इस आवाज़ के साथ फुर्ती आ जाती है और सब अपने सामान को उस घुप्प अँधेरे में सहेजने लगते हैं। गढ़पुरा भी एक ऐसा ही घुप्प अँधेरे वाला स्टेशन है। यूँ, यहाँ छोटी लाइन को तो बड़ी लाइन कर दिया गया है किन्तु और कुछ भी सुधार अभी नहीं हुआ है। लेकिन यह कहानी इस छोटी लाइन के बड़ी बनने से बहुत पहले की कहानी है।

गढ़पुरा स्टेशन से तांगा लेकर, जिसे उधर टमटम कहा जाता है, जब उत्तर दिशा में पूरे साढ़े पाँच किलोमीटर बढ़ा जाये तब गढ़पुरा गाँव को पार करने के बाद जो गाँव आता है उसका नाम है—बुधनी। यह कहानी उस बुधनी के जमींदार सूर्यकान्त चौधरी की है। थोड़ा-सा और महीन में उतर जायें तो यह उस बुधनी गाँव के जमींदार सूर्यकान्त चौधरी के घर की कहानी है। थोड़ा ओर महीन, तो यह कहानी सूर्यकान्त चौधरी के छोटे भाई की पत्नी 'छोटी' की है। आप पूछेंगे एक तो ज़मींदार, उस पर उनके घर की कहानी और उसमें भी उनके छोटे भाई की पत्नी की कहानी, भला मुझे

कैसे मालूम? तो इसमें रहस्य जैसा कुछ भी नहीं है। वास्तव में यह जमींदार परिवार जिसके बड़े से कैम्पस के मुख्य दरवाज़े के दोनों ही ओर दो शेरों का मुँह बना हुआ है और जिनके जबड़ों के अन्दर हम बचपन में अपनी गोटियाँ रखते थे, मेरा ननिहाल है। मेरी माँ इस जमींदार परिवार की अकेली बेटी है और उनके दो भाई हैं—सूर्यकान्त चौधरी और देवकान्त चौधरी। इसे बिल्कुल सीधा समझें तो सूर्यकान्त चौधरी मेरे बड़े मामा हैं और देवकान्त चौधरी मेरे छोटे मामा। यह दुखद है कि छोटे मामा का निधन बहुत पहले हो गया। लेकिन इस निधन पर हम बाद में आयेंगे, क्योंकि यही निधन इस कहानी की महत्वपूर्ण कड़ी है।

इस गाँव का नाम बुधनी क्यों है, इसे बाहर से आने वाला भी कोई आदमी नहीं पूछता है क्योंकि यह पूछने जैसी बात ही नहीं है। इस गाँव में आने वाला हर आदमी जानता है कि इस गाँव में स्थित बुधनी माई के मन्दिर पर ही इस गाँव का नाम है। और यह भी कि बुधनी माई का बड़ा ही नाम है। लेकिन अगर कभी अनजाने में भी किसी आदमी ने कभी यह पूछ लिया हो कि यह बुधनी माई का मन्दिर बना कब, तब गाँव का बच्चा से बच्चा भी वही रटी-रटायी कहानी सुना जाता। लेकिन तब अचानक से उन बड़े-बुजुर्गों की पूछ बढ़ जाती जो इस कहानी में घटित घटना के प्रत्यक्षदर्शी थे। वे बूढ़े जो तब अधेड़ थे और जिनसे जवानी छिने अभी ज़्यादा वक़्त नहीं हुआ था, और जो स्कूल के कम्पाउन्ड में कबड्डी खेलते युवाओं को देखकर किनारे बैठ ज़ोर-ज़ोर की आवाज़ लगाते थे और अपनी घातों को याद कर मन मसोसते थे, वे इस कहानी को कई बार सुना चुके थे, परन्तु हर बार वे उत्साह के साथ उस कहानी को दुहराते।

लोगों को जब यह मालूम चलता कि आज से लगभग तीस-पैंतीस वर्ष पूर्व इस गाँव का नाम मौनी था तब सब चौंक जाते और पूछ बैठते—'मौनी! यह किस चिड़िया का नाम है?' तब फिर शुरुआत होती इस गाँव के रातों-रात मौनी से बुधनी बन जाने की हैरतअंगेज कहानी।

इस गाँव का नाम मौनी कब पड़ा था, यह किसी को मालूम नहीं है। किसी भी प्रकार के सरकारी रजिस्ट्रर में न ही इसका उल्लेख है कि मौनी नाम इस गाँव से कब जुड़ा और न ही यह कि इससे भी पहले क्या कोई नाम था इस गाँव का। हाँ, इस गाँव का नाम मौनी क्यों पड़ा इसकी कहानी ख़ूब चर्चित थी इस गाँव में। यह गाँव गन्ने की खेती के लिए खूब प्रसिद्ध था। आज भी इस गाँव में गन्ने की खेती ख़ूब होती है। और सही बात यह है कि इस इलाक़े में गन्ने की पैदावार को ध्यान में रखकर ही हसनपुर चीनी मिल की यहाँ शुरुआत की गयी थी। कहते हैं जब गन्ने की पैदावार होने का समय होता था तब इस गाँव में एक ख़ास तरह की मिठास की ख़ुशबू पूरी फ़िज़ा में फैल जाती थी, और हर साँस में ऑक्सीजन के साथ आपके नथुनों

में घुस जाती थी। पूरे गाँव में गन्ने पर बैठने वाला कीड़ा मंडराने लगता था। यहाँ से वहाँ तक सब जगह मीठा ही मीठा। लेकिन सच मानिये इस मीठे से मौनी नाम का कोई सीधा सम्बन्ध नहीं है, क्योंकि अगर मीठा से इस गाँव का नाम पड़ता ही तो यह गाँव मीठापुर होता या फिर मिष्ठान्नपुरी। इस गाँव के नाम मौनी का सही मायने में सम्बन्ध मौन से है यानी चुप्पी या सन्नाटा।

गन्ना, मिठास, चुप्पी, सन्नाटा और नामकरण सब अलग-अलग चीज़ें लग सकती हैं, लेकिन आश्चर्य यह है कि गाँववालों की कहानी में ये सारी चीज़ें गुत्थमगुत्था हो जाती थीं और फिर तैयार हो जाता था—गढ़पुरा स्टेशन से साढ़े पाँच किलोमीटर दूर मौनी गाँव। चूँकि तब गाँव में ग़रीबी बहुत थी और गाँव की पैदावार का सीधा सम्बन्ध बाजार से नहीं जुड़ पाया था, हसनपुर चीनी मिल की स्थापना नहीं हुई थी, गाँव के अधिकांश लोग उन महीनों में दिन के भोजन में सिर्फ़ गन्ना चबाते थे। बच्चों को भूख लगती तो वह घर की ओर कम खेत की ओर ज़्यादा दौड़ते थे। यह दो-तीन महीने उनकी ज़िन्दगी के ऐसे होते जब गन्ना चबाने के कारण उनके जबड़े बैठ जाते थे और वे प्राय: मौन धारण कर लेते थे। गाँव में सन्नाटा पसर जाता था और लोग इशारों से बातें करना शुरू कर देते थे। उन दो-तीन महीनों के मौन ने ही इस गाँव का नाम मौनी रखवा दिया। मौनी नाम किसने रखा, यह आज तो कोई नहीं जानता, लेकिन लोग इतना जरूर समझते हैं कि कोई न कोई इस गाँव के बाहर का ही शातिर खिलाड़ी रहा होगा जिसने इसे पहली बार मौनी कह दिया होगा। आज इस गाँव के निवासी इस नाम को याद करके एक उपेक्षा भाव अपने चेहरे पर महसूस करते हैं और फिर दूसरे ही क्षण वे इस गाँव का नाम बदल देने और बुधनी माई के मन्दिर की स्थापना के लिए वे ज़मींदार सुमेरनाथ चौधरी को मन ही मन लाखों धन्यवाद देते हैं। वे सोचते हैं कि अगर ज़मींदार साहब ने इस गाँव में बुधनी माई के अवतार का पता नहीं लगाया होता तब वे आज भी मौनी गाँव के ही मौन निवासी होते।

जमींदार सुमेरनाथ चौधरी मेरे नाना थे, जिनका निधन मेरे जन्म से लगभग दो वर्ष पहले हो गया था। हाँ, उनकी कहानियाँ हमने ख़ूब सुन रखी थीं कि कैसे वे एक बार इस गाँव में घुस आये लुटेरों के पीछे तब तक दोनाली बन्दूक लेकर भागे थे जब तक कि उन्होंने ख़ुद ही उनके पाँव नहीं पकड़ लिए थे। उन्होंने कैसे यहाँ सड़क बनवाने के लिए, स्कूल-अस्पताल ख़ुलवाने के लिए सरकार से खूब लड़ाइयाँ लड़ीं थीं। और यह भी कि वे मेरी माँ को कितना प्यार करते थे। मेरे नाना इस गाँव के सबसे अमीर आदमी थे और यहाँ के खेतों में उनका बहुत बड़ा हिस्सा था। वे गन्ना पैदा करने वाले सबसे बड़े जमींदार थे, और जब यहाँ हसनपुर चीनी मिल नहीं थी तब वे गाड़ी से गन्ने को कलकत्ता भेजा करते थे। इस गाँव का बच्चा-बच्चा जानता है कि इस गाँव का नाम मौनी से बुधनी होने का पूरा श्रेय मेरे नाना सुमेरनाथ चौधरी को

ही जाता है। कहानी बस इतनी-सी है कि एक दिन सुबह अचानक नाना ने यह घोषित कर दिया कि रात उनके स्वप्न में ईश्वर ने दर्शन दिये और यह कहा कि सज्जन महतो के खेत में मैं अवतार लूँगा। और आश्चर्य यह कि स्वप्न सच भी हो गया, नाना जब पूरे हुजूम के साथ सज्जन महतो के परती पड़े खेत के ठीक बीचों-बीच पहुँचे तो उन्हें वहाँ उभरी हुई मिट्टी दिखी और खुदाई करने पर मिला पत्थर का पाँच-सात किलो का एक टुकड़ा, सिन्दूर लगाये और गहना पहने हुए। कहते हैं नाना ने ज्यों ही पत्थर को बाहर निकाला, उनके मुँह से अचानक निकल गया—'मैय्या तुम ही उद्धार करोगी अब इस गाँव का, बोलो बुधनी माई की जय!'

लोगों ने तब पहली बार बुधनी माई का नाम सुना था, वे समझ नहीं पाये इस बुधनी माई को। पर ईश्वर का क्या! किस रूप, किस वेश में, किस नाम से अवतार ले लें। और वैसे भी चूँकि स्वप्न नाना ने देखा था और उस मन्दिर को खोजा भी नाना ने ही था इसलिए नाम भी तो ईश्वर ने उन्हें ही बताया होगा कि वे किस रूप में अवतरित होंगे। बस फिर क्या था, उसी समय उसे स्थापित किया गया। ठीक अयोध्या के राम-मन्दिर की तरह लाल कपड़े से उसे घेर दिया गया और फिर धीरे-धीरे उस पर मन्दिर बना, दर्शन करने आने वालों के लिए ढेरों व्यवस्थाएँ हुईं, पंडित आये, दुकानें खुलीं और अन्ततः एक धर्मशाला भी तैयार हुई। और इस तरह यह गाँव बुधनी माई के कारण प्रसिद्ध हुआ। इसलिए लोगों ने मिल-बैठकर विचार किया कि बुधनी माई ही उन्हें मौनी जैसे उपेक्षित नाम से छुटकारा दिला सकती हैं और फिर इस गाँव का नाम हो गया—'बुधनी'। धीरे-धीरे लोगों ने अपनी ज़मीन के कागज़ पर नाम बदलवाये और चेहरे पर मुस्कराहट लाकर बाहर के लोगों को सिखलाना शुरू किया कि आप बुधनी बोलने की आदत डाल लें।

इस सच को मैं भी बहुत बाद में जान पाया कि बुधनी मेरी नानी को मेरे नाना प्यार से बोला करते थे। मेरी नानी का नाम यों तो शिवरानी था लेकिन मेरे नाना उन्हें लाड़ में तब बुधनी कहते थे, जब वह उनसे इसलिए गुस्सा हो जाती थीं कि उन्होंने आज दूध क्यों नहीं पिया। इस मन्दिर की स्थापना जब हुई तब मेरी नानी के निधन को तीन साल हो गये थे। मेरी नानी का स्वर्गवास तब हुआ था जब मेरे छोटे मामा का जन्म हो रहा था। यह सच सिर्फ़ हमारे ननिहाल वाले ही जानते थे कि जब एक दिन सज्जन महतो ने नाना के सामने कुर्सी पर बैठने की हिमाक़त कर दी थी, तब नाना एकदम से आगबबूला हो उठे थे। और फिर तीसरे ही दिन उन्होंने इस स्वप्न की घोषणा कर दी थी। सज्जन महतो का अकेला यह दस कट्ठे का खेत तब अचानक ही इस मन्दिर के लपेटे में चला गया था। नाना ने ख़ास तौर से उस पत्थर की ख़ोज करवायी थी और उसे घिसवाया था, जिससे उसका आकार स्त्री के शरीर जैसा हो जाये। और फिर सज्जन महतो को सजा मिली थी दस कट्ठे के खेत में मन्दिर की

स्थापना। नाना ने ता-उम्र के लिए नानी के नाम को अमर कर दिया था बुधनी माई के रूप में, और फिर उस गाँव के नामकरण के कारण। आज लाखों लोगों के जमीन के कागज, स्कूल के सर्टिफिकेट और तमाम सरकारी कागजात पर जहाँ इस गाँव का नाम लिखा है, मेरी नानी अमर हो रही हैं।

मेरे नाना सुमेरनाथ चौधरी का जब निधन हुआ तब मेरे बड़े मामा लगभग सत्ताईस-अट्ठाईस वर्ष के थे। उनकी शादी हुए तब मात्र एक वर्ष हुआ था और तब उन्हें कोई बच्चा नहीं था। छोटे मामा तब मात्र तेरह वर्ष के थे और आठवीं कक्षा में पढ़ते थे। मेरा जन्म तो तब नहीं हुआ था लेकिन मेरी बड़ी बहन तब एक वर्ष की थी। मेरे दोनों मामा की उम्र में लगभग चौदह-पन्द्रह वर्ष का अन्तर था। इसे श्राप कहिये या फिर किसी की नज़र, मेरे नाना के यहाँ बच्चों का जीवित रह जाना बहुत कठिन था। बड़े बेटे सूर्यकान्त के जन्म के बाद छोटे बेटे देवकान्त के जन्म के बीच सिर्फ़ जिन्दा एक बहन के रूप में मेरी माँ रहीं, नहीं तो इस बीच मेरी नानी के छः बच्चों ने अपना दम तोड़ दिया। कोई इस दुनिया में आकर और कोई आने की प्रक्रिया में।

मेरे नाना इस मद में थोड़े संकीर्ण मानसिकता के थे और वे एक पुत्र से सन्तुष्ट नहीं थे इसलिए उनके भीतर दूसरे पुत्र की अद्भुत चाहत थी। लेकिन बच्चों को जन्म देने की प्रक्रिया में मेरी नानी काफ़ी कमजोर हो गयीं थीं और इसी कारण उनका निधन तब हो गया जब वे छोटे मामा को जन्म दे रही थीं। मेरे नाना तब काफ़ी दिनों तक इसको लेकर चिन्तित रहते आये थे कि कहीं इस बेटे को भी कुछ न हो जाये, वह उनकी आशा की आख़िरी किरण थी। लेकिन जैसे नानी ने अपनी जान देकर इस पुत्र की जीवन रक्षा की थी।

नाना की मृत्यु उनके अपने ही घोड़े के जबरदस्त वार से हुई थी। एक दिन जब सबेरे-सबेरे नाना अपने घोड़े पर चढ़कर अपने खेत की ओर जा रहे थे तब घोड़े ने बीच सुनसान रास्ते में उन्हें पटककर उनकी छाती पर जबरदस्त वार कर दिया था और नाना ने वहीं दम तोड़ दिया था। नाना के मुँह से खून की उल्टी हुई थी और उनकी छाती की हड्डियाँ दरक गयी थीं। यह अलग बात है कि घर में यह कहानी सभी दिनों तक बची रही कि यह सज्जन महतो का ही काम था। उसने छिपकर घोड़े के गले में एक भैंजोंक बाँध दिया था। घोड़ा उस भैंजोंक से बहुत अधिक परेशान था, और वह दर्द से कराह रहा था। वह रास्ते में चलने में परेशान हो रहा था, और बार-बार बिदक जा रहा था, पर नाना समझ नहीं पा रहे थे और वे उसकी लगाम को कसकर खींचे जा रहे थे। तब खीझकर घोड़े ने उन्हें अपनी पीठ पर से पटक दिया था और छाती पर वार कर दिया था।

बड़े मामा सूर्यकान्त चौधरी काफ़ी समझदार क़िस्म के आदमी निकले और उन्होंने अपने पिता की जमींदारी को बख़ूबी सम्भाल लिया था। और सम्भाल क्या

लिया उन्होंने उनके नाम को और बड़ा ही किया। जब नाना की मृत्यु हुई तब बड़े मामा की उम्र इस लायक़ तो नहीं थी कि उनसे यह उम्मीद रखी जाये कि वे सारी जमींदारी सम्भाल लें परन्तु उन्होंने विवेक और स्थिरता से काम लिया। जब तक नाना जीवित रहे, नाना के बराबरी के लोग उन्हें सूर्या कहते थे और कमजोर लोग छोटे मालिक। लेकिन नाना की मृत्यु के बाद वे सीधे-सीधे छोटे मालिक से मालिक हो गये थे। नाना के व्यक्तित्व से जो थोड़ा अलग व्यक्तित्व बड़े मामा का था, वह था उनका मृदु-स्वभाव और राजनीतिक समझ। मामा यह समझने लगे थे कि अपनी जमींदारी को टिकाए रखने के लिए राजनीति से साँठगाँठ बहुत ज़रूरी है। इस गाँव में छोटी जाति के लोगों की संख्या अधिकतम थी, नाना अपने पूरे जीवनकाल में उन पर अपनी धाक जमाये रहे। लेकिन मामा ने बहुत ही बारीक़ी से इस बदलते समय की हवा को समझ लिया था। यह किसी को याद नहीं है कि नाना ने अपने पूरे जीवन में कभी-भी किसी छोटी जाति के आदमी को कुर्सी पर बैठने की इज़ाज़त दी हो। जिस सज्जन महतो ने एक बार कुर्सी पर बैठने की ज़ुर्रत कर दी थी, उसकी सज़ा से हम वाक़िफ़ हैं। छोटी जाति के जिन लोगों के पास सम्पत्ति बढ़ने लगी थी, नाना के यहाँ वे इतनी हिम्मत कर पाते थे कि नाना की चौकी पर वे पायताने की तरफ़, जिधर नाना का पैर होता, वे बिस्तर हटा कर नग्न तख्त पर बैठते थे। लेकिन बड़े मामा की राजनीतिक समझ अच्छी थी, वे जानते थे बदलते समय की कठोरता को। मामा ने किंग मेकर का रोल निभाते हुए सरपंच, मुखिया को उस छोटी जाति से बनवाया और उन्हें कुर्सी पर बैठने की इजाजत दी। मामा ने उन्हें अपने घर पर चीनी मिट्टी के कप में चाय पिलायी। उनके उठकर जाते वक्त मामा अपने बिस्तर पर उठकर बैठ जाते। और फिर क्या था, छोटे मालिक की धूम यहाँ से वहाँ तक छा गयी।

सरपंच और मुखिया बड़े मामा के क़ायल थे। और मामा ने राजनीतिक शक्ति को अपने पक्ष में करके गाँव को अपनी मुट्ठी में रख लेने का नायाब तरक़ीब निकाल लिया था। मामा के व्यक्तित्व की यही एक इतनी बड़ी ख़ासियत थी जिसने उन्हें अपने पूर्वजों में से सबसे अधिक जमींदारी और राज करने में सफल बनाया। उन दिनों बड़े मामा की धाक इतनी जम चुकी थी कि उनके नाम से कई कहावतें प्रचलित हो गयी थीं। स्टेशन से आने वाले टमटम का घोड़ा जब चलने से आनाकानी करता है तो उसका गाड़ीवान कहता है तुझे हवेली ले चलूँ क्या? और फिर घोड़ा उस टूटी सड़क पर सरपट दौड़ने लगता है। पीठ पीछे तो तब एक डायलॉग मामा के लिए लौंडे-लपाटों ने बिल्कुल शोले फ़िल्म के गब्बर सिंह से भी उधार ले लिया था। हम लोग बचपन में तो यही समझते थे कि यह मामा पर बनाया गया है लेकिन बड़े होने पर पता चला कि अरे यार यह तो गब्बर सिंह उनसे बड़ा रसूख़ वाला निकला। बस वही फ़िल्मी अन्दांज कि जब ढाई कोस तक कोई बच्चा रोता है तब माँ कहती है कि चुप हो जा

बेटे नहीं तो मालिक आ जाएँगे। एकदम फ़िल्मी।

बड़े मामा ने अपनी जमींदारी को ही बख़ूबी नहीं सम्भाला था बल्कि उन्होंने परिवार की भी एक-एक जिम्मेदारी को एकदम गार्जियन की तरह सम्भाल लिया था। नाना के निधन के समय मेरी माँ की तो शादी हो चुकी थी और मेरी बड़ी बहन एक वर्ष की थी, लेकिन उनके निधन के बाद भी मेरी माँ को कभी इस बात की कमी नहीं खली कि उनका घर उनसे छूट गया हो। मेरी माँ को मामा ने हमेशा ख़ूब प्यार किया और माँ का आना-जाना लगा रहा। बड़े मामा की जिम्मेदारी सबसे अधिक छोटे मामा देवकान्त को लेकर बनती थी, और उन्होंने इसे उम्मीद से आगे जाकर निभाया भी। जब नाना का निधन हुआ तब छोटे मामा दसवीं की पढ़ाई कर रहे थे। लेकिन पिता की मृत्यु का कोई भी असर बड़े मामा ने उन पर नहीं पड़ने दिया। दसवीं की पढ़ाई के बाद छोटे मामा गाँव के वह पहले छात्र बन पाये जिन्होंने शहर में रहकर पढ़ाई की।

जब मुज़फ़्फ़रपुर के लंगट सिंह महाविद्यालय में इन्टरमीडिएट में देवकान्त चौधरी का एडमिशन हुआ और जब अपने आईकार्ड के साथ वे गाँव आये तब बड़े मामा काफ़ी खुश थे। उस शाम को दरवाज़े पर एक छोटी-सी पार्टी रखी गयी, मुखिया जी, दरोगा जी और सरपंच से लेकर स्कूल के मास्टर तक उस पार्टी में शरीक़ हुए। गर्म जलेबी, कच्चा रसगुल्ला, चूड़ा का भूँजा, आलू की चिप्स और चाय। बड़े मामा ने तब एक-एक के सामने उस आईकार्ड को एक दस्तावेज़ की तरह रखा था। आईकार्ड पर प्लास्टिक का मैरून कलर का कवर चढ़ा था और अन्दर जहाँ लंगट सिंह महाविद्यालय, मुज़फ्फरपुर लिखा था उसी के ठीक नीचे छोटे मामा का एक श्वेत-श्याम फोटो लगा हुआ था। मामा के जीवन का यह पहला फोटो था, जिसे उन्होंने मुजफ्फरपुर के मोतीझील के किसी स्टूडियो से खिंचवाया था। मामा की तब मूँछे बहुत बढ़िया से नहीं आयी थीं, लेकिन मूँछ की रेखा उस फ़ोटो से साफ़ दिख रही थी। मामा ने तब अमिताभ बच्चन के स्टाइल से बाल रखे थे और उनके बालों की कलमें उस फ़ोटो में थोड़ी लम्बी थीं।

बड़े मामा ने छोटे मामा को पढ़ाई करने के लिए मुजफ्फरपुर भेज तो दिया था, लेकिन उनकी गहरी चिन्ता उनकी सुरक्षा को लेकर थी। उन दिनों इस तरह के क़िस्से आम थे कि बड़े घर के किसी भी ऐसे लड़के को, जो कुँवारा है, बन्दूक की नोक पर उठाकर शादी करवा दी जाती थी। बड़े मामा यह जानते थे कि उनके साथ ऐसी हिम्मत कोई जल्दी नहीं कर सकता है, परन्तु वे यह भी जानते थे कि यदि ऐसा हो गया तब उनके पास कोई उपाय नहीं बचेगा। उनके पास किस्सों में कई ऐसे उदहारण थे जिसमें पकड़ कर लड़के की शादी हुई और बाद में लड़का भाग आया। लड़के के घरवाले बहुत दमदार थे फ़िर भी क्या हो पाया, पंचायत बैठी और अन्ततः लड़की को अपनी

बहू स्वीकार करना पड़ा। बड़े मामा यह जानते थे कि अगर ऐसा हो गया तब उनके पिता की आत्मा को बहुत कष्ट पहुँचेगा। अपने छोटे भाई की देखभाल के लिए वे बहुत चिन्तित रहते थे। परन्तु बड़े मामा इस बात से समझौता करने के लिए बिल्कुल तैयार नहीं थे कि सिर्फ़ इस डर से कि कहीं उसकी शादी पकड़ कर न हो जाये, वे अपने छोटे भाई की पढ़ाई छुड़ाकर घर बैठा दें।

बड़े मामा काफ़ी ज़द्दोजहद के बाद इस निर्णय पर पहुँचे थे कि छोटे भाई की शादी कर दी जाये। उनका निर्णय था कि शादी हो, लेकिन बहू का अभी साथ न हो। इस तरह एक तरफ पकड़कर होने वाली शादी का डर भी ख़त्म और दूसरी तरफ लड़के की पढ़ाई भी न छूटे।

जब छोटे मामा की शादी हुई तब मेरी माँ गर्भवती थीं और उनकी शादी के लगभग चार महीने बाद मेरा जन्म हुआ था। बड़े मामा ने इस शादी में अपने दिल के सारे अरमान पूरे कर लिए थे। तब इस शादी में पहली बार इस गाँव में जेनरेटर लाया गया था, शामियाना टाँगा गया था और उस शामियाने में कई मरकरी (टयूब) फिट किये गये थे। बारात ले जाने के लिए गाड़ियों का काफिला था। दो बसों के अतिरिक्त कई छोटी गाड़ियाँ थीं। गाड़ी में सवार होते बारातियों के ऊपर इत्र छिड़का गया था और सबके हाथ में प्लास्टिक का एक छोटा-सा गुलाब का फूल पकड़ाया गया था, जिसके बीच में इत्र में सराबोर रुई रखी गयी थी।

मुज़फ़्फ़रपुर के चतुर्भुज स्थान से ख़ास तौर से दो प्रॉस बुलाई गयी थीं और उनके लिए एक अलग गाड़ी दी गयी थी। एक दिन पहले आ गयी उन प्रॉसों के लिए घर में बाहर वाला एक कमरा दिया गया था, जिसका दरवाज़ा तब तक बन्द रहता था जब तक कि वे तैयार होकर बाहर न निकलें। कैम्पस के भीतर ही जो शामियाना टाँगा गया था उसमें एक स्टेज बनाया गया था और वे दोनों प्रॉस उस दिन देर रात तक उसमें ठुमके लगाती रहीं थीं।

अगले दिन बारात के साथ उस छोटी गाड़ी में जब वे दोनों प्रॉस तैयार होकर चलने के लिए बैठ गयी थीं, तब लोगों ने उस गाड़ी को घेर लिया था। उस गाड़ी का शीशा बन्द था और लोग उनकी एक झलक देखने के लिए बेताब थे। यह काफ़ी बाद तक याद रखा गया था कि जब लोग उनकी एक झलक के लिए बेताब थे और जब गाड़ी चल दी थी तब उसने उस शीशे पर इस तरह एक चुम्बन लिया था जैसे वह चुम्बन उन दर्शकों के लिए हो। शीशे पर लिपिस्टिक का दाग उभर आया था, एकदम होठों के जैसा।

जब छोटे मामा की शादी हुई थी तब वे इन्टरमीडिएट में पढ़ रहे थे और उनकी उम्र लगभग पन्द्रह-सोलह वर्ष की रही होगी। इस शादी से जिस छोटी मामी का इस घर में प्रवेश हुआ था उनकी उम्र तब लगभग बारह वर्ष के करीब थी। शादी के

तीन दिन बाद प्लास्टिक के रोलैक्स से सजी एम्बेसडर गाड़ी में जब छोटे मामा अपनी दुल्हन के साथ उतरे थे तब रात्रि के आठ बज रहे थे। पेट्रोमैक्स की रोशनी में तब भीड़ ने एक नन्हीं परी को गाड़ी से उतरते देखा था, जिसने गाड़ी से उतरने के साथ ही एकदम ठसक से कह दिया था—'पानी पीबै।' औरतों का पूरा झुंड स्तब्ध रह गया था और मेरी बड़ी मामी, जो घर की मालकिन थी, ने सारे नियमों को धता बता कर बिल्कुल वत्सलतापूर्वक उन्हें पानी पिला दिया था।

उनके पाँव बहुत छोटे थे और उनसे साड़ी बिल्कुल नहीं सम्भल पा रही थी। मेरी माँ उन्हें पीछे से सम्भाले हुए थीं और धीरे-धीरे गाड़ी से घर की ओर बढ़ते हुए मैं भी माँ के पेट में घर की ओर बढ़ रहा था। घर के आँगन में गाल सेंकाई से लेकर कोहबर में बैठी हुई छोटी मामी ने कहीं भी घूँघट नहीं काढ़ा था। घर की औरतों में मेरी माँ और मेरी बड़ी मामी उस छोटी-सी बच्ची की किसी भी बात का बुरा नहीं मान रहीं थीं।

हमारे इधर तब भी और अब भी यह रिवाज़ है कि जिस रात दुल्हन अपने ससुराल में उतरती है, उस रात कई प्रकार के व्यंजनों से भरी हुई थाली को उसके सामने लाया जाता है और दुल्हन उसे छू भर देती हैं, खाती नहीं हैं। छोटी मामी के सामने जब थाली लायी गयी थी तब पूरा कमरा चावल, घी डली हुई अरहर की दाल, आलू-गोभी की सब्जी, बैंगन का तरुआ, चिप्स और पापड़ की ख़ुशबू से सराबोर हो गया था। छोटी मामी ने थाली को छुआ जरूर था, लेकिन बग़ैर खाये सामने से हटने नहीं दिया था। उनकी आँखों में आँसू आ गये थे और वे बस एक की बात की रट लगाये हुई थीं कि 'हम बिना खाना खैने सुतिये नाय पैबै।' (मैं बिना खाना खाए सो ही नहीं पाऊँगी।)

उनका रुदन एक हंगामा बनकर पूरे घर पर छा गया था। घर में रिश्तेदारों की पूरी एक भीड़ थी, मेरी माँ और बड़ी मामी अन्दर से हिम्मत नहीं जुटा पा रही थीं। लेकिन छोटी मामी का रोना चालू था। स्वादिष्ट खाने के स्वाद का एहसास उनके मुँह से रुदन बनकर निकल रहा था। जब बात काफ़ी आगे बढ़ गयी और बैठक तक भी चली गयी तब बड़े मामा सामने आये और उन्होंने आँगन में आकर जोर से कहा था—'रिवाज-उवाज कुछ नांय होता है, उ छोटी बच्ची भूखे कैसे सुततै (सोयेगी), ओकरा खाना खिलाव।'

फिर लम्बा चला यह ड्रामा तब शान्त हुआ था जब महरी ने फिर से खाने को गर्म कर उनके सामने दिया था और छोटी मामी ने पलंग पर जम कर खूब खाया था।

छोटी मामी का नाम था मीना। लेकिन हमारे ननिहाल में उनके नाम की कभी ज़रूरत नहीं रही। उनको सब दिन वहाँ छोटी ही कहा गया। बड़े मामा, बड़ी मामी, मेरे पिता, और यहाँ तक कि महरी धुनकी भी उन्हें छोटी ही कहती। छोटी मामी बहुत

बड़े घर की तो नहीं थीं परन्तु खाते-पीते घर की थीं। उनके पिता की चार बेटियाँ थीं, और वे उनकी शादी करते-करते काफ़ी ऊबते जा रहे थे। मीना उनकी तीसरी बेटी थी, जिनकी उम्र शादी के वक्त ग्यारह से ऊपर और बारह के करीब थी। मीना तब कहीं अपने गाँव में छठी में पढ़ती थीं, और पढ़ाई में कम, ती-ती खेलने में ज़्यादा ध्यान देती थीं। ती-ती खेलने में वह माहिर थीं और प्राय: वह घर में फ्रॉक पहना करती थीं।

यहाँ एक बार रुककर मैं पहले यह बता देता हूँ कि छोटी मामी या फिर किसी भी पात्र के बारे में इतनी महीनी से मैं कैसे जानता हूँ, जबकि मेरा तब जन्म नहीं हुआ था। यह सवाल नि:स्सन्देह एक अहम सवाल हो सकता है। मैं यहाँ स्पष्ट कर दे रहा हूँ कि हमारे ननिहाल में छोटी मामी की कहानी हमेशा छायी रही है और मैंने उनके बारे में सभी घरवालों से अलग-अलग सब कुछ जान लिया है। आप यह भी जान लें कि छोटी मामी अपनी कहानी ख़ुद नहीं लिख सकती थीं लेकिन उन्होंने अपने बारे में बताया बहुत कुछ है। कहानी में कई ऐसी बातें भी हैं जो बचपन का देखा-सुना हुआ है और जिसे मैं आज समझ पा रहा हूँ। आप बस इतना ही समझें कि कई स्रोतों से जुटाकर मैंने इस कहानी को तैयार किया है।

ख़ैर, अब फिर से कहानी पर लौटते हैं।

छोटी मामी के पिता बहुत ही धार्मिक और परम्परावादी क़िस्म के आदमी थे। उनके इधर ऐसा चलन था कि लड़की की शादी उसके सयानी होने से पहले ही हो जानी चाहिए। और सयानी होने का मतलब था लड़की को माहवारी शुरू हो जाना। उनके यहाँ ऐसा मानना था कि ऐसा करने से लड़की की जँघा मजबूत होती है और वह गृहस्थी को ज़्यादा कुशलता से सम्भाल पाती है।

जब छोटी मामी की माँ ने उन्हें यह बतलाया था कि उनका लगन नियत हो गया है तब वह काफ़ी खुश हुई थीं। और उन्होंने यह पूछा था कि 'दूल्हा रथ पर आएगा या गाड़ी पर?' तब हमारे इधर शादी में रथ का बहुत इस्तेमाल होता था। रथ में पूरी लाइटिंग और सजावट होती थी, और उसमें बैठा लड़का उस दिन बिल्कुल शहज़ादा लगता था।

शादी की पूरी रात की कोई बात उनको याद नहीं थी, वह बस इतना ही बतलाती हैं कि घूँघट इतना लम्बा था कि मंडप पर बैठे हुए बाहर कुछ भी दिखता नहीं था। हाँ घंटों बैठने रहने से पैर में झुनझुनी अवश्य लग गयी थी। उन्हें अगर कुछ याद है तो बस वह गीत जो वह गाँव की शादियों में पहले भी सुनती रही थीं और जो उनकी शादी में भी गाया गया था।

अरे बड़ी रे जतन से सिया धिया के पोसलौं
सेहो धिया न हे लेले जाये।

शादी के अगले दिन अपने घर पर और उसके अगले दिन अपने दूल्हे के साथ गाड़ी में उन्होंने अपनी नींद पूरी की थी। पूरे रास्ते का उनको कुछ भी याद नहीं था। वह बस गाड़ी की सीट पर ढँके आँचल में सो गयी थीं।

चूँकि बड़े मामा का यह मानना था कि इतनी कम उम्र में देवकान्त की शादी सिर्फ़ इसलिए की गयी है कि पकड़कर होने वाली शादी के डर से बचा जा सके और चूँकि यह देवकान्त की पढ़ने की उम्र थी इसलिए उनको सख़्त हिदायत थी कि दोनों के बीच कोई ताल्लुक़ात न बन पाये। बड़े मामा की इस हिदायत को लड़की के घर वाले भी जानते थे, इसलिए जब शादी के दूसरे दिन छोटी मामी अपने घर पर थीं तो उन्हें अपने कमरे में ही सुलाया गया था, और वहाँ वह चैन से सो गयी थीं।

जब बड़े मामा की हिदायत थी, तो उसका पालन तो होना ही था, लेकिन शादी की सारी रस्में तब तक पूरी नहीं हो सकती थीं जब तक कि सुहागरात की रस्म न अदा की जाये। दोनों बातें बिल्कुल दो तरह की थीं। एक तरफ बड़े मामा की हिदायत और दूसरी तरफ रस्म-अदायगी की आवश्यकता। मेरी माँ ने तब घर की अन्य महिलाओं के साथ मिलकर इसका एक आसान-सा उपाय ढूँढ निकाला था। जिससे रस्म भी हो जाये और दोनों के बीच कोई ताल्लुकात भी न बन पाये।

वह कमरा उन दिनों खपरैल का था जो आँगन पार करने के बाद था। उस तरफ़ दो कमरे थे, जो आकार में ठीक-ठाक थे। इनमें एक कमरे का इस्तेमाल पूजा घर के रूप में होता था और दूसरा कमरा छोटी मामी को दिया गया था। जिस रात वो यहाँ आयीं थीं तब लगभग आठ बज रहे थे। चूँकि उसके बाद लगातार कई तरह के विध और खाना-पीना हुआ था, और जैसा कि मैं पहले लिख चुका हूँ उसी रात छोटी मामी के खाना खाने वाला किस्सा भी हुआ था, इसलिए सोने में काफ़ी विलम्ब हो चुका था। रात के लगभग एक बजे छोटी मामी के उस कमरे में छोटे मामा को भेजा गया था लेकिन जिसने भी छोटे मामा को कमरे के भीतर किया था उसे सख़्त हिदायत दी गयी थी कि वह वहाँ से लौटते हुए डिबरी बुझा दे। डिबरी बुझाने के पीछे यह तर्क था कि दुल्हन तो ख़ैर क्या, लेकिन दुल्हा लड़की को देख न सके। यह माना गया था कि अगर लड़के ने दुल्हन के शरीर को देख लिया तब परदेस में उसका मन पढ़ाई से भटक सकता है। उस कमरे के दरवाज़े को बाहर से बन्द किया गया था और बाहर सुरक्षा के लिए औरतें दरवाज़ें में कान लगाये खड़ी थीं। विचार यह था कि अगर कोई भी ज़ोर-ज़बरदस्ती की आवाज़ आयी तो फ़ौरन दरवाज़ा खोल दिया जायेगा।

मुश्किल से दस मिनट का समय दिया गया था और फिर दरवाज़ा खोल दिया

गया था।

बहुत बाद में और बहुत ज़िद करने के बाद छोटी मामी ने इस राज़ को खोला था कि उस रात के दस मिनट में आख़िर हुआ क्या था? हुआ यह था कि डिबरी बुझते ही और दरवाज़ा बन्द होते ही मामा ने अपनी पत्नी को अपने गले से गला लिया था। ऐसा साफ लग रहा था कि जिस समय उन्होंने कमरे में प्रवेश किया था उन्होंने उस डिबरी की रोशनी में मामी का अन्दाजा अपनी आँखों में ले लिया था। छोटे मामा की उम्र चूँकि तब लगभग पन्द्रह-सोलह वर्ष हो चुकी थी और वे शहर में रहने लगे थे, इसलिए उनको पति-पत्नी के रिश्ते का कुछ बोध रहा हो सकता है। या उनके मन के भीतर एक लड़की को लेकर रहस्य जैसा कुछ जरूर रहा हो सकता है। मामी ने बहुत बाद में काफ़ी शरमा कर औरतों के सामने यह बताया था कि उन्होंने मेरे गाल को यहाँ चूमा भी था। और फिर वे ऐसा बोलते हुए बायें गाल के उस हिस्से की ओर इशारा भी करती थीं जहाँ डिम्पल पड़ने वाली लड़कियों को डिम्पल पड़ता है। यह आश्चर्य लग सकता है कि छोटी मामी ने उस चुम्बन की बात मुझे भी बतलायी थी जब मैं उनकी कहानी में बहुत दिलचस्पी लेने लगा था।

इस सुहागरात वाली रात को जोड़कर छोटी मामी तीन दिन वहाँ रही थीं। लेकिन इन तीन दिनों में दूल्हे और दूल्हन को आमने-सामने आने की फिर इज़ाज़त नहीं दी गयी थी। चूँकि आँगन बहुत बड़ा था इसलिए दरवाज़े से एक तो छोटी मामी का कमरा थोड़ा दूर पड़ जाता था और दूसरा यह भी कि उन्हें उन तीन दिनों में कमरे से निकलने की इजाज़त सिर्फ़ उतनी ही थी जितनी कि उनको दैनिक कार्य के लिए जरूरत थी। हाँ, अपने कमरे में वे काफ़ी मुक्त थीं और ख़ूब चैन से सोतीं या फिर मज़े से बच्चों के साथ खेलती थीं।

तीन दिन के बाद शाम में उन्हें मायके उनके पिता के साथ भेज दिया गया था, जो गाड़ी के साथ उसी सुबह उन्हें विदा कराने आये थे। उसके अगली ही सुबह छोटे मामा भी अपनी पढ़ाई के लिए मुज़फ़्फ़रपुर चले गये थे। और इस तरह छोटे मामा का विवाह शुभ-शुभ सम्पन्न हो गया था।

लेकिन दुखद यह है कि यह शुभ विवाह बहुत दिनों तक शुभ नहीं रह पाया था। छोटे मामा शादी के बाद मुज़फ़्फ़रपुर गये ही थे कि उनका वहाँ निधन हो गया। मामा की मृत्यु कालाजार से हुई। अभी उन्हें मुज़फ़्फ़रपुर आये पाँच-छः दिन ही हुए थे कि एक रात जब लगभग तीन-चार बजे वे लघुशंका के लिए उठे तभी यह घटना हुई। उनके लॉज में लगभग पच्चीस-तीस लड़के रहते थे। और उन लड़कों पर सिर्फ़ एक ही शौचालय था। शौचालय उस कम्पाउन्ड के एक कोने पर था जहाँ जाने में थोड़ा समय लगता था, इसलिए लड़के रात में चापाकाल के पास की नाली पर ही लघुशंका से निवृत हो जाते थे। उस रात तीन-चार बजे मामा उस नाले पर अभी बैठे ही थे कि

उन्हें वहीं जबरदस्त उलटी शुरू हो गयी। बहुत मुश्किल से वे अपने कमरे के दरवाज़े तक आ पाये। और वहीं पछाड़ खाकर चिल्लाना शुरू कर दिया। उन्हें लड़कों के द्वारा रात में ही ज़िला अस्पताल में भर्ती करवाया गया। बारह बोतल ग्लूकोज़ और तीन बोतल खून चढ़ाया गया परन्तु कोई फ़ायदा नहीं हुआ। कालाजार ने उन्हें ऐसा भयंकर दबोचा कि जब तक वहाँ से बड़े मामा के पास ख़बर आयी और एक तरफ से बड़े मामा और दूसरी तरफ से मेरे पिता ने वहाँ पहुँचने की कोशिश की। लेकिन छोटे मामा का निधन हो चुका था। मुज़फ़्फ़रपुर मेरे पिता पहले पहुँचे थे क्योंकि हमारे घर से वहाँ जाना अपेक्षाकृत आसान था। मेरे पिता के पहुँचने के बस दो घंटे के बाद बड़े मामा पहुँचे।

अस्पताल का बिल चुकाकर छोटे मामा के शव को और उनके महत्वपूर्ण सामानों को साथ लेकर बड़े मामा और पिता घर लौटे थे। इस बीच मेरी माँ भी अपने मायके आ चुकी थीं। जब ये लोग गाड़ी से घर लौटे थे तब रात का एक बज गया था। गाँव में एकदम घुप्प सन्नाटा था, रात के एक बजे गाड़ी की आवाज़ ने उन कुछ लोगों को तो जगा दिया जो बाहर अपने दालान पर खुले आसमान के नीचे गहरी नींद में सोये हुए थे। परन्तु जब घर से अचानक रोने की बहुत तेज आवाज़ आनी शुरू हो गयी तब गाँव भर की आँखें खुल गयीं और एकदम से भीड़ इकट्ठी हो गयी थी। मेरी माँ, बड़ी मामी, महरी धुनकी सब पछाड़ खाकर गिर पड़े थे। गाँव की कई औरतें आ गयी थीं और ख़ुद भी रोते हुए बड़ी मामी और माँ को सम्भाल रही थीं। मैं तब माँ के पेट में था। माँ को तब बार-बार दाँती लग जा रही थी और वे बिल्कुल ज़मीन पर चित्त लेट गयी थीं। उनके बाल बिखर गये थे और उनकी साड़ी अस्त-व्यस्त हो गयी थी। दाँती लग जाने से वे चिल्ला नहीं पा रही थीं बल्कि वे और भी शान्त हो गयीं थीं। बड़े मामा तब माँ के चेहरे पर पानी मारकर जबरदस्ती उँगली मुँह में ठूँसकर दोनों जबड़ों के बीच जगह बनाने की कोशिश करते थे। दोनों जबड़े खुलते और माँ होश में आ जातीं और फिर वह छोटे मामा के शव को देखकर उसी तरह पछाड़ खा जातीं थीं और उन्हें दाँती लग जाती थी। गाँव की महिलाओं को तब उनकी फ़िक्र होने लगी थी। सबने तब बड़ी मामी को पकड़कर यह समझाया था कि अगर उन्हें सम्भाला नहीं गया तो पेट का बच्चा भी खराब हो जाएगा। बड़ी मामी ने जिनकी हालत ख़ुद बहुत ही खराब थी, तब माँ को काफ़ी सम्भाला था।

सुबह से दरवाज़े पर लोगों का तांता लग गया था। मुखिया, सरपंच, ये, वो सब आ गये थे। छोटे मामा का दाह-संस्कार उसी दिन शाम के लगभग तीन-चार बजे सिमरिया घाट पर हुआ था।

उन दिनों टेलीफ़ोन का चलन बहुत नहीं था। टेलीफ़ोन तब प्रायः सरकारी ऑफिसों में ही होता था, इसलिए ख़बरों का आदान-प्रदान करना तब कोई मामूली

बात नहीं थी। बुधनी गाँव में तो कोई टेलीफ़ोन ही नहीं था लेकिल गढ़पुरा के थाने में टेलीफोन लगा था और जिसका नम्बर बड़े मामा के पास था भी। बड़े मामा चाहते तो थाने में फ़ोन करके मुज़फ़्फ़रपुर से इस घटना की ख़बर घर पर भिजवा सकते थे। परन्तु उन्हें अन्देशा था कि उनकी अनुपस्थिति में यह ख़बर घर में पता नहीं क्या अनिष्ट कर दे। मेरी माँ जो इस बीच भागी हुई मायके आ गयी थी, इसका भी कारण सिर्फ़ उनकी घबराहट थी।

जिस दिन छोटे मामा का निधन हुआ और जिस रात एक बजे उनके शव को गाँव लाया गया उसके अगले दिन अँधेरे ही एक आदमी को छोटी मामी के घर यानी छोटे मामा के ससुराल भेजा गया था। अन्तिम संस्कार में छोटी मामी के पिता और उनके एक चाचा शरीक़ हुए थे, जो सीधे अपने घर से सिमरिया घाट पर आये थे।

यह खबर जब छोटी मामी के घर पर पहुँची थी तब वे फ्रॉक पहनकर स्कूल जाने के लिए तैयार खड़ीं थीं। चूँकि स्कूल में उनकी ढेरों सहेलियाँ थीं, और वहाँ उनको खेलने की भी छूट मिलती थी इसलिए वे स्कूल जाने के लिए ख़ूब उत्साहित रहती थीं। छोटी मामी फ्रॉक पहनकर स्कूल जाती थीं। वे अपने बालों में दो चोटियाँ बनाती थीं और लाल रिबन से उन चोटियों को सहेजती थीं। अपने बस्ते के साथ बैठने के लिए एक बोरा ले जाती थीं और उसी बोरे के कोने में छिपाकर रखी होती थीं उनकी ती-ती खेलने की गोटियाँ।

घर के लिए खबर बहुत दुखद थी, उनकी माँ की हालत बहुत ख़राब हो गयी थी। उन्होंने सबसे पहले अपनी बेटी को गले से लगा लिया था।

छोटी मामी को तब बिल्कुल समझ में नहीं आया था कि क्या हुआ? उनकी माँ उनको गले से लगाकर दहाड़ मार कर रो रही थीं। छोटी मामी उनके शरीर को झकझोरकर बस इतना ही पूछ रही थीं कि 'की होलै।' उनकी माँ ज़ोर-ज़ोर से रो रही थीं, उनके गले में आवाज़ फँस रही थी और फँसे गले से आवाज़ बहुत दर्दनाक निकल रही थी। वे ज़मीन पर बैठ गयीं थीं। और छोटी मामी को भी अपनी गोद में ज़ोर से खींच लिया था। उनका बस्ता उनके हाथ से छिटक गया था। और फिर रोते हुए उनकी माँ का दायां हाथ अनायास ही छोटी मामी के माथे पर आ गया था और उनके हाथ से सिन्दूर पुँछ गया था। छोटी मामी आज भी बताती हैं कि उन्हें तब समझ में ही नहीं आया था कि माँ ने ऐसा जान-बूझकर किया है। उन्हें तब ऐसा लगा था कि माँ अभी होश में नहीं हैं। उनकी माँ ने उनके हाथ से चूड़ियाँ भी उतार ली थीं। चूँकि उनकी माँ की रोने की आवाज़ सुनकर औरतें जुट गयी थीं, और वे दहाड़ मारकर रोते हुए बार-बार कह रही थीं कि 'हे भगवान, हमर बेटी अब केना रहतै' तो छोटी मामी ने इतना समझ लिया था कि कोई मर गया है। लेकिन वे यह नहीं समझ पा रही थीं कि ऐसा कौन है जिसके मरने से उनके रहने में कोई दिक्कत है। सारी औरतें छोटी

मामी को पकड़ रहीं थीं, लेकिन वह पूछ रही थीं—'के मैर गेलै?' उनकी माँ ने कहा था—'तोर दूल्हा मर गेलौ, अब केना रहबी तोंय।' यह सुनकर छोटी मामी को काफ़ी राहत मिली थी, क्योंकि माँ का यह भयंकर रुदन सुनकर उनको ऐसा लगा था जैसे कोई उनके अपने घर का मर गया है। इस जवाब को सुनकर उनके चेहरे पर कोई फ़र्क़ नहीं आया था, और उन्होंने माँ को कहा था—'हम स्कूल जाये छियौ।'

यहाँ यह बहुत महत्वपूर्ण रूप से उल्लेखनीय है कि जब छोटे मामा का निधन हुआ और जब छोटी मामी की माँ ने रोते हुए उनके माथे से सिन्दूर को पोंछा था तो इसके बीच लगभग एक दिन और उससे कुछ घंटे अधिक बीत चुके थे। चूँकि तब टेलीफ़ोन का चलन बहुत नहीं था इसलिए ऐसा सम्भव हो पाया कि पति के निधन होने और छोटी मामी के विधवा होने में एक दिन का फ़ासला रहा। छोटी मामी अपने जीवन में एक दिन कम विधवा रहीं।

चूँकि बड़े मामा यह समझते थे कि छोटी मामी काफ़ी बच्ची हैं और उनके मन में इस सम्बन्ध को लेकर कोई लगाव अभी बना भी नहीं था, इसलिए उनके लिए इसकी कोई ज़रूरत नहीं थी कि वे आकर अपने पति का अन्तिम दर्शन करें। बड़े मामा के मन में यह भी था कि चूँकि छोटी मामी को इस बात की कोई समझ नहीं है तो यहाँ आकर उनको कुछ दुख भी नहीं होगा और यह गाँव वालों के सामने बहुत अज़ीब भी लगेगा। इसलिए उन्होंने छोटी मामी के लिए इसकी सख़्त हिदायत दी थी कि उन्हें भेजने की कोई जरूरत नहीं है। यह अलग बात है कि तब छोटी मामी को इस बात की समझ नहीं थी और बड़े मामा ने भी उन्हें बच्ची समझकर यह गलती कर दी परन्तु यह ग़लती ता-उम्र के लिए एक बड़ी ग़लती हो गयी।

छोटे मामा के निधन का दुख तो कभी ख़त्म नहीं होने वाला दुख था किन्तु धीरे-धीरे घर और ज़िन्दगी सामान्य गति में आयी। मेरी माँ काफ़ी दिनों तक मायके में रहीं। मेरा जन्म ननिहाल में ही हुआ। मेरे जन्म ने उस माहौल को हल्का करने की थोड़ी कोशिश की। चूँकि यह समय मेरी माँ ने काफ़ी कठिनता से गुजारा था इसलिए यह डर बना हुआ था कि मेरे जन्म में कहीं कोई कठिनाई पैदा न हो जाये। किन्तु मेरे जन्म में कोई कठिनाई पैदा नहीं हुई और इस चीज ने भी घर को थोड़ा सुकून पहुँचाया। मामा के निधन के लगभग चार महीने बाद मेरा जन्म हुआ था और जन्म के लगभग दो-तीन महीने बाद माँ मायके से वापस लौटी थीं। हाँ, माँ ने लौटने से पहले बड़े मामा से यह बात जरूर पूछने की कोशिश की थी कि छोटी मामी का क्या होगा? बड़े मामा इस मद में एकदम स्पष्ट थे कि क्या होगा? वह इस घर की बहू है और उनको ले आया जायेगा।

सारे माहौल के कुछ ठंडा पड़ जाने और कुछ और वक्त गुज़र जाने के बाद लगभग छः महीने के उपरान्त छोटी मामी को बुलवा लिया गया। छोटी मामी का यहाँ

आना यह दूसरी ही बार था और दोनों ही बार कुछ ख़ास। सही मायने में छोटी मामी को तब भी इसका कोई दुख महसूस नहीं हुआ था कि उनका पति मर गया है या वह विधवा हो गयी हैं, परन्तु उनको यह आभास जरूर था कि इस घर में एक जवान लड़के की मौत हुई है। बड़ी मामी ने जब गाड़ी से छोटी मामी को उतारा था तब उनकी आँखें छलक आयी थीं और छोटी मामी भी तब गम्भीर हो गयी थीं। लेकिन यह गम्भीरता सिर्फ़ इसकी थी कि इस घर का एक सदस्य अब नहीं है।

छोटी मामी के लिए उस घर में विधवा जैसा कोई बन्धन नहीं था। उनका अपना कमरा अपना ही था, उनके लिए खाने से लेकर कपड़ा पहनने तक में कोई पाबन्दी नहीं थी। और यह सब इसलिए था कि घर के मालिक बड़े मामा इन सब रूढ़ियों और संकीर्णताओं के सख़्त ख़िलाफ़ थे। इसलिए जब मामी ने यहाँ रहना शुरू किया तो उन्हें कोई दिक्कत नहीं आयी और न ही उन्हें सामान्य दिनचर्या में कोई फ़र्क़ नज़र आया। वे काफ़ी सहज थीं और घर सामान्य रूप से चल रहा था। उन्होंने धीरे-धीरे रसोई में जाना भी शुरू कर दिया था और अगल-बगल की लड़कियों के साथ उनका खेलना-कूदना-चहकना भी चलता रहा। उनकी सहजता का अन्दाज़ा इस बात से भी लगाया जा सकता है कि वे अपने पति की मृत्यु के बारे में भी बड़ी मामी से आराम से बात कर पा रही थीं। हमारे इधर यह प्रचलन में है कि जिस किसी की भी मृत्यु होती है तो उस घर में उसी रात कच्चे बालू को घर के एक कोने में किसी बड़े बर्तन से ढँककर रख दिया जाता है। ऐसा माना जाता है कि आत्मा कभी भी ख़ाली नहीं होती है, वह एक से निकलकर दूसरे प्राणी में जाती है। लोगों की ऐसी धारणा है कि मरने वाले की आत्मा जिस भी प्राणी में प्रवेश करती है उसके पंजे या उसके पैरों के निशान उस बालू पर उग आते हैं। तब बड़ी मामी भौंचक रह गयी थीं जब छोटी मामी ने अपनी उत्सुकता को लगभग एक सप्ताह दबाने के बाद यह पूछ लिया था कि—
'ओकर जनम कौन से जीव में भेलै।'

बड़े मामा ने बरामदे पर बैठे हुए जब छोटी मामी को गाड़ी से उतरते देखा था तब वे घूँघट के पार उस छोटी-सी बच्ची का चेहरा देखकर बहुत भावुक हो गये थे। वे जानते थे कि उस बच्ची के साथ कितना बड़ा अनर्थ हो गया है। लेकिन एक और कारण था जो उन्हें अन्दर से खाये जा रहा था और वह था छोटी मामी को अपने मृत पति के अन्तिम दर्शन से वंचित करना। वे जल्दबाजी में लिए अपने निर्णय से काफ़ी पछतावे में थे। उन्हें हमेशा यह लगता था कि आज तो वह बच्ची है उसे समझ में नहीं आएगा, किन्तु जब उसकी समझ में यह बात आएगी तब क्या होगा? यह भी एक बहुत बड़ा कारण था कि बड़े मामा ने ता-उम्र छोटी मामी की बहुत कद्र की। उन्होंने घर के भीतर छोटी मामी के लिए किसी भी पाबंदी को कभी भी स्वीकार नहीं किया। गाँव के तमाम बड़े-बुज़ुर्गों के ख़िलाफ़ मामा ने छोटी मामी को कभी कोई कष्ट

नहीं होने दिया। धीरे-धीरे वर्ष-दर-वर्ष समय बीतता गया और छोटी मामी जवान होती गयीं।

एकदम शुरुआत से ही छोटी मामी के प्रति जो एक कोमलता बड़े मामा के भीतर घर कर गयी थी, वह धीरे-धीरे बढ़ती ही रही। बड़े मामा ने सदा उन्हें अपनी बेटी की तरह प्यार किया। भैंसूर और भाभो का रिश्ता होने के बावजूद बड़े मामा ने उन्हें घर का सम्मानित सदस्य माना। उनके व्यक्तित्व में भी घर के भीतर अब काफ़ी बदलाव आ गया था। वे जो बाहर काफ़ी कड़क और अड़ियल रहते थे वहीं घर के भीतर काफ़ी नरम स्वभाव के बन गये थे। वे छोटी मामी को 'छोटी' कहकर बुलाते थे और घर में घुसकर बड़ी मामी के बनिस्बत छोटी से ही खाना माँगते थे। छोटी मामी भी अपने माथे पर आंचल रख उसे दाँतों से दबा बड़े मामा के पीढ़े के सामने थाली बहुत ही जतन से रखती थीं। जब तक बड़े मामा खाना खा नहीं लेते थे, वह वहीं दरवाज़े के पीछे इस इन्तजार में खड़ी रहती थीं कि उन्हें कब क्या जरूरत पड़ जाये। वह खाने में उनके स्वाद का ध्यान रखती थीं।

यह सभी जानते थे कि बड़े मामा छोटी मामी की बात को कभी भी नहीं टालते थे। घर के सारे सदस्य चाहें वह बड़ी मामी हों या फिर मेरी माँ हों या फिर मेरे पिता ही हों सबको बड़े मामा से बात करने या अपनी बात मनवाने में काफ़ी डर लगता था तब सभी छोटी मामी का ही सहारा लेना चाहते थे। क्योंकि यह सबको ज्ञात था कि घर में सिर्फ़ एक वही हैं जिनकी बात कभी काटी नहीं जाती थी। बड़े मामा घर में कभी कोई भी बड़ा से बड़ा निर्णय लेते तो वे एक बार छोटी मामी को इंगित कर ज़रूर बतलाते थे। जैसे 'छोटी आय से धान क रोपनी शुरू होय जैतो', या 'आय से दौनी शुरू होय जैतौ', या 'ई महीना एक और ट्रक्टर खरीद लेल जैतै।' छोटी मामी इसमें कभी कोई राय तो नहीं देती थीं लेकिन वह यह जानती ज़रूर थीं कि अगर वह इसमें अपना कुछ विचार रखेंगी तो वह अनसुना नहीं किया जाएगा।

छोटी मामी की यादों में आज भी इस घर की वह पहली गाड़ी है जिसे खरीदते वक्त गाड़ी के रंग को लेकर असमंजस था। बड़े मामा से लेकर घर के सभी सदस्य इस गाड़ी के रंग को लेकर स्पष्ट थे कि गाड़ी तो ब्लैक ही अच्छी। परन्तु छोटी मामी ने बड़े मामा की बेटी आराधना के मार्फ़त अपनी राय भेजी थी—रंग तो आसमानी ही अच्छा। और तब किसी की कुछ भी नहीं सुनी गयी थी। जब गाड़ी दरवाज़े पर लगी तो बस आसमानी ही। बड़ी मामी से लेकर बच्चे तक जब गढ़पुरा में लगे दुर्गापूजा के मेले और उस मेले में लगी सर्कस देखने की इच्छा बड़े मामा को नहीं बतला पाते तो छोटी मामी उनके खाना खाते वक़्त पीठ पीछे धीरे से कहतीं—'सर्कस' और फिर बड़े मामा के आदेश पर अगले ही दिन बिरंची दरवाज़े पर जीप लगा देता।

छोटी मामी के इस घर में आने से एक बड़ा बदलाव यह आया कि सामान्यतया अब घर के भीतर किसी भी पुरुष के प्रवेश की इजाज़त नहीं थी। पहले मजदूर-ड्राइवर या और भी कुछ लोगों को घर के भीतर तक आने की अनुमति थी। परन्तु छोटी मामी के आने के बाद माल-ज़ाल की देखभाल करने वाला छोटेलाल जब खाना खाने घर के भीतर जाने लगा तब दरवाज़े पर बैठे बड़े मामा ने कह दिया था—'छोटुआ यहीं दिवाल लगाय क बैठ जो, खाना तोहर यहीं आये जैतौ।' और यही वह निषेध था जिसने अघोषित रूप से ही सही परन्तु पुरुषों का घर में प्रवेश वर्जित कर दिया। छोटी मामी धीरे-धीरे जवान हो रही थीं और बड़े मामा निःस्सन्देह एक सख़्त गार्ज़ियन थे।

दूर-दराज के रिश्तेदारों में ऐसे कम ही थे जिन्हें बहुत देर तक घर के भीतर रहने की अनुमति थी। घर के दरवाज़े पर चार चौकी लगी हुई थी, उस पर सदा गद्देदार बिस्तर बिछा रहता और उस पर छोटे-छोटे आठ मसनद रखे हुए थे। अतिथि घर के अन्दर एक बार बड़ी मामी से मिलने पहुँच भी जायें, लेकिन उसके बाद दिन भर उसी बिस्तर पर ताश की चौकड़ी बैठती। चाय-नाश्ता-खाना सब कुछ धुनकी घर से बाहर लाती। छोटे-छोटे कुछ काम छोटे बच्चे भी करते। बड़ी मामी को छत पर जाने, बरामदे में जाने की इजाजत थी परन्तु छोटी मामी को नहीं। मेरी माँ और हम सब जब कभी वहाँ रहते, घर में थोड़ी चहल-पहल बढ़ जाती थी। वैसे महीनों गुज़र जाते थे जब छोटी मामी ने बड़े मामा के अतिरिक्त किसी मर्द का चेहरा देखा हो।

घर के भीतर उनके लिए सारी खुशियाँ थीं। उनकी अपनी एक महत्ता थी, कोई बन्दिश नहीं थी, लेकिन सिर्फ़ घर के भीतर। हाँ जब कभी-भी उन्होंने किसी-भी बात के लिए मुँह खोला था, बड़े मामा के लिए वह ब्रह्म की लकीर होती थी।

उनको आज भी याद है और कुछ-कुछ मुझे भी याद है। उन दिनों माँ वहीं थीं और मैं तब दस-ग्यारह वर्ष का था। छोटी मामी तब बाईस-तेईस वर्ष की थीं। उन दिनों फ़िल्म 'मैंने प्यार किया' की धूम थी और उन्होंने सब की मर्जी के साथ अपनी मर्जी भी बड़े मामा के सामने रखी थी। फिर क्या था बिरंची ने दरवाज़े पर जीप लगा दी, उस पर जिम्मेदारी थी घर के सभी सदस्यों को सकुशल फ़िल्म दिखाकर वापस लाने की। लेकिन तब छोटी मामी ने धीरे से कहा—'दादा अपने भी चलियै न।' और फिर मामा तैयार हुए थे।

बेगूसराय के अमरदीप टॉकीज़ में जब गाना बजना शुरू हुआ—'कबूतर जा-जा-जा, पहले प्यार की पहली चिट्ठी साजन को दे आ' तब लोगों ने हॉल के भीतर ही सीटियों की आवाज़ के बीच कबूतर उड़ा दिया था और तब छोटी मामी ने अपने सिर को उठाकर छत के करीब उड़ रहे उस कबूतर को देखा था। और अनायास ही उनके मुँह से निकल गया था—'बाप रे, सभ्भे दरवाज़ा बन्द छै इ जेल में कबूतर मैर जैतै।' (सभी दरवाज़ा बन्द है इस बन्दिश में कबूतर मर जाएगा।) तब हमने देखा था

कि उनकी ज़िन्दगी का वह पहला दिन था, जब बड़े मामा की उपस्थिति में उनके माथे से आंचल नीचे सरक गया था। शुक्र इस बात का है कि हॉल में घुप्प अँधेरा था और बड़े मामा उनसे कई सीट दूर बैठे थे।

आज जबकि छोटी मामी लगभग बूढ़ी होने लगी हैं तब अगर आप यह पूछें कि वह जवानी में कैसी थीं? और अगर मैं कहूँ कि बिल्कुल मधुबाला की तरह, तो इसका प्रमाण मात्र वह एक फ़ोटोग्राफ होगा जो मेरे ननिहाल के किसी बक्से में और मेरे घर की दीवार पर टँगा हुआ है। उस फोटो में मेरी माँ हैं और वो हैं। वैसे इस श्वेत-श्याम फ़ोटो को अब देखकर अन्दाज़ लगाना बहुत मुश्किल है कि वे वाकई वही हैं। यह फ़ोटो तब का है जब कभी एक बार गढ़पुरा के मेले में हम सभी गये थे और छोटी मामी ने माँ से गिटपिट करके चुपके से वहीं स्टूडियो में फ़ोटो खिंचवा लिया था। यूँ तो मामी की माँ से बहुत पटती थी, परन्तु फ़ोटो खिंचवाने का बड़ा कारण शायद यह भी रहा होगा कि एक माँ ही थीं जो स्टूडियो से फ़ोटो बनने पर बग़ैर मामा की जानकारी के मँगवा सकती थीं। इस फ़ोटो में छोटी मामी के घने बाल दिखते हैं, और अगर आप फ़ोटो को देखें तो ऐसा लगेगा जैसे उनकी भौहें उस्तरे से पतली की गयी हैं। जबकि इस फ़ोटोग्राफ का गवाह मैं खुद हूँ। उस समय मैं लगभग बारह-तेरह वर्ष का था और मामी लगभग पच्चीस वर्ष की। छोटी मामी के पास एक प्राकृतिक सुन्दरता थी। मामी ने बचपन से जवानी की दहलीज़ पर क़दम इसी घर में रखा था और उन्होंने पूरी जवानी भी इसी घर में गुज़ारी। मामी के नैन-नक्श तो ख़ैर पहले से ही सुन्दर थे लेकिन इस घर के खान-पान ने उनके चेहरे को बिल्कुल संजो दिया था। ज्यों-ज्यों वे जवानी की तरफ बढ़ रहीं थीं उनकी सुन्दरता निखर कर सामने आ रही थी। वे अपनी सुन्दरता को लेकर काफ़ी सचेत भी रहती थीं। सुबह उठकर ही वे नहा-धोकर तैयार हो जाती थीं। तैयार भी ऐसा कि कम से कम आधा घंटा तो पक्का। बड़ी मामी ने उनके लिए श्रृंगार का ढेरों सामान जुटा रखा था। और वे उसे कभी घटने भी नहीं देती थीं। वे कभी भी मनिहारी की दुकान पर जातीं तो अपने लिए कुछ लायें न लायें लेकिन छोटी के लिए रबड़-किलिप-पाउडर जरूर लातीं। छोटी मामी के पास पिटारे—जैसा एक श्रृंगार का बक्सा था। उस पिटारे को खोलते ही उसके अन्दर वाले भाग में शीशा फिट किया हुआ था। मामी उसी में अपना चेहरा देखते हुए अपने को तैयार करती थीं और जितना मैं आज समझ सकता हूँ वे तैयार होने पर वाकई मधुबाला जैसी ही लगतीं थीं।

छोटी मामी के जीवन को पूर्ण रूप से जानने में ये सब वे पक्ष थे जो या तो हमारे ननिहाल की बातचीत में आम थे या फिर माँ से, बड़ी-छोटी मामी से पूछकर या फिर अपना कुछ देखा-सुना हुआ था, जिसके आधार पर यह लिख देना थोड़ा आसान था। लेकिन उनके जीवन का एक पक्ष और भी था जिस पर लिखे बग़ैर यह कहानी अपने

चरम पर नहीं पहुँच सकती। छोटी मामी ने चूँकि अपनी पूरी जवानी इस घर के आँगन में बितायी थी तो उस जवानी को लेकर कुछ अन्तरंग बातें भी रही होंगी। आज जब यह कहानी मैं लिख रहा हूँ तो मामी की उम्र लगभग चौवालीस-पैंतालीस के करीब पहुँच चुकी है जिसे कि गाँव की तरफ़ बूढ़ी होना ही मान लिया जाता है। आज अगर मैं यहाँ उनके अन्तरंग जीवन पर कुछ लिख रहा हूँ तो इसके स्रोत मेरे पास मात्र दो हैं—एक मेरी बड़ी बहन की कुछ बालसुलभ बातें, जिसको मैं तब नहीं समझ पाता था और कुछ महरी धुनकी की बातें, जिससे मैंने काफ़ी हिम्मत करके कई बातों को जानने की कोशिश की है। धुनकी अब काफ़ी बूढ़ी हो चुकी है और शायद मैं इसलिए उससे इस मद में बात कर भी पाया।

छोटी मामी का कमरा आँगन के पार था। उनके कमरे में एक बड़ा-सा पलंग था, एक ड्रेसिंग टेबल था, एक सन्दूक था और एक लकड़ी की अलमारी थी। ये, वे सामान थे जो वे अपने साथ अपने मायके से लायीं थीं। जब छोटी मामी इस घर में रहने आ गयी थीं। तब वह काफ़ी बच्ची थीं, इसलिए शुरुआत में कुछ महीनों तक तो बड़ी मामी उसी कमरे में खाट डालकर अपने बेटे अभिनव के साथ सोती रहीं। परन्तु बाद में जब अनुराधा का जन्म हुआ और वह सात-आठ महीने की हो गयी तब से छोटी मामी ने उसे अपने साथ लेकर सोना शुरू कर दिया था। अनुराधा बड़ी होती रही। जब हम लोग वहाँ रहते थे तब मेरी बड़ी बहन छोटी मामी के साथ सोती थीं।

यह शिक़ायत पहली बार मेरी माँ से मेरी बड़ी बहन ने ही की थी जो तब ख़ुद भी लगभग पन्द्रह वर्ष की हो गयी थी कि मामी रात में उसको कसकर पकड़ लेती हैं और यह भी कि रात में वह कई बार जगती हैं और अपने पंलग पर उठती और बैठती रहती हैं। माँ इन बातों को तब टालने की ख़ूब कोशिश करती थीं। लेकिन इन बातों से बहन ननिहाल से लेकर घर तक माँ का पीछा नहीं छोड़ती थी। बहन को शायद तब डर लगता था कि पता नहीं मामी को क्या हुआ? उसने तो माँ को यहाँ तक भी बतलाया कि मामी कई बार उसी कमरे में तेज-तेज चक्कर भी लगाने लगती थीं। बाद के दिनों में जब मामी की उम्र और बढ़ी तो उन दिनों हमारा भी ननिहाल जाना कम हो गया था और अगर कभी गये भी तो फिर बड़ी बहन भी तब बड़ी हो गयी थी और शायद वह भी इन चीजों को समझने लगी थी। और फिर उसने इन चीज़ों की शिक़ायत सार्वजनिक करना बन्द कर दिया था।

लेकिन जब मैंने इस कहानी के सन्दर्भ में जानकारी इकट्ठी करने की कोशिश की तब मेरे दिमाग़ में बहन की वह भोली बातें और माँ का इन बातों का टाल जाना अटका हुआ था।

मुझे इस सन्दर्भ में तब की एक घटना यह भी याद है कि किस तरह छोटी मामी

हमें साइकिल की दुकान पर भेजा करती थीं। हमें यानी मुझे और अभिनव को। अभिनव और मुझमें एकाध साल का ही फ़र्क़ था। तब हम बच्चे थे और छोटी मामी की बात पर हैरानी भी व्यक्त नहीं करते थे। हमें बस आदेश मिलता और हम दौड़ते थे साइकिल की दुकान पर साइकिल के फटे हुए सीट कवर को ढूँढ़ने। उस सीट के कवर से हमें कोई मतलब नहीं होता, हमें सिर्फ मतलब होता था उसके भीतर के फोम से। हम उस फोम को तब लेकर दौड़े आते थे और छोटी मामी को जीत की ख़ुशी के साथ दे देते थे। छोटी मामी उस फोम का तब क्या करती थीं, हमारे मन में कभी-कभी आता था। लेकिन जब जवाब टाल दिया जाता तो हमारे पास इतनी फ़ुर्सत नहीं रहती थी कि हम उन सवालों से अपना मत्था रगड़ें। हम सोचते थे कि क्या पता किसी तकिया या किसी गद्दे में इसका इस्तेमाल करती होंगी। यह अलग बात है कि कभी-भी हमने उस फोम से निर्मित किसी भी प्रकार के गद्दे को कभी नहीं देखा था।

वास्तव में छोटी मामी तब जवान हो रहीं थीं, और तब वहाँ स्टेफ्री, केयरफ्री, व्हीस्पर जैसी लड़कियों को उन्मुक्त करने वाली चीज़ें नहीं थीं।

महरी धुनकी ने काफ़ी ज़िद करने पर और मेरे यह कहने पर कि इस कहानी को बढ़िया से लिख देने पर मैं बड़ा आदमी बन जाऊँगा तब उन्होंने खोलकर कई बातें बतायीं। बकौल धुनकी—'बौआ तोंय त पढ़ल-लिखल छहो, देह क भी त कुछ भूख होय छैय। सियान देह अरू गरम खून।' फिर वह थोड़ा रुककर कहीं गहरे उतर जाती—'औरत क दुख समुन्दर छै बेटा। बिना मरद क ज़िन्दगी बिल्कुले नरक।'

धुनकी ने मुझे फिर यह भी बताया था कि जब छोटी मामी तीस-बत्तीस के करीब ही हो गयी थीं और जबकि वह अकेले सोने लगी थीं और धुनकी अन्दर वाले बरामदे में, तब रात में कैसे वो दरवाज़ा खोल आँगन में टहलने लगती थीं, और कैसे वहीं आँगन में चुकुमुकु बैठ जाती थीं। और हद तो तब हो जाती थी जब वे रात को दो बजे, तीन बजे चापाकल पर नहाने बैठ जाती थीं। तब मामी को धुनकी का काफ़ी साथ मिला। धुनकी जिनकी उम्र अब ख़ुद ही पचास पार कर गयी थी, दरवाज़ा खुलने से ही जग जाती। धुनकी उन्हें अकेला छोड़ देती। बस दूर बैठे टुक-टुक उन्हें ताकती रहती। 'सियान देह और गरम खून।' जब मामी चुकुमुकु बैठ जाती तब धुनकी उठकर उसको पकड़ लेती और अपने सीने में सटाकर घंटों बैठी रहती। जब मामी उठकर चापाकल पर नहाने बैठ जाती तब धुनकी चापाकल चलाती और फिर कपड़े में लपेट कर उन्हें बिस्तर तक लाती। सुबह धुनकी रात की कहानी किसी को नहीं बताती, और न ही घर में इस पर कोई चर्चा ही होती। आखिर धुनकी जानती थी एक औरत का दुःख-दरद। धुनकी की भावना छोटी मामी से इतनी जुड़ी थी कि वे सिर्फ़ उनके लिए यहाँ सोती थी। वरना उसका घर था ही कितनी दूर।

जैसा कि मैंने कहानी की बिल्कुल शुरुआत में ही कह दिया है कि इस कहानी

का जुड़ाव मेरे पिछले दिनों की ननिहाल यात्रा से है, तब मैं यहाँ इस बार की यात्रा पर पहुँचता हूँ।

अब हम सभी बड़े हो गये हैं, बड़ी बहन की शादी हो गयी और वह ससुराल चली गयी। हमारा ननिहाल जाना कम हो गया। बड़े मामा अब बूढ़े हो गये, उनका पेट बाहर की ओर निकल आया। माँ का मायके जाना कम तो हुआ, फ़िर भी बिल्कुल कम नहीं हो पाया। हाँ इस बार जब ननिहाल गया तब लगभग मैं पाँच साल बाद वहाँ गया था। वह भी कुछ ख़ास कारण से और वह ख़ास कारण था बड़े मामा के बेटे अभिनव की शादी। चूँकि मैं अनुराधा की शादी में नहीं जा पाया था, इसलिए इस बार सख़्त हिदायत थी।

गाँव में परिवर्तन की रफ़्तार बहुत धीमी होती है। लेकिन इस गाँव का सबसे बड़ा परिवर्तन था छोटी लाइन का बड़ी लाइन में तब्दील हो जाना। गढ़पुरा स्टेशन से बुधनी गाँव तक की सड़क की हालत में कुछ भी सुधार नहीं हो पाया। टमटम का रूप-आकार उसी तरह था। हवेली का चमत्कार और बड़े मामा की आभा अब भी गाँव में वैसे ही बरकरार है। और शायद अब भी घोड़े के बिदकने पर गाड़ीवान उसे हवेली ले जाने की धमकी देता है।

बुधनी गाँव में बिजली आये हुए दो-तीन वर्ष हो गये थे। लेकिन मैं गढ़पुरा स्टेशन से ननिहाल तक पहुँचते हुए इस चीज़ को देखकर भौंचक था कि वहाँ अनेक मोबाइल स्टोर्स खुल गये थे। एयरटेल और उधर स्मार्ट कार्ड का बोर्ड-फलना कम्यूनिकेशन, चिलना मोबाइल की दुकान के सामने बहुत ही शान से चमक रहा था। टमटम से गढ़पुरा के चौक पर एक बड़ा बोर्ड कोकाकोला का भी दीख गया—'ठण्डा मतलब कोकाकोला'। बुधनी गाँव में टेलीफ़ोन का कनेक्शन अभी तक नहीं आ पाया। हमने काफ़ी दिनों से सुना था कि बस अब दस आदमी इकट्ठे होने ही वाले हैं और बस टेलीफ़ोन की लाइन आने ही वाली है। माँ को वहाँ टेलीफ़ोन की बहुत ज़रूरत थी इसलिए वे जब भी जातीं इसमें रुचि लेतीं और बड़े मामा से गुज़ारिश करतीं कि वे इस मद में पहल करें। मामा ने कितनी पहल की, यह तो अलग बात है लेकिन ज़मीन की लाइन से टेलीफ़ोन नहीं आ पाया। हाँ, पिछले एक वर्ष पहले बुधनी गाँव में बहुत ही चुपके से मोबाइल ने प्रवेश ले लिया है—आइडिया कैन चेंज लाइव्स, एयरटेल का मैजिक। अब भी बरामदे की चौकी वैसी ही थी; बस चौकी से सटी दीवार पर बिजली का एक बोर्ड टंग गया है और उसके सॉकेट में खुँस गया है नोकिया का एक चार्ज़र। मोबाइल पर बात करने में थोड़ी भी दिक्कत नहीं होती है। नेटवर्क की वहाँ कोई कठिनाई नहीं है। बिजली आने से लोगों ने अपने घर पर टेलीविजन सेट तो ले लिया है लेकिन केबल की तार नहीं होने से वहाँ सिर्फ दूरदर्शन ही आ पाता है। लेकिन वहाँ इसका विकल्प सीडी-प्लेयर है। दो हजार रुपये में सीडी प्लेयर और

नेपाल से इस पार लायी गयी पायरेटेड सीडी। पन्द्रह रुपये में हर नयी पिक्चर गाँव में उपलब्ध है। फ़िल्म कितनी भी नयी क्यों न हो अब लोगों को बेगूसराय जाने की जरूरत ही नहीं है। इधर इस शुक्रवार को फ़िल्म रिलीज हुई नहीं कि रविवार की शाम गाँव के सारे लौन्डे-लपाटे आपको उस फ़िल्म की समीक्षा करते मिल जाएँगे। गाँव में आये इस बदलाव ने दिल को कुछ राहत भी दी।

छोटी मामी की उम्र अब लगभग चवालीस के क़रीब हो गयी है। उनके बाल सफेद हो गये हैं। सुन्दरता अभी-भी उनके चेहरे पर है। चेहरे पर झुर्रियाँ अभी तो नहीं आयी हैं, लेकिन उनके चेहरे पर एक ख़ालीपन आ गया है। एक ऐसा चेहरा जो वर्षों से बिल्कुल एक जगह ठहरा हुआ हो। उनकी आवाज़ और मीठी हो गयी है और वह थोड़ा ठहर-ठहरकर बोलने लगी हैं। आँचल अभी-भी उनके माथे पर वैसे ही है। बड़े मामा को अब भी खाना वही देती हैं। बिल्कुल सब कुछ वैसा ही। पीढ़े के आगे थाली का आना और फिर पीछे उनका खड़ा रहना, जब तक मामा थाली में हाथ न धो लें। बड़े मामा का भी उनके प्रति बरताव बिल्कुल वैसा ही है। अभी भी छोटी को वे उतना ही मानते हैं। किसी भी बात में अब भी उनकी महत्ता उतनी ही है। चाहे अनुराधा की शादी हो या फिर अभिनव की हो रही यह शादी, बड़े मामा ने इसे तब तक तय नहीं किया जब तक कि छोटी मामी ने अपनी स्वीकृति नहीं दे दी। अनुराधा की शादी में ढेरों लड़कों को देखकर मामा आते और छोटी मामी उस प्रस्ताव को ठुकरा देतीं। लेकिन मामा के चेहरे पर कभी कोई शिकन नहीं। अभिनव की शादी में लड़की वाले दरवाज़े पर और मामा अन्दर भागते छोटी मामी को प्रस्ताव सुनाने। जब तक छोटी मामी ने हाँ नहीं कहा, लड़की वाले दरवाज़े पर अनवरत आते रहे।

अभी शादी में एक सप्ताह बाक़ी था और घर में चूना किया जा रहा था। घर का सारा समान अस्त-व्यस्त। एक तो शादी का घर, उस पर इतने विलम्ब से यह सफ़ेदी। सबसे आख़िरी में चूना किया गया बड़े मामा के कमरे का।

छोटी मामी ने उस अलमारी को खोला जिसमें पुरानी किताबों का एक गठ्ठा था। इसकी सम्भावना बहुत है कि उसमें छोटे मामा की बहुत सारी वे किताबें थीं जो मुज़फ़्फ़रपुर के उनके निधन के बाद लायी गयीं थीं। कई किताबों को दीमक लग गयी थी। छोटी मामी बैठ गयीं उन किताबों को झाड़कर अलमारी में सजाने। वह शायद शेक्सपीयर की ओथेलो पुस्तक थी जिसमें से अचानक गिरा एक ब्लैक एण्ड व्हाइट पासपोर्ट आकार का फ़ोटो। यह मैं आपको पहले ही बता दूँ कि सब कुछ बहुत नाटकीय ढंग से घटा था और इतनी जल्दी कि हमें चीजों को समझने में भी वक़्त लग गया। अभी छोटी मामी साफ की हुई पाँच-छ: किताबों को ऊपर के खटाल में लगाने के लिए उठी थीं कि वह फ़ोटो उसी के बीच से नीचे सरक आयी। छोटी मामी ने उस फ़ोटो को उठाया और अभी एक झलक देखा ही था कि बिल्कुल नाटकीय ढंग

से उस कमरे में धुनकी का प्रवेश हुआ। छोटी मामी ने फ़ोटो को उसकी ओर घुमाते हुए पूछा—'इ केकर फोटो छियै।' फ़ोटो पर धुनकी की नजर पड़ी और उसने झपट लिया।

'बबनी, मरल आदमी क फ़ोटी नांय देखो। भगवान तोरा काला साया स बचाय।'

आप विश्वास कीजिए सब बहुत नाटकीय ढंग से हुआ। धुनकी अभी यह कह ही रही थी कि मेरा प्रवेश उस कमरे में होता है। मेरे कान में बस इतना आया—'भगवान तोरा काला साया स बचाय।' और मेरी आँखों ने धुनकी के हाथों को चलते देखा। फ़ोटो अनेक टुकड़ों में विभाजित हो गयी थी।

बस इतना सुनना ही था कि छोटी मामी एकदम से सन्न। वहीं दीवार से सट गयीं और फिर धीरे से जमीन पर धम्म से बैठ गयीं। सर से आँचल सरक गया, चेहरा एकदम ज़र्द। चेहरे पर ख़ून की एक भी बूँद नहीं। आप यह भी विश्वास कीजिए कि छोटे मामा की वह शायद पहली और आख़िरी फ़ोटो थी, जिसे उन्होंने मुज़फ़्फ़रपुर के मोतीझील के किसी स्टूडियो से खिंचवाया था और जो उनके कॉलेज के आईकार्ड पर चिपकी हुई थी। कॉलेज के आईकार्ड से उखाड़ी गयी यह फोटो कैसे इस शेक्सपीयर के ओथेलो में आयी यह सब कुछ मुझे पता नहीं, न ही तीस-इकतीस वर्ष पहले की बातें अब किसी को याद है।

छोटी मामी जमीन पर बैठी हैं, उनकी आँखों में आँसू की एक बूँद भी नहीं आयी। धुनकी सामने खड़ी थी। छोटी मामी ने बस इतना कहा—

'काकी, कम से कम उ चेहरा क बढ़िया स देख ते लैल ल देथो र जेकरा ल हमर इ जिनगी राख होय गेलै। जेकरा ल हम आकाश ओतने गो देखलियै जेतना इ अँगना स दिखलै। जेकरा ल हम पूरी जिनगी कोनो मरद क बढ़िया स चेहरा नांय देखलियै। काकी तोंय अनर्थ कैर देलहो। पूरी जिनगी क इ तपस्या क बदले, कोनों मरद नांय मिललै लेकि हमर मरद क फ़ोटो त आबै ल देथो र। कम से कम एक ऐसन मरद जेकरा हम बिना डरल जी भर क देख सकै रहियै।' यहाँ मैं मामी के द्वारा कही गयी इस अंगिका भाषा को हिन्दी में अनुदित कर दे रहा हूँ क्योंकि यह बहुत जरूरी है। छोटी मामी ने कहा—'काकी, कम से कम उस चेहरे को बढ़िया से देख तो लेने देती, जिसके कारण मेरी ज़िन्दगी राख हो गयी। जिसके लिए हमने मात्र उतना ही आकाश देखा जितना कि इस आँगन से दिखा। जिसके लिए हमने पूरी ज़िन्दगी किसी मर्द का चेहरा बढ़िया से नहीं देखा। काकी तुमने तो अनर्थ कर दिया। पूरी ज़िन्दगी की इस कठिन तपस्या के बदले कोई मर्द नहीं मिला लेकिन हमारे मर्द का फ़ोटो तो आने देती। कम से कम एक ऐसा मर्द, जिसे बग़ैर डरे जी भर देख पाती।'

मैंने इस चीज को अपनी आँखों से देखा है और आपको भी यह विश्वास करना

ही पड़ेगा कि जिस छोटी मामी ने अपनी पूरी ज़िन्दगी एक आदमी की विधवा बनकर एक आँगन में गुजार दी, जिस मामी ने कभी भी अपने सर से आँचल को सरकने नहीं दिया, उस मामी ने अपने उस पति को कभी देखा ही नहीं। आपको याद होगा शादी की पूरी रात का उनका सोना, सुहागरात में डिबरी का बुझा दिया जाना, शादी के बाद दोनों को सामने नहीं आने दिया जाना और फिर छोटे मामा का निधन हो जाना।

उस समय मेरी नजर वहीं गिरी शेक्सपीयर की ओथेलो किताब पर पड़ी और सच मानिये मेरे दिमाग में तब एकदम से आया—शेक्सपीयर की ट्रेजेडी। यह महज संयोग था लेकिन कितना भयंकर कि मामा के फ़ोटोग्राफ्स मिले भी तो ट्रेजेडी किंग शेक्सपीयर की किताब में। और एक ट्रेजेडी के साथ ही।

काश धुनकी ने फ़ोटो के टुकड़े नहीं किये होते, काश उस समय कमरे में धुनकी नहीं बड़ी मामी, मेरी माँ या कोई और आया होता और ऐसा नहीं होता! काश, काश काश...लेकिन तब ट्रेजेडी कैसे कहलाती।

छोटी मामी अभी भी दीवार से सटकर बैठी थीं, धुनकी उनको अब पकड़ रही थी। मैंने अपने नोकिया के ई-सीरीज़ के चौदह हजार के मोबाइल में तब उनका एक फ़ोटो ले लिया था। मामी का वह चेहरा ज़र्द पड़ा हुआ जिसमें एक भयंकर ठहराव था।

आपको बिल्कुल अज़ीब लग सकता है और लगना भी चाहिए कि इस ट्रेजिक मोमेंट में मुझे फ़ोटो लेना याद कैसे आया। इसका कारण नि:स्सन्देह मेरे मन का स्वार्थ था। स्वार्थ इस छोटी मामी की कहानी को आपके सामने लाने का। आज जब मैं यह कहानी लिख रहा हूँ तब मेरे मोबाइल में वह फ़ोटो है और वह ज़र्द पड़ा हुआ चेहरा बार-बार मुझे इस कहानी को इतने संवेदनशील तरीक़े से लिखने की हिम्मत दे रहा है। ख़ैर, अब एक बार फिर उस जगह पर चलिए जहाँ यह ट्रेज़ेडी हुई।

जब यह सब हो रहा था तब उस घर में बिजली थी और बाहर के कमरे में जहाँ टेलीविजन सेट रखा हुआ था, वहाँ से दूरदर्शन पर आने वाले समाचार की आवाज़ आ रही थी। और यह वही दिन था जब न्यूक्लीयर डील पर लेफ्ट ने यूपीए की सरकार से अपना समर्थन वापस ले लिया था।

जब मोबाइल के कैमरे का बटन क्लिक हुआ तब समाचार वाचक इसी ख़बर की गुत्थियों को सुलझाने में लगा हुआ था। मैं इस कमरे में था लेकिन मेरी आँखों के सामने वह कमरा साफ घूम रहा था जिसमें टेलीविजन सेट रखा था, और यह भी दिख रहा था कि काठ की वह आरामकुर्सी, जिसे बड़े मामा ने ख़ास तौर से सोनपुर के मेले से मँगवाया था, पर बड़े मामा बैठे थे। उन्होने सिर्फ लुँगी लपेट रखी थी और कन्धे पर एक लाल रंग की गमछी थी, देह पर बस एक जनेऊ। उनका गोल पेट बैठे हुए आरामकुर्सी पर और बाहर की ओर निकल आया था। वे वैश्विक स्तर के उस समाचार की गहराई में उतरने की कोशिश कर रहे थे।

मैं आज जब भी अपने उस कैमरे के फ़ोटो को क्लिक करना चाहता हूँ तो हर बार मेरे मन में यह ख़याल आता है कि क्या ऐसा एक बार भी सम्भव है कि मैं मोबाइल में से क्लिक कर उस फ़ोटोग्राफ को बाहर निकालूँ और ऐन इस फ़ोटो के खींचते वक्त दूरदर्शन पर चल रहे उस न्यूक्लीयर डील की खबर भी उस फ़ोटो के साथ जस के तस सुनायी पड़ने लगे-एक वैश्विक समस्या।

मैं जब ननिहाल से लौटता हूँ तो बड़ी लाइन की गाड़ी पहले की तुलना में और भी साफ़ दिखती है, उसकी रफ़्तार भी अब और आनन्द देती है। लेकिन गाड़ी चलने के बाद खिड़की से बुधनी गाँव की तरफ देखकर मैं सोचता हूँ कि छोटी मामी से अमेरिका तक का तार इस देश में मैं कैसे जोड़ पाऊँगा।

ईर बीर अत्ते फत्ते

कहानी में तो सब कल्पना ही होती है। मान लीजिए इसी कहानी को अमेरिका या स्पेन का कोई लेखक लिख़ता तो कितना फ़र्क़ पड़ता, सिर्फ़ नायकों के नाम ही तो बदलते!...लेकिन जनाब विषय तो तब भी हुबहू यही होता।

वास्तव में यह एक ऐसे भूलोक की कहानी है जहाँ लोग रहते हैं। जहाँ बहुत भीड़-भाड़ है। जहाँ लोग नौकरी-वौकरी करते हैं। जहाँ सड़क पर घंटों जाम लगते हैं। जहाँ लोग ऑफिस आते-जाते एफ.एम. सुनते हैं। जहाँ लोग गोलगप्पे बहुत पसन्द करते हैं और चूँकि यहाँ जीवन है, लोग रहते हैं सुःख-दुःख है, इसलिए यहाँ जब-तब बम ब्लास्ट होता है।

इसको चौराहा नहीं कहा जा सकता है। तिराहा भी नहीं। दोराहा तो कतई नहीं। वास्तव में यहाँ कई रास्ते इधर-उधर से फूट रहे हैं। चौड़ी सड़कें हैं इसलिए कई लेन हैं। सड़कें बिल्कुल साफ़ और चमकीली हैं ऐसी जैसी आपके घरों की बाल्कनी। आप बाहर कुर्सी निकालकर बैठें और चाय की चुस्की लें। बस स्टाप एकदम झकास, आप कुछ देर सुस्ता लें। यहाँ बसें मछली की तरह पास होती हैं। एक लेन से निकली और अपने शरीर को बिल्कुल मछली की तरह मोड़कर सामने वाली उस लेन में घुस गयी जो आपके एकदम बगल में है और जिसके बारे में कम-से-कम आपने उम्मीद न की हो। यह बीआरटी कॉरीडोर है और जिसे तैयार करने में करोड़ों रुपये ख़र्च हुए हैं। यहाँ कई लाल बत्तियाँ हैं और सभी लाल बत्तियों पर समय डिस्प्ले बोर्ड है। तीन मिनट, अब दो उनसठ, दो अट्ठावन, दो सैंतीस...। अगर मान लीजिए कि मैं उत्तर से दक्षिण की ओर जाने वाली सड़क पर बस में बैठा हूँ और मेरे सामने डिस्प्ले बोर्ड पर समय चार मिनट दिखा रहा है तब फिर मेरे सामने ही पूरब से पश्चिम की ओर,

फिर पूरब से उत्तर की ओर, फिर पूरब से दक्षिण की ओर, पश्चिम से पूरब की ओर, पश्चिम से उत्तर की ओर, पश्चिम से दक्षिण की ओर, इस तरह कई-कई दिशाओं का सम्मिश्रण चार मिनट तक चलता रहेगा। और मैं अपनी तरफ अपनी बारी की प्रतीक्षा करता रहूँगा।

सड़के चौड़ी हैं, सफाई बहुत हैं और नियम कड़े हैं इसलिए सारी गाड़ियाँ अपनी-अपनी लेन में अपनी पारी का इन्तजार करती हैं। बस अपनी लेन में और छोटी गाड़ियाँ अपनी लेन में। बाइक वालों के लिए अपनी कोई लेन नहीं है। छोटी गाड़ियों की लेन में बाइक वाले आड़ा-तिरछा करके अपनी बाइक को ठीक उस सीमा पर ले आते हैं जहाँ के आगे सिर्फ लाल बत्ती है, डिस्प्ले बोर्ड है और है बत्ती के हरी होने का बेसब्र इन्तजार। चूँकि यह एक ऐसे भूलोक की कहानी है जहाँ पेंगुइन नहीं, लोग रहते हैं तब लोगों की कई श्रेणियाँ भी हैं। कुछ अमीर हैं, कुछ बहुत अमीर, कुछ गरीब, कुछ बहुत गरीब। और कुछ तो, कुछ हैं ही नहीं। जो बहुत अमीर हैं उनकी बड़ी गाड़ियाँ हैं। उनमें ए.सी. है, म्यूजिक है, ड्राइवर है और शीशा बन्द है। जो अमीर है उनके पास छोटी गाड़ियाँ हैं, ए.सी. नहीं हैं, ड्राइवर नहीं है, शीशा खुला है पर म्यूजिक है। जो गरीब हैं वे बस में हैं। कुछ गरीब से अमीर बनने की कोशिश में हैं वे बाइक पर हैं। जो कुछ नहीं हैं वे इस क्रॉसिंग पर भीख माँग रहे हैं।

यह दुनिया की चाहे कोई भी जगह हो लेकिन किसी क्रॉसिंग की यह व्याख्या इतना ज़रूर बतलाती है कि यह एक बड़ा शहर है बड़ा शहर नहीं नगर, नगर भी क्या, महानगर कह लीजिये।

लेकिन किसी महानगर या फिर किसी शहर का ही परिचय देने के लिए किसी क्रॉसिंग की व्याख्या क्यों? तो यहाँ शहर के आकार को दिखाने की कोशिश में क्रॉसिंग का परिचय नहीं दिया गया है। बल्कि कहानी तो वास्तव में चालू है। इसी क्रॉसिंग पर तो अपनी बाइक लिए खड़ा है इस कहानी का एक नायक—ईर। एक नायक मतलब! एक नायक मतलब एक नायक। कहानी में चार नायक हैं—चारों बिन्दास। काम-काजी, मनमौजी और सबसे बड़ी बात इस प्रश्न के जवाब में एकदम धनात्मक कि ओए! अपना लकी बैचलर है या अकेला? तो जनाब एकदम बैचलर। बहुत मज़ा आएगा। आगे बढ़ते हैं।

ये लड़के बैचलर हों भी क्यों नहीं, अभी उम्र ही क्या है? वही बाईस से पच्चीस के बीच के सारे लौंडे-लपाटे हैं। सभी ने कहीं से कम्प्यूटर में कोई कोर्स कर लिया, दो चार छः महीने कहीं से इंग्लिश स्पीकिंग सीख ली और घुस गये नौकरी की लाइन में। भैया अब तुम नौकरी कैसे नहीं दोगे, हम इंग्लिश भी जानते हैं और कम्प्यूटर भी। हम कोई सरकारी नौकरी थोड़े ही माँग रहे हैं तुमसे जो तुम इतना कानून बतिया रहे हो। ये चारों समझते हैं कि जिसने कम्प्यूटर जान लिया उन्हें दुनिया में कोई

और चीज़ समझने के लिए बचा भी क्या? ये समझते हैं कि तमाम वैज्ञानिकों को सभी ख़ोजों में माथापच्ची करने से पहले कम्प्यूटर की ख़ोज करनी चाहिए था फिर अपने—आप पता चल जाता कि पृथ्वी अंडे की तरह गोल है या फिर बेलन की तरह लम्बी और आगे चलकर पतली। अपने आप पता चल जाता कि यूरोप से भारत का समुद्री रास्ता कौन–सा हो सकता है। बेचारा वास्को डि गामा लगा रहा वर्षों रास्ता ढूँढने में। कम्प्यूटर होता तो एक क्लिक में रास्ता स्पष्ट। कम्प्यूटर में ही तो पूरी दुनिया है। कम्प्यूटर में चाहो तो अपना मोहल्ला ढूँढ लो, अपना घर ढूँढ लो, मेलबॅर्न में बैठे अपने दोस्त के बेडरूम में सेंध लगा लो, नौकरी की तलाश कर लो, शादी के लिए लड़का या लड़की तलाश लो या फिर दुनिया की सबसे हॉट लड़की का फ़ोटो निकालकर उसे बिल्कुल करीब से निहार लो। आप चाहो तो ढूँढ लो बम बनाने की विधियाँ।

ऑफिस में इनके पास कम्प्यूटर है तो घर में लैपटॉप। इनके पास एक छोटा-सा पेन ड्राइव है जिसे ये अपनी जेब में ठूँसकर रखते हैं। शाम में ये चाहें तो अपने-अपने ऑफिस से पूरी दुनिया का डाटा रखकर ले आयें और फिर वही सब कुछ इनके लैपटॉप पर भी जस–का–तस। अब पुलिन्दा लाने–ले जाने की जरूरत ही क्या है भाई! घर पर काम करते–करते थक गये, कोई बात नहीं, कल यही काम ऑफिस में कर लेंगे। बिल्कुल वहीं से जहाँ रात सोते वक्त छोड़ा था। वो छोटा वाला कलम है ना। गाँव में अगर आप दादा न सही चाचा को ही इस कलम के बारे में सुना दो तो कहेंगे, हाँ ससुर के नाती अब तुम अटैची भी मत लाया करो सारा कपड़ा और चड्डी–बनियान भी उसी में रख लिया करो। जहाँ जरूरत पड़े, अपने इस बक्से में उसे घुसेड़ो और निकाल लो अपनी एक चड्डी।

हाँ, तो क्रॉसिग पर जो ईर अपनी बाइक लिए खड़ा है तो आप सोच रहे होंगे कि अन्य बाइक वालों की तरह उसे भी चार मिनट बहुत लम्बा दिखता होगा, लेकिन ऐसा बिल्कुल भी नहीं है। ईर को अपने कमरे से बाइक से ऑफिस जाने में लगभग पचपन मिनट लगते हैं और पाँच मिनट बाइक पार्क करने में और पाँच मिनट लिफ्ट से आठवीं मंजिल पर स्थित अपने ऑफिस तक पहुँचने में। इस तरह एक घण्टा पाँच मिनट जो उसने नियत कर रखा है तो उसमें इस लाल बत्ती का समय भी जुड़ा हुआ है। आप कहेगें जुड़ने से क्या होता है बेसब्र तो कोई भी हो सकता है। और इसका जबाब जब मैं नहीं में दे रहा हूँ तो इसका सबसे बड़ा कारण है एफ.एम. रेडियो। अभी जो वह इस क्रॉसिंग पर बत्ती के हरा होने का इंतजार कर रहा है तब उसके दोनों कान में लीड ठुँसी हुई है। मोबाइल उसकी पैन्ट की जेब में है। तार को उसने शर्ट के भीतर से घुसा रखा है और वह सीधे वहीं बाहर निकला है जहाँ शर्ट और हेलमेट के बीच गैप है और फिर दोनों दो तरफ जाकर कान में घुस गये हैं। कान में घुसने वाले स्पीकर पर मखमल जैसा कुछ चिपका हुआ है। कान में कितनी भी देर रख लो गुदगुदी जैसा

ही महसूस होगा, दर्द करने का तो सवाल ही नहीं। और दर्द हो भी कैसे? तार के बहाने उसी मखमल के भीतर से निकलकर तो एफ.एम. की आर.जे. सुदीप्ति और रिचा घुस जाती हैं उसके कान में। और कान में टिकती कहाँ हैं, बिल्कुल दिल तक पहुँच जाती हैं। और फिर गुदगुदी होने लगती है।

अभी जब क्रॉसिंग पर लाल बत्ती की ओर डिस्प्ले बोर्ड चार मिनट दर्शाने के बाद कम होना शुरू हो गया है तब अपना नायक ईर रिचा की आवाज़ में मदहोश है। उसकी जेब में रखे मोबाइल में नाइटी एट प्वांइट समथिंग कुछ ट्यून किया हुआ है, यह फलां रेडियो है, और इस फलाँ रेडियो पर अपने पूरे जोश में है कार्यक्रम—'रिचा की रिरियाहट' रिचा बाटला के संग।

'रिचा की रिरियाहट!'

आप कहेंगे झूठ, एकदम झूठ। अब कहानी में इतना भी झूठ मत बोलिये प्लीज। रेडियो का ऐसा कोई शो हो ही नहीं सकता है। तब मैं एकदम से समझ जाऊँगा कि आजकल आप ख़ूब पैसा कमा रहे हैं, वरना आप कुछ पल फ़ुर्सत के भी निकालते और रूबरू होते रेडियो के इन चैनलों से और तब आपको इतना बड़ा सच बिल्कुल भी झूठ नहीं लगता। खैर, आपके इस सच-झूठ के चक्कर से परे रिचा लगी हुई है अपनी मधुर वाणी में और मेरा नायक मदहोश है। नायक य़ानी ईर। ईर के कान में रिचा की आवाज़ है और उसकी आँखों में है उसका कंठ, कंठ यानी गरदन तक। गरदन यानी सिर्फ गरदन। ईर गरदन के नीचे नहीं जाना चाहता है। लेकिन ईर को गले की नस दिखने लगती है, एकदम हरी। रिचा बोल रही है और नस में हरकत हो रही है। ईर नस को पकड़ लेता है और उतरने लगता है ठीक उसके सहारे नीचे और वह भी एकदम बीचोंबीच। लेकिन फिर वह अपने सर को झटक देता है नहीं-नहीं यह क्या, उसके हिस्से सिर्फ रिचा की आवाज़ है।

हर दिन चलने वाला नियत समय का यह शो-रोज नया कॉन्सैप्ट, नये मुद्दे। ईर अक्सर सोचता है, दिमाग तो है भाई। साला कभी हमारे दिमाग में यह आया ही नहीं कि घर से निकलते वक़्त हम सबसे अधिक किस चीज़ को भूलते हैं? लेकिन यह लो रिचा ने पूछ दिया। हमारे पास इसका जवाब सेट किया हुआ है और आपका जवाब अगर हमारे जवाब से मैच कर जाता है तो आपको मिलेगा अपने एक फ्रेंड के साथ होटल ओबरॉय या ताज में एक डिनर का मौका। ईर सोचता है साला भूलने को तो बहुत कुछ है—रुमाल, मोबाइल, एटीएम कार्ड, मेट्रो कार्ड, चश्मा, फाइल। पेन ड्राइव और बीवी को किस। रिचा का दिमाग़ बहुत तेज है। कभी शो का मुद्दा है कि सुबह आप जब जगते हैं तो सबसे पहले क्या करते हैं? करते क्या हैं? बत्ती जलाते हैं, चादर हटाते हैं, दरवाज़ा खोलते हैं, पेपर पढ़ते हैं, चाय पीते हैं, बाथरूम जाते हैं लेकिन दिमाग तो रिचा के पास है, सबसे पहले हम आँख खोलते हैं। ऑफिस जाते

हुए ईर के जीवन में सब कुछ फिक्स है। इस लाल बत्ती से लगभग एक किलोमीटर आगे जाने पर जो पेड़ों का एक झुण्ड है वहाँ वह रुकता है पाँच मिनट के लिए और इस पाँच मिनट में वह दस बार फोन लगाता है इस फलाँ रेडियो पर अपने जवाब के लिए। लेकिन सफलता कहाँ मिली आज तक। रिचा, सुदीप्ति की आवाज़ के दीवाने भी तो बहुत हैं।

आज जब ईर इस क्रॉसिंग पर चार मिनट से समय को घटते देख रहा है तब आज शो में रिचा उलझी हुई है इस सवाल की तह में उतरने में कि आख़िर आप अपने बॉस को पपलू कैसे बनाते हैं? अगर आपके जबाब से हम खुश हो जाते हैं तो आपको मिलेगा इस मशहूर कम्पनी का एक मोबाइल सेट। मोबाइल लेकर करूँगा क्या? मोबाइल तो है ही लेकिन कोई बात नहीं। चार मिनट ख़त्म हुए और ईर अपनी नियत दिनचर्या के अनुसार एक बार फिर इस संकल्प के साथ आगे बढ़ा कि आज वह सही जवाब को रिचा तक पहुँचा देगा। और आज वाकई यह सम्भव हुआ। ईर ने नम्बर डायल किया, घंटी बजी और कुछ औपचारिकताओं के बाद रिचा ने फोन ले लिया, एकदम लाइव। रिचा भी लाइव, उसकी आवाज़ भी लाइव, और उसकी नसों का फड़कना भी लाइव।

'हलोऽऽऽ' ईर ने एकदम पहचान लिया, यह रिचा की आवाज़ थी।

'...'

'हलोऽऽऽ कौन बोल रहा है?' रिचा को लगा कहीं लाइन डिसकनैक्ट तो नहीं हो गयी।

'ईर' इस बार ईर के मुँह से निकल गया। लेकिन आवाज़ में एक घर्षण था, गला सूख गया था

'ईर?'

'ईर बाटला' ईर के मुँह से औचक निकला।

'बाटला!' रिचा एकदम घबरा गयी। शो एकदम लाइव था।

'ईर सिर्फ ईर' ईर ने सम्भाल लिया।

'ईर क्या करते हो आप?'

'मैं, मैं आपको सुनता हूँ।' रिचा ने समझ लिया कुछ गड़बड़ है।

'आप जीवन में क्या करना चाहते हो?' रिचा ड्यूटी पर थी और बात को कुछ खींचना जरूरी था।

'मैं एक ताजमहल बनवाना चाहता हूँ।' ईर बाद में इस चीज़ को समझ पाएगा, उसने कुछ सोचकर नहीं बोला था, सब कुछ अपने आप।

'आप इस सवाल का जवाब दीजिए कि आप अपने बॉस को पपलू कैसे बनाएंगे?', रिचा ने सीधे सवाल पर उतरने में ही गनीमत समझी।

'बॉस को पपलू बनाने की जरूरत है क्या? पपलू तो वह पहले से ही है। पपलू

है तभी तो वह बॉस है।'

'जवाब दीजिए जवाब' रिचा ने सोच लिया होगा अब डिसकनैक्ट करना पड़ेगा।

ईर ने चाहे जो जवाब दिया हो लेकिन रिचा को वह पसन्द आ गया।

'अरे वाह! आपका जवाब एकदम लाजवाब है।'

'मैं भी' लेकिन ईर का यह वाक्य रिचा की तेज आवाज़ में कहीं दब गया था।

'आपने जीत लिया है इस कम्पनी का कलर मोबाइल सेट। आप क्या करेंगे इस मोबाइल का?'

रिचा ड्यूटी पर थी।

'बेचकर कोका कोला पीऊँगा। जो चाहे हो जाये, कोका कोला एन्ज्वॉय।'

'एक बात मैं आपसे पूछूँ?' रिचा ने सोचा अच्छा फँस गयी। ईर एक झटके से बोल गया।

'हाँ, हाँ क्यों नहीं?' कहना पड़ा।

'आपने अपने आप को बोलते हुए कभी आइने में देखा है, क्या आपके गले की नस उभर आती है?' यह एकदम फुर्ती से हुआ कि फोन डिसकनैक्ट हुआ और गाना बजने लगा।

ईर होश में आ गया। अब उसे अगल-बगल से गुज़रने वाली गाड़ियों की आवाज़ सुनायी देने लगी। पी-पों, सर्रसर्र, चिल्ल-पों। कितना शोर है इस दुनिया में। तभी उसका मोबाइल बजा—'बहारों फूल बरसाओ मेरा महबूब आया है।' यह रिंगटोन है। ईर का दिमाग एकदम सुन्न हो गया। क्या मल्लिका ने पलटकर फ़ोन घुमा दिया। उसने फ़ोन की स्क्रीन को अपने सामने किया। धूप की रोशनी में स्क्रीन एकबारगी नहीं दिख पायी। उसने हाथ से मोबाइल की स्क्रीन पर हल्का अँधेरा करने की कोशिश की। अब नाम दीख गया—बीरबल के लतीफ़े।

'बीरबल के लतीफ़े!' यह क्या नमूना है भाई। 'बीरबल के लतीफ़े' यह है इस कहानी का दूसरा नायक। चारों जो साथ रहते हैं उनमें से दूसरा बैचलर। बीर का नाम सबने अपने मोबाइल में फीड कर रखा है—बीरबल के लतीफ़े।

'ओ बेटा, एक मोबाइल सेट भी और अपनी महबूबा से बात भी। और बे साले यह ताजमहल वाली बात तू क्या कह रहा था? और वो नस वाली बात?' बीर बोलता चला गया।

'मत पूछ यार, बस मजा आ गया, उससे तो आज सीधे बात हो गयी। क्या आवाज़ है यार उसकी। साले तू भी आज इसी चैनल पर लगा हुआ था।'

'तो क्या वो सिर्फ़ तेरी है?'

'नहीं तेरी है भाभी। खैर मैं निकल रहा हूँ, शाम को आज पार्टी करेंगे।'

ईर ने अपना फ़ोन कट किया, बीर ने भी अपना फ़ोन कट किया। बीर ने अभी जिस नम्बर को कट किया और जिससे अभी उसकी एक मिनट सैंतीस सेकेंड बात हुई है उसका नाम उसने अपने मोबाईल में फीड कर रखा है—ईरावती की लिपिस्टिक।

आप कहेंगे यह बढ़िया है जिस दिन की आपने कहानी सुनायी उसी दिन उसने फ़ोन मिलाया और उसका फ़ोन लग भी गया। यह अच्छा संयोग है। ऐसा नहीं है। इस दिन की कहानी ही मैंने आपको इसलिए बतलायी है क्योंकि इस दिन उसका फ़ोन लग गया था।

लाल बत्ती, डिस्प्ले बोर्ड, समय का घटना, ईर का फ़ोन लगाना, फ़ोन पर बात करना, खूब एफ.एम. सुनना यहाँ जिसका जिक्र ईर को लेकर किया है, यह सिर्फ़ बानगी भर है। यह इन चारों की दिनचर्या में शामिल है। बिन्दास नौकरी करना और अपनी बाइक से जाते हुए एफ.एम. रेडियो सुनना। सभी के ऑफिस की दिशाएँ अलग-अलग हैं और रास्ते भी। सभी निकलते लगभग साथ हैं लेकिन सब अपने रास्ते। सभी के जीवन में इसी तरह लाल बत्ती है, डिस्प्ले बोर्ड है, समय का घटना है और एफ.एम. है। हाँ किसी ने कोई-सा चैनल ट्यून कर रखा है तो किसी ने कोई-सा। हाँ चारों में पूरी ईमानदारी से इस बात पर सहमति है कि अगर कोई भी एफ.एम. से कोई भी पैसा या गिफ्ट जीतेगा तो उस पर हक सबका बराबर होगा। यहाँ पहले मैं बाकी बचे दो और साथियों के भी नाम बता दूँ और यह भी कि उनके नाम दूसरे के मोबाइल में क्या फीड हैं। एक अन्य बैचलर साथी हैं अत्ते। अन्य तीन का मोबाइल खोल लें तो इसके नाम का अन्दाज़ा आप भी लगा लेंगे। आपको मिल जाएगा—अटरिया पे कबूतर। इस घोंसले का चौथा बैचलर है—फत्ते। और इसका नाम भी मोबाइल में फीड है—फत्ते। आप सोचेंगे ऐसा क्यों? इनके साथ इतनी इज्ज़दारी भला क्यों? तो जनाब इसके पीछे महज कारण यह है कि बेचारे तीनों इस पर काफ़ी मगज़मारी कर चुके हैं कि आखिर इनके नाम को क्या बिगाड़ा जा सकता है? लेकिन वे अभी तक सफल नहीं हो पाये हैं। यह तो अभी भी बाक़ी तीनों के लिए शोध का विषय है।

जब चारों के बीच इस पर सहमति है कि जीते चाहे कोई भी, पैसा इस घोंसले का होगा और उस पैसे से कोई राशन नहीं आने वाला। उस पैसे से होगी मौज-मस्ती, पिक्चर, पिज्जा, सिगरेट और कोका कोला एन्ज्वॉय। सहमति इस पर भी है कि अगर गिफ्ट में कोई सामान आएगा तो उस सामान को बेच दिया जाएगा। सामान की जरूरत नहीं, पैसे की जरूरत है। चाहे सामान औने-पौने दाम में बिक जाये तब भी। चारों में से कोई भी शराब नहीं पीता। चारों में ढेर-सारी समानताएँ हैं। चारों बैचलर हैं। चारों शराब नहीं पीते हैं। चारों कम्प्यूटर की नौकरी करते हैं और चारों फिक्र नहीं करते

हैं।

चारों जिस घर में रहते हैं वह दो बेडरूम का एक फ्लैट है। दो बैडरूम और बीच में एक ड्राइंगहॉल। इस ड्राइंगहॉल में एक टेलीविजन सेट है। 54 इंच का कलर टेलीविजन। चारों जब सुबह ब्रेकफास्ट करते हैं और रात का डिनर करते हैं तब तसल्ली से इस कमरे में बैठकर इस टेलीविज़न का उपयोग करते हैं। सुबह साढ़े छः बजे और रात के साढ़े आठ बजे एक लड़का आ जाता है खाना बनाने। इसलिए ये खाना बनाने के झँझट से मुक्त हैं। सुबह ब्रेकफास्ट के साथ ही इन्हे लंच पैक मिल जाता है और रात में साढ़े नौ बजे तक इनका डिनर इस हॉल में लगा हुआ मिलता है। साढ़े नौ बजे रात में खाने के साथ इनकी बैठकी चाहे जितनी देर जमी रह जाये। ऑफिस की बातें, ऑफिस की लड़कियों की बातें, फ़िल्मों की बातें और एफ.एम. की बातें, ये सारी बातें इस ड्राइंगहॉल की फेवरिट्स में से हैं।

ऐसा नहीं है कि ये चारों किसी एक द्वीप पर, एक साथ कम्प्यूटर की पढ़ाई पढ़ रहे थे और फिर पढ़ाई खत्म कर उस द्वीप से उठकर इस द्वीप पर नौकरी ढूँढने आ गये हैं। ऐसा बिल्कुल भी नहीं है। यह चाहे जो भी जगह हो, जो भी महानगर हो, यहाँ नौकरियाँ मिलनी आसान हैं, इस सच को ये सभी जानते थे इसलिए इनमें से सभी ने चाहे कहीं से भी अपनी पढ़ाई पूरी की हो, मगर नौकरी ढूँढ़ने इस महानगर में आगे-पीछे अपने-अपने तरीके से यहाँ इकट्ठे हो गये हैं। इस घोंसले में जहाँ अभी ये रह रहे हैं और जहाँ के ड्राइंगहॉल में 54 इंच का कलर टेलीविजन सेट है, में पहले कौन आया और फिर बाद में कौन आया ये सब अवान्तर कथाएँ हैं। और जब कहानी ही कल्पना की उपज है तब अवान्तर कथा को कल्पना में सृजित करने से क्या फायदा? सच इतना है कि ये अभी साथ हैं और लगभग एक वर्ष से साथ हैं और ख़ुश हैं।

इन चारों नायकों का बचपन कैसा बीता इससे इस कहानी को कोई मतलब नहीं है। चारों नायकों के घर की माली हालात क्या है इससे भी कहानी का कोई सीधा सम्बन्ध नहीं है। किनके पिता क्या करते हैं? किनकी माँ हाउस वाइफ है और किनकी वर्किंग, किनके कितने-कितने भाई-बहन हैं ये सब बातें अतिरिक्त किस्म की बातें हैं। चारों नायकों ने कभी किसी लड़की से प्यार किया या नहीं या फिर किया तो कितना किया? इन सब बातों की भी कोई जरूरत नहीं हैं। जरूरत सिर्फ़ इतना जानने की है कि चारों नायकों ने जीवन में कभी भी सरकारी नौकरी की तरफ जाने की नहीं सोची और यही कारण है कि चारों ने जीवन में कभी नौकरी के लिए संघर्ष नहीं किया। चारों ने शुरुआती दौर से ही ऐसी तालीम ली कि पढ़ाई जल्द पूरी हो ओर पढ़ाई के कोई मायने निकलें। जीवन का कुछ लुत्फ लिया जा सके। सरकारी नौकरी की लाइन में जाकर जीवन को सुरक्षित करने के चक्कर में अभी के जीवन की माँ-बहन हो जाये ऐसा इन्होंने कभी नहीं चाहा। और आज अपनी चाह में ये हिट हैं, कम्प्यूटर, लैपटॉप,

मोबाइल, मोबाइल में कैमरा, विडियोग्राफी, म्यूज़िक, एफ.एम. इनकी ज़िन्दगी है।

यह दो बेडरूम का मकान चाहे जहाँ भी हो लेकिन इसमें रहने वाले चारों लड़कों के बीच सबसे सामान्य-सी बात है नौकरी को छोड़ना और नौकरी को पकड़ना। इस मकान के भीतर अक्सर इस तरह की चर्चा चलती पायी जाती है कि मुझे कॉल वहाँ से आ गया है अब मैं यहाँ से छोड़ दूँगा। यहाँ अभी तो ठीक है, लेकिन इसका कोई फ्यूचर नहीं है। ऑफिस में मोबाइल पर बात करने पर बॉस घूरता है साला, नौकरी ही छोड़ दूँगा। बॉस ने अपने चैम्बर में शीशा लगा रखा है दो बार चाय पियो तो लगता है उसके बाप के घर से जा रहा है, नौकरी छोड़ दूँगा तब पता चलेगा। इन चारों में से हरेक को यह हमेशा लगता रहा है कि इस दुनिया में सबसे आसान है नौकरी ढूँढ लेना। ये सोचते हैं कि अगर इनको नौकरी पर नहीं रखा जा रहा है तो वह उस कम्पनी को बदकिस्मती ही नहीं है, बल्कि उसके दुर्दिन शुरू हो गये हैं और ज़्यादा से ज़्यादा साल भर लगेगा जब यह कम्पनी बैठ जाएगी। अक्सर ये इस तरह की कम्पनियों को श्राप भी दे देते हैं। जा नसपिटे तूने मेरे जैसे हीरे को छोड़ा है न अब तू एक-एक क्लाइन्ट को तरसेगा। तेरी बिजली गुल हो जाएगी, तेरे ऑफिस के पानी की टंकी में मछलियाँ हो जाएँगी, और तेरी कुर्सी में खटमल। एक दिन तू बर्बाद हो जाएगा। यह अलग बात है कि आज तक इनमें से किसी ने भी मुड़कर यह देखने की ज़हमत नहीं उठायी कि इनके श्राप का फल कितना घातक हुआ। और उसके बाद उनका हश्र क्या रहा। यही आत्मविश्वास इनके अन्दर इतना भरा हुआ है कि ये कोई नौकरी सिर्फ इसलिए भी छोड़ सकते हैं कि साला जहाँ मूतने जाओ वहाँ भी हाथ धोने को लिक्विड सोप रखा हुआ है। अरे साले इतनी ही मेहनत करनी होती तो यहाँ नौकरी क्यों करूँगा, विदेश नहीं चला जाऊँगा। आदि-आदि।

चारों में से कोई-न-कोई हमेशा नौकरी पकड़ता या छोड़ता ही रहता। इन चारों के लिए सबसे असामान्य है देश-दुनिया की ख़बर रखना। इनका मानना है हम देश-दुनिया के बारे में जानें या न जानें यह तो वैसे ही चलेगा। ये अगर जीवन को आनन्द उठाने का एक माध्यम मात्र समझते हैं तो इसे वे ईश्वर का ही इशारा कहते हैं। अगर मान लीजिए कि हमें मौज नहीं करना था तो हमारा मनुष्य योनि में जन्म ही क्यों हुआ। बहुत सारी योनियाँ थीं कहीं भी ठेल दिया जा सकता था। जैसे मान लो गदहा बना दिया जाता या मान लो साला केकड़ा ही बना देता तो कुछ शिकायत थोड़े ही न कर पाते। वैसे भी साला केकड़े की शिकायत कौन सुनता? और मान लो मनुष्य योनि में जन्म हो भी गया और मौज नहीं करनी थी तो यह जन्म इक्कीसवीं सदी में नहीं होकर पूर्व पाषाण काल में होता या फिर कम से कम तब जब रथ के पहिये में पूरी ज़िन्दगी थी। इसे वह ईश्वर का इशारा समझते थे कि तुम्हें सुख लेना है इसलिए इस कम्प्यूटर और मोबाइल के युग में तुम्हें भेजा गया है। इसलिए यह वह बड़ा कारण है कि कभी

सोचकर इन्होंने टेलीविजन सेट पर किसी न्यूज चैनल को ट्यून नहीं किया है। हाँ यह अलग बात है कि तमाम चैनलों को ढूँढने के बीच में इनको न्यूज चैनल पर चलने वाली पट्टियाँ दीख जाती हैं या फिर एफ.एम. रेडियो पर हर घंटे के बाद दिये जाने वाले मुख्य समाचार की पंक्तियाँ सुनाई पड़ जाती हैं, लेकिन इन्होंने उसके लिए कोई प्रयास कभी नहीं किया कि यह जान लें कि यह दुनिया कैसी चल रही है।

वैसे इन्हें हमेशा ऐसा लगता था कि कहीं ऐसा नहीं हो जाये कि इस घर में हम चारों को छोड़कर दुनिया के सारे लोग अचानक ग़ायब हो जायें। चारों आपस में कहते कि अगर मान लो ऐसा हो भी जाये तो इस न्यूज चैनल से तो पता नहीं लगने वाला। जब कोई रहेगा ही नहीं तो न्यूज चैनल पर न्यूज पढ़ेगा कौन? और उस विकट परिस्थिति में भी जब न्यूज चैनल देखने में कोई फायदा नहीं, तब न्यूज चैनल देखने का क्या औचित्य?

लेकिन ये चारों टेलीविजन चाहें जितना देख लें, इनका पहला प्यार है रेडियो। इनके पास घर पर एक म्यूजिक सिस्टम भी है पर एफ.एम. में ही इतने गाने हैं कि इसकी क्या ज़रूरत है। और उस पर इतनी स्पष्ट आवाज़। ये अक्सर रात में गप्प करते वक़्त भी इस एफ.एम. को कम आवाज़ पर चला कर छोड़ देते हैं। यह अलग बात है कि घर में रेडियो का कौन-सा चैनल चलेगा इसमें किसी एक की ही मर्जी चल पाती है। परन्तु इस को लेकर कभी कोई विवाद नहीं होता, चारों अपनी पसंद सामने रखते और फिर कोई-न-कोई चैनल बजता रहता।

ऐसा बिल्कुल भी नहीं है कि इन चारों नायकों के जीवन चरित या फिर उनकी पसंद-नापसंद को लिखने या सुनाने मात्र से ही यह कहानी, कहानी बन गयी है। यह तो शुरू में ही कह दिया गया है कि इसमें उन्हीं बातों को, उन्हीं चीज़ों को और उन्हीं मुद्दों को लिया गया है जिनसे कहानी का सीधा वास्ता है।

यह कहानी तब कहानी बनी जब इन्होंने न्यूज चैनल की पट्टियों के सहारे और एफ.एम. के संक्षिप्त समाचारों के सहारे यह जान लिया कि इस धरती के विभिन्न कोनों पर अनवरत बम-ब्लास्ट होते रहते हैं। कभी यहाँ ब्लास्ट तो कभी वहाँ ब्लास्ट। न्यूज चैनल पर ब्रेकिंग न्यूज करके नीचे पट्टी बनती, इस शहर के इस चौक पर हुए बम धमाके में चौबीस की मौत और अड़तालीस घायल। कभी उस शहर के सिनेमा हॉल में, बस में तो कभी कचरे के डिब्बे में धमाके। कभी-कभी हमारे इन चारों नायकों को न्यूज चैनल की इन पट्टियों ने उस जगह को देखने के लिए मज़बूर भी किया। सारे रिपोर्टर उस जगह को दिखाने की कोशिश में लगे रहते जहाँ बम धमाका हुआ। रिपोर्टर, लोगों से बात करते और यह अनुमान लगाने की कोशिश करते कि आख़िर वे कौन थे जिन्होंने यहाँ बम रखा। और यह भी कि आख़िर वे कौन हैं जिन्होंने उन्हें यहाँ बम रखते देखा। सभी न्यूज चैनल पर तब बस एक ख़बर होती। लगभग सारी

ख़बरें गायब। ये चारों तब अक्सर सोचते कि जब यह ख़बर नहीं थी तब ये न्यूज चैनल वाले इन समयों को किन ख़बरों से भरते थे।

किसी शनिवार की वह रात थी जब चारों नायक अगले दिन छुट्टी होने के कारण थोड़ा आराम से अपने डाइनिंग हॉल में खाना खाने के बाद टी.वी. देख रहे थे। उन्होंने खाने के बाद उस दिन खीर खायी थी और जिसका स्वाद उनके मुँह में अभी बाकी था। तब किसी बड़े शहर के किसी व्यस्त तय बाजार में एक नहीं दो नहीं तीन-तीन धमाके हुए थे और लोगों के जीवन की बड़ी क्षति हुई थी। न्यूज चैनल वाले पूरी तरह इस ख़बर में घुसे पड़े थे। ये चारों तब थोड़ी सी नींद को आँखों में दबाये और खीर का स्वाद मुँह में घुलाये एक ऐसी फ़िल्म की तलाश में थे जिसमें थोड़ा रोमांस हो या फिर थोड़ा एक्शन। लेकिन रास्ते में ही न्यूज चैनल की पट्टी दिखी, इस धमाके की पट्टी। पट्टी ने चारों को थोड़ी देर उस चैनल पर रोका। ये तीन धमाके तीन अलग-अलग जगह पर हुए थे। एक जगह सब्जी मार्केट, एक जगह जहाँ लोग चाट-पकौड़ी खा रहे थे और एक जगह पार्क, जहाँ लोग खाना खाने के बाद देर रात तक एन्ज्वॉय करते हैं। इन चारों ने इस पर विचार किया कि बम रखने वाले कितने एक्सपर्ट हैं, हर उस जगह पर बम है जहाँ लोग इकट्ठा होते हैं। इन्होंने सोचा कोई जगह अब बची नहीं जहाँ बम रखने वालों ने सोचा नहीं। इन्होंने तो यहाँ तक सुन रखा है कि एक बार एक गोलगप्पे के भीतर बम फट गया, खाने वाले ने मुँह के अन्दर गोलगप्पा दबाया नहीं कि बस फट गया। उसके तो परखच्चे उड़ गये। कहते हैं उस आदमी की तो सात पुश्तें भी अब गोलगप्पे से दूर रहेंगी।

बातचीत के दौरान इन चारों के मन में एक सवाल आया था। सिर्फ़ एक सवाल। यह जरूरी नहीं है कि चारों के मन में एक साथ ही सवाल आया हो परन्तु इस सवाल में तब सबकी बराबर की उत्सुकता थी। जिसका जवाब चारों में से किसी को मालूम नहीं था। और चूँकि सवाल था तो उसका उत्तर तो चाहिए ही, इसलिए चारों ने इस सवाल के उत्तर को ढूँढने का कठोर निर्णय लिया। यह कहानी पूरी तरह इसी सवाल के उत्तर को ढूँढने की कहानी है। टीवी देखते हुए चारों के मन में यह सवाल आया कि जब कहीं धमाका होता है तब न्यूज चैनल वाले तो पूरी तरह उसमें जुट जाते हैं। उस घटना स्थल की जीवन्त तस्वीर दिखलाने में, संवाददाता से बात कराने में अस्पताल, प्रत्यक्षदर्शी से बात करवाने में ये लगे रहते हैं। पुलिस, राजनेता, डॉक्टर और विशेषज्ञों की राय में भी ये व्यस्त रहते हैं। लेकिन सवाल यह है कि जिस समय किसी बड़े शहर में धमाका होता होगा तो उस समय वहाँ का एफ.एम. रेडियो क्या करता होगा? एफ.एम. जिसका मुख्य काम गाना सुनाना और मनोरंजन करना है वह इस ख़बर पर पूरी तरह तो टिक नहीं सकता है लेकिन किसी शहर में इतना बड़ा धमाका हो जाये और रेडियो मनोरंजन करता रह जाये, यह भी समझ से परे था। यह

सवाल तब उनके मन में एक पेचीदा सवाल बनकर उभरा था। आँखों से नींद उड़ चुकी थी। मुँह से खीर का स्वाद गायब हो चुका था। दिमाग पर जोर डालना पड़ रहा था।

ऐसा बिल्कुल भी नहीं है कि वे जिस शहर, जिस नगर–महानगर में अभी रह रहे हैं, वहाँ कभी बम का धमाका नहीं हुआ। लेकिन इसे महज एक संयोग कहें कि इन चारों ने अभी तक इसका अनुभव नहीं लिया है कि जब धमाका हुआ और जब टीवी के चैनल वाले पूरी तरह इसी धमाके से जुड़े रह तब एफ.एम. वालों ने क्या किया? हो सकता है वे उस समय ऑफिस में रहे हों या फिर घर में सो रहे हों। इनके लिए यह सवाल बहुत महत्वपूर्ण था कि उस समय में सुदीप्ति और रिचा अपनी फुर्तीली जुबान और उल्टे दिमाग का क्या करती होंगी? वे अपनी बड़बड़ाहट को जस का तस चालू रखती होंगी, यह उस माहौल को देखकर स्वीकार करना मुश्किल है लेकिन वे बिल्कुल बोलना बन्द कर देती होंगी और गाना नहीं सुना पाती होंगी यह सोचना तो और भी मुश्किल था। चूँकि उनके पास इसका अनुभव नहीं था और चूँकि उनके मन में इस तरह का सवाल आ गया था इसलिए यह सवाल उनके लिए बड़ा हो गया। यह एक ऐसा घुमावदार प्रश्न इनके मस्तिष्क में आ गया था कि इसके पेंच को ख़ोले बिना अब इन्हें आराम नहीं था।

चारों को यह सोचना बहुत अजीब लगा कि इस बात का ध्यान रखा जाये और इन्तज़ार किया जाये कि आगे जब कभी इस शहर में बम के धमाके हों तब रेडियो से चिपक लिया जाये। और रेडियो से चिपककर इस बड़े सवाल के उत्तर की तलाश में इसकी तह तक जाया जाये।

अगर मैं यहाँ पर रुककर आपको अभी की उस कमरे की स्थिति समझाऊँ तो यही समझिए कि इस डाइनिंग हॉल में एक ट्यूब जल रही थी और पंखे की गति बहुत तेज नहीं थी। इस हॉल में चार कुर्सियाँ थीं और चारों उस पर अपने पैर फैलाये बैठे थे। टेलीविजन रिमोट द्वारा बन्द किया गया था इसलिए उसमें एक लाल बत्ती जल रही थी। चारों चुप थे और एक गम्भीरता उनके चेहरे पर दीख रही थी। पंखा कभी–कभी अपनी ऊपर की कटोरी से घिसटता था और थोड़ी–थोड़ी देर पर एक हल्की–सी घर्षण की आवाज़ निकलती थी।

सही मायने में देखें तो अगर यह समस्या एक प्रौढ़ के मस्तिष्क में उठती तो इसमें कुछ भी नया नहीं होता। इस समस्या का इलाज़ उनके पास बिल्कुल सामान्य था। उस बड़े शहर में ज़हाँ वे रहते थे वहाँ जब कभी धमाका होता, वे अपनी इस उत्सुकता का समाधान ढूँढ लेते। लेकिन इस कहानी में यह समस्या जिनके मस्तिष्क में आयी थी, वे प्रौढ़ नहीं बिल्कुल लौंडे–लपाटे हैं और इन लौंडे–लपाटों में सब्र कहाँ? इनके यहाँ इन्तज़ार सम्भव नहीं था। पता नहीं अब फिर कब धमाका हो और तब तक हम सब साथ हों न हों, अपनी नौकरी यहीं रहे या विदेश में पता नहीं! अत्ते

ने तो तब यह भी समस्या रख दी थी कि उसकी कम्पनी की तो नयी ब्रान्च अभी सिंगापुर में शुरू होने वाली है और ज़्यादा चांस है कि उसे मौका मिल जाये और इस ब्लास्ट के इन्तजार में मैं सिंगापुर कैसे छोड़ सकता हूँ। ज़्यादा से ज़्यादा छः महीने ही मैं यहाँ और रह पाऊँगा। किसी के सामने समस्या यह भी थी कि कहीं इस बीच किसी की शादी न हो जाये और हमें एक-दूसरे से अलग होना पड़े। अलग-अलग रहकर इस प्रश्न का समाधान हमने ढूँढ भी लिया तो भी उसमें कोई मज़ा नहीं है। इस प्रश्न पर अधिकार हमारा साझा है तब हमारा समाधान पर भी साझा ही अधिकार होगा। रात गहराती रही और दिमाग उलझता रहा। दिमाग ने अधिक सोचना शुरू किया तो भूख लग गयी। किचन में अब सिर्फ आमलेट बन सकता था। इस बीच प्रयोग के तौर पर इस शहर में एफ.एम. को ट्यून करके सुना गया। कोई फर्क नहीं। गाना उस पर जस-का-तस बजता रहा। हाँ, बस संक्षिप्त समाचार में ख़बर आयी, उस शहर में तीन धमाके हुए और इतने लोगों की जान की क्षति हुई, इतने लोग हताहत हैं। आमलेट खाते हुए चारों में से एक के मस्तिष्क में यह समाधान आया कि सम्भव है कि एफ.एम. उस दौरान बन्द कर दिया जाता होगा। लेकिन इस समाधान को बाकी तीन ने सिरे से खारिज कर दिया। यह हो नहीं सकता है कि चौबीस घण्टे चलने वाला एफ.एम. चैनल उस समय बन्द हो जाता होगा। प्रश्न बहुत पेचीदा था।

चूँकि रात काफ़ी गहरा गयी थी और चारों चुप थे तो अँधेरे की एक आवाज़ इस नीरवता के माहौल को और अधिक गम्भीर बना रही थी। चारों शान्त थे और हिल नहीं रहे थे। थोड़ी-थोड़ी देर पर पंखे से निकलने वाली आवाज़ उस शान्ति को थोड़ी देर के लिए हिला जाती थी। वह कमरा जिसमें अभी ये चारों बैठे थे और जहाँ चारों किसी समाधान की तलाश में थे, चारों के रहते कभी इतना शान्त हुआ हो, ऐसा कभी नहीं हुआ। लेकिन इस शान्ति ने इस समस्या का एक समाधान भी निकाल दिया। समाधान बहुत आसान था। लेकिन यह पहले किसके दिमाग में आया, यह बतलाकर बाकी तीन की महत्ता को यहाँ कम नहीं किया जा सकता।

समाधान था एक ब्लास्ट और सब कुछ आँखों के सामने स्पष्ट। समय का इन्तज़ार करना चूँकि सम्भव नहीं था और उतना सब्र भी नहीं था इसलिए यह समाधान निकाला गया। समाधान क्या निकला सभी उछल गये। अब महज एक ब्लास्ट करके ख़ुद ही देखा जा सकता था कि उस वक़्त इस महानगर का मनोरंजन करने वाले विभिन्न एफ.एम. रेडियो क्या करते हैं? सबने इस समाधान के साथ-साथ अपनी सहमति इस पर दिखलायी कि पेट में आमलेट जाते ही उनका दिमाग चलने लगा। यह आइडिया सबसे पहले किसके मस्तिष्क में आया यह एक अतिरिक्त किस्म की क़वायद है क्योंकि चाहे यह आइडिया चारों में से जिस किसी का भी रहा हो उस पर चारों बराबर सहमत थे और उस पर उनका बराबर का अधिकार था। वैसे भी इसका

श्रेय एक को देकर उसे इस कहानी का नायक या खलनायक नहीं बनाया जा सकता। सच मानिये कि जिस तरह उनके बीच इस चीज़ को लेकर सहमति थी कि एफ.एम. से जीते गये उपहार या पैसों पर उनका बराबर अधिकार होगा, उसी प्रकार वे इस पर सहमत थे कि इस जिज्ञासा के साथ-साथ इस समाधान पर भी उनका बराबर अधिकार है।

जिस वक़्त यह निर्णय लिया गया तब रात के लगभग दो बज गये थे। समाधान सामने आते ही सबने काफ़ी हल्का महसूस किया था और तब एकबारगी सोने का निर्णय लिया। यह हमारे लिए अतिरिक्त किस्म की बात भले ही न हो लेकिन उनके लिए थी कि इस पर वे दिमाग-पच्ची करें कि बम बनता कैसे है? वे कम्प्यूटर और इन्टरनेट के अभ्यस्त थे और वे जानते थे कि प्याज़ की चटनी कैसे बनती है, इसकी प्रविधि भी इस नेट पर उपलब्ध है। बम बनाना तो बड़ी बात है। और बड़ी बातों का समाधान तो बहुत ही आसान है। इन्टरनेट की महत्ता को रेखांकित करने के लिए जो लतीफ़ा इनके यहाँ मशहूर है वे अक्सर ऐसे समय में उसका इस्तेमाल करते हैं। लतीफ़े में एक नवविवाहित दम्पत्ति है और सुहागरात का सिचुएशन। दोनों अनाड़ी थे और मामला काफ़ी गम्भीर हो गया। उपाय कुछ निकल रहा नहीं था और चिल्लाना या बाहर निकलना सम्भव नहीं था। यह तो उसकी किस्मत अच्छी थी कि लड़के का लैपटॉप कमरे के भीतर था और वह भी इन्टरनेट के साथ। लड़के ने उसी अवस्था में लैपटॉप का सहारा लिया। गूगल पर सर्च मारा, तमाम साइट्स खोले और फिर स्वस्थ बच पाये।

लगभग दस या ग्यारह दिन लगे इस पूरी प्रक्रिया को पूर्ण होने में। दस-ग्यारह दिन के बाद एक बम बनकर तैयार हुआ। इन दस दिनों में चारों ने इन्टरनेट में तमाम साइट्स को छान मारा। चारों ने आपस में काफ़ी बातचीत की। चारों ने ख़ूब मेहनत की। विभिन्न जगहों से सामान इकट्ठा किया गया और फिर इसे तैयार किया गया। हाँ, इस मद में इस बात की काफ़ी सतर्कता रखी गयी कि यह काम सिर्फ़ घर पर ही हो। ऑफिस में इन्टरनेट पर इस तरह की कोई खोज़ इन्होंने कभी नहीं की। इस बीच ये काफ़ी व्यस्त रहे। सोना इनका कम हो गया। खाना बनाने वाला लड़का अक्सर इनको व्यस्त देखता, वह सोचता ऑफिस में काम काफ़ी बढ़ गया है। हमारे चारों नायकों ने इसे एक ऑपरेशन की तरह देखा था और इसका नाम शॉर्टकट में रखा था एसएफएम। यानी सस्पेंस ऑफ एफ.एम.। यानी एफ.एम. का रहस्य।

इस रहस्यमय काम को बड़े ही चुपचाप तरीके से अंज़ाम दिया गया था। बेडरूम में चारों बगैर कोई शोर किये अपना काम करते थे। न टेलीविज़न का शोर और न ही एफ.एम. का मनोरंजन। चाय की चुस्की की दरकार अवश्य थी। चारों में से ही कोई उठकर चाय बनाता और काम में जुट जाते।

सब कुछ नियत कर लिया गया था कि बम कहाँ रखा जाएगा। बम की टाइमिंग क्या होगी? बम कौन रखेगा? इस बात का खासतौर से ध्यान रखा गया था कि बमब्लास्ट तभी हो जब वे चारों घर पहुँच जाएँ। ताकि वे एक साथ आराम से इसे रेडियो पर सुन पाए। बम रखने के लिए बस स्टॉप के बगल के डस्टबीन को चुना गया था। जिस बस स्टॉप को चुना गया, उसके बारे में बीर ने जानकारी दी थी। बस स्टॉप के डस्टबीन का रंग भूरा था और वे लोहे की दो सलाखों के बीच झूल रहा था। यूँ यह काफ़ी मजबूत था और उसका ऊपरी किनारा मुड़ा हुआ था। लेकिन प्लास्टिक के उस डस्टबीन में आग की एक तीली भी आ जाती तो वह बेकार हो जाता। बस स्टॉप से उस डस्टबीन की दूरी महज पाँच फीट होगी। लोग उस डस्टबीन में ज़्यादातर गुटखे का पैकेट, चिप्स या बिस्कुट के पैकेट का रैपर आदि फेंका करते थे। डस्टबीन को बहुत दिनों से खाली नहीं किया गया था, यही कारण है कि वह लगभग आधा भरा हुआ था और दोनों खम्भों के बीच झूलने में असमर्थ था।

जिस बस स्टॉप को और जिस डस्टबीन को इसके लिए चुना गया था उसका सबसे बड़ा कारण यह था कि उस स्टॉप पर अक्सर बहुत भीड़ होती थी। बीर अपनी बाइक से उसी रास्ते से होकर रोज़ गुज़रता था और उसने वहाँ अक्सर ऑफिस से जाने या आने के समय में बहुत भीड़ देखी थी। भीड़ बस के इन्तजार में उत्सुक होकर खड़ी होती थी और बस के आ जाने पर सब उसकी ओर दौड़ पड़ते थे। बस पर वे लटक जाते थे और बस बहुत की मुश्किल से वहाँ से निकल पाती थी। बस निकल जाती थी और फिर भी उतने लोग बस स्टॉप पर इन्तजार करते रह जाते थे। यह सिलसिला सबुह और शाम लगभग दो–दो घंटे तो चलता ही था। ब्लास्ट का समय शाम के साढ़े सात का रखा गया ताकि बस का इन्तज़ार करती पूरी एक भीड़ इस चपेट में आ सके। बीर का अपना अनुभव था कि अगर ऐन ब्लास्ट से पहले यहाँ से बस गुजरी भी हो तब भी कुछ ख़ास फ़र्क़ नहीं पड़ने वाला था। वह जानता था कि बस के गुज़रने के बाद भी एक पूरी भीड़ स्टॉप पर अगली बस की प्रतीक्षा में खड़ी होती है।

वह दिन चारों के लिए एक खास दिन था, इसलिए नहीं कि वे जीवन में पहली बार ब्लास्ट करने जा रहे थे बल्कि इसलिए कि वे आज अपने जीवन के सबसे बड़े प्रश्न का समाधान ढूँढने जा रहे थे। उन्होंने उस दिन अपने ऑफिस से थोड़ा पहले छुट्टी ले ली थी। बीर के ऊपर एक बड़ी जिम्मेदारी थी किन्तु वह सामान्य था। आते वक़्त बस स्टॉप के बगल वाले उस भूरे रंग के डस्टबीन के पास उसने अपनी बाइक रोकी थी और अपने बैग से अखबार में लपेटे बम को इस अपारदर्शी डस्टबीन में डाल दिया था ऐसे, जैसे वह अपने टिफिन से बचा हुआ खाना डस्टबीन में डाल रहा हो। यह लगभग 6 बजे का समय था, उसने देखा था कि स्टॉप पर भीड़ बढ़नी शुरू हो गयी थी। भीड़ में बस की बेसब्र प्रतीक्षा थी और घर जल्दी पहुँच जाने की ग़ज़ब की

आकुलता।

विभिन्न ऑफिसों और विभिन्न रास्तों से होते हुए चारों लगभग सात बजे तक घर पहुँच गये थे। कोई साढ़े छः तो कोई पौने सात तो कोई सात। बम को साढ़े सात बजे फिक्स किया गया था। बीर के सही ढंग से कार्य कर दिये जाने पर सभी आश्वस्त थे। चारों तरोताजा होकर अपने घर के कपड़े बदलकर पूरा आराम से बैठ गये थे। साढ़े सात बजे से पहले चाय बना ली गयी थी और चाय की चुस्की के साथ रेडियो को ट्यून कर दिया गया था। घड़ी के काँटे ने जब साढ़े सात को छुआ तब उन्होंने आपस में नजरें मिलायी थीं। रेडियो का एफ.एम. चैनल अपने मनोरंजन में व्यस्त था। गानों और अपनी बड़बड़ाहट के साथ। चारों चाय की चुस्की ले रहे थे। आज भी कमरे में पंखे की आवाज़ थम-थमकर आ रही थी। लेकिन आज कमरे में शान्ति नहीं थी, रेडियो की आवाज़ पूरे कमरे में छायी हुई थी। मात्र अभी 7:45 ही हुए होंगे की एफ.एम. पर यह संक्षिप्त समाचार आ गया था। इस व्यस्त महानगर के व्यस्ततम एरिया के व्यस्ततम बस स्टॉप पर अभी-अभी एक जबरदस्त धमाका हुआ है और अभी तक मिली सूचना के अनुसार कम से कम 18 लोगों की मौत हो गयी है और 38 लोग घायल हो गये हैं। यह प्राथमिक सूचना थी।

चारों के चेहरे पर सन्तुष्टि की एक गहरी छाप थी। एक मुस्कराहट। चारों की नजरें मिली थीं और विजय का उल्लास उनके चेहरे पर महसूस किया जा सकता था। उन्होंने आपस में एक साथ कहा था—'वी डन इट'। उनकी आवाज़ में एक कोरस था और एक गर्मजोशी। वे लगभग दो-ढाई घंटे तक रेडियो के विभिन्न एफ.एम. चैनलों को बदल-बदल कर इसका अनुभव लेते रहे थे कि कौन-से चैनल पर क्या होता है? कौन-सा चैनल इस समय को कैसे उपयोग करता है? किसी चैनल पर गाने आते हैं या नहीं, आते हैं तो कैसे गाने। चैनलों की बक-बक बन्द होती है या नहीं और अगर होती है तो उस समय और क्या होता है। पर उन्होंने क्या अनुभव प्राप्त किया कहानी को इससे कोई वास्ता नहीं है इसलिए उसे भी मैं यहाँ नहीं दे रहा हूँ। शुरू में ही कह दिया गया है कि जब कल्पना की ही उपज है तब ऐसी चीज़ों पर समय क्यों ज़ाया किया जाये, जिसकी जरूरत नहीं है। कहानी में आगे यहाँ वे बातें लिख रहा हूँ जिसे जानना बहुत जरूरी है।

लगभग दो-ढाई घंटे तक रेडियो से अपने अनुभव को पुष्ट करते हुए वे अपने भीतर काफ़ी सन्तुष्टि महसूस कर रहे थे। जब उन्हें लग गया कि उन्होंने अपने प्रश्न, अपनी उत्सुकता का समाधान ढूँढ लिया है तो उन्होंने रेडियो बन्द कर दिया था। लेकिन अभी उन्होंने खाना नहीं खाया था। वे पन्द्रह मिनट तक बरामदे में टहलते रहे। और एफ.एम. से प्राप्त अपने अनुभव पर आपस में बातचीत करते रहे थे।

रसोईघर से खाना परोसकर जब वे डाइनिंग रूम में बैठे तब उन्होंने टीवी ऑन

किया और शायद जीवन में पहली बार इन्होंने सायास न्यूज चैनल को ढूँढा। सभी चैनलों पर बस यही खबर थी। रिपोर्टर उस घटनास्थल पर अपना कैमरा फिक्स किये हुए थे। संवाददाता काफ़ी उत्साहित था। उस बस स्टॉप और उस डस्टबिन को फीते से घेर दिया गया था। रिपोर्टर बार-बार उस स्टॉप, उस डस्टबिन की ओर इशारा करता था और कैमरामैन उस डस्टबिन की ओर अपने कैमरे को ज़ूम कर देता था। बीर ने देखा डस्टबिन में, डस्टबिन—जैसा अब कुछ नहीं रह गया था। लोहे की दोनों सलाखें जिन पर डस्टबिन झूला करता था, वे उसी तरह खड़ी थीं। अवशेष के रूप में महज उन कीलों में कुछ भूरे रंग का पिघला हुआ प्लास्टिक ही बच गया था जिसे देखकर उस डस्टबिन के रंग का मात्र अन्दाजा लगाया जा सकताा था।

चारों तरफ पुलिस ही पुलिस थी। लाश या घायल अब वहाँ नहीं थे, ख़ून के धब्बे चारों ओर बिखरे हुए थे। बीर ने देखा जो बस स्टॉप शाम को काफ़ी भरा-भरा था वह अब भी बिल्कुल भरा-भरा था लेकिन उसका स्वरूप, रूप-रंग काफ़ी बदल गया था। चैनलों पर अस्पताल के अन्दर का सीन भी दिखाया जा रहा था। वहाँ काफ़ी अफ़रा-तफ़री और रुदन था। सभी न्यूज चैनलों पर नीचे चौड़ी पट्टी में मारे गये और घायल हुए लोगों की संख्या दी जा रही थी। उन अस्पतालों का नाम और फ़ोन नम्बर भी दिया जा रहा था जहाँ घायलों को भर्ती किया गया था। चारों खाना खाते हुए रिमोट का इस्तेमाल कर रहे थे। वे विभिन्न चैनलों को पलट रहे थे। सभी न्यूज चैनलों पर यही और इसी तरह की ख़बर थी। सभी न्यूज चैनलों पर ब्रेकिंग न्यूज थे और सभी चैनलों पर अस्पताल की ख़बरें थीं।

लेकिन वे इन्हीं ब्रेकिंग न्यूज के बीच यह देखकर चौंक गये थे कि इस धमाके की जिम्मेदारी 'जमातुल मोहसिना' नामक एक आतंकवादी संगठन ने ले ली थी। चारों इस ख़बर को देखकर भौंचक रह गये थे। और उनका कौर उठाये हाथ, मुँह तक आकर रुक गया था। वे नहीं जानते थे यह 'जमातुल मोहसिना' क्या है? वे नहीं जानते थे कि यह कहाँ है? वे नहीं जानते थे कि यह कैसे हुआ? चैनल पर यह भी दिखाया जा रहा था कि वहाँ के एक प्रत्यक्षदर्शी ने गवाही भी दी थी कि उसने बम रखने वाले को देखा है। लेकिन चारों को यह ख़बर देखने के बाद डरने का मौक़ा नहीं दिया गया था। उस प्रत्यक्षदर्शी का रिकार्डेड टेप बार-बार दिखाया जा रहा था जिससे अभी थोड़ी देर पहले ही बात हुई थी। प्रत्यक्षदर्शी की गवाही यह थी कि उसने एक आदमी को इस डस्टबिन में कुछ फेंकते देखा था। वह काली पॉलीथीन में कुछ भारी-सा था। वह पैदल आया था, और काले रंग का कुर्ता-पायजामा पहने हुए था। उसने लम्बी दाढ़ी रख रखी थी, और उसकी मूँछ नहीं थी। वह छः फीट लम्बा था और काफ़ी ख़ूँखार लग रहा था। वह डस्टबिन के पास आकर एक मिनट को रुका था, इधर-उधर देखा

था और फिर काली पॉलीथीन को इस डस्टबिन में डाल दिया था। काली पॉलीथीन को डालने के बाद उसने अपने मुँह के गुटखे से बने थूक को भी इसी डस्टबिन में उलीच दिया था। यह शाम के लगभग सात बजे का समय था।

हमारी कहानी के चारों नायक, आप चाहे इन्हें नायक न कहें, चारों चरित्र चकरघिन्नी खा गये थे और कुर्सी पर थमे रह गये, सिर्फ़ एक-दूसरे की शक़्ल देखते हुए। चारों चरित्रों ने जब सुबह का अखबार उठाया था तो उसमें फ्रंट पेज पर सबसे बड़ी ख़बर के रूप में यही बम का धमाका था और साथ ही यह भी ख़बर थी कि इसकी जिम्मेदारी 'जमातुल मोहसिना' नामक खतरनाक आतंकवादी संगठन ने ले ली है। इस खबर के साथ ही उसमें काले रंग का कुर्ता—पायजामा पहने शख़्स का रेखांकन भी उसी पहले पृष्ठ पर दिया गया था, जिसने तथाकथित रूप से वहाँ बम रखा था। उसकी दाढ़ी काफ़ी बड़ी बनायी गयी थी, उसकी मूँछ नहीं थी और उसने कन्धे पर एक गमछा भी रख रखा था।

मात्र चार-पाँच दिन ही गुजरे होंगे कि चारों चरित्रों ने अखबार के प्रथम पृष्ठ पर यह ख़बर पढ़ी थी कि इस महानगर की पुलिस को इस बम-ब्लास्ट के सम्बन्ध में एक अभूतपूर्व उपलब्धि हाथ लगी थी। इससे सम्बन्धित पाँच आतंकवादियों को मुस्लिम बहुल एरिया में मार गिराया गया था। पाँचों के नाम के साथ उनकी तस्वीर भी दी गयी थी। उनके चेहरे पर गोलियों के निशान थे और उनका चेहरा काफ़ी विकृत हो चुका था। उनके शरीर पर लगी सारी गोलियों के निशान उनके शरीर के सामने वाले भाग में थे। पाँचों मुसलमान थे और उनकी उम्र लगभग पच्चीस से सत्ताईस के करीब थी। पाँचों यहाँ किसी बड़े विश्वविद्यालय से कम्प्यूटर का कोई गम्भीर कोर्स कर रहे थे। पाँचों का सम्बन्ध दूर किसी अज्ञात देश से भी था। उस देश से जहाँ एक भी मनुष्य नहीं रहता था। वहाँ सिर्फ़ नरभक्षी रहते थे। यह यहाँ की मुस्तैद पुलिस की बड़ी उपलब्धि मानी गयी थी और इस तरह से इस बम ब्लास्ट के रहस्य को मात्र चार-पाँच दिनों में ही सुलझा लिया गया था।

हमारी कहानी के चारों चरित्र इस वक़्त कहाँ हैं, पता नहीं? पता नहीं क्या? जब थे ही नहीं तो कहाँ होंगे? चारों चरित्र तो महज कल्पना की उपज थे। लेकिन इस कहानी में अगर चारों चरित्र कल्पना की उपज थे और सब झूठ था और वे अब कहीं नहीं हैं तब इससे यह मत समझ लीजिए कि वे पाँचों जो इस बम-ब्लास्ट के सम्बन्ध में पुलिस की गोलियों से मारे गये, वह भी झूठ है। उनका मृत और विकृत हुआ चेहरा तो अखबार के प्रथम पृष्ठ पर छपा हुआ है। और वह अखबार तो अब भी आप सबके पास है।

...और इब्नबतूता ग़ायब हो गया

और इस बार सोचा, क्यों नहीं कहानी के नायक का नाम किसी ऐतिहासिक पात्र के नाम पर रखा जाये। इब्नबतूता नाम थोड़ा अज़ीब लगा और कहानी का नायक इब्नबबूता बन गया। इस तरह कहानी के नायक के नाम 'इब्नबतूता' के जन्म के पीछे एक संयोग काम आया। लेकिन यह महज संयोग कहाँ है कि चौदहवीं शताब्दी में जब 'इब्नबतूता' भारत आया था तब दिल्ली की शानो-शौकत को देखकर दंग रह गया था और फिर संसार में इसे अद्वितीय, ऐश्वर्यशाली और न जाने क्या-क्या कह दिया था। कहानी का नायक हमारा इब्नबतूता भी तो दिल्ली की चकाचौंध-भरी दुनिया देखकर हतप्रभ है, आप चाहें तो इसे ही कहानी के नायक के नाम के पीछे के जन्म का कारण मान लें, वरना संयोग तो है ही।

आज उसे अपने कारखाने के लिए देर हो गयी थी। उसे यह मालूम था कि उसके आधे दिन का वेतन आज कटना निश्चित है इसलिए वह काफ़ी आराम में था। बग़ैर किसी देरी की चिन्ता किये उसने आज फिर अपनी साइकिल को अपने शरीर से टिकाये सड़क के किनारे खड़े होकर कनॉट प्लेस की उस ऊँची बिल्डिंग पर नीचे से ऊपर की ओर नज़र डाली। आज चूँकि दिन चढ़ आया था इसलिए उस बिल्डिंग के ऊपरी सिरे तक पहुँचते ही उसकी निगाह सूर्य की तेज रोशनी में बिल्कुल चौंधिया गयी। उसे अचानक लगा, जैसे उस बिल्डिंग का ऊपरी सिरा सूर्य से जा मिला है। ऐसे, जैसे उस फ्लोर के लोग कैंटीन से चाय लेकर अपनी बालकनी को टाप कर सूरज की गोलाई में घुस जायें और अपने दोस्तों के साथ चाय की चुस्की लें। सूरज की रोशनी से टकराते उस ऊपरी फ्लोर को वह बहुत साफ़-साफ़ देख नहीं पाया। मुश्किल से उसने तीस से पैंतीस सेकेन्ड तक निहारा होगा कि उसके सिर में चक्कर आने लगा और अचानक लगा जैसे वह गश्त खाकर गिर जाएगा। उसने अपनी निगाह नीचे कर

ली और अपनी साइकिल के हैंडिल को कसकर पकड़ लिया। ऐसे, जैसे साइकिल कोई गड़ा हुआ खम्भा हो और वह उसे पकड़कर गिरने से बच जाएगा। पर चूँकि साइकिल उसके सहारे खड़ी थी इसलिए वह नहीं गिरी और वह साइकिल के सहारे खड़ा था इसलिए वह भी नहीं गिरा। ज्यों ही वह थोड़ा-सा संयत हुआ, उसके दिमाग में पहली बात यह आयी कि उस फ्लोर पर काम करने वाले लोगों के लंच बाक्स में रखा खाना कभी ठंडा नहीं होता होगा। जब ख़ाना निकालो तब एकदम गर्म। लेकिन दूसरे ही पल उसके दिमाग में आया इतनी गर्मी में तो बुशर्ट ही जल जाये। उसने सोचा उसके पास तो मात्र दो ही बुशर्ट हैं।

सड़क किनारे अपनी देह से साइकिल को टिकाकर इस ऊँची बिल्डिंग को निहारना उसकी रोज की आदत में शामिल था। रोज वह इस बिल्डिंग के सामने खड़े होकर उसे नीचे से देखता और सोचता कि उसके मालिक के पास कितना पैसा होगा। वह अपने मोहल्ले की ज़मीन के हिसाब से उसकी कीमत अपने मन के भीतर आँकने की कोशिश करता। बीस हजार रुपये गज उसके मोहल्ले की जमीन है यह कम से कम एक हजार गज तो होगी ही। दो करोड़ तो मेरे मोहल्ले के हिसाब से हुआ फिर उसके ऊपर यह बीस महल। वह सोचता, कनॉट प्लेस की जमीन तो महँगी भी होगी। लेकिन कितनी मँहगी उसे नहीं मालूम। रोज वह इन हिसाबों के चक्कर में पड़ता और चकरघिन्नी खाने लगता तो छोड़ देता। लेकिन आज की तरह वह इस सूरज की तेज रोशनी में पहली बार फँसा है।

चूँकि आज सुबह-सुबह उसके सिर में बहुत तेज चक्कर आ रहा था और वह बिस्तर से उठने की हिम्मत नहीं कर पा रहा था इसलिए उसे देर हो गयी थी। वरना वह रोज अपने नियम पर सुबह छ: बजे जग जाता है। पहले उसे लगा जैसे वह अभी कुछ देर में उठने की हिम्मत कर लेगा और थोड़ी देर में ही सही कारखाने पहुँच जायेगा और फिर मालिक की डाँट के साथ काम शुरू कर देगा। लेकिन जब वह दस बजे तक बिस्तर से उठ ही नहीं पाया तब वह निश्चिन्त हो गया। अब जब आधा दिन का वेतन कटना निश्चित ही है तब इतनी आपाधापी क्यों? उसने अपने मन में सोचा, आधा दिन का वेतन मतलब अट्ठावन रुपये।

यह इब्नबतूता चौदहवीं शताब्दी का कोई पुराना मॉडल है क्या?

उसकी उम्र लगभग पैंतालीस के करीब है। उसका नाम इब्नबतूता लोखंडे है। इब्नबतूता! इब्नबतूता नाम सुनकर लोग चौंकते हैं औ फिर उसकी तह में जाने की कोशिश करते हैं। इब्नबतूता से लोग इब्नबतूता का मतलब पूछते है। इब्नबतूता ख़ुद नहीं जानता है इसका मतलब। उससे लोग पूछते हैं किसने रखा उसका यह नाम? इब्नबूतता इस प्रश्न पर अन्दर से खीझ जाता है, तेरा नाम राधामोहन किसने रखा?

इसका नाम बिन्देश्वरी नारायण पटवर्धन किसने रखा? तेरे बाप ने। इसके बाप ने। सबका नाम उसका बाप ही रखता है। लेकिन ख़ुद इब्नबतूता सोचता है जब उसके बाप का नाम राजमणि लोखंडे था तब उसका नाम यह इब्नबतूता क्यों? इब्नबतूता ज़्यादा नहीं सोचना चाहता है। वह जानता है नाम कोई कपड़ा, चप्पल या साइकिल तो है नहीं। इसे बदलना सम्भव नहीं है। इसी के साथ जीवन निभाना है। और जीवन शिकायत के साथ निभाना ठीक नहीं। लोग उसके इस भारी नाम को बोलने में दिक्कत महसूस करते हैं इसलिए लोगों ने उसे थोड़ा संक्षिप्त कर दिया है—इब्नू। लोग उसे इब्नू पुकारते हैं और इब्नबतूता समझ लेता है। जैसे लोग इब्नबतूता को साइकिल से आते देख दूर से कहते हैं 'अरे इब्नू तेरी साइकिल का पहिया घूम रहा है' और इब्नबतूता चलती साइकिल पर से उस पहिये की ओर सशंकित निगाह से देखने लगता है।

इब्नू महाराष्ट्र का है, यह महज एक तथ्य है। क्योंकि वह न ही आज तक दिल्ली से बाहर गया है और न ही उसे मराठी आती है। उसके बाबा दिल्ली आये थे और महाराष्ट्र का संस्कार थोड़ा बहुत उसके पिता तक चला भी परन्तु उस तक आते-आते वह संस्कार दिल्ली के संस्कार पर हावी नहीं हो पाया। उसके साथ अब महाराष्ट्र बस उतना ही है जितना उसके सरनेम लोखंडे में दिखता है। लेकिन जो भी उसका पूरा नाम सुनता है उससे पूछ बैठता है 'कभी अमिताभ बच्चन से मिले हो कि नहीं?' वह सोचता है अमिताभ बच्चन से कैसे मिलता, वे कभी उसके गैरेज़ पर घर का ग्रिल बनवाने आये नहीं? लोग पूछते हैं 'मुम्बई में समुद्र कैसा लगता है? कितना बड़ा है?' इब्नू सीधा-सा जबाब देता है 'ज़्यादा बड़ा नहीं है, हम लोग बचपन में तो रोज नाव से ही पार करके स्कूल जाया करते थे।'

इब्नबतूता के बारे में सारे गली-मोहल्ले वाले जानते हैं कि वह बहुत ही सीधा आदमी है। एकदम गऊ। कमाता है और ख़ाता है। परिवार के साथ शान्ति से रहता है। लेकिन मोहल्ले के बच्चे घेर लेते हैं। 'इब्नू बता एक पेड़ पर तेईस चिड़ियाँ हैं, अगर एक बन्दूक से गोली चलाने पर दो चिड़ियाँ मर गयीं तो पेड़ पर कितनी चिड़िया बैठी रह गयीं।' और इब्नू सचमच अपने हाथ की उँगलियों पर तेईस चिड़ियों को घटाने में उलझ जाता। तब बच्चे कहते 'चल छोड़ तेरे मगज में यह नहीं आने वाला। तू यह बता एक किलो रुई भारी या एक किलो लोहा।' तब इब्नू एकदम से चहककर कह देता 'लोहा'। इब्नू इतना सीधा था कि वह अपने मोहल्ले में कभी साइकिल पर से गिर गया हो तो लोग दूर से ही उसे जोर से कहते 'बच के चलाकर इब्नू, अभी गिर जाता।' और इब्नू वाकई सोचता कि बिल्कुल बाल-बाल बच गया, अभी वह गिरने ही वाला था।

इब्नू जहाँ काम करने जाता है उसे कारख़ाना कहता है जबकि वास्तव में वह

एक गैरेज है। एक ऐसा गैरेज जहाँ लोहे का काम होता है। वहाँ दरवाज़े के ग्रिल बनते हैं, हैंडेल बनते हैं। जालियाँ बनती हैं। वेल्डिंग होती है। एक ऐसी दुकान, एक ऐसा गैरेज़ जहाँ लोहे को मोड़कर और तोड़कर कुछ भी बनाया जा सकता है। हर समय ठक-पिट, ठक-पिट। गैरेज में एक बड़ी-सी मशीन भी है जिस पर लोहे को छाँटकर, छीलकर उसे गोल किया जाता है। इब्नू यहाँ हथौड़ा मारता है और लोहा बिल्कुल सीधा हो जाता है। इब्नू दो ऊँचे गुटखों पर लोहे को रखकर हथौड़ा मारता है और लोहा मुड़ जाता है। उसने अपने हाथ की करामात से यहाँ लोहे को लचीला होते देखा है। एक सीधा लोहा हथौड़े के वार से फूल बन जाता है। एक सीधा लोहा मुड़कर दरवाज़े की घुमावदार चिटकनी बन जाता है। इब्नू ने यहाँ आदमी की दृढ़ इच्छा शक्ति के सामने लोहे को पस्त होते देखा है।

इब्नबतूता जिस गैरेज पर काम करता है और जिसे वह कारखाना कहता है, वह छोटा नहीं है। वहाँ चार-पाँच मिस्त्री और कम-से-कम दस-बारह मजदूर काम करते हैं। एक कैश काउन्टर है जिसे गल्ला कहते हैं। सरदार भाग सिंह इस गल्ले के मालिक हैं। इस दुकान का सबसे पुराना मिस्त्री है इब्नबतूता। लगभग पन्द्रह-सोलह वर्ष होने को आये उसे इस दुकान में काम करते। एक समय था इब्नू की बड़ी इज़्ज़त थी इस दुकान में। लेकिन अब बीत गये वे दिन। यह समय इब्नू का इस दुकान पर उसका स्वर्ण काल नहीं है।

अपना कोई घर नहीं होने का दुःख इब्नबतूता जानता है। इब्नबतूता के पास अपना कोई घर नहीं है। लेकिन इब्नबतूता दिल्ली के गाँधी नगर में रहता है। गाँधी नगर की घिरी हुई बस्ती के एक कमरे में। एक कमरा किराये का। इब्नू रोज सुबह तैयार होकर एक घंटा पूजा करता है। आठ बजे अपनी साइकिल से अपने कारखाने के लिए निकलता है और यमुना पर बने बड़े से पुल को पार करके आईटीओ, बाराखम्बा, कनॉटप्लेस होते हुए पहाड़गंज में स्थित अपनी दुकान पर पहुँच जाता है। इब्नू लगभग रोज दो घण्टे साइकिल चलाता है। एक घण्टा सुबह और एक घण्टा शाम। उसकी साइकिल के कैरियर में दबा हुआ होता है उसका टिफ़िन। वह अपनी साइकिल पर बैठा रास्ते में देखता है ढेर सारी झोपड़ियाँ। आगे बढ़कर वह देखता है हाथी। वहाँ टंगा है एक बोर्ड 'यहाँ हाथी मिलते हैं।' वहाँ देखता है वह हाथी को घास खाता हुआ। इब्नू सोचता है 'दिल्ली में क्या प्रधानमन्त्री हाथी से चलते हैं।' इब्नू देखता है यमुना नदी। यमुना नदी पर पुल। इस पुल पर बनी ऊँची-ऊँची जाली। यह जाली इसलिए कि कोई गन्दगी न फेंक सके यमुना नदी में। लेकिन इब्नू बहुत सारे लोगों को जाली के पार गन्दगी फेंकते देखता है। वह उस जाली को देखता है और उसकी बनावट के बारे में सोचता है। उसका मिस्त्री बाहर आ जाता है। वह उसकी बनावट की कमी को महसूस करता है। वह सोचता है जाली का ऊपरी हिस्सा अन्दर

नहीं बाहर की ओर मुड़ा होना चाहिए था। इब्नू रास्ते में कनॉट प्लेस पर रुकता है और उस खास बिल्डिंग को रोज देखता है। और रोज ही उस बिल्डिंग के मालिक की हैसियत का अन्दाज़ा लगाने की कोशिश करता है। फिर वह अपनी साइकिल थाम पहाड़गंज की अपनी दुकान में पहुँच जाता है। फिर वही ठक-पिट और वही लोहे का पस्त होना।

इब्नबतूता को अपने पिता से शिकायत महज इतनी ही नहीं है कि अपना नाम राजमणि लोखंडे होते हुए उन्होंने पुत्र का नाम इब्नबतूता लोखंडे क्यों रखा? इससे भी बड़ी शिकायत यह है कि उन्होंने अपने जीवन में ही सारी सम्पत्ति को धो-चाट लिया। इब्नू के बाबा यहाँ आकर बसे ज़रूर लेकिन उन्होंने जितना कमाया, उसे सहेजा भी। परन्तु इब्नू के पिता ने सिर्फ उन पैसों को बर्बाद किया। आज इब्नबतूता के पास अपना घर नहीं है और न ही कोई घोड़ा या फिर हाथी। आज अगर उसके पिता उसके लिए कम से कम एक घर छोड़ गये होते और कुछ पैसे तो उसकी भी ज़िन्दगी आराम से कट सकती थी। आज इब्नू अपने पूरे परिवार के साथ किराये के एक सीलनदार कमरे में रहने को अभिशप्त है। उसके पास है आज एक कमरा और बस एक कमरा। एक छोटी-सी रसोई और एक छोटा-सा बाथरूम। इसी पच्चीस गज की जमीन पर रहता है इब्नबतूता और इब्नबतूता का परिवार। परिवार में इब्नबतूता की पत्नी और उसके तीन बच्चे। रसोई की खिड़की से बाहर की तरफ चेन से वह अपनी साइकिल को कसकर बाँधकर ताला लगाता है। रात में कम से कम दो या तीन बार वह उस साइकिल को देखने उठता है। साइकिल सुरक्षित है। इब्नू सिर्फ़ इस साइकिल की सुरक्षा के लिए रोज एक घंटा ईश्वर की पूजा करता है। साइकिल ख़ोने का मतलब है रोज बीस रुपये आने-जाने का किराया। यानी महीने में लगभग पाँच सौ रुपये।

क्रमश: पीछे से आगे की ओर बढ़ते हैं

इब्नबतूता के हालात शुरू से ही इतने ख़राब थे, ऐसा नहीं है। जब से उसने होश सम्भाला है पिता को पैसा तहस-नहस करते ही देखा है। लेकिन विपत्ति ने इब्नू को बहुत पहले समझदार बना दिया। वह तब महज बीस-बाईस साल का रहा होगा जब उसे डीसीएम मिल में चौकीदार की नौकरी मिल गयी। चौकीदार की नौकरी क्या मिली उसके दिन बहुर गये। चौकीदारी में काम ही कितना था, बस वर्दी पहनकर दरवाज़े पर बैठना। दो-चार सैल्यूट, दो-चार पूछताछ का जवाब और दो-चार बार दरवाज़ा खोलना। वो भी कोई अकेले दरबान थोड़े ही न था वह। लेकिन इतने पर ही इब्नू को वहाँ बहुत आराम दिया गया था। डीसीएम मिल के कैम्पस में ही इब्नू का दो छोटे-छोटे कमरे का एक घर था। इब्नू ने अपनी ज़िन्दगी की शुरुआत वहीं से

की थी, वहीं उसकी शादी हुई। उसके पिता-माता का बारी-बारी से निधन हुआ। और वहीं इब्नू ने अपनी पहली सन्तान को प्राप्त किया। इब्नू के वे दिन बड़े सुहावने थे। उसी छोटे से कमरे में इब्नू ने अपनी दुल्हन का चेहरा पहली बार ग़ौर से देखा था। उसी कमरे में उसे धीरे-धीरे उससे प्यार हुआ था।

उसी कमरे में उसने अपनी पत्नी को पहली बार अनावृत्त देखा था। उसने पहली बार जाना था कि अनावृत्त का मतलब होता है अनावृत्त। शरीर पर कुछ भी नहीं। और अनावृत्त देखा ही नहीं था बल्कि उसे अपने हाथों से महसूस भी किया था। एकदम सफ़ेद बर्फ़ की सिल्ली की तरह। इब्नू ने तब महसूस किया था यह जादू कि अनावृत्त शरीर पर जहाँ-जहाँ उसके हाथ चलते, साथ-साथ शरीर के रोयें एकदम खड़े हो जाते, दाने उभर आते। दोनों ही शरीरों में एक सिहरन दौड़ जाती। एक तनाव मस्तिष्क में दौड़ जाता। इब्नू ने धीरे-धीरे उस सम्पूर्ण शरीर का मुआयना किया, शरीर में कुछ ख़ास जगह हैं जहाँ रोयें अधिक उभरते। इब्नू उन रोओं को करीब से देखता और सोचता ये पहले कहाँ गायब थे। इब्नू उन रोओं को अपने दाँतों से पकड़ने की कोशिश करता लेकिन असफल रहता।

इब्नू सुबह आठ बजे ड्यूटी पर पहुँचता और दिन भर शाम का इन्तजार करता। शाम में पत्नी इन्तजार करती और फिर इब्नू रात का इन्तजार करता। रात आती और इब्नू उन रोओं के जादू को देखने में लग जाता।

लेकिन डीसीएम मिल बन्द क्या हुई, इब्नबतूता के सारे सु:खों को जैसे नज़र लग गयी। नौकरी गयी, घर गया। सारा सु:ख-चैन गया। वह और उसका परिवार पूरी तरह सड़क पर आ गया। कहाँ-कहाँ धक्के नहीं खाये, क्या क्या नहीं सहा।

लेकिन इब्नू की ज़िन्दगी का यह आखिरी बड़ा कष्ट नहीं था। इस कष्ट से उबरने में इब्नू को ज़्यादा वक़्त नहीं लगा। हद से हद छ: महीने में इब्नू की किस्मत ने एक बार फिर से करवट बदली। उसकी किस्मत ने उसका साथ दिया और उसने इस गैरेज को पकड़ लिया। इब्नू को तब लोहे की बिल्कुल समझ नहीं थी। दुकान में हेल्पर के रूप में तब उसने नौकरी पायी थी। वेतन कम था लेकिन उसे एक ठौर मिल गया था।

डीसीएम मिल में वर्दी पहनकर सम्मान की नौकरी करने वाला इब्नबतूता अब लोहे के एक गैरेज में हेल्पर की नौकरी कर रहा था। लेकिन उसके छ: महीने के कष्ट ने उसके पहले के सारे सु:ख के अहसास को खत्म कर दिया था। उसे वेतन कम मिल रहा था, उसकी कोई इज़्ज़त नहीं थी। लेकिन इब्नू खुश था। क्योंकि उसके परिवार को एक ठिकाना, रोटी और छत मिल गयी थी। और तब उसका ख़र्च था ही कितना। मात्र तीन प्राणी। वह, पत्नी और एक बेटी। बेटी का नाम उसने रूबिया रखा था। स्कूल के रजिस्टर में जब लिखा गया तब यह नाम हो गया—रूबिया लोखंडे।

इब्नबतूता ने पहली बार लोहे की सख़्ती को यहाँ करीब से महसूस किया था। शुरुआत में उसे बहुत दिक्कत आयी। वह एक हाथ से लोहे को पकड़कर दूसरे हाथ से हथोड़ा मारता तो हाथ एकदम से सन्न हो जाता। नसों के भीतर अजीब तरह की सनसनी दौड़ जाती। थोड़ी देर के लिए हाथ सुन्न हो जाता। लोहे को वेल्डिंग करने वाली चिंगारी को देखता तो उसे अचानक लगता जैसे उसे चिंगारी के अलावा अब इस धरती पर कुछ नहीं बचा। आँखों के आगे एकदम गहरा अँधेरा और उसके बीच एक तेज चिंगारी। इब्नू अपने गैरेज के बगल की गली में देखता था लोहे की लम्बी-छरहरी पट्टियाँ और फिर अपनी आँखों के सामने उसे घुमावदार आकार लेकर ऐसी-ऐसी चीजों में परिणत होते देखता कि वह भौंचक रह जाता। शुरुआत में एक-दो महीने तक उसे लगा जैसे उसके दिमाग में ऐसा कुछ आने वाला नहीं है। वह बेचैन हो उठता, वह चाहता अपने सुन्न हाथ के साथ यहाँ से दौड़ लगा दे। लेकिन उसे फिर याद आ जाता अपना परिवार, अपनी पत्नी, अपनी बेटी रूबिया।

मज़बूरी ही सही लेकिन इब्नू वहाँ रुका, और धीरे-धीरे उस लोहे को उसने अपने भीतर आत्मसात् कर लिया। लोहे की कठोरता को उसने समझना शुरू कर दिया। लोहे के साथ व्यवहार करने का अपना एक अलग ढंग, एक अलग तरीका होता है, यह उसने सीख लिया। उसने लोहे के सामने तनकर खड़ा होना शुरू किया और लोहे ने उसके सामने झुकना शुरू कर दिया। इब्नू ने जाना कि अगर लोहे को सही तरीके से पकड़कर उस पर हथौड़ा मारा जाये तो लोहे का प्रहार हाथ तक नहीं पहुँच पाता है। लोहे की मार्फ़त हाथ में सिहरन नहीं दौड़ती है।

इब्नू ने लोहे के साथ व्यवहार करना क्या सीखा वह धीरे-धीरे धुरंधर बनता चला गया। हर दिन उसकी ज़िन्दगी में अब ऊपर उठने का दिन था। लोहे के साथ उसने एक सम्बन्ध विकसित कर लिया था। लोहे के साथ जिस तरीक़े का इस्तेमाल किया जाना चाहिए उसने उस तरीक़े को अपना लिया था। और महज एक-डेढ़ वर्ष गुजरे होंगे कि इब्नू ने धीरे-धीरे इसी दुकान पर हेल्पर से मिस्त्री तक का सफ़र तय कर लिया।

लेकिन यह उसके सफ़र का आख़िरी पड़ाव नहीं था। उसने उसके बाद से कभी रुकना नहीं सीखा। हर दिन वह कुछ नया सीखता और कुछ नया करता।

लोहे पर कई तरह के प्रयोग उसने किये और वह सफल रहा। लोहे की पट्टी को सामने रखकर वह कुछ देर तक उसे देखते हुए शान्त बैठा रहता। वह उस लोहे को अपने मस्तिष्क में उतारता और फिर लोहे की उस उपयोगिता को। लोहे को अपने मस्तिष्क में उस ख़ास वस्तु में तब्दील करता। वस्तु मस्तिष्क में तैयार हुई तब शुरू होता इब्नू की बाहरी प्रक्रिया। एक अतिरिक्त कार्य की तरह। अगर उस लोहे को एक ग्रिल में तैयार होना है तो उस ग्रिल का पूरा ख़ाका, पूरी डिजाइन इब्नू के मस्तिष्क

में पूर्णतः तैयार होता। ग्रिल उसके मस्तिष्क में बन चुका होता। तब इब्नू अपने हेल्पर के साथ लग जाता उसे आकार देने में। और फिर जब वह ग्रिल बनकर तैयार होता तब ठीक वैसा ही जैसा उसके मस्तिष्क में तैयार था, न एक इंच इधर न एक इंच उधर। न एक लोहा आड़ा न एक लोहा तिरछा।

बहुत जल्द एक समय ऐसा आ गया कि इब्नबतूता उस दुकान पर अपनी कारीगरी और अपने मस्तिष्क के लिए प्रसिद्ध हो गया। धीरे-धीरे इब्नू उस दुकान का मुख्य मिस्त्री तो बना रहा, उसका वेतन भी बढ़ा, लेकिन सबसे बड़ी बात यह हुई कि इब्नू के कारण वह दुकान जानी जाने लगी। लोग उस दुकान पर आते इब्नू के कारण। इब्नू के पास वक़्त नहीं होता तो लोग इन्तजार करते। घर बनकर तैयार है और उसमें लोहे का काम होना है और इब्नू अभी अपने दूसरे एसाइनमेन्ट में व्यस्त है तो वह घर जस-का-तस उसकी प्रतीक्षा करता।

लेकिन बड़ी-बड़ी बिल्डिंगों से ज़्यादा तंग गलियों में इब्नबतूता की माँग लगातार बढ़ती रही। पाँच-पाँच फुट की तंग गलियों में बीस-पच्चीस गज के मकान में अक़्सर याद किया जाता इब्नबतूता को। बस एक कमरा है और एक बाथरूम। बाथरूम का दरवाज़ा बाहर ख़ुला तो बच्चे का बिस्तर कहाँ लगेगा? अगर अन्दर खुलेगा तो आदमी खड़ा कैसे होगा और बाल्टी कहाँ होगी? छोटे से संकरे घर में जब कूलर, टेलीविज़न रखने की गुंजाइश निकालनी हो तो फिर ढूँढा जाता इब्नबतूता को। दुकान से पहले किसी अन्य मिस्त्री को भेजा जाता। मसला अगर सम्भल गया तो ठीक लेकिन वह उलझ जाता तब इब्नबतूता पहुँचता और निदान निकल आता। इब्नबतूता ने दिल्ली के ऐसे-ऐसे घरों में कूलर लगाने की जगह निकाल दी थी जहाँ चिड़िया को पाँव रखने तक की जगह नहीं थी। दो-तीन महल पर एक छोटी सी कोठरी है, नीचे से कोई सपोर्ट नहीं है लेकिन दिल्ली की गर्मी। और इब्नू ने निदान निकाल दिया। ऐसे-ऐसे घरों में इब्नू ने रोशनदान निकाल दिया, थोड़ी सी हवा जाने की गुंजाइश निकाल दी जहाँ लोग सोच भी नहीं सकते थे। अन्धकारमय घर में बैठे-बैठे अपनी पूरी ज़िन्दगी निकाल देने वाली औरतें इब्नू को दिल से धन्यवाद देतीं। उन्होंने कभी सोचा नहीं था कि वह कभी अपने घर से सूर्य की रोशनी का कोई टुकड़ा भी देख पाएगा। लेकिन इब्नबतूता ने इसे सम्भव कर दिखाया।

इब्नबतूता ने लोहे के साथ अपना एक ऐसा रिश्ता विकसित कर लिया था कि उसे लगने लगा था कि इस दुनिया में हर छोटी-बड़ी समस्या का निदान लोहे को तोड़-मरोड़कर निकाला जा सकता है। उसने अपने छोटे-से कमरे में लोहे को लेकर तरह-तरह के प्रयोग कर रखे थे। उसका लोहे का मन्दिर था, लोहे का एक घुमावदार स्टूल था, चकला-बेलन, तवा सब लोहे का था। यहाँ तक कि मन्दिर में जहाँ वह

रोज़ पूजा करता, उसमें बजाने वाली घण्टी भी उसने खुद ही बना रखी थी। लोहे की चादर को गोल करके एक छोटा गिलास और उसके भीतर लोहे की एक डंडी। पूजा करते वक्त उस घंटी से जब वह आवाज़ निकालता तो ऐसा लगता जैसे अपनी प्रतिभा का प्रसाद वह ईश्वर को चढ़ा रहा है। उसको मिले ईश्वरीय हुनर का धन्यवाद!

इब्नू का परिवार घर के भीतर की किसी टूट-फूट से कभी चिन्तित नहीं होता, वह जानता था हर टूटन का इलाज एक चिंगारी के भीतर है। इब्नबतूता के घर में जगह की कमी थी, उसने चदरे का एक बॉक्स बना रखा था। एक तरह से वह बहुपयोगी बॉक्स था जिसे अलमारी भी कहा जा सकता है। जहाँ टी.वी. रखा था उसके नीचे की जगह को उसने जालीदार अलमारी के रूप में बनाया था ताकि उसमें रसोई के ख़ाने-पीने का सामान रखा जा सके। उसके ठीक नीचे बाहर को खींचने वाला दराज़ था जिसमें उसके परिवार के जूते थे। स्टैण्ड के एक बगल में टूथ ब्रश रखने का एक ग्लास जैसा चिपका हुआ था, वहीं बगल में बच्चों के कलम रखने की जगह। उसी तरफ की दीवार में एक शीशा। दूसरी तरफ रसोईघर के चम्मचों, छलनी, कड़छुल टाँगने की जगह। उस तरफ की दीवार पर कई कीलें थीं जिन पर रसोईघर के तमाम बरतनों से लेकर इब्नू की साईकिल की चाबी तक लटकी होती थी। टेलीविज़न के इस स्टैन्ड की छत का इस्तेमाल इब्नू के बच्चे अपनी किताबों को रखने के लिए करते थे।

टेलीविज़न के इस स्टैन्ड को इब्नू ने तब बनाया था जब उसके दिन ठीक चल रहे थे। तब भी उसके पास यूँ तो कमरा एक ही था, लेकिन वह थोड़ा बड़ा था और तब उसके पास महज़ दो छोटी बच्चियाँ थीं। इब्नू ने तब इसे अपने हुनर के इस्तेमाल के तौर पर बनाया था। लेकिन इसे संयोग ही कहें कि जब इब्नू के दिन बुरे आये और उसके हिस्से एक बहुत ही छोटी-सी कोठरी आयी और उसके परिवार में एक और बच्चे का आगमन हुआ तब इब्नू द्वारा बनाया गया यह बहुपयोगी स्टैन्ड बहुत उपयोगी साबित हुआ। लेकिन इब्नू ने इसे जब बनाया था तब लोग उसे देखने आते थे। इस टी.वी. स्टैंड को पत्नी गर्व से दिखाती थी और इसके कई तरह के इस्तेमाल को विस्तार से बताती थी। बताने में तो वह यह तक बता जाती कि टी.वी. के बक्स में रखे हुए टी.वी. के अगल-बगल में थोड़ी-सी जगह बची हुई थी, उसका भी उपयोग कभी-कभार बची हुई रोटी या सब्जी को रसोई घर में चींटियों से बचाये रखने के लिए वह कर लेती है। जाते वक़्त वह लोगों को टेलीविजन का रिमोट भी दिखाती जो लोहे की चादर से बनी एक ऐसी जैकेट में समाहित था कि उसे बच्चे कितना भी पटक दें या दीवार पर दे मारें, रिमोट हिलने वाला नहीं था।

लेकिन इब्नबतूता के हुनर का यह सबसे बड़ा और अनोखा नमूना नहीं था।

इब्नू की कला का सबसे अनोखा और अचम्भित करने वाला नमूना था उसकी अस्थमा की बीमारी में इस्तेमाल होने वाला उसका इनहेलर। इब्नू इसे धुकनी कहता था। धुकनी जिससे लोहार के यहाँ हवा भरने की कोशिश की जाती है। उन दिनों जब इब्नू को लगभग इस गैरेज पर काम शुरू किये पाँच वर्ष से ऊपर हो गये थे तब वेल्डिंग से निकलने वाली चिंगारी के धुएँ से उसे अस्थमा की बीमारी हो गयी थी। अस्थमा की बीमारी कैसे हुई यह इब्नू को उस बीमारी के हो जाने के काफी बाद में पता चला। इब्नू लगभग एक वर्ष तक बगैर जाने-बूझे इस बीमारी से जूझता रहा। उठते-बैठते, ख़ाते-पीते, काम करते वक्त वह बिल्कुल ही ठीक होता। उसे देखकर कोई एक झलक में नहीं कह पाता कि उसे अस्थमा जैसी बीमारी है और अस्थमा क्या, उसे जुकाम भी है। लेकिन जिस दिन भी इब्नू ने कोई भारी काम कर लिया बस उसी दिन उसका अस्थमा उखड़ जाता। चेहरे पर पसीने की बूँदें छलछला जातीं, धड़कने बढ़ जातीं और चेहरा लाल हो जाता। काफ़ी दिनों तक तो इब्नू ने सिर्फ़ बैठकर, सुस्ताकर और चेहरे पर पानी डालकर इससे राहत पाने की कोशिश की लेकिन जब वह लगातार बढ़ता ही चला गया, तब सरकारी अस्पताल में दिखलाना उसकी मज़बूरी हो गयी। डॉक्टर ने रोग का नाम अस्थमा बतलाया और फिर चिट्ठी पर दवा के साथ-साथ ऑक्सीजन लेने के लिए इनहेलर लिख दिया।

इब्नू ने सिर्फ़ एक बार इस मशीन को खरीदा और फिर इसे खरीदने की ज़रूरत नहीं पड़ी। हर बार उस मशीन को इस्तेमाल कर उसे फेंक देना इब्नू को नागवार गुज़रता। आख़िर कहाँ से लाएगा वह इतना पैसा? इब्नू ने सोचा अब जब सारी ज़िन्दगी इस मशीन के साथ रहना है तो फिर कुछ स्थायी-सा ही क्यों नहीं हो?

यह अपने आप में बहुत बड़ा आश्चर्य है कि इब्नबतूता ने अपनी कलाकारी से इस मशीन को अपने हाथ से तैयार कर लिया था। लोहे की पतली चादर को घुमाकर उसे एक बन्द डिब्बे जैसा बनाकर इब्नू ने उसके भीतर एक छोटी-सी मोटर फिट कर दी थी। इस मोटर का आकार छोटा-सा था और यह कहीं और इस्तेमाल होने वाली मोटर थी। इस मशीन के एक भाग से मोटर की तार निकली हुई थी और आगे के भाग में लोहे की एक नली फिट थी। लोहे की इस नली के सहारे प्लास्टिक का पाइप फिट किया गया था जिसे इब्नू अपने मुँह में ले लेता था। इब्नू की यह मशीन बिजली से चलती थी। इस मशीन के ऊपरी भाग में एक छोटा-सा छेद था जिधर से इब्नू टेबलेट डाल देता था। इस टेबलेट का नाम था—रोटाकैप। अस्थमा का दौरा चढ़ा नहीं कि इब्नू इस मशीन की तार को बिजली से कनैक्ट करता, उसमें एक टेबलेट डालता और उस पाइप को मुँह में डाल लेता। यह महज दस मिनट की प्रक्रिया थी और इब्नू राहत की साँस लेने लगता। यूँ तो हर बार इस मशीन में नया टेबलेट डालने की ज़रूरत पड़ती। लेकिन इब्नू अक्सर कोशिश करता कि एक टेबलेट को कम से कम दो बार

तो चला ही ले। पहली बार वह समय से पहले मशीन को बन्द कर देता और फिर दूसरी बार उसी से काम चला लेता।

अगर सामान्य दिन होता तो इब्नू को मशीन की ज़रूरत दिन-रात मिलाकर महज़ दो बार पड़ती थी। एक बार दिन में कभी-भी और एक बार रात में सोने से पहले। लेकिन जिस दिन इब्नू को बहुत मेहनत करनी पड़ जाती थी, उस दिन इस मशीन का इस्तेमाल एक-दो बार अधिक करना पड़ जाता था।

इब्नबतूता की इस मशीन को देखने के लिए लोग आते थे, इस मशीन को देखकर अचम्भित होते थे। अक्सर जब इब्नू अपनी दुकान पर इस मशीन का इस्तेमाल करता था तो लोग उसे देखने लग जाते थे। लोग इब्नू को देखते थे और सोचते थे कि इब्नू को ईश्वर की ओर से वरदान मिला हुआ है। लोग इब्नू की किस्मत से रंज करते थे। उनकी नज़र में इब्नू अब सामान्य लोगों से ऊपर उठता जा रहा था। एक ऐसा आदमी जो मनुष्य तो है किन्तु जिसे ईश्वर ने कुछ ख़ास तरह की क्षमता दी है। एक ऐसा आदमी जिसके पास हुनर की ख़ान है। एक ऐसा आदमी जिसका लोहे से एक ख़ास तरह का रिश्ता है। एक ऐसा आदमी जिसका दिमाग काफ़ी तेज चलता है।

और धूमिल ने एकदम आख़िर में कहा, लोहे का स्वाद लोहार से मत पूछो, उस घोड़े से पूछो जिसके मुँह में लगाम है

लेकिन तेज़ दिमाग चलाने वाले इस इब्नबतूता का स्वर्णकाल उस दुकान में तब ख़त्म हो गया जब उसके मालिक ने तेजी से समाज की बदली बयार में इस दुकान को भी डाल दिया और इस दुकान में कम्प्यूटर लाकर रख दिया। कम्प्यूटर क्या आया इब्नू एकदम से फिसड्डी हो गया। मालिक सरदार भाग सिंह ने उस कम्प्यूटर पर सूट-बूट पहने एक लड़के को नौकरी पर रख लिया। लड़का यानी अरमान आहूजा।

कम्प्यूटर क्या आया इब्नबतूता धीरे-धीरे इस दुकान में किनारे होता चला गया ग्रिल के जिस नक्शे और डिज़ाइन के लिए इब्नू की इतनी पूछ थी उसका स्थान अब कम्प्यूटर ने ले लिया। जींस, टी-शर्ट पहने हुए वह लड़का उस दुकान पर आता और पेचीदा से पेचीदा ग्रिल के डिजाइन को उस कम्प्यूटर पर तैयार कर देता। अपने दायें हाथ से माऊस को वह सिर्फ हल्का-सा इधर से उधर हिलाता कि ग्रिल के लिए आड़ी-तिरछी रेखाएँ उस बन्द डिब्बे से बाहर निकल आतीं। उसे सिर्फ खिड़की दरवाज़े का नाप दे दिया जाता, बस वह अपने कम्प्यूटर पर उसके नाप का डिजाइन तैयार कर देता।

जो ग्रिल तैयार होने से पहले इब्नू के मस्तिष्क में आकार लेता था वह अब उस कम्प्यूटर पर आकर लेने लगा। इब्नू अपने मस्तिष्क से उसकी कॉपी नहीं निकाल सकता था लेकिन अरमान फटाफट उसकी कॉपी निकाल देता बिल्कुल हू-ब-हू ग्रिल

की शक्ल में। अब उस कॉपी को सामने रखकर बस ग्रिल को तैयार करने का काम बचता। दिमाग की कोई ज़रूरत नहीं। ग्रिल की उस कॉपी पर उकेरी गयी हर रेखा पर उसका साइज, उसका मोटापा, उसका आकार लिखा रहता। ग्रिल की इस कॉपी पर कोई उलझाव नहीं था। अब बड़े-बड़े प्लॉटों को देखने के लिए अरमान को भेजा जाता। अरमान वहाँ से सिर्फ उसकी माप को ले आता और फिर अपने उस कम्प्यूटर से उसका पूरा ख़ाका निकाल कर सामने रख देता। जिन छोटी-छोटी तंग गलियों और छोटे-छोटे घरों की समस्याओं को दूर करने इब्नू पहुँचता था वहाँ अब अरमान को जाने की भी जरूरत नहीं रह गयी थी। घर का मालिक सिर्फ़ उसके साथ बैठकर अपने घर का नक्शे बतलाता और अरमान उसके घर के उस नक्शे को तुरन्त उसके सामने ही डंडों के सहारे खड़ा कर देता। प्रिन्ट निकलता तो उसका घर एक कागज पर दीख़ जाता। और फिर घर का मालिक उस कागज पर बगैर सामान के ख़ाली घर अपनी नजर के सामने देखता। अरमान पहले घर तैयार करता और फिर उसके नाप के आधार पर वहाँ के उलझाव को भी दूर कर देता।

इब्नबतूता अरमान द्वारा उस डिब्बे में किये गये काम को चमत्कार की तरह देखता। कहाँ से आया यह डंडा, कहाँ से आयी यह बिन्दी, कहाँ से आये ये फूल। डिब्बे के अन्दर बैठा कौन मापता है उन डंडों को? माउस को देखकर उसे चमत्कार जैसा लगता, उसे वह पान रखने वाले गिलौरी दान की तरह समझता और सोचने की कोशिश करता कि आखिर उसके भीतर ऐसा क्या है जो उसके हिलाने से डंडा सीधा, तिरछा, लेटा या गायब हो जाता है। उस नक्शे का प्रिन्ट इब्नू को चक्कर में डाल देता। बिल्कुल घर का नक्शा आँख के सामने। घर जाकर देखें तो उसको समझने में कितना दिमाग लगाना पड़ता है। इधर से, उधर से, फीते से नापो। यहाँ आपकी दीवार की लम्बाई-चौड़ाई सब आपके सामने है। अब सामान से भरे घर में चकरघिन्नी खाने की ज़रूरत ही नहीं। अरमान एक-एक बिल्डिंग की अलग-अलग फाइल बनाकर रख छोड़ता और इब्नू सोचता जब ज़रूरत होती है तो आख़िर कौन है जो उसी बिल्डिंग का नक्शा निकाल कर सामने कर देता है? यहाँ लिखा हुआ अक्षर बड़ा और छोटा कैसे होता है? रखा हुआ चित्र रंगीन से श्वेत-श्याम कैसे होता है? सब आश्चर्य हैं, इब्नू के लिए।

वह गैरेज जहाँ इब्नबतूता अपना स्वर्णकाल जी रहा था, जहाँ लोग उसके हुनर को ईश्वरीय देन समझते थे, वहीं इस कम्प्यूटर के कारण वह एक मज़दूर में तब्दील हो गया। शुरुआती एक-दो महीने तक तो दुकान के मालिक को भी यह विश्वास नहीं था कि लोहे का कोई बक्सा इब्नबतूता के करिश्माई हुनर को चुनौती दे सकता है इसलिए उसने इब्नू के महत्व को कम नहीं होने दिया। क्या पता कम्प्यूटर धोख़ा ही दे जाये? वह इस महान हुनरबाज मिस्त्री को नहीं ख़ोना चाहता था। लेकिन महज

दो महीने में इस डिब्बे ने सरदार भाग सिंह को अपने चमत्कार की गिरफ़्त में ले लिया और उसे देखकर मालिक ने इब्नू पर लगाम कसना शुरू कर दिया।

इब्नू जब इस दुकान पर आया था तब भले ही एक हेल्पर के रूप में आया हो, परन्तु उस दिन से वह लगातार ऊपर ही चढ़ता रहा था। दुकान पर इब्नू के ओहदे में भी तरक्की हुई थी और उसके वेतन में भी। आज से सात-आठ वर्ष पहले जब इस गैरेज पर यह कम्प्यूटर आया, इब्नू का वेतन बढ़कर अपनी ऊँचाई को छू रहा था। इब्नू को तब आठ हजार रुपये मिल रहे थे और तब इब्नू बहुत खुश था। लेकिन जब भाग सिंह का उस कम्प्यूटर पर विश्वास जम गया तब किसी और को इस ऊँचाई पर रखने का उसका इरादा ख़त्म हो गया। भाग सिंह ने इतने दिनों के साथ की इतनी ज़रूर कद्र की कि उसने इब्नू को यह मौका दिया कि अगर उसे कहीं और नौकरी मिले और यहाँ से ठीक वेतन पर मिले तब वह आज़ाद है। भाग सिंह ने उसे यह साफ़ कह दिया कि वह अब उसे मात्र पैंतीस सौ रुपये महीना ही दे सकता है।

इब्नबतूता जब इस बड़े झटके के बाद नौकरी ढूंढ़ने बाहर निकला तो उसे अचानक लगा जैसे वह वर्षों बाद नींद से अब जागा है और इस बीच दुनिया अचानक बहुत तेजी से बदल गयी है। उसने यह महसूस किया कि उसने अभी तक इस गैरेज और लोहे से अपने को ऐसा जोड़ लिया था कि इस दुनिया को बदलते देख ही नहीं पाया। दुनिया बदल गयी और दुनिया के बदलने का अहसास तक उसे नहीं हो पाया। वह लगा रहा लोहे को आकर देने में। जबकि इस बीच दुनिया कोई और ही आकार ले रही थी। इब्नू एक बार फिर नौकरी की तलाश में निकला और इस बार उसके ऊपर पत्नी और दो बेटियों की जिम्मेदारी थी। वह बाहर की दुनिया को देखकर चमत्कृत था। हर तरफ ऊँची-ऊँची बिल्डिंग, कम्प्यूटर, लैपटॉप, मोबाइल, बड़ी-बड़ी दुकानें, चमक-दमक। इब्नू ने देखा कि महल जैसी दुकान और उस दुकान में आटा-चावल से लेकर सब्जी तक बिकता हुआ। उसने देखा सब्जी खरीदने पर उसका प्रिन्टेड बिल आता है और वह भी उसी कम्प्यूटर के डिब्बे से।

इब्नू एक बार फिर एक अदद नौकरी की तलाश में था और दुनिया पूरी तरह बदल चुकी थी। इब्नू को उसके मालिक ने दो से तीन दिन की मोहलत दी थी और उसके बाद उसका वेतन कटना शुरू हो जाता। इन दो-तीन दिनों में इब्नू इस नयी चमत्कृत दुनिया को देखे-समझे या उसमें अपने वज़ूद की तलाश करे। इब्नू के मस्तिष्क में यह घूमता रहा कि दो-तीन दिन में नौकरी नहीं तो वेतन का कटना तय। वेतन का कटना भी नये वेतनमान में यानी साढ़े तीन हजार में से एक सौ सोलह रुपये रोज़ इब्नू ने हर छोटी-बड़ी दुकान में अपने लिए जगह तलाशी, लेकिन उसे लगता जैसे हर अच्छी दुकान पर वह डिब्बा बैठा है और उसे तिरछी निगाह से घूर रहा है। छोटी दुकान जहाँ के मालिक अभी कम्प्यूटर रखने लायक़ अमीर नहीं हुए थे, इब्नू

को नौकरी देने के लिए तैयार तो थे लेकिन वेतन वही ढ़ाई से तीन हजार। इब्नू ने अपना काम बदलना चाहा लेकिन कोई उपाय नहीं। हर जगह वही कम्प्यूटर, वही इंग्लिश और वही स्मार्टनेस। इब्नू ने सोचा वह पढ़ा-लिखा है, कुछ न सही तो किसी बड़ी दुकान पर हिसाब-ख़ाता ही देख लेगा। लेकिन जिस दुकान, जिस छोटे से छोटे ऑफिस में वह पहुँचता हर जगह वही काबिलियत। इब्नू ने उस बड़ी महलनुमा दुकान में भी घुसने की हिम्मत की जहाँ सब कुछ ठंडा-ठंडा है। जहां चावल-दाल और सब्जियाँ मिलती हैं। लेकिन कोई फ़ायदा नहीं। इस दिल्ली जैसे बड़े महानगर में नौकरियाँ बहुत थीं लेकिन सब तीन हजार की। या फिर आप उस लायक हों जैसा वह आपको माँग रहा है। एक दम चुस्त, एकदम रफटफ और एकदम पैना।

इब्नू ने इन तीन दिनों में बहुत दौड़ लगायी यहाँ से वहाँ और वहाँ से यहाँ। वह घंटों साइकिल की सीट पर बैठा रहा। लेकिन कोई फायदा नहीं। उसकी समय सीमा ख़त्म हो गयी और उसने हारकर भाग सिंह के गैरेज पर साढ़े-तीन हजार की नौकरी को स्वीकार कर लिया। हाँ, इन तीन दिनों की भागा-दौड़ी में उसकी अस्थमा की बीमारी बढ़ती रही और अपनी उस मशीन का इस्तेमाल इस बीच उसे प्रतिदिन कम से कम चार से पाँच बार करना पड़ गया। इब्नू साइकिल से दुकान-दर-दुकान भटकता रहता और इस बीच उसको जहाँ भी अस्थमा का अटैक पड़ता उसके चेहरे पर पसीने की बूँद छलक जाती और उसकी धड़कनें बढ़ जातीं, वह वहीं पर साइकिल को किनारे लगा इधर-उधर निगाहें दौड़ा किसी भी घर-दुकान की तलाश करता और बगैर कुछ कहे उस घर-दुकान में प्रवेश कर बिजली से अपने मशीन को जोड़ लेता। लोग भौंचक हो जाते। लोग इस वाक़या को सोचने-समझने की कोशिश करते। लेकिन इब्नू कुछ भी बोलने की स्थिति में नहीं होता। जब तक लोग कुछ समझने की कोशिश करते, तब तक इब्नू अपना काम कर चुका होता। राहत मिलते ही वह अपनी मशीन को समेटकर उस घर-दुकान के मालिक से क्षमा माँगकर आगे बढ़ जाता। लेकिन इब्नू जितना भी आगे बढ़ता रहा उसका अँधेरा भी उतनी ही तेजी से बढ़ता रहा और अन्ततः वह हार गया।

इब्नू इन तीन दिनों में पस्त होने के बाद जब वापस लौटा तब वह एक मिस्त्री से एक मज़दूर की हैसियत में आ चुका था। ऐसा नहीं है कि वह उस दुकान पर वाकई मज़दूर बन चुका था, वह अभी-भी था मिस्त्री ही लेकिन उसकी पदवी में अब मिस्त्री नाम के इतर कुछ बचा नहीं था। अब इब्नू से उसके हुनर के बारे में नहीं पूछा जाता था। उसके सामने अब कम्प्यूटर से निकाला गया एक पेपर आता था जिस पर ग्रिल का पूरा नक़्शा, उसकी माप, उसकी चौड़ाई-मोटाई-लम्बाई सब लिखा होता था। इब्नू बस उस नक़्शे को सामने रख उसे आकार देने में लग जाता था। पहले इब्नू ग्रिल बनाते वक्त लोहे को इधर-उधर घुमाकर देख लेता था कि कहीं वह किसी और एंगल से

ठीक तो नहीं लग रहा है। लेकिन अब यह सब अरमान आहूजा उस कम्प्यूटर पर ग्रिल के मालिक के साथ बैठकर पहले ही देख चुका होता था। ग्राहक को यदि किसी भी लोहे की सेटिंग उचित नहीं लगती तो अरमान अपने कम्प्यूटर पर ही उसे उस ग्रिल में विभिन्न कोणों से लोहे को फिट कर उसकी डिजाइनिंग दिखा देता। जब तक ग्राहक अपने ग्रिल या अपने घर में फिक्स हो रहे दरवाज़े के डिजाइन से सन्तुष्ट नहीं हो जाता अरमान माउस पर अपने हाथ फिराता रहता और कम्प्यूटर की स्क्रीन पर ग्रिल विभिन्न रूप लेता रहता। दुकान के मालिक भाग सिंह, अरमान और उस ग्रिल के ग्राहक से पास होने के बाद कॉपी उस कम्प्यूटर से निकलती थी और एक फाइनल कॉपी के रूप में इब्नू के सामने आ जाती। और फिर शुरू होता इब्नबतूता का लोहे पर वार करने का अनवरत सिलसिला।

इब्नू कई बार सोचता कि वह बहुत जल्दी हार मान गया है, आख़िर उसने अच्छे-अच्छे लोहे को अपने वश में किया है। यह तो लोहे की प्रजाति का कमज़ोर उपकरण मात्र है। कई बार वह काम करते-करते अरमान को उस कम्प्यूटर पर बैठे काम करते देखने की कोशिश करता। कई बार इब्नू अरमान के लंच के समय उस कम्प्यूटर पर बैठने की कोशिश भी करता। वह लोहे की इस प्रजाति को भी अपने वश में करना चाहता, उससे भी एक अन्तरंग सम्बन्ध विकसित करने की कोशिश करता। परन्तु आश्चर्य, वह असफल हो जाता। लेकिन सबसे अज़ीब यह था कि जब भी इब्नू कम्प्यूटर के सामने बैठने की कोशिश करता उसके पेट और मस्तिष्क में एक ख़ास तरह की गुड़गुड़ी शुरू हो जाती है। वह कम्प्यूटर की स्क्रीन की ओर देखता। अपने हाथ को माउस पर रखता कि बस उसके पेट और मस्तिष्क में एक अजीब तरह का सन्नाटा छा जाता। एक वैक्यूम। ऐसा लगने लगता जैसे पेट के, मस्तिष्क के सारे औजार-पुर्जे, सभी अचानक कहीं गायब हो गये। पेट और सिर में एक ख़ालीपन। ठीक रेगिस्तान के ख़ालीपन की तरह सांय-सांय की आवाज़। इब्नू उस कम्प्यूटर को छोड़कर भाग जाता। वह कई बार कोशिश कर चुका है और हर बार यही सन्नाटा, यही ख़ालीपन और यही गुड़गुड़ी। इब्नू अपने जीवन में इस लोहे से पस्त हो गया। लोहे की इस प्रजाति से उसकी गति नहीं बैठ पायी। इब्नू इस लोहे से हारता रहा और ज़िन्दगी इब्नू को हराती रही।

ये तीन दिन, जिनमें इब्नू के सिर पर पहाड़ टूटा और वह नौकरी के लिए दर-दर भटकता रहा, इब्नू की ज़िन्दगी के बड़े ही परिवर्तनकारी दिन थे। इब्नू की पहली बार जब डीसीएम मिल से नौकरी छूटी थी तब उसके पास पत्नी के अलावा मात्र एक बेटी थी—रूबिया लोखंडे। रूबिया तब लगभग तीन वर्ष की थी। जब इस बार इस गैरेज से इब्नू की नौकरी छूटने की बारी आयी तब इब्नू दो बेटियों का पिता बन चुका था। एक रूबिया लोखंडे और दूसरी सोनिया लोखंडे। इस बार रूबिया लगभग दस

वर्ष की थी और सोनिया लगभग पाँच वर्ष से थोड़ा ऊपर। ऐसा नहीं है कि इब्नबतूता की दो बेटियाँ हैं तो उसकी पत्नी ने दो बेटियों को ही जन्म भी दिया है। उसकी पत्नी ने इसके बीच एक और बेटी को जन्म दिया था जो मृत पैदा हुई थी। शरीर में पानी की कमी ने उस बच्ची को अन्दर ही मार दिया था। बच्ची अन्दर पानी नहीं होने के कारण प्यासी मर गयी थी। और जब बच्ची पैदा हुई तब बस मांस का एक लोथड़ा। इब्नू इन सब चीज़ों पर भले ही कभी नहीं सोच पाया कि क्या उसका भी एक बेटा होना चाहिए, लेकिन उसकी पत्नी तब बहुत उदास हुई थी जब तीसरी बार भी उसने जन्म के समय होने वाले बच्चे के वजन से कम वजन वाली एक बच्ची को जन्म दिया था। इब्नू की पत्नी ने उस बच्ची को देखा और उसे लगा जैसे नहीं अब नहीं। इब्नू की पत्नी और चीज़ें जानें या नहीं जाने, यह जानती थी कि मर्द जब ज़्यादा गर्म होकर साथ दे तो बेटा होता है। लेकिन उसने इब्नू को एक ठंडा आदमी मान लिया था। इब्नू लोहे से जोर-आजमाइश करके लौटता और पस्त दिखता। इब्नू को पत्नी का शरीर चाहिए होता था। लेकिन उसकी पत्नी को लगता बस इतने से बेटा पैदा होने वाला नहीं है। चूँकि इब्नू की पत्नी को इस मद में इब्नू से उम्मीद नहीं थीं इसलिए उसने अपने भीतर एक बेटे की इच्छा को दबाकर नसबन्दी करवाने का निर्णय लिया था। सरकारी अस्पताल में तीन दिन अकेले धक्के ख़ाने के बाद नसबन्दी हुई। इब्नू की पत्नी को तब दो सौ रुपये और एक कम्बल मिला, उपहार के रूप में। और उसने इसी कम्बल के सहारे अपने पुत्र की आशा को जीवन भर के लिए ढँक कर रख दिया।

हताशा की रात की सुबह भी हताशा भरी थी

यह उन तीन दिनों का आख़िरी दिन था जब इब्नू नौकरी की तलाश के बाद हार कर हताश और बेचैन होकर बिस्तर पर पड़ा हुआ था। यह वही आख़िरी रात थी जब इब्नू अपने मन के भीतर अपने आप को अपनी सत्ता से च्युत होने के लिए तैयार कर रहा था। यह रात इब्नू के मुख्य मिस्त्री से अघोषित रूप से मज़दूर में तब्दील होने की रात थी। हताश सोये जब रात को इब्नू की नींद खुली तो उसे कमरे में घोर अन्धकार दिखा। उस अन्धकार में अँधेरे का कोई कण तक नहीं दीख रहा था। अँधेरे के कितने कणों को जोड़कर बना है यह अन्धकार। नीदं से जगे इब्नू को अचानक लगा कि वाकई रात का अँधेरा इतना घना होता है या फिर उसकी आँखों पर छायी यह अँधेरे की एक मोटी परत है। उसने अपनी आँखों को मलकर देखा। हाथ हटाते ही उस अँधेरे में दस बारह सितारे चमक गये। इब्नू को लगा जैसे यह भी उसके साथ किया जा रहा एक षडयन्त्र है। इस धरती पर कहीं भी इतना घना अन्धकार न हो जबकि उसको दिखाया जा रहा हो। इब्नू को अचानक लगा जैसे इस धरती पर अब सिर्फ़ अन्धकार है और उस अन्धकार के बीच उसके शरीर को रख भर दिया गया है। उसे लगा जैसे अभी रोशनी

की एक तेज धार आयेगी और उसकी आँखों को चौंधिया देगी, हाथ-पैर कटकर अलग हो जायेंगे, मस्तिष्क फट जाएगा। इब्नू को लगा जैसे उसका शरीर उसके साथ नहीं है। बल्कि उसका हाथ अपने वश में नहीं। पैर अपने वश में नहीं। सुनने, देखने, सूँघने की उसकी क्षमता बिल्कुल ख़त्म हो चुकी है। इब्नू ने अपना हाथ उठाना चाहा लेकिन कुछ मालूम नहीं, कहाँ क्या है? यह कैसे हुआ मालूम नहीं, लेकिन उसके हाथ से उसकी पत्नी का शरीर टकराया तब अचानक इब्नू की तन्द्रा टूटी। इब्नू ने महसूस किया यह उसका घर है। एक पलंग है और यह हाथ जिसको छू रहा है यह उसकी पत्नी का शरीर है। इब्नू के चेहरे पर पसीने की बूँदे छलछला आयीं थीं। जो अँधेरे में दिख नहीं सकती थी और जिसे इब्नू ने अब महसूस किया था। पसीने की बूँदों से चेहरे पर ठंडक महसूस हुई।

इब्नू ने उस अँधेरे में अपनी पत्नी के शरीर को महसूस करने की कोशिश की। उसने पहले पत्नी के चेहरे का अन्दाजा लगाया और फिर उसका हाथ पत्नी के पेट पर आकर रुक गया। इब्नू ने पत्नी को कसकर पकड़ लिया। कम से कम दस मिनट तक इस तरह रहने के बाद उसकी बेचैनी थोड़ी कम हो पायी। इब्नू ने पत्नी के पेट को सहलाना शुरू किया। उसके दायें हाथ की चौथी उँगली पत्नी की नाभि की कोटर से खेल रही थी। इब्नू ने हाथ को और नीचे जाने दिया। फिर इब्नू कुछ देर तक अपने हाथ से यहाँ-वहाँ खेलता रहा। ज़्यादा देर नहीं बीती कि उसे लगा जैसे पत्नी का चिकना शरीर दानों से भरने लगा था। फिर वही जादू। वही रोमांच। इब्नू को अँधेरे से डर लग रहा था। उसने अपनी आँखें बन्द कर रखी थीं। धुप्प अँधेरे में इब्नू ने महसूस किया, रोओं के खड़े होने की अपनी एक आवाज़ होती है। अँधेरे की उस ख़ास नीरवता में रोओं की एक सरसराहट यहाँ से वहाँ तक तैर गयी थी। इब्नू की पत्नी का शरीर जाग चुका था। उसने हताश इब्नू को अपने शरीर से खेलने दिया। इब्नू ने अपनी पत्नी को कसाव से मुक्त कर दिया। इब्नू शायद अपने जीवन की हार के पार जाना चाहता था। इब्नू की पत्नी ने इब्नू को अपने शरीर के भीतर भींच लिया।

यह इस सहवास का अन्तिम दौर था। इब्नू की आँखें अब तक इस अँधेरे के अनुकूल हो चुकी थीं। इस अँधेरे में अगर इब्नू इस कमरे में रखी किसी भी चीज को ग़ौर से देखना चाहता तो वह उसका अन्दाजा लगा सकता था। लेकिन इब्नू को अभी कुछ भी देखने की फ़ुर्सत नहीं थी। इब्नू जब इस सहवास के अन्तिम दौर में था और उसकी गति काफ़ी तेज थी तब वह अपनी पत्नी के ऊपर था। इब्नू की आँखें ख़ुली थीं और वह पत्नी के शरीर का कोई भी हिस्सा नहीं छोड़ना चाहता था। सहसा उसकी नजर ऊपर उठी और पलंग के कोने पर अपनी दस वर्ष की बेटी को बैठे देख वह चौंक गया। चूँकि इब्नू का शरीर ऊपर था इसलिए सामने बैठी बेटी सिर्फ़ उसे ही दिख पायी। उस अँधेरे में कुछ भी साफ़ नहीं था। इब्नू को बेटी रूबिया का सिर्फ़ आकार दिखा।

चूँकि वह इब्नू की उत्तेजना का चरम था इसलिए वह अपने आप को इस परिस्थिति में भी रोक नहीं पाया। इब्नू ने सहवास के अन्तिम दौर को बहुत ही जल्दी अन्त दिया। इब्नू की पत्नी औचक इस उत्तेजना को समझ नहीं पायी। लेकिन उसने आज अपने पति में एक गज़ब की गर्मी महसूस की, एक जोश जिसकी उसे वर्षों से तलाश थी। इब्नू जब निढाल होकर अपनी पत्नी के शरीर पर गिर पड़ा तब पत्नी ने उसे अपनी बाँहों में कसकर घेर लिया।

इब्नू ने उठने में ज़्यादा समय नहीं लिया। वह सहसा उठा और अपने कपड़े उठाकर अपनी पत्नी के शरीर पर एक चादर खींचकर कमरे से बाहर निकल गया।

अभी जिस कमरे में इब्नू रह रहा था उसमें इस एक कमरे के अलावा एक बरामदा था जो बाहर से खुला था। खुले में बेटी को सुलाया नहीं जा सकता था इसलिए इब्नू सपरिवार अभी तक इसी पलंग पर सोता था।

रूबिया की नींद जब रात को खुली तब उसे लगा जैसे भूकम्प आ गया है। वह उठकर बैठ गयी और नींद से अपने आप को संयत करने की कोशिश करने लगी कि उसने अपने माता-पिता को एक-दूसरे से गुत्थम-गुत्था देखा। बस इतना ही। रूबिया को उस अन्धकार में न कुछ दिखा और न कुछ वह समझ पायी। इब्नू के बाहर जाते ही उसकी पत्नी ने रूबिया को आभासित किया। उसने चादर से लिपटे अपने शरीर से हाथ निकालकर अपनी बेटी को खींच लिया और उसे सुला दिया। इब्नू बाहर दरवाज़े की सीढ़ियों पर काफ़ी देर तक बैठा रहा।

दिल्ली का सरकारी अस्पताल दिल्ली की ऊँची इमारतों से अलग है

इसे सरकारी अस्पताल की महिमा कहें या फिर ईश्वर का चमत्कार, इब्नू की पत्नी गर्भवती हो गयी। इब्नू के जीवन की यह रात जब वह काफ़ी हताश था और जब वह अपने दुःख को कम करने के लिए पत्नी को प्यार कर बैठा था, तब ईश्वर का यह चमत्कार हुआ।

इब्नू जब अगली सुबह अपने गैरेज पर काम कर रहा था तब उसका वेतन घटकर साढ़े तीन हजार रह गया था। इब्नू को अब इस आधी रकम में अपने परिवार का गुज़ारा करना था। परिवार मतलब इब्नू, इब्नू की पत्नी और इब्नू की दो बेटियाँ। इस साढ़े तीन हजार में इब्नबतूता को कष्ट शुरू हुआ। और उसे इस कमरे और इस बरामदे वाले घर से अपने आप को एक कमरे के सीलनदार घर में शिफ्ट करना पड़ा। इब्नू के इस नये कमरे का किराया था आठ सौ रुपये। आठ सौ रुपये के इस कमरे में एक कमरा और एक बाथरूम के अतिरिक्त कोई जगह नहीं थी। बाथरूम का दरवाज़ा काफ़ी लचर था और कमरे में रोशनी और हवा की कोई गुंजाइश नहीं थी। इब्नू की पत्नी दिन में बल्ब जलाना नहीं चाहती थी कि बिजली का बिल कौन बढ़ाये। इब्नू की पत्नी दिन

भर अँधेरे कमरे में चुपचाप बैठी रहती और दरवाज़े के सहारे छन कर आने वाली रोशनी की कुछ बूँदों को निहारा करती थी। जब बच्चे स्कूल से लौटकर आते तब वह लाइट को कुछ मिनटों के लिए जलाती थी और फिर घुप्प अधेरा पूरा परिवार उस घुप्प अँधेरे में बैठा रहता था जब तक बाहर अँधेरा न हो जाये। बाहर के अँधेरे में भीतर के लिए रोशनी जलाने का एक तर्क समझ में आता था।

इब्नबतूता की पत्नी को जब पता चला कि वह फिर से गर्भवती हो गयी है तब उसे गर्भवती हुए चार-पाँच महीने बीत चुके थे। इस बीच अपने महीने के नागे को उसने अनियमितता माना था और सरकारी अस्पताल की नसबन्दी पर पूरा विश्वास जताया था। इब्नबतूता की पत्नी का पेट जब फूलने लगा और उसे जब पेट के अन्दर हलचल महसूस होने लगी तब उसने अपने गर्भवती हो जाने को महसूस किया था। इब्नबतूता की पत्नी ने जब इब्नू को इस बात की जानकारी दी तब इब्नू गैरेज से थका-माँदा अपनी साइकिल से आया था, इब्नू की पत्नी ने इब्नू को पानी देकर एकान्त में अपनी साड़ी को पेट से हटाकर पेट का उभार दिखाया था। इब्नू ने पेट के उभार को देखा था और सब समझ लिया था, लेकिन वह कुछ बोला नहीं। वह अपने बिस्तर पर लेट गया था—एकदम सुन्न। इब्नू समझ गया था कि उसे घट हुए वेतन-साढ़े तीन हज़ार में अब चार महीने बाद एक सदस्य और बढ़ेगा। इब्नू का परिवार—इब्नू, इब्नू की पत्नी, इब्नू की दो बेटियाँ और आने वाला एक बच्चा।

इब्नू ने अपने जीवन से समझौता कर लिया था इसलिए उसने कोई आश्चर्य व्यक्त नहीं किया कि कैसे नसबन्दी के बाद भी यह पेट फूल गया। इब्नू को याद आयी थी वह रात, उस रात का आवेग, और उस रात पलंग के कोने पर बैठी बेटी रूबिया लोखंडे। इब्नू जानता था कि यह उस रात का ही फल है क्योंकि उस रात के बाद से इब्नू ने पत्नी के शरीर को छुआ तक नहीं, छुआ नहीं क्या, देखा तक नहीं। इब्नू अब अपने जिस नये कमरे में है उसमें उसका बिस्तर भी इसी कमरे के भीतर लगता था। रात में सोते वक़्त खाट को उस कमरे में बिछा दिया जाता था। पलंग पर इब्नू को अगर रात में अस्थमा का अटैक पड़ता और वह बेचैन हो उठता तो उसकी पत्नी जगती और उसे उसकी मशीन से रात में उसके मुँह में हवा भरने का प्रयास करती।

इब्नू की पत्नी ने अब जीवन से सुख की आस छोड़ दी थी। लेकिन तब वह बहुत खुश हो गयी थी जब उसने नियत समय पर एक पुत्र को जन्म दिया था। इब्नू को चूँकि अब कुछ फ़र्क़ नहीं पड़ता था इसलिए उसे इसका भी कोई फ़र्क़ नहीं पड़ा कि उसकी पत्नी ने पुत्र को जन्म दिया है या पुत्री को। लेकिन इब्नू की पत्नी के दिल की ख़्वाहिश पूरी हो गयी थी। जिस पुत्र की आस को अपने मन में दबाकर उसने नसबन्दी करवा ली थी, ईश्वर ने उस नसबन्दी के बाद भी उसे वह खुशी दे दी थी। इब्नू की पत्नी को याद आती है वह रात, उस रात की इब्नू की हताशा और इब्नू का

अत्यधिक गर्म हो जाना। इब्नू की पत्नी ने इब्नू की उस गर्मी को पहली बार महसूस किया था। वह जानती थी कि इस पुत्र की प्राप्ति में इब्नू की उसी गर्मी का हाथ है।

इब्नू हर महीने अपना वेतन साढ़े तीन हज़ार रुपये लाकर अपनी पत्नी के हाथ पर रख देता था। बिजली बिल जोड़कर लगभग एक हज़ार रुपये इस घर के किराये में जाता था। बाक़ी के ढाई हज़ार में यह घर चलता था। यह घर यानी यह परिवार, परिवार यानी नये बच्चे के साथ परिवार के पाँच जन। इब्नू अपने गैरेज पर अब शान्त होकर बस अपना काम करता था। काम, जो उसे दिया जाता था। अब वह कम्प्यूटर की ओर देखता भी नहीं था। कम्प्यूटर के सामने से गुजरने पर वह मुँह को विपरीत दिशा में घुमा लेता था। ठक-ठक और वेल्डिंग की चिंगारी के धुएँ से उसकी अस्थमा की बीमारी बढ़ती जा रही थी। इब्नू अपनी अज़ीबोगरीब मशीन का इस्तेमाल करके उसे कन्ट्रोल में रखता था। इस मशीन को अभी भी लोग अज़ीब निगाह से देखा करते थे। काम के बाद इब्नू अपनी साइकिल से अपने घर आता था। उसके कमरे में उसके द्वारा अपने स्वर्णकाल में बनाया गया बहुपयोगी स्टैन्ड अब ज़्यादा उपयोगी हो गया था। जगह कम थी और बहुत-सारे सामान का बोझ अब उस पर आ गया था। रात में इब्नू की खाट इस कमरे में बिछा दी जाती थी और इब्नू उस पर सो जाता था।

इब्नबतूता का कष्टमय जीवन बीत रहा था और उसके बच्चे बड़े हो रहे थे। इब्नबतूता की दूसरी बेटी सोनिया जब आठ-नौ वर्ष की हो गयी, तब यह साफ़ लगने लगा था कि उसके शारीरिक विकास में दिक्कत है। सोनिया का जब जन्म हुआ तब भी उसका वज़न कम था लेकिन उसका विकास तब और अधिक रुक गया जब इब्नू का वेतन अचानक घटकर आधा रह गया और वह जीवन में मन मसोसना सीख गयी थी। सोनिया की उम्र तो बढ़ रही थी लेकिन उसका शारीरिक विकास उसके समानुपातिक रूप में नहीं हो रहा था। सोनिया बहुत पतली थी और उसके हाथ-पाँव छोटे-छोटे थे। चेहरे की हड्डियाँ निकल आयी थीं और वह देखने में बहुत ही अज़ीब लगने लगी थी। सरकारी अस्पताल के डॉक्टर ने उसके लीवर में सूजन बतलायी थी। वह ख़ाना बहुत कम खाती थी और ख़ाना देखकर उसे बेचैनी होने लगती थी। उसे ख़ाना कम से कम ख़ाना पड़े इसलिए अक्सर वह सोयी रहती थी। वह घर में जब भी होती थी, लगभग सोई हुई रहती थी। उसके माता-पिता उसे नींद से कम ही जगाते थे क्योंकि वह सोये से जगने पर घबरा जाती थी और उसके मुँह से झाग—जैसा चलने लगता था। अब वह ख़ाने के डर से नहीं जगने के लिए इतना नाटक करती थी या फिर वह सचमुच इतनी परेशान थी, यह मालूम नहीं। उसके शरीर में सिर का आकार सही था और उसके शरीर का अन्य हिस्सा छोटा। शरीर के अन्य हिस्से के बनिस्बत चूँकि सिर का आकार बड़ा था इसलिए वह उसके शरीर में अनफिट लगता

था। सोनिया को देखकर किसी को भी ऐसा लगता था कि उसके सिर के बोझ से उसका शरीर दब जाएगा। इब्नबतूता और उसकी पत्नी सोनिया को देखते थे, चिन्तित होते थे लेकिन उनकी समझ में कुछ नहीं आता था।

इब्नू बार-बार सोनिया को लेकर अस्पताल नहीं दौड़ सकता था क्योंकि छुट्टी में उसका पैसा काट लिया जाता था। उसके पास पैसे नहीं थे और वह पैसा कटवाकर समस्या को और अधिक गम्भीर नहीं बनाना चाहता था। इब्नू की पत्नी कई बार सरकारी अस्पताल के चक्कर लगा चुकी थी। डॉक्टर ने जितने प्रकार के चेकअप बतलाये थे और जितनी दवाइयाँ लिखीं वे उस अस्पताल में उपलब्ध नहीं थीं। इब्नू की पत्नी को कुछ समझ नहीं आता था। उसने कुछ दवाइयाँ ख़रीदी थीं लेकिन उसका कोई फ़ायदा नहीं हुआ। सरकारी अस्पताल में बदबू बहुत थी और सोनिया को लेकर दौड़ते-दौड़ते एक दिन वह ख़ुद बीमार पड़ गयी। उसने हारकर सोनिया का झाड़-फूँक भी करवाया। तान्त्रिक ने सोनिया को अपने भभूत से बेहोश कर दिया था। और फिर मन्त्र से उसके ठीक हो जाने का आश्वासन दिया था। लेकिन सोनिया ने ख़ाना ख़ाना शुरू नहीं किया था और उसका शरीर वहीं का वहीं रुक-सा गया था। सोनिया की उम्र ज्यों-ज्यों बढ़ रही थी वह और अज़ीब लगने लगी थी।

इब्नू के जीवन का यही एक कष्ट होता तो इब्नू चिन्तित हो सकता था। लेकिन उसके पास तो कष्टों का जैसे अम्बार था।

बेटी जब जवान होती है तो साथ में उसका शरीर भी जवान होता है

इब्नू की बड़ी बेटी रूबिया धीरे-धीरे अपने यौवन की ओर बढ़ रही थी। वह सुन्दर थी और उसके बाल सुनहरे थे। उसका चेहरा गोल था और उसके गाल फूले हुए थे। वह स्वस्थ भी थी और हँसमुख भी। लेकिन रूबिया की हँसी हर महीने एक सप्ताह के लिए गायब हो जाती थी। रूबिया घर में रहती तो घर में रौनक रहती। रूबिया के निख़रने वाले रूप को देखकर उसकी माँ को बहुत सन्तुष्टि रहती। यह अलग बात है कि वह अपनी बेटी को अच्छी तरह से रात के अँधेरे में घर के भीतर जली ट्यूब की दूधिया रोशनी में ही देख पाती थी, क्योंकि दिन में उसके घर में प्राय: अँधेरा ही होता था। रूबिया का बदन काफ़ी गठीला था और उसका वक्ष धीरे-धीरे भरता जा रहा था।

रूबिया जब लगभग सोलह वर्ष की हो गयी थी तब उसे कमरे में सोने में दिक्कत महसूस होने लगी थी। वह कमरा जिसमें उसके पिता सोते थे उसमें उसका सोना उसे अज़ीब लगता था, लेकिन वह मजबूरी समझती थी। उन दिनों रूबिया दसवीं करके लगभग दो वर्ष से घर बैठी हुई थी। रूबिया की माँ ने उसे स्कूल छुड़ा दिया था क्योंकि उसके पास स्कूल की फीस और स्कूल आने-जाने के किराये के पैसे

नहीं थे। रूबिया घर में रहती थी और घर के काम में माँ का हाथ बँटाती थी। रूबिया अँधेरे में माँ के साथ कमरे में बैठने में भी साथ देती थी। रूबिया की माँ उस कमरे के अँधेरे में अपनी आँखों से आँसू बहाती रहती थी, रूबिया को यह मालूम नहीं था।

इब्नू जब तक सुबह घर से तैयार होकर निकलता, तब तक उस कमरे की बत्ती जलती थी क्योंकि तब इब्नू तैयार होता था, पूजा करता था और बच्चे स्कूल जाने की तैयारी करते थे। रूबिया सुबह देर से जगती थी। रूबिया की माँ रसोई में जुटी होती थी। सुबह रूबिया गहरी नींद में होती थी और कई बार उसके शरीर से उसके कपड़े खिसक जाते थे। उसकी टाँगें बाहर आ जातीं थीं और उसकी छाती के उभार दिखने लगते थे। इब्नू उस कमरे से बाहर नहीं जा सकता था। क्योंकि उसके पास मात्र यही एक कमरा था। लेकिन उसे वहाँ बहुत झेंप होती थी। इब्नू सबसे अधिक रूबिया को प्यार करता था और उसे प्यारी बेटी कहा करता था। रूबिया बड़ी हो गयी है, इब्नू यह जानता था। इब्नू कमरे की बत्ती बन्द रखने लगा। वह अँधेरे में तैयार होता, पूजा करता। वह पत्नी से कहता उसे अँधेरे में कोई दिक्कत नहीं है, उसे सभी चीज़ों का अन्दाज़ा है।

रूबिया को मासिक धर्म देर से शुरू हुआ जब वह पन्द्रह वर्ष की हो गयी थी। शुरू में कुछ दिनों तक तो सब ठीक रहा लेकिन रूबिया फिर अन्दर से बीमार पड़ गयी। इब्नू की पत्नी अगर इब्नू को नहीं बताती तब भी इब्नू को पता चल ही जाता कि रूबिया अन्दर से बीमार है। रूबिया एक सप्ताह बिस्तर पर पड़ी रहती थी। रूबिया मासिक धर्म के समय दर्द से छटपटाती थी और उसे उस दौरान बहुत ख़ून आता था। रूबिया अपने बिस्तर पर दिन भर लेटी रहती थी और ख़ून की धार चलती रहती थी। रूबिया की माँ उन दिनों काफ़ी परेशान रहती। वह लगातार कपड़े और चादर बदलती रहती। जब पिता घर पर आ जाते थे या छुट्टी वाले दिन घर पर होते तो रूबिया को बहुत शर्म आती थी लेकिन वह कहीं भाग नहीं सकती थी। वह बिस्तर पर औंधे मुँह दिन-रात बस लेटी रहती थी।

रूबिया की माँ रूबिया को लेकर भी कई बार अस्पताल के चक्कर लगा चुकी है लेकिन सब बेकार। रूबिया की माँ के हाथ में थोड़े भी पैसे नहीं थे। उनके पास जितने भी पैसे थे उससे वह सिर्फ़ अपना घर किसी तरह चला पा रही थी। रूबिया की माँ की सबसे बड़ी चिन्ता यह थी कि आख़िर इस इतने से रुपये में आगे घर कैसे चलता रहेगा और जवान होती रूबिया की शादी कैसे होगी? उसे अक्सर लगता कि रूबिया के लिए इस घर में लड़का ढूंढ़ेगा कौन? इब्नू का एक दिन भी छूट्टी करने का मतलब था एक दिन का वेतन यानी लगभग एक सौ सोलह रुपये का कटना। यदि महीने में एक-दो दिन का वेतन कट जाता तो वह परिवार जिन्दा कैसे रहता। रूबिया की माँ सोचती कि अगर कोई लड़का मिल भी जाये तो उसके पास तो जमा पूँजी एक

भी रुपया नहीं जिससे वह अपनी बेटी का कन्यादान कर सके। वह इसे लेकर उदास रहती थी। वह किसी को बतलाती नहीं थी लेकिन उसे अक्सर ऐसा लगता था कि यह हो जाये तो ज़्यादा बेहतर है कि किसी दिन कोई लड़का बाहर गयी रूबिया को लेकर भाग जाये। वह रूबिया की ओर देखती और उसकी सुन्दरता को देखकर आश्वस्त होती। उसे लगता, ऐसा एक दिन सम्भव है।

इब्नबतूता पूरी लगन से नौकरी करता था। लेकिन वह जानता था कि इसका कोई फायदा नहीं है। वह जानता था कि यहाँ अब वेतन बढ़ने की कोई उम्मीद नहीं है। लेकिन वह मज़बूर था। वह जानता था कि उसकी अब कोई हैसियत नहीं है और अगर वह नौकरी छोड़ देता है तो सरदार भाग सिंह के पास कई अन्य विकल्प हैं। इस नौकरी के लिए भी यहाँ लोगों की एक कतार है। इब्नू यह सोचकर भौंचक रहता था कि आख़िर इसी पैसे में आगे सबकुछ चलेगा कैसे?

अस्पताल का चक्कर लगा-लगाकर और कई प्रकार की चिन्ता कर करके इब्नू की पत्नी का रक्तचाप नीचे गिर गया था। इब्नू की पत्नी कई बार उठ नहीं पाती थी और उठते ही उसे चक्कर आ जाता था। उसकी आँखों के नीचे काले घेरे हो गये थे। जिस दिन उसका रक्तचाप बहुत नीचे चला जाता उस दिन इब्नू की पत्नी को अपने शरीर का कोई आभास तक नहीं हो पाता था। उसके मस्तिष्क में सिलाई मशीन चलाने जैसी आवाज़ आने लगती थी और दिन भर उस कमरे में घुप्प अँधेरे में चुपचाप पड़ी रहती थी। उस घुप्प अँधेरे में कई बार ऐसा होता था कि उसका रक्तचाप काफ़ी नीचे चला जाता था और वह बेहोश हो जाती थी। रूबिया उस कमरे में होती लेकिन उसे उस घुप्प अँधेरे में कुछ पता नहीं चलता था। उसकी माँ उस अँधेरे में बेहोश होती और फिर होश में आ जाती थी।

इब्नू की पत्नी की उम्र बयालीस-तैंतालीस के करीब हो गयी थी। घर के संकट ने उसके चेहरे की चमक को ख़त्म कर दिया था। वह दुबली हो गयी थी। लेकिन अभी भी आकर्षक लगती थीं। इब्नू उसको देखता था और उसकी आँखों के नीचे बन आये काले घेरों को अपने दिल पर महसूस करता था। उसे याद आते थे वे दिन जब वह डीसीएम मिल वाली नौकरी करता था और उसकी नयी-नयी शादी हुई थी। उसके मस्तिष्क में अभी-भी अपनी पत्नी का छहलता हुआ बदन था और उसमें रोओं की अटखेलियाँ। उभरे हुए दानों का जादू। लेकिन इब्नू अब जानता था कि ये अब सिर्फ़ मधुर यादें ही बनकर रह जाएँगी। इब्नू सोचता कि क्या उसकी पत्नी का शरीर अब भी जादू दिखलाता होगा। क्या अब भी दानों का उभरना जारी होगा। इब्नू के लिए उस रात के बाद जब वह हताश था, जब उसके बेटे का बीज उसकी पत्नी में गया था, से उसकी पत्नी का शरीर रहस्यमय हो गया था। इब्नू उस एक अकेले कमरे में न ही अपनी पत्नी को सहला सकता था और न ही उसके रहस्य को अब भेद सकता

था। इब्नू सोचता था कि उसकी पत्नी की टाँगों का गोरापन क्या उतना ही होगा? इब्नू अपनी पत्नी की आँखों के चारों ओर बन आये घेरों को अपने होठों से चूमना चाहता था।

इब्नबतूता के परिवार में सिर्फ़ एक उसका बेटा स्वस्थ था। वह अब लगभग छः वर्ष का हो गया था। वह काफ़ी चंचल था। उसका नाम था—रत्नगिरि लोखंडे। उसकी माँ उसे रत्नी कहती थी और उसका बाप रत्ना। वह खूब उछलता-कूदता था और प्रायः बाहर गली में निकल जाता था। ख़ाने में उसकी ख़ासी दिलचस्पी थी। उसे ख़ूब भूख़ लगती थी और हमेशा वह ख़ाने की फ़िराक़ में रहता था। वह ज़्यादा देर तक भूख़ा नहीं रह पाता था। ज़्यादा देर भूख़ा रहने पर उसके पेट में हवा भर जाती थी और उसका पेट घड़े की तरह फूल जाता था। लेकिन घर में ख़ाना कम था इसलिए प्रायः वह भूख़ा रहता था। रत्नगिरि ख़ाने की थाली को ललचायी निगाह से देखता था और उसके माँ-बाप उसे अपनी थाली से निकालकर ख़ाना दे देते थे।

अगर माधुरी दीक्षित नहीं कहती तब क्या दिल धक-धक नहीं करता, दिल का तो काम ही है धड़कना

इब्नबतूता के घर में इस पुत्र को छोड़कर सभी बीमार थे। लेकिन हद तब हो गयी जब इब्नबतूता ख़ुद एक दिन बहुत ज़ोर से बीमार पड़ गया। रोज दिन-भर गैरेज पर ठक-पिट करने और दस किलोमीटर साइकिल चलाने के कारण उसका अस्थमा बढ़ता रहा और एक दिन वह अपने गैरेज पर ही गश्त खाकर गिर पड़ा। उन दिनों वह किसी महलनुमा घर के बड़े ग्रिल को तैयार कर रहा था। उस बड़े ग्रिल को उठाने की कोशिश में इब्नू को अस्थमा का अटैक हो गया। उसने अपनी मशीन के पाइप को मुँह में लगाकर उससे मुँह में ऑक्सीजन भरने की कोशिश की किन्तु कोई फायदा नहीं। इब्नू की मशीन उसके मुँह में रह गयी और इब्नू बेहोश हो गया। इब्नू को अस्पताल में भर्ती कराया गया। इब्नू की पत्नी अपने अँधेरे कमरे को छोड़कर अस्पताल की ओर दौड़ी और फिर गम्भीर रोग का पता चला।

मेडिकल की भाषा में इस गम्भीर रोग का नाम क्या था इब्नू की पत्नी को कुछ समझ में नहीं आया। वह सिर्फ़ इतना समझ पायी कि लम्बे समय तक अस्थमा की बीमारी से ग्रसित होने और उसके बाद भी अनवरत भारी काम करते रहने, लम्बी दूरी तक साइकिल चलाने के कारण उसके दिल पर दबाव बन गया है। उसका दिल सिकुड़ गया है। दिल का सिकुड़ जाना एक गम्भीर बीमारी है। इसका इलाज यह है कि एक बड़ा ऑपरेशन होगा और दिल के भीतर एक लोहे की स्प्रिंग लगायी जाएगी। लोहे का यह स्प्रिंग दिल को धकधक करने के लिए मजबूर करेगा। वह दिल की दोनों परतों के बीच एक गैप बनाएगा, उसमें हवा भरने देगा और दिल अपना काम सुचारू रूप

से करने लगेगा।

अस्पताल के बिस्तर पर इब्नबतूता काफ़ी कमज़ोर लग रहा था। वह उठ नहीं पाता था, उसे बाथरूम जाने के लिए पत्नी का सहारा लेना पड़ता था। अस्पताल में चार दिन रहने के बाद इब्नू को छुट्टी दे दी गयी। दो-तीन दिनों तक घर में आराम करने के बाद, एक सप्ताह के बाद वह अपने गैरेज पर पहुँचा। इब्नू के इस महीने के वेतन से एक सप्ताह का वेतन कटा और इब्नू की पत्नी को आने-जाने और दवाओं में ख़र्च हुए पैसों को मिलाकर लगभग डेढ़ हजार खर्च हो गये। इब्नू की पत्नी को इस महीने मात्र दो हजार से काम चलाना पड़ा। दो हजार में एक हजार मकान का किराया और एक हजार में इब्नबतूता का पूरा परिवार यानी पाँच जन। इस महीने उसके घर में ख़ाना कम बना और उसके बेटे रत्नगिरि का पेट प्राय: घड़े की तरह फूला ही रहा।

डॉक्टर की हिदायत के बावज़ूद इब्नबतूता ऑपरेशन कराने की स्थिति में नहीं आ पाया। न ही वह अपनी इस नौकरी को छोड़ या बदल पाया और न ही दूर तक साइकिल चलाना। इब्नू के पास न ही समय था कि वह छुट्टी लेकर दूसरी नौकरी तलाश करे और न ही कोई हुनर। उसकी यह शंका निर्मूल नहीं थी कि उसे मिलने वाली कोई भी नौकरी इससे कुछ कम वेतन की ही होती। इस वेतन में से पाँच सौ रुपये भी कम होते तो फिर इब्नू का परिवार कैसे ज़िंदा रहता, यह बहुत बड़ा सवाल था। इब्नू ने इस पर कुछ भी विचार नहीं किया और उसकी ज़िन्दगी अनवरत चलती रही।

हाँ, लेकिन इब्नू कई बार यह जरूर सोचता था कि यदि वह सिर्फ़ दिल के भीतर स्प्रिंग लगाने से ठीक हो सकता है तो यह उसके लिए भी कोई बड़ी बात नहीं है। उसने अपने अस्थमा के लिए मशीन को तैयार किया था और मशीन एक चमत्कार की तरह तैयार थी। कई बार उसका मन करता कि वह अपने हाथ से ब्लेड के सहारे अपने सीने को खोल ले और फिर वह दिल के भीतर एक स्प्रिंग फिट कर फिर से सीने को सुई-धागा से सिल दे। इब्नू ऐसी कोशिश कर सकता था। लेकिन इसमें एक आशंका यह थी कि उसे हमेशा यह लगता था कि वह सीने को खोल तो सकता था लेकिन इसके बाद वह होश में रह पाएगा इसकी सम्भावना कम है। अगर इब्नबतूता के पास एक निजी कमरा होता तो वह कभी ऐसी कोशिश कर सकता था। इब्नबतूता को अपना ऑपरेशन करने से उसकी हिम्मत नहीं, बल्कि उसके पास निजी कमरे का नहीं होना रोक रहा था।

लेकिन इब्नबतूता मरा नहीं ग़ायब हो गया

और एक दिन इब्नबतूता ग़ायब हो गया। वैसे तो इब्नबतूता को कम लोग ही जानते

थे, लेकिन अपने गैरेज पर और अपने मोहल्ले में भी उसे जितने लोग जानते थे इस बीमारी के बारे में जानकर वे मानने लगे थे कि अब इब्नबतूता की मृत्यु नज़दीक है। इब्नबतूता का दिल सिकुड़ चुका था और वह धीरे-धीरे मृत्यु के करीब पहुँच रहा था, और इसलिए सभी के भीतर उसके प्रति एक गहरी संवेदना थी। लेकिन इब्नबतूता मरा नहीं, ग़ायब हो गया। इस बीमारी के लगभग चार महीने बाद तब जब बहुत तेज़ गर्मी थी, इब्नबतूता को एक बार फिर लगा कि वह बीमार पड़ने वाला है और उसका दिल बिल्कुल ही धड़कना बन्द करने वाला है। चूंकि वह एक बार फिर अस्पताल जाना नहीं चाहता था और एक फिर अपना वेतन कटवाना नहीं चाहता था इसलिए सरदार भाग सिंह से छुट्टी लेकर दिन के दो बजे अपने घर की ओर भागा।

सूर्य की गर्मी बहुत तेज थी और चूँकि इब्नबतूता साइकिल पर था तो वह ज़मीन से लगभग एक-डेढ़ फीट ऊपर था। इस तरह वह एक-डेढ़ फीट और सूर्य के करीब पहुँच गया था। इब्नबतूता का हाल बेहाल था उसे रास्ता नहीं सूझ रहा था।

वह अभी मात्र पहाड़गंज से कनॉटप्लेस तक ही आया था कि उसे अस्थमा का अटैक पड़ गया। वह बाराखम्भा रोड का वह हिस्सा था जहाँ वह लगभग रोज़ रुककर एक बार उस ऊँची बिल्डिंग को ऊपर से नीचे तक निहारा करता था। इब्नबतूता के चेहरे और उसके हाथ-पाँव ने लगभग काम करना बन्द कर दिया। चूँकि इब्नबतूता को आज डर था कि वह एक बार फिर उसी तरह बेहोश हो जाने वाला है इसलिए वह काफी डरा हुआ था। वह अपनी साइकिल को सड़क के किनारे गिराकर दौड़ पड़ा अपनी मशीन को बिजली से कनैक्ट करने के लिए। बाराखम्भा रोड की किसी ऊँची बिल्डिंग के किसी ए.सी. ऑफिस में इब्नबतूता ने घुसकर बगैर इधर-उधर देखे अपनी मशीन को बिजली से जोड़ लिया था। वह वहीं सोफे पर लगभग गिरा हुआ था, उसके मुँह में उसके मशीन की नली थी और मशीन बिजली से जुड़ी हुई थी।

लोगों को बस इतना ही पता है, इसलिए मुझे भी इतना ही पता है। बस तब से इब्नबतूता ग़ायब है। वह किसी को दिखा नहीं।

इब्नबतूता अस्थमा के इस अटैक को झेल नहीं पाया या फिर उसके सिकुड़े हुए दिल ने धड़कना बन्द कर दिया और उसकी मृत्यु हो गई, ऐसा सोचा जा सकता है। लेकिन इब्नबतूता की लाश नहीं मिली।

आख़िर पता करते-करते जब लोग उस ऑफिस तक पहुँचे जहाँ इब्नबतूता अन्तिम बार देखा गया था तब वहाँ उसकी वह मशीन अवश्य मिल गयी। ऑफिस के लोग कहते हैं कि हाँ, वह हवा की गति की तरह अन्दर आया था और बगैर कुछ देखे-सुने, बगैर कुछ पूछे उसने अपनी मशीन को यहाँ बिजली से कनैक्ट कर लिया था। किसी के पूछने पर उसने कुछ नहीं बतलाया था और फिर वह अचानक इस मशीन को अपने मुँह से निकालकर उठकर बाहर निकल गया था। इब्नबतूता की साइकिल,

जिसे वह वहीं किनारे छोड़कर उस ऑफिस के भीतर घुस गया था, वह भी मिल गई थी। एक सम्भावना यह हो सकती है कि अस्थमा के इस ज़ोरदार अटैक से इब्नू के दिमाग पर असर पड़ गया हो और फिर वह निकलकर कहीं ग़ायब हो गया हो।

कुछ लोग कहते हैं इब्नबतूता उस ऑफिस में घुसा ज़रूर था लेकिन कभी निकला नहीं। लोग कहते हैं वह धुएँ में तब्दील हो गया। बाहर लोगों ने देखा कि अचानक उस ऑफिस से धुएँ का एक गुबार निकला और पहले वह आकाश में छा गया और फिर वह धीरे-धीरे आगे की ओर बढ़ गया। आगे की ओर मतलब दिल्ली से आगे की ओर।

कुछ लोग कहते हैं कि इब्नबतूता जिस ऑफिस में घुसा था वहाँ उसने बग़ैर कुछ देखे-सुने अपनी मशीन को बिजली से जोड़ लिया था। फ़िर अपनी नज़र उठाकर उसने उस ऑफिस को देखा था। वह ऑफिस काफी चमकदार था। उसमें कई कम्प्यूटर थे, कई ए.सी.। बिजली की चकाचौंध। कई लोग मोबाइल पर बात कर रहे थे। इब्नबतूता इन चीज़ों को देखते ही बिल्कुल आपे से बाहर हो गया था। उसने चिल्लाना शुरू कर दिया और अपने बाल नोचने लगा। वह अपने पेट को पकड़कर वहीं ज़मीन पर लेट गया था और बेचैनी में उलटने-पलटने लगा था। उसके मुँह से मशीन की पाइप निकल गयी थी। और फिर वह अचानक उस ऑफिस से निकलकर भाग गया था।

इब्नबतूता का क्या हुआ कुछ पता नहीं। इब्नबतूता के बाद उसका परिवार कैसे जीवन बिताएगा इसे जानने के लिए इतनी लंबी कहानी पढ़ने की जरूरत नहीं है। भारत के किसी भी कोने में इब्नबतूता के परिवार जैसे करोड़ों परिवारों को देखा जा सकता है। इब्नबतूता के परिवार में कोई सुर्ख़ाब के पर नहीं लगे हैं। हाँ इतना जरूर बता दूँ कि सरदार भाग सिंह ने ईमानदारी दिखाई और उस महीने की जिस तारीख तक इब्नबतूता ने काम किया था, वहाँ तक का पैसा उसने उसके घर पर भिजवा दिया था। बड़ी बात यह है कि सरदार भाग सिंह ने इब्नू के वेतन में से उस दिन का आधा वेतन नहीं काटा था जिस दिन इब्नू दो बजे गैरेज से निकल गया था और जिस दिन से वह ग़ायब है।

यह कभी ख़त्म न होने वाली कहानी है

इब्नबतूता की मृत्यु हो गयी हो या फिर वह ग़ायब हो गया हो, दोनों ही स्थितियों में यह कहानी ख़त्म हो चुकी है। लेकिन यह कहानी अब कभी ख़त्म नहीं हो सकती।

आश्चर्य यह है कि अभी पिछले कुछ महीनों से विभिन्न गाँवों से मुझे ख़बर मिली है कि अभी कुछ दिनों से उनके गाँव में एक आदमी दिखने लगा है जो लगभग पागल है, उसे अस्थमा की बीमारी है और उसने इसके लिए एक मशीन ईज़ाद कर

रखी है। वह मशीन बिजली से चलती है और उसके भीतर एक मोटर फिट की हुई है। गाँव के लोग भौंचक हैं। उसकी मशीन और उसे देखने के लिए लोग उसे घेरे रहते हैं। वह पैदल चलता है और दिन भर में कई-कई किलोमीटर पैदल चल लेता है। वह थकता नहीं है और वह कहता है उसे तो अभी बहुत यात्रा करनी है। वह रात में कहीं ग़ायब हो जाता है। उसका कहीं पता नहीं चलता। और सुबह फ़िर दिख जाता है। वह अक़्सर लहलहाते खेत के समीप चला जाता है और उसे देखता रहता है। वह अक़्सर खेत की मेड़ पर चिल्लाता हुआ मिलता है कि "सब मरोगे सालों! ख़ूब करो खेती!" वह लोगों को पकड़कर कहता है कि 'दिल्ली चलोगे!, मैं तुम्हें अपने कन्धे पर बैठाकर दिल्ली ले चलूँगा।"

यह इब्नबतूता ही है, ऐसा भ्रम हो सकता है। मुझे भी होना चाहिए। लेकिन मेरा यह भ्रम तब दूर हो जाता है जब इस तरह के कई फ़ोन अलग-अलग गाँवों से आते हैं, और लोग यह दावा करते हैं कि इब्नबतूता को उन्होंने अपने गाँव में देखा है।

मैं जानता हूँ कि इस कहानी के छपने के बाद मेरे पास कई फ़ोन आयेंगे और लोग यह बताएँगे कि उन्होंने भी अपने यहाँ इसी तरह के एक आदमी को देखा है जिसे अस्थमा की बीमारी है, जिसने एक मशीन ईज़ाद कर रखी है, जो हरे-लहलहाते खेतों का दुश्मन है, जो दिल्ली जाना चाहता है और जो पागल है। सभी मुझसे पूछेंगे क्या यही आपकी कहानी का इब्नबतूता लोखंडे तो नहीं? और मैं कोई आश्चर्य व्यक्त नहीं करूँगा। मैं जानता हूँ, ऐसा ही होगा!

नया ज्ञानोदय, युवा पीढ़ी विशेषांक, जून 2010